U0905090

那年花开

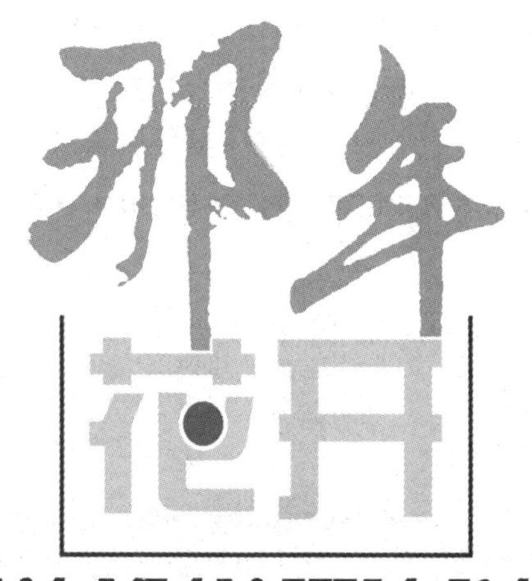

NA NIAN HUA KAI

李大钧　著

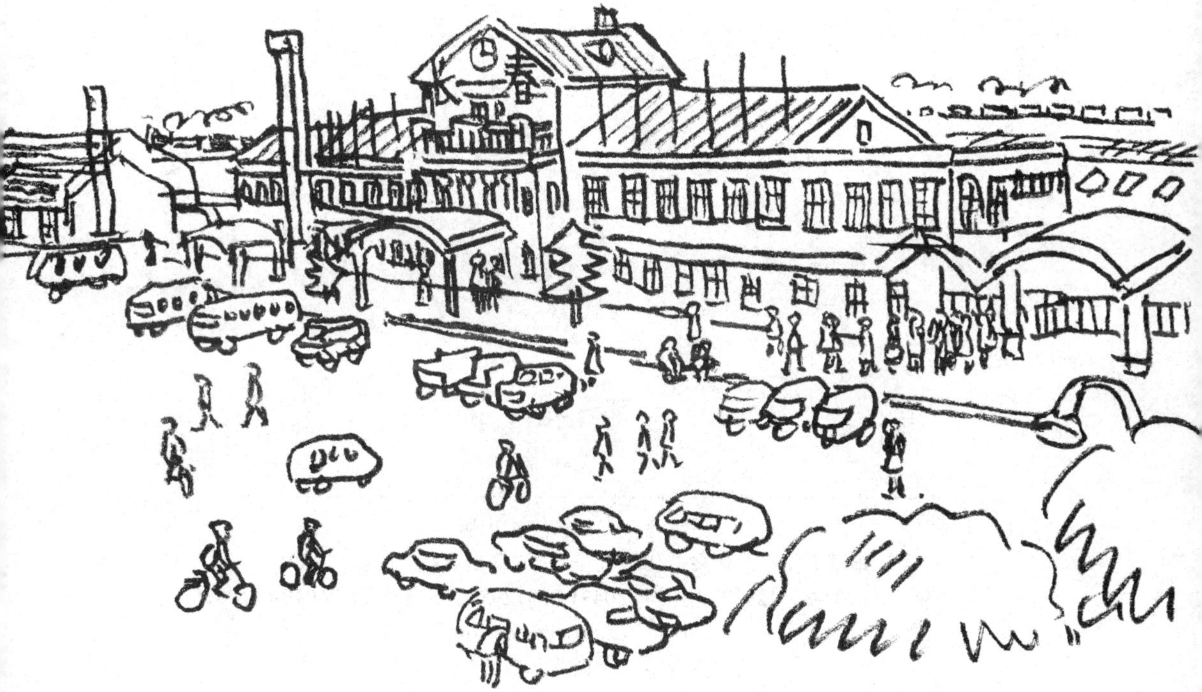

時代文藝出版社

图书在版编目（CIP）数据

那年花开 / 李大钧著．—长春：时代文艺出版社，2016.7

ISBN 978-7-5387-5163-5

Ⅰ．①那… Ⅱ．①李… Ⅲ．①长篇小说－中国－当代 Ⅳ.①I247.5

中国版本图书馆CIP数据核字（2016）第047462号

出 品 人　陈　琛
产品总监　郭力家
责任编辑　王　峰

那年花开

李大钧 著

出版发行 / 时代文艺出版社
地址 / 长春市泰来街1825号　时代文艺出版社　邮编 / 130011
总编办 / 0431-86012927　发行部 / 0431-86012957　北京开发部 / 010-63108163
网址 / www.shidaicn.com
印刷 / 长春市时风彩印有限责任公司
开本 / 720mm × 1000mm　1 / 16　字数 / 290千字　印张 / 19
版次 / 2016年7月第1版　印次 / 2016年7月第1次印刷　定价 / 38.00元

1

婚外情是一盘没有赢家的棋。然而，当他们走到一起时，却都以为双赢已毫无悬念。

“文革”前一年，赵淑珍结婚尚未满一年，权利民大学毕业，分配到了机床厂一车间。一车间是工人心中的圣地，那些国产先进机床，在弥漫着的机油味道中闪闪发光。有幸进入一车间的，清一色是上进心强、高学历的青年人。权利民上班第一天，车间安排赵淑珍当了他师傅。一个月过去，权利民和钢厂一位女干部结了婚。婚后，女干部与婚前判若两人，有话不好好说，通常三句不过，便冷言冷语，流露出斥责挖苦等不和谐的情绪，使他萌生了绵绵不绝的无奈和失落。与老婆形成鲜明对比的是师傅。师傅赵淑珍已婚，与他同龄，气质较好，且颇有几分女人味。赵淑珍同样对婚姻不满，这使得两个人有了更多的话题。言来语去，彼此坚信对方才是自己苦苦追寻的真爱。

一九六六年五月的一天，车间加班生产，七点钟下班后，党支部组织职工学习中央政治局扩大会议通过的《“五·一六”通知》。会后，别人都急着回家了。由于机床出了故障，不修好肯定会耽误第二天生产，权利民和赵淑珍主动留下挑灯夜战。机床坏得不同寻常，但对两个涉过小江小河的年轻人来说，这只不过是个小水泡子。修复机床后，两人分头进了男女更衣室。赵淑珍脱下工作服，刚把回家的衣服换上，门开了，权利民眼睛直勾勾地进了来。尽管开门声很小，赵淑珍听起来却震天动地。她知道，这一刻迟早会发生。此时的权利民，全然没有了车工的文弱，完全是装卸工般力大如牛，一把抱住她，双臂铁钳子般把她箍得紧紧的，发疯似的吻起来。她下意识地扭动着挣

扎两下，便情不自禁地搂住了权利民的腰。权利民过于粗野，三次咬了她的舌头。阵痛并没使她打退堂鼓，甚至都没有一丝埋怨情绪，每次仅仅皱一下眉头，或者低沉地“呜”一声，便十分坚强地挺了过来。

赵淑珍感觉到了眩晕，声音颤抖着，说：“到椅子上去。”

两人相拥到长椅前，尽管不用推，权利民还是把她推倒在长椅上。她慌乱地解着权利民的皮带扣，权利民解着她裤子。准备过程并不漫长，可是权利民由于过度紧张，忍啊忍，终于没忍住，刚脱掉内裤就泻了。沮丧不可避免，能够避免的是不因沮丧而影响情绪。两人在长椅上叠起了罗汉，并彼此主动检讨，挖掘失败的根源。接着，又谈了明天如何优化劳动程序，生产出更多的产品，夺取“先进生产小组”的流动红旗。还交流了明天政治学习时，学习《“五·一六”通知》体会的发言内容。两人说着话，手一刻也没闲着，准确地在对方身上摸捏。其结果，直接导致了第二次。在剧烈的晃动中，随着咔嚓一声响，椅子断了一条腿，两人滑落到水泥地上。人到了地上，身子却没分开，彼此只是微微一愣，又不管不顾地努力起来。由于担心冰冷的水泥地面对身体造成伤害，事态很快在一阵急风暴雨之后平息了。

如果，她躺的是其他地方，也就不存在问题了，偏偏是那种木条之间有较大空隙的长椅子，而且时间长久，椅子上的一道道木楞，在她稚嫩的后背烙上了数条潮红印记。回到家，她收拾干净自己，脱掉内衣，正打算往被子里钻时，引起了身边爱人的注意。

陈东升惊诧地“哎”了一声，手指在她后背轻轻划过，说：“这咋跟斑马似的?”

她大惊失色，不知该如何回答。还好，陈东升并没深究。当陈东升把她搂在怀里，亲昵地称她为“小斑马”时，她感到脸气吹似的肿胀，无地自容。这羞耻感是她的第一次，也是最后一次，此后渐渐消失殆尽，取而代之的是时有时无的内疚。

伴随《“五·一六”通知》的发表，“文革”拉开了序幕。权利民加入了“红卫兵总部”，社会上简称“二总部”。就在他和赵淑珍、陈东升及其他众多战友，把厂领导，还有省、市委和政府领导，作为“走资本主义道路的当权派”揪出来，戴上高帽，脖子挂上大牌子，天天拉出去游街的时候，老家来了电报，为省钱，只有五个字，“父病危，速归。”

他本想回去，可看看周围那些忙碌的身影，把心一横，眯着由于两宿没睡，熬出了血丝的眼睛，说：“自古以来忠孝不能两全，革命需要我，这是关键的时刻，我决不能当逃兵。”

几天后，当他接到父亲去世的电报，手颤抖着看了一遍，往衣兜里一揣，便没事儿人似的。晚上，他躺到床上，就再也控制不住了，蒙着被子哭了半宿。

凭借忘我的干劲儿，他当上了“二总部”分支的政工部部长。他和赵淑珍的来往更加频繁，也更方便。俗话说：庄稼不长年年种，赵淑珍终于怀孕了。基于受孕期间并没和陈东升同房，到显了身再也藏不住的时候，不得不借口出差搞外调，躲到洮南县权利民的姨家。生下孩子后的一个星期，也就是今天，才风尘仆仆回了来。她是下午回来的，扑了个空，造反派指挥部里人去楼空。一打听，权利民和他的战友们，打跑了盘踞在大庙里的对立面——“长春公社”，一举占领大庙，刚刚把指挥部迁过去。

当她赶到大庙时，太阳落了。她在大庙院里碰上了权利民，权利民做贼似的左顾右盼，见没人注意，把她领进大殿后的一个小院。院子里坐落着他的办公室，孤零零的一间小屋。屋里，只有一张床、一张桌子。由于搬进来仓促，坏了的电灯泡尚未换上，满屋昏暗。

权利民微笑着，拉住她的手在床上坐下，“辛苦了，咋样?”

赵淑珍郁郁寡欢，“生了个男孩儿，你姨照看呢。”

他脸色阴沉下来，“还没送人?”

“我想再和你商量商量，别把他送出去了。”

他掏出香烟点燃，吸了一口，斩钉截铁地说：“不行!”

她眼泪汪汪，“我狠不下心啊!”

“老赵，你咋这么糊涂。咱俩都是有家的人了，传出去都得身败名裂，你那位饶不了你，我家母老虎也不会放过我。”

“有你我不在乎。”

“可我大小是个头头，不能由着性子胡来。”

她泪如泉涌，“反正我不想扔。”

权利民清楚，她说得出做得到，急了，把燃着的半截烟扔在地上，扑通一声跪下，哀求：“你如果真爱我，就听我一次吧。”

赵淑珍慌忙起身，流着泪把他往起拽。

他不起来，说：“老赵，他是咱的骨肉，要说像扔一条狗、一只猫似的心不痛，那不是真话，也不是人话，这是没办法的办法了。”

她抹去泪，痛苦地说：“别这样，起来吧，听你的。”

权利民站起来，掏出十斤地方粮票和二十元钱递过去，“你生孩子，咱姨好吃好喝地侍候你，把这个给她送去。”

她接过钱和粮票，塞进小翻领的草绿色军装兜里。

权利民说：“没几个人知道我在这，你住下吧，明天起早回去。”

她弱弱地点了点头。

2

“文革”中，把斗争方式概括为“文斗”和“武斗”，毛主席说的

“要文斗不要武斗”，指的就是这两种。王福祥一家深受武斗之害，老婆就是替他捡破烂时，被武斗流弹打死的，哪派打的神仙都说不清。事情到此本该结束了，特别是半年后更不该横生枝节。偏偏鱼虫子表弟在“二总部”当头目，他就向着人家说话，有鼻子有眼地到处瞎白话，说他亲眼看见，王福祥老婆是“长春公社”打死的，用的是一把苏式骑枪。鱼虫子说的这些话，王福祥早上才听说，以为老婆惨死的真相大白于天下了。天还大亮，他便急不可耐地回了家，打算饭后到鱼虫子家问问，是哪个挨千刀的干的，顺便讨要他上个月借去的四两黑面。

他蒸了一锅窝窝头，用猪油熬了一盆白菜汤。饭刚做好，一双儿女在外疯够了，脚跟脚回来，进门就嚷饿，每人盛了碗漂着几星油花的白菜汤，抓起个黄澄澄的窝窝头，狼吞虎咽吃起来。他坐在炕沿上，看着两个孩子吃得香甜，心里涌起一团欣慰。老婆活着的时候，考虑到他是家里的顶梁柱，把他看得比孩子重，有好吃的可着他，时不时还给他暖壶酒，炒上个鸡蛋，或者炸个花生米。遇到他高兴，通常会分一些到孩子们碗里。老婆去世后，他又当爹又当娘，再不吃小灶了，有好吃好喝的先可着孩子。这顿晚饭尽管没有好吃的，他仍然怕孩子吃不饱，一直等孩子们吃过，才盛了碗汤。他一口汤一口窝头，三下五除二吃完，推开碗筷，用火柴棍剔着牙缝里的白菜叶。

“小娟子，”王福祥说，“把鸡给爹抓来。”

王小娟正伏在桌上写作业，放下笔，起身朝门外跑去，头上两个小刷子辫一颤一颤的。这孩子瓜子儿脸，穿一身洗得发白的蓝布衣服，胳膊上戴着红袖标，上面“红小兵”三个字是黄色的。这身衣服还是去年春节前，她娘用自己旧衣服改的，已经有些短小。她脚上那双蓝布鞋，也是她娘活着时候做的。家里不论大人还是孩子，尽管鞋三元钱左右一双，也从没舍得买过，一年四季的鞋都由孩子她娘做。

王福祥捋去火柴棍上的残渣，把火柴塞回火柴盒。然后，拽过桌上的白布包展开，拿出针头和针管。再扯下一小块棉花，蘸着白酒擦拭过针头，把针头插在针管上。打鸡血纯属民间传言，说对身体有好处，延年益寿，还能治好脚气、皮癣等等，言之凿凿。在那个视营养品为奢侈品的年代，这廉价的养生治病方式，无疑具有强烈的吸引力。于是，在民间风行开来。起初，王福祥听一个同行说起时不大相信，怕打出毛病，不敢下手。直至眼瞅着同行以身试鸡血，仍然活蹦乱跳的，这才深信不疑。他买来一只公鸡，好吃好喝地养着，不图吃肉，单为抽它的血。屈指算来，这半个多月鸡血打了十多次，没见体魄增强，可也没什么不良反应，只是大公鸡日渐消瘦。王小娟回来了，抱着那只色彩斑斓的大公鸡。王福祥打着饱嗝，接过鸡摁在腿上，掀起翅膀，将针头插进翅膀根，慢慢抽出半管鸡血。接着，撸起袖子，趁热把鸡血打进胳膊。

小儿子王广财凑上来，解开蓝布衣服的扣子，脱下左袖，捏着细小的胳膊，说："爹，我也打，我太瘦了。"

王福祥瞪他一眼，"人还没长开呢，打个屁!"

王小娟趴在桌上写作业，扭过头来，说："爹打就够呛了，你再打把它血抽没了，会死的。"

王广财搔着乱蓬蓬的头发，"死了更好，吃肉。"

王福祥缓缓打着鸡血，头也不抬地骂："小兔崽子，吃肉，你长那个嘴了嘛!"

院子里有人喊："破烂王在家吗?"

破烂王是王福祥的外号。之所以这么叫，因为他姓王，又是捡破烂的。他听出是鱼虫子的声音，从胳膊上拔出针头，回头瞅了眼窗外，把鸡递给王广财，说："关窝里去。"

王广财套上衣袖，拎着鸡，趿拉着布鞋朝门外走去。在房门口，跟鱼虫子碰了头，连招呼也不打，擦身而过。

鱼虫子拎个瓶子，里面混浊的黄色液体中，浸泡着一团毛茸茸的黄东西，喊："广财，我车子在门口呢，你帮着看一下。"

鱼虫子一进屋，王福祥先盯上了他手里的瓶子。接着，目光从瓶子转移到他脸上，说："来啦，我正寻思到你家去呢。"

鱼虫子名叫于得利，跟王福祥住一条胡同，是蹲大街卖糖稀、糖球，以及观赏鱼吃的鱼食的。往前追溯，他靠卖鱼食起家，外号也由此而来。他卖的鱼食既有颗粒状的水蹦，又有细长状的曲蛇。后来，增加了糖稀和糖球。所谓的糖稀，是他自力更生用红糖熬的，盛在结着黄渍的铝制饭盒里。有小孩子买，他用从街上捡来，没经过消毒的半截冰糕棍，搅一团上来。“文革”后，观赏鱼极少有人养了，鱼食没了销路，他专营起糖稀和糖球。他在炕沿坐下，端起瓶子，说：“还打鸡血呢？过时了，人家高干都喝这个了。”

“啥玩意儿？”

“你猜？”

王福祥看定瓶子，皱眉苦思，“童子尿吧？听说，童子尿治大病。”

“就你这眼光，一辈子都得捡破烂。告诉你吧，这叫红茶菌，营养大着呢，一个国民党大官临死前留下的祖传秘方。”他脸上流露出得意的神色，“这是管咱居民委姜主任要的，人家一般人还不给呢。看见里边的黄东西了吧？那是菌，越长越大，边喝边往里续水，无穷无尽。”

王福祥惦记邻院的申桂莲，“女人喝中不？”

鱼虫子看出他心思，“咋的，你想用这个勾引申寡妇？”

王福祥扫了一眼写作业的女儿，提醒：“孩子在呢。”

鱼虫子正色说：“不分男女，每晚喝两口。”他看了一眼桌上的老式座钟。

王福祥问：“看表干啥？”

鱼虫子摆出为难的样子，“大庙的‘公社’，让我今天去一趟，说我说的，你老婆是他们打死的，让我讲清楚。还威胁，不去就开我的批斗大会。”

“我也听说了，正打算上你家问问，我那口子是谁打死的。”

“都怨我这张臭嘴，那是顺嘴胡说的，我要知道早告诉你了。”

王福祥相当失望，“那你去呗，谁让你狗戴嚼子——胡勒了。”

鱼虫子嬉皮笑脸的，“我寻思你替我去。”

“你拉屎让我给你擦屁股，又不是我说的，我不去。”

鱼虫子撒谎脸不红不白的，“不瞒你说，我那口子病了，老重了，起不来炕，我得回去侍候她。再说，这是你家的事，你只要一口咬定我没说，或者大街上的人都这么说，他们准信，比这红茶菌还管用。”

王福祥不愿意去，嘟囔：“你一进门，我就知道没好事。放在平常，你才不会送我东西呢。”

“你呀，嘴跟刀子似的，算我求你了还不行吗？跟那些造反派咱讲不出理，挨顿打事小，真要扣上‘反革命’帽子，我一家人算完了。”

王福祥不忍心拒绝了，毕竟人家送来了红茶菌。况且，自己去解释，的确比他更有说服力，便说：“鱼虫子，我去可是去，你借去的四两黑面啥时候还？我家粮本上没面了，孩子想吃烙饼都没给做。”

鱼虫子说：“看你那小抠样儿，黄不了你，明天还。”

鱼虫子嘴上说还，心里却寻思拖一天是一天。直到两个月后，他从粮店买回一斤黑面，被王福祥堵了个正着，才不得不还了欠账。

王福祥家门前的土道没有路灯，路两侧黑压压一片小平房。鱼虫子卖货的车停在土道上，是婴儿推车改装的。王广财监守自盗，用树枝从车上的饭盒里搅出一团糖稀。糖稀是黑色的，由于颜色特殊，他垂涎已久，却又没钱买。听见院子里传来爹和鱼虫子的声音，赶紧扣上饭盒盖，把拿着糖稀的手背到身后。院门对面人家的后窗户，传出收音机播放的歌曲《共产党来了苦变甜》。他仰着脖，望着邻家房顶的烟囱，跟着收音机哼哼起来。他用歌声送走鱼虫子，不等人家走远，从背后拿出糖稀就往嘴里送。

王福祥手疾眼快，一把抢过来扔在地上，骂：“小兔崽子，嘴咋这么馋，鱼虫子的糖稀也敢吃？那红的掺的是红钢笔水，蓝的掺的是蓝钢笔水。我估摸，这黑的是掺了墨。”

王广财惋惜地盯着地上的糖稀，没敢吭声。

3

王福祥中等个子，偏瘦，脸色晦暗，双眼迟滞中透发出敦厚。他六岁时开始了捡破烂生涯，成天拎着半米多长、铁筋弯成的夹子走街串巷。他虽然没文化，却有着一腔对共产党、毛主席的忠诚热血。他家在旧社会，过着吃了上顿没下顿，衣不蔽体的生活。长春解放那年“困卡子”，他娘和一个哥哥，还有两个妹妹被活活饿死。他和爹随着大批饥民出卡子后的第一碗救命稀粥，是在解放军收容站吃的。解放后，他爹去世前给他成了家，有了一儿一女。孩子上学后，学校免去了孩子每人每学期两元钱的学杂费。他一个人养活四口，日子虽然艰辛，却比解放前好过多了。因此，“没有毛主席、共产党就没有我今天”，成了他的口头禅。

鱼虫子走后，王福祥有些后悔，悔不该答应他去大庙。大庙是造反派的老窝，既然是老窝就绝非常人，特别是自己这样人应该去的。只怕踏进龙潭虎穴，造反派跟自己过不去。可是，既然答应了人家，只好硬着头皮去闯一闯了。他去为鱼虫子说情，不忘顺路捡些破烂，推上了买来不久的小手推车。天黑下来，满天星斗。他推着车出了坑坑洼洼、漆黑一片的小胡同，踏上了大街。街道两侧楼房的窗户亮着灯光，虽然并不辉煌，却很温馨。被太阳烤了一天的柏油路，在昏黄的路灯光亮中，在凉爽的晚风中，略微恢复了一些硬度，脚踩上去却还是有些绵软。车轮轴承缺油了，有节奏地发出吱嘎吱嘎的轻响 。车子是用锈蚀的铁管子焊的，车上摊着三条破麻袋和一个铁夹子。如果说，捡破烂的队伍里也有装备好坏之分的话，那么他凭借这辆车，称得上是装备最为精良的了。其实，前几年他跟同行一样，出外捡破烂只拎一条麻袋。那时捡的破烂不多，一条破麻袋足够了。“文革”开始后，仅凭一条麻袋，已经远远赶不上形势发展的需要。那天，他眼瞅快捡满一麻袋废纸了，转到另一个垃圾箱前，寻思再捡一些就回家。这时，他发现，垃圾箱里居然有一堆解放前的报刊。他往麻袋里塞了两叠便塞不下了，为防止被同行捡去，他用垃圾把报刊埋了起来。等他把破纸背回家，二返脚拎着空麻袋回来，那些报刊不见了踪迹。第二天，他咬咬牙，花了十元钱，买了这辆比正常的车还小三分之一的手推车，每当出外捡破烂就推着它。

他一路捡着废纸，来到大庙门前。庙里钟楼上的高音喇叭，播放着毛主席诗词歌曲《人民解放军占领南京》。他扶着门框望进去，一些戴红袖标的造反派，正来来往往搬东西。他胆怯了，退回来坐到马路牙子上，车子放在面前。他表面是盯着大街看热闹，暗中却在给自己打气，积攒着进庙的勇气。大街上，一堆挨一堆的不同派别的人，正伶牙俐齿地辩论着，公说公有理，婆说婆有理，群众围了一层又一层。一个骑自行车的造反派，穿一身仿制的草绿色军装，腰系军用皮带，头戴军帽，身挎黄书包，把车子蹬得飞快，仙女散花般抛撒着传单，惹得路人蜂拥而来，撵着车子争抢。这时，庙里出来个小男孩儿，年龄跟王广财相仿，拖着一根铁线做的钎子，钎子上插着废纸，坐到他身旁。小男孩儿把纸钎子放在一旁，望着大街上的人们。

王福祥问："小孩儿，庙里破烂多不？"

小男孩儿说："可多了，我捡不一会儿，捡这么老多。"

"'公社'管不？"

"他们让'二总部'赶跑了，'二总部'刚搬来，打扫卫生呢。"

王福祥一喜，心想这可不是自己没来，来了，"公社"却被赶走了，省去许多麻烦。他挺了挺腰板，望着小男孩儿，觉得他小小年纪捡破烂，怪可怜的，问："你叫啥？"

"祖国庆。"

"家里有啥人？"

祖国庆没头没脑地说："我家是下中农。"

王福祥乐了，"谁也没说是地主呀，我问你家里有啥人。"

祖国庆没吭声，警觉地望着他。

王福祥借着昏黄的路灯认真看去，认出是祖副市长的儿子，两人曾有过不愉快。祖副市长住在东朝阳路，那里清一色日式的二层小洋楼，每个小楼都套在个砖砌的院墙里。唯一能够与市民打成一片的，是门前的垃圾箱。这里的垃圾箱与其他地方的并无区别，一米多高，方形，箱口为梯形，木板打制，刷着绿油漆。不同的是里面的破瓶烂罐子、牙膏皮子之类的稍多一些。因此，王福祥经常光顾。去年，他在那个垃圾箱里捡破烂，眼前这小子趴在墙头上，用弹弓子射他。石子打在他手背，立马起了个大紫疙瘩。他上门去讨公道，出来个自称保姆的胖老太太，呵斥这小子几句，给了王福祥两元看病钱。这小子是泡在蜜罐子里的，咋也来捡破烂了？王福祥想起，造反派把他家抄了，他爹娘被抓起来批斗。这一定是他沦落的原因了。

"小孩儿，我认识你。"王福祥说，"记得不，你射过我一弹弓子？"

祖国庆认出了他，一跃而起，纸钎子也不要了，撒腿就跑。

王福祥吓着了人家，过意不去，喊："别跑，把钎子拿着。"

祖国庆跑出十多米，在大街上辩论的人群中站下，望着王福祥。王福祥友善地挥挥手，一低头，看见他纸钎子上的废纸没扎满，空着巴掌宽的一块空闲。他从自己的麻袋里掏出废纸，一张张穿在上面。穿满后，把钎子头掰弯，以防废纸掉出来。他把纸钎子倚在电线杆子上，冲祖国庆指了指钎子。既然“公社”被赶跑了，他便打算回走，推着车上了人行道。他看到，祖国庆飞快蹿到人行道旁，抓起钎子，转眼消失在人群中。他顺着墙根儿走着，无意中一扭头，目光落在了庙墙的大字报上，两眼唰地亮了。大字报是毛笔写的，一层压一层糊满墙壁。在别人看来，那是革命的宣言，那是讨伐“走资派”的檄文。在他眼里，却分明是家里的米面、油盐酱醋！他环顾一遍四周，往墙前凑了凑，麻袋拎到胸前，瞄准大字报翘起的边角，抬手准确地捏住，哗啦一声撕下来，直接塞进麻袋，动作快捷而隐秘。他本该见好就收，偏偏贪念恣肆收不住手了。当他把第五张大字报抓在手里时，庙里出来一个造反派，戴近视镜，一身仿制军装，右臂套着红袖标，冲他大喝一声。

“住手！”

王福祥握着大字报愣住了。撕大字报这种事，如果人家认为撕的是旧的，如同新贴的把旧的覆盖了，撕也就撕了。一旦上纲上线，那就是反革命。这时，逃跑还来得及，可他不能跑，跑了手推车咋办？那可是他小半个家产啊！

“眼镜”健步如飞奔来，揪住他衣袖，气愤地说：“好大的胆子，光天化日之下敢撕革命大字报！”

王福祥抵赖：“不是我撕的，它自己掉的。”

“眼镜”一把从他手里抢下大字报，也就等于拿到了证据，“事实胜于雄辩，我看得清清楚楚。”

“眼镜”扯着王福祥，王福祥推着车，朝庙门走去。王福祥低三下四，不住嘴地说好话，求人家放他。“眼镜”铁青着脸，没听见一般。

大庙是般若寺的俗称。般若寺建于清末，面积相当于大半个足球场，四周围着两人高的青砖墙。“文革”开始后，和尚被红卫兵小将扫地出门，回了原籍，革命的歌声和口号替代了如梦如幻的诵经之声。王福祥被人家扯着转过大殿，进了后院左边的厢房。厢房铺着地板，点着一百瓦的大灯泡，迎面摆着张桌子，桌前有几把椅子。显然，这里供过佛，散发着淡淡的香烛味道。一个穿草绿色仿制军装，胸前别着毛主席像章的年轻人，正弯腰扫地，看见他们进来直起了腰。

“眼镜”松开王福祥，递上大字报，说：“杨组长，抓了个现行反革命，正撕墙上的大字报呢，让我抓了现行。”

杨组长叫杨立新，是宣传组组长，他接过大字报，不看大字报，盯着王福祥看。

王福祥被人家说成反革命，吓得汗都出来了，“我可不是反革命，我家三代市贫。”

“眼镜”问：“你既然是贫下中农，为啥撕大字报？”

王福祥一脸无辜，“不为啥呀。”

“眼镜”又问：“那你撕大字报干啥？”

王福祥知道，人证、物证俱在，抵赖也枉然。不过呢，不说几句又不甘心。自己胆小，并不是惯犯。同行们撕的都比自己多，偏偏没抓住他们，便说：“撕大字报的又不是我一个，这是狼吃看不见，狗吃撵出屎来。”

杨立新追问：“还有谁撕了？”

王福祥随口能供出十来个同行，但他不能那么做，没吭声。

杨立新展开大字报看了看，还给“眼镜”，“陈东升，这是咱对立面的，抓错人了。”

陈东升也就是“眼镜”，接过大字报看了一眼，说着“可不咋的”，把大字报团成一团，扔在桌上。

王福祥松了一口气，“吓死我了！”

杨立新态度和蔼，“同志，你是哪派的？”

那些造反派在王福祥眼里，如同一堆红苹果，虽然品种不一，大小不同，但都是红苹果，对哪派革命，哪派不革命看不准，所以至今还是“文革”局外人。他擦了把额头的冷汗，胡编：“我跟你们一派，谁要说你们不好，我恨不得扇他两撇子。”

杨立新点点头，“革命需要你这样的阶级弟兄，你走吧，没事了。”

王福祥走之前顺手牵羊，抓起桌上那团大字报。

杨立新警惕地问：“拿这个干啥?”

王福祥说：“扔了白瞎了，拿回去卖废纸。”

4

院子里，造反派走马灯似的来来去去。没进来则已，进来了空手出去就白来了，多少捡些东西才好。王福祥把车推到钟楼后面，用铁链子锁住，拎着一条空麻袋来到大殿门前。月光从大殿敞开的门窗流泻进去，里面景物朦朦胧胧。正中的佛像被红卫兵小将砸烂了，东一条腿，西一只胳膊，只留下一个完整的水泥底座。见没什么好捡的，他回身沿着甬道往后院走去。大殿后有个小院子，院门紧闭，他推一下没推开。手上又加些劲儿，咔一声轻响门开了。院子里干干净净，单凭这院子他不会进，引起他兴趣的是里面那间小房子，那也正是权利民的办公室兼寝室。房门关着，窗户上没有光亮。王福祥拎着麻袋来到门前，把门推开一道缝窥视，黑洞洞的，什么都看不见。他正打算进去，里面传出了响动，哼哼呀呀，此起彼伏。类似的声音他并不陌生，每到野猫发情的季节，半夜三更他家房上经常会来那么一只，嗷嗷叫，叫得人半宿睡不着。两种声音比起来，屋里这个压抑低沉，房上那个张扬嘹亮。他知道，里边有人，而且是两个正亲热着的男女。他不想招惹是非，心想离开，手从门上拿开来。没料到，门上挂着门弓子，门碰在门框上当一声响，把他吓了一跳。

屋里，传出权利民惊慌的声音，“谁呀?”

王福祥不但偷着溜进来，而且还撞上了人家隐私，慌张起来。他本该溜走，溜走事情也就结了，可慌乱中却鬼使神差地推门进了去。他站在敞开的门边，怯生生答：“是我。”

赵淑珍颤抖的声音，“衣服呢?”

王福祥巴结地说:“我有亮。”

王福祥掏出手电筒。别看这家伙破旧，壳子上锈蚀出大大小小的洞，电池却是新的。打开来，雪亮的光束照在赵淑珍脸上和一丝不挂的身上，她赶紧用手捂住前胸。王福祥一惊，移开光柱，这一移又照在赤身裸体的权利民脸上。权利民伸手挡住刺眼的光亮。王福祥意识到闯了祸，更加不知所措，呆立着，任凭光柱在对方手掌上定格。

权利民哀求，“别照，别照。”

王福祥回过神来，把亮着的电筒放在地上，讨好地说：“电棒留下了，慢慢穿，我到外边等。”

王福祥带上门出来，在门前等着。片刻，忽然想起自己傻透腔了，屋里这俩人十有八九是胡搞，把人家堵在了床上没个好，不论自己怎样努力拍马屁，人家也绝不会领情。非但如此，必定怀恨在心，弄不好趁眼下纷乱，杀人灭口也是可能的。想着，手电筒不要了，想溜。门吱一声开了，权利民穿戴整齐出了来。王福祥无奈，只好站住不动了。

月光下，权利民端详着他，问：“你是干啥的？”

王福祥看见对方腰上别着短枪，知道撞上了大人物，更为不安，“捡破烂的。”

“这院门用木棍别着，你咋打开的？”

“一推就开了。”

权利民放了心，掏出烟，抽出一支递给他。

王福祥受宠若惊，摆着手，“好烟，洋烟卷，我不会。”

权利民把烟叼在嘴上燃着，吸了一口，缓缓吐出，问：“你啥成分？”

“三代市贫。”

权利民颇有讨好的意思，“我看你老实巴交的，东厢房堆着不少废纸，你都拿去吧，省得我们打扫了。”

王福祥感激不尽，点头哈腰地说：“那感情好了，谢谢了。”

权利民等着王福祥走，见他站着不动，问：“你咋还不走？”

王福祥指着他手中的电筒，“这个——”

权利民醒悟了，把电筒递给他，叮嘱：“到外边不该说的别乱说。”

王福祥一心要报东厢房废纸之恩，表态：“把心放肚子里吧，哪怕把我吊起来打，我都不带说的。”

东厢房凌乱不堪，最惹眼的是桌上那些废传单，还有墙角的一堆废纸。他打开手电筒，咬在嘴里照亮，先把传单装进麻袋，接着又把废纸拢到一起，捧起来塞进麻袋。抓起麻袋掂量掂量，死沉死沉，沉得他十分满足。这工夫，无意中手电光一晃，他瞥见床下有一堆黑乎乎的东西。弯腰看，是十来盆花，一个个并无特殊之处，长得类似野地里的马莲。他自来对养花不感兴趣，侍弄两个孩子已经够受了，哪还有那份闲心。再说，眼下养花鸟鱼被看作资产阶级生活方式，是“封资修”的摇篮，先前有养的往外扔还唯恐不及呢，自己往回捡未免太不合时宜。前年的一天晚上，下了一场大雨，早上起来，胡同子里的水泡子，不知谁家倒了十多条金鱼和红箭鱼，惹得一帮小孩子围在坑边看鱼玩儿。固然，自己没职业，养花没人管，但关键是这些花即使美出天花来，并不能当饭吃。他拖着麻袋往外走去，门槛高出地面，挡了麻袋一下。这一挡，他站住不动了。心想，虽然那些花不稀罕，花盆却能换几个钱花。即使没人买，留下装东西总可以吧。

他返身回来，把手电筒放在床沿上照亮，将花一盆盆搬出来。搬完后，数一数一共九盆。花盆极为精致，特别是其中三个大的，通体烧制得暗红，描着金，雕着几条龙。龙非同一般，张牙舞爪腾跃于祥云之上，神态各异，活灵活现。他满心喜悦地计算一下，抛开小花盆不算，光这三个大盆，哪个都能卖几个钱。他首先从小花开始，如同薅草，大手一拢紧紧攥住花叶，另一只手摁住花盆，狠命往上一拽，那些花弯弯曲曲、乳白色的根须便破土而出了，上面沾挂着干燥的泥土。他把花一棵棵扔到一旁，挨个儿把花盆里的土倒在地上，花盆则摞在一起。薅完小花，正打算冲三棵大花下手，身后嗒一声轻响，电灯亮了。回头看，陈东升出现在门边。

陈东升流露出一丝不快，“你咋又钻这来了？”

王福祥不安地说：“花盆你们反正不要了，我搬回去。”

陈东升扫一眼屋里，“花盆虽然不算啥，你也得问问让不让搬呀。”

没人同意他搬花盆，但必须找出个人来顶着。他说：“我问了，你们有个梳分头，别短枪的官同意了。”

“是权部长？”

王福祥这才知道，后院那男的姓权，他故作镇定地关上电筒，说：“啥长我不知道，从你们那屋出来碰上的。”

陈东升态度缓和了，指着地上散乱的花和土，说："同志，这你就不对了，要花盆也不能把土和美人蕉扔屋里呀，这屋又不是垃圾箱。伟大领袖毛主席教导我们，'扫帚不到，灰尘照例不会自己跑掉'，更何况土和花了。你赶紧收拾干净。"

陈东升走了。王福祥找来纸壳当撮子，撮起地上的土，来回跑了十几趟倒在院子里。收拾利索后，推来车子，把花盆搬上去。那些小花不敢往院子里扔，拢起来塞进麻袋，三棵大的连盆一起搬上车，打算路上把花和土扔掉。

5

王福祥由于沉浸在收获的喜悦之中，本想路上扔的花忘扔了，带回家来。第二天，他来到自家装破烂的小棚子前，鄙夷地发现，三棵大美人蕉长相古怪，每棵叶子中间都蹿出个绿梃子，梃子上结着十多个红彤彤、羊粪蛋子大的圆球。花叶更没个看，绿中泛黄，黄里透白，典型的营养不良，形状说好听的像美人舌头，说不好听的像狗舌头、猪舌头也都恰如其分。而堆在一起的小花比大花还差劲，连梃子也没有，叶子颜色跟大花相同，长相呆板，死气沉沉。他把小花拢了拢，掐着塞进铁皮垃圾桶里。他干活的时候，王广财坐在旁边的小板凳上，吹同学陈伟借给他的笛子。他吹的是《我爱祖国的蓝天》，笛声异常刺耳，听得王福祥心里直翻个。

"小兔崽子，"王福祥吼，"要吹到大街上吹去！就你这水平，比宋家洼子还低。"

宋家洼子是市里数一数二的低洼地，王广财不相信自己吹得那么糟糕，"爹，我觉得吹得挺好啊。"

王福祥一只手摁住花盆，另一只手拢住大花的叶子，把大花连根拔出扔在地上，讽刺："好，好得跟耗子叫似的。"

王广财让他说得情绪低落，把笛子别在腰上，凑上来，"爹，给我买个笛子呗，我好好练，以后成名成家。"

王福祥没好气，“没钱!”

王广财不死心，“不贵，才一元多，给我买一个呗。”

王福祥拔出最后一棵大花，骂：“买个屁，哪凉快上哪待着去。”

王广财指着地上的三棵大花，问：“爹，这花不要了?”

“要它干啥，又不能当饭吃。”

王广财抓起一棵大花，把花叶咔嚓咔嚓劈掉，长着红球球的花梃子插在脖子后的衣领里，叶子握在双手当大刀，摆出骑马的样子一蹦一跳，同幻想中的敌人展开了一场鏖战。舞着舞着，手中的叶子一片片断了，脖子后的花梃子掉了，红球球滚落一地。

王小娟正跟两个女孩跳皮筋，瞧见了，喊：“剩下的两棵给我，我要有红球球的花。”

王广财只当没听见，扔掉残叶奔另外两棵花去了。王小娟撇开同伴跑来拦，没拦住，被他抢到手一棵跑开了。王广财掰下花叶，扔掉花梃子，开始了新一轮的厮杀。他左劈右砍，几个回合下来残叶遍地。王小娟追着他撵，撵着撵着，意识到撵上也于事无补，他手中的花绝无复活的道理了，便转身去保护最后一棵大花。她找来个小木箱，刚栽上大花，王广财便又张牙舞爪地扑来了。

王小娟用身子护着花，嚷：“别抢，我要留着。”

王广财用手中的半截残叶猛砍她胳膊，口中念念有词：“斩断阶级敌人的魔爪!”

王小娟急了，喊：“爹，你管管广财呀!”

王福祥钻出小棚子，骂：“小兔崽子，连你姐也打，找死呀!”

王广财不得不住了手。王小娟趁机捧着花，从墙豁子迈过去，进了申桂莲家院子。

王福祥做了半辈子发财梦，寻思有朝一日，捡块金条、元宝一类的稀罕物，却始终未能如愿。非但如此，就连每日辛辛苦苦捡的破烂也少得可怜。多亏了“文革”，多年以后仍然让他感慨不已。原本废纸、破布头少得可怜的垃圾箱里，惊人发现已经使他习以为常。有一次，他居然捡了两幅古画。那画卷在紫檀木画轴上，画着山水，上方写着密密麻麻的蝇头小楷，边上盖着许多章子。他不认识字，不知道写了些啥。由于这都是别人怕被红卫兵查抄出来，拉出去批斗才扔出来的，他没敢往回捡。只是把画从木轴上扯下，当作废纸塞进麻袋，把木轴当柴火扔到了车上。这应该是他前半生最辉煌的时刻，却让他轻描淡写地给葬送了。而真正让他发了笔财的，是从大庙搬回来的那些花盆。他把花盆码在车上，推到市场卖，净赚二十来块钱。光卖花盆不值这么多，这些钱里还有卖鸡的钱。改喝红茶菌后，家里养的大公鸡失去了作用，又不忍心吃它的肉，便一起拎去卖了。

从市场回来，他翻出两个月来一直没动的肉票，花一元七角钱，在副食店买来两斤三指肥膘的猪肉，一大捆芹菜，包了一顿饺子，炒了一个带肉的菜。剩下的一小块肥肉也得到了充分利用，炼了小半碗荤油，留下来炒菜，弥补定量供应豆油的不足。一家人团团围坐在小炕桌旁，尽情大吃二喝。这顿晚饭吃得相当奢侈，给全家留下了永久的记忆。饺子那个香啊就别提了，咬一口直冒油。王福祥端着小酒盅，嗞嗞作响地喝着小烧。喝到第三盅，冷不丁看见，王小娟脖子上挂着一串东西，挂得美滋滋的。细瞅，是美人蕉上的红球球，一个个穿在老婆生前纳鞋底用的麻绳上。这俩孩子从小到大，他只给买过一次哗啦棒，别的玩具没买过。看到花球球起到了玩具的作用，给孩子带来了欢乐，暗自高兴。

王广财吃得最卖力，如同吃冤家，撑得小肚子鼓鼓的。他解开腰带，吃到饺子堵到嗓子眼儿，实在咽不下了，便到胡同里跑了一圈，使肚子里的饺子尽快消化。回来后再接着吃，咽得艰难，甚至有些痛苦。

王福祥看不下眼了，厉声制止："小兔崽子，见好吃的不要命，再吃，再吃撑死你！剩下那盘别吃了，给你申婶送去。"

王广财急忙又塞进嘴里一个饺子，这才住了口。

王福祥天生闲不住，吃完饭到附近的几个垃圾箱前转了一圈，天黑了才回来。王小娟一直住在邻院申桂莲家，往常这时候早过去睡觉了，眼下却在屋门槛上坐着。她先前没哭，见爹放好车子过来，这才靠着门框抽抽搭搭哭了，十分委屈。

王福祥问："咋啦？"

她抽泣着，"项、项链放在窗台上丢了。"

王福祥知道她指的是那串红球球，并不放在心上，“丢就丢吧，又不是啥好东西。”

“我要。”她哇一声大哭起来。

王福祥骂：“嚎，嚎，就知道号丧！”

骂归骂，找还是要帮助找的。他里里外外翻个遍，也问了王广财，花球球却钻了地缝一般无影无踪了。既然找不到，王小娟再哭他就觉得不应该了，烦了，训斥，“我还没死呢，号丧啥！丢就丢了吧，又不是啥值钱东西。”

王小娟哭得更加伤心，抹着泪到申桂莲家去了。

6

王广财是小学一年级的学生。他第一次听说“文化大革命”，是去年在《“五·一六”通知》发表后的大街上。当时，刚下过雨，他正跟小伙伴在胡同里和泥玩儿，听说街上老多人都举着反动标语游行呢，不相信，跑出去看。果然，游行庆祝的队伍络绎不绝，一路高呼口号，沿着斯大林大街行进。在一队游行队伍前边，两个男青年抬着一块小黑板，上面写着：“马克思主义的道理千条万绪，归根结底，就是一句话：‘造反有理’。”

王广财撵着队伍走，迷惑地指着小黑板，问：“叔叔，要造反这不是反标吗？”

叔叔解释：“小朋友，这是毛主席说的话，咱们无产阶级就是要造资产阶级司令部的反。”

“文化大革命”愈演愈烈，王广财虽然知道了什么是“文革”，却没融入进去，而班里大约五分之一的同学参与了进去。王广财班主任是个胖胖的女老师，戴着白框近视镜，最让她费神的就是这五分之一。这些明明是小猫年龄的孩子，一个个变成了老虎，常常正上课呢就辩论起来，互不相让，叽叽喳喳乱成一团。胖老师不敢制止学生们的革命行动，授课无法正常进行，又不能熟视无睹。经过深思熟虑，她想出一个办法，那就是重新调整座位，男生和女生插花坐，把经常挑起辩论的同学隔离开。王广财的同桌叫陈伟，虽然和王广财一样无派无争，但两人小动作不断，影响很不好，便也进入了调整范围。

说到陈伟，他可是王广财最好的朋友了，常年穿一身小帆布工作服，又肥又大。他只因帮助王广财打架时动用了铅笔刀，一跃而为年级的打架大王。那天，学校在校园开运动会，学生自带午饭。依着王福祥，就让王广财带上个窝头，两块咸菜去了。王广财嫌丢脸，背着他爹焖了一饭盒高粱米饭，炒了个白菜片。运动会午休，值周的同学把全班的饭盒，从热饭的铁箱子里拿回来。王广财捧着饭盒，如同带来了美味佳肴，神秘地招呼上陈伟，来到墙根前并肩坐下。陈伟家是单职工家庭，六个孩子，生活困难，平时吃饭不讲究好坏，以吃饱为准。陈伟体谅家里的困难，没跟大人说开运动会。早晨，家里做苞米面粥，没法带饭，寻思中午不吃了。王广财知道他没带饭，把饭菜一分为二，一半拨到饭盒盖上，留给自己，饭盒里的给了陈伟。

王广财边吃边问："你说咱班哪个女生最好看？"

陈伟咽下嘴里的饭，"丁美丽。"

王广财摇着头，"不对，不对，宋小雁最好看。"

陈伟坚持，"丁美丽好看。"

正争执着，祖国庆领着几个同学来墙根下吃饭，坐在王广财他们旁边。祖国庆是祖副市长的孩子，邻班的。日常，以他为首的几个男生，成天绿林好汉似的打架、逃学在一起，惹是生非。祖国庆的饭盒装在蓝塑料绳编的网兜里，那是十分时尚的一种兜子。他从网兜里掏出亮晶晶的铝制饭盒，盒盖一打开，香气顺着风飘了过来。王广财偷偷扫一眼，那群孩子带的都是大米饭、馒头一类的细粮，菜是肉或蛋炒的应季蔬菜。

祖国庆挑衅地喊："你俩馋不馋？"

王广财和陈伟没吭声，闷头吃着。

祖国庆不甘寂寞，给王广财编了几句话，领着同学一起喊："捡破烂的小王上食堂，想吃细粮没吃着，吃了一嘴大粪汤。"

喊也就喊了，偏偏祖国庆觉得不过瘾，掷来半个白面馒头，砸在王广财胳膊上。王广财忍无可忍，捡起一块石头一跃而起，很有分寸地掷过去，砸在祖国庆腿上。祖国庆领着同学，一群狼崽子般扑过来。陈伟挺身而出帮助王广财，跟对方厮打在一起。对方人多势众，眼看两人招架不住了，陈伟从肥大的工作服兜里摸出铅笔刀，打开来，吓得对方四处逃窜。过后，陈伟觉得不够本，又把他家一个邻居，比他大几岁的一个孩子勾来，帮忙打祖国庆。大孩子外号叫周秃子，生性爱打架。周秃子的外号，源于几年前他头发出现的斑秃，现在斑秃没了，外号却流传下来。周秃子小小年纪不学好，讲哥们义气，到处打架斗殴。本来，他那天要到郊区果园偷海棠果，为了朋友没去。他单枪匹马，接连堵了祖国庆两天，吓得祖国庆三天没敢上学。从此，祖国庆再不敢欺负王广财了，陈伟打架大王的地位也确立下来。

下午自习课，胖老师把调整座位的想法变为现实。别的同学都一男一女重新搭配完毕，唯独被分到和王广财一座的丁美丽，死活不肯去，站在教室后边咬着嘴唇，来回扭动着身子。丁美丽是双职工家庭的孩子，父母都是国营企业工人。她半拉眼睛看不上王广财，每当她当值周生，站在教室门旁，检查同学们脖子和指甲是否干净时，总要挑王广财的刺儿，不是说他指甲长，手黑得像老鸹爪子，就是说他一脖子皴，多次给他卫生不及格的惩戒。这使得王广财在同学面前，一次次丢尽了脸。

胖老师站在讲台上，从近视镜中沉静地端详她片刻，说："毛主席教导我们，'加强纪律性，革命无不胜'。丁美丽，你是红小兵，还有没有组织纪律性了？"

丁美丽把头一歪，"我就不去！"

被调整到最后一排的陈伟低声插嘴："你舅不去你去。"

丁美丽听见了，剜了他一眼。

胖老师摘下眼镜，擦着镜片，"丁美丽你先坐过去，有意见下课说。"

丁美丽盯着胖老师，"为啥偏让我和他一座，别人咋不去？"

胖老师戴上眼镜，"讲讲理由。"

丁美丽不得不说了，"他身上有股破烂味。"

嘻嘻嘻，同学们窃窃地笑了。王广财的脸唰一下红了，血红血红的像猪肝，头上的汗沁出来，恨不得找个地缝钻进去。

胖老师见丁美丽铁了心，知道她娇气十足，逼急了只怕要大哭，把课堂给搅了，便将目光落在王广财前一排的杨素芳身上，“杨素芳，你跟王广财一座，丁美丽坐你那。”

杨素芳在同学中公认最爱臭美，特征是喜欢穿一双白色的矮腰回力球鞋。那鞋她每晚用牙粉刷一次，始终保持着洁白。她被老师点了名，噘着嘴埋下头，叨叨咕咕的：“我才不去呢，别人不去为啥让我去，看我好欺负咋的？”

胖老师觉得她说得在理，正琢磨如何处理这棘手的问题，宋小英举起了手。宋小英是班里文娱委员，平时唱歌都由她先起个头，定个调，然后说“预备，唱”，同学便都跟着唱了。

胖老师问：“宋小英，你有事儿吗？”

宋小英站起来，“老师，我跟王广财同学一座吧。”

胖老师松了口气，“好吧，丁美丽，你坐宋小英的座位。”

王广财扫了一眼宋小英，心头涌过一股清泉，暖暖地流淌。

王福祥家两间房，外间做饭、堆放杂物，里间住人。里间的棚顶，糊着捡来的报纸。火炕搭在南窗下，炕梢的角落码着被褥。窗户上卷着牛皮纸，晚上放下当窗帘用。西墙前，摆着一把椅子，挤在炕和两屉桌中间。桌下，挂着埋汰得近于黑灰色的白布帘，里面搪着两层木板作为碗橱。桌上，长年摆着暖瓶，还有个年代久远的小座钟。北墙前，并排放着两个枣红色、斑斑驳驳的柜子，上面堆着瓶瓶罐罐。靠柜立着个小炕桌，桌旁摞着四个小板凳。北墙正中，贴了张毛主席穿军装的半身印刷像，还有张样板戏《红灯记》剧照，戏里的祖孙三代人高举红灯。紧挨剧照是个方镜框，镶着家中仅有的五张黑白照片。

王福祥没人管束，出去回来随心而定。今天，身子骨不舒服，四点多回了家，抓起求人安装的矿石收音机，戴上两个耳塞子，蹲在屋地，一边把一堆破铜烂铁分着类，一边听电台播放的歌曲《东方红》。这时，王广财的老师来了。胖老师以前来家访过，见过王福祥。她站在门里，从近视镜片中瞅着他，说了句话。

王福祥没听见，看见了，赶紧摘下耳塞站起来，两只手在衣襟上蹭了蹭，说：“老师来啦，坐。”

胖老师在炕沿坐下。

王福祥撩起桌子下的布帘，拿出粗瓷二大碗，倒上水。又从柜子上捏起原先装青霉素的小药瓶，打开盖，倒出几粒白色颗粒在碗里，递过去，“放糖精了，甜着呢，润润嗓子吧。”

胖老师真渴了，本想喝，瞄了眼碗边，见沾了许多油渍子，便不想喝了，接过来放在炕沿上。见他还站着，就说：“坐吧，站着干啥。”

王福祥说：“惯了。”

胖老师不再劝了，“毛主席教导我们说：‘为人民服务。’老王同志，我是来家访的。”

“家访好，家访好。”

“王广财同学太不像话了，今天上午，别的同学都认真听课，偏偏他不听，用这玩意儿。”胖老师在衣兜里摸了半天，掏出用一根麻绳穿着的两个红球球，“用这玩意儿打我。当然，他不是故意打我，是打一个叫丁美丽的女同学，打飞了，打到了我。”

王福祥接过球球，气愤地骂：“这小兔崽子，打女生算啥本事，有能耐找能打的男生打呀。”

胖老师纠正，“打谁都不对。”

王福祥解释，“我不是这意思。”他瞄了一眼红球球，认出是王小娟丢的项链，恍然大悟，“这小兔崽子，原来他把项链偷去了。”

胖老师正在擦镜片，紧张起来，“他偷谁项链了？”

“他姐的，不是真项链，是这花球子。”

胖老师放了心，戴上眼镜，“老王同志，王广财同学到了这一步，有我做老师的责任，也有你们当家长的责任。今后，希望咱们共同努力，做好他的思想革命化工作，使他的世界观有个质的飞跃。”

王福祥正在气头上，老师的话没听进去，骂：“小兔崽子，看我咋收拾他！”

胖老师听不入耳了，“毛主席教导我们说：‘一切革命队伍的人都要互相关心，互相爱护，互相帮助。’思想政治工作是慢慢做出来的，不是打出来、骂出来的。”

王福祥赶紧点头，“那是，老师说得对。”

王福祥家的矿石收音机，孩子们听起来不过瘾。邻院申桂莲家有一台红灯牌收音机，“文革”前，两个孩子只要在家，到了中央广播电台的“小喇叭”时间，都要趴在收音机前听。每当听到“小朋友们，小喇叭开始广播啦”，两个孩子就高兴。随着“文革”的到来，小喇叭改名换姓，两个孩子很少听了。不过，这个时间到申桂莲家听收音机，却成了习惯。老师来家访时，收音机里正在播放一篇社论。王广财听不太懂，打开收音机只为有个声响。他坐在桌子前，一只手握着剪刀，另一只手捏着他爹捡回来的破纸壳，正在剪“啪叽”。

屋里没有下水管道，申桂莲在院门前倒脏水回来，说：“广财，你们老师到你家去了，你是不是惹祸了？”

王广财傻眼了，嘴却硬着，“没有啊。”

王小娟在一旁，正缝着游戏用的布口袋，不相信地撇了一下嘴，“你对毛主席发誓。”

“发就发。”王广财嘴上说着，按兵未动。

王广财知道老师是来告状的，听完广播没敢回家，一直在大街上跟小伙伴玩儿轱辘圈。天黑透了，这才溜回来。他把轱辘圈放在门后，瞟了爹一眼。王福祥盘腿坐在炕上，面前摊着卖破烂收入的零钱，正一个子儿一个子儿数，没搭理他。他以为风险过去了，撩开桌子下的布帘，拿了碗筷准备到外屋盛饭，被王福祥喝住了，吓得他一激灵。

王福祥怒目而视，“我问你，是不是你把你姐项链偷去了？”

王广财害怕了，“不是偷……”

王福祥打断他的话，“到底是你偷的了，你不是说没偷吗？”

王广财辩解：“过后拿的。”

王福祥指着他骂：“小兔崽子，还敢打老师，这不成流氓了嘛，打死你算了，省得祸害人！”他伸手抓起炕梢的笤帚疙瘩，光脚跳下地。

王广财没少挨这笤帚疙瘩打，放在往常他能跑则跑，一旦跑了，等王福祥气消了再回来，就算躲过一劫了，大不了挨顿臭骂。偏偏这次他不但不跑还顶风上，梗着脖子喊上了，“你还说我呢，都怨你捡破烂，捡得咱家没好味。要不丁美丽能当全班同学面，说我身上有破烂味吗。她骂我，我才拿花籽打她的。”

王福祥明知他使的是倒打一耙之计，还是心甘情愿地中了招，蔫了，放下手中的笤帚疙瘩，说：“爹就是捡破烂的，还怕人家说咋的。不过，那孩子不该说有味。”

“爹，你别捡破烂了，上班得了。”

王福祥知道，自己没地方上班，可说了等于白说，孩子不明白，便换了个角度，“上班就好啊？成天让人管着！要想上班，我大跃进那年在拖拉机厂当工人就不走了。亏得我上那两年班了，正好赶上动员城里吃闲饭的到农村去，要不是我有工作，咱家早搬乡下去了，那罪可遭大了。”说完，起身耷拉着脑袋走了。

7

申桂莲老家在山东，她十多岁时父母被日本鬼子杀害，哥哥和姐姐饿死的饿死，送人的送人。她被邻村一户有几亩地的人家领养，并嫁给了那家的独生子。婚后第三天，村上来了往抗日前线开拔的八路军，丈夫跟着部队走了。又过了一年，公公得了中风瘫在炕上，她成了家里的主要劳力。到了日本鬼子投降前一年，婆婆病死了。这无异于雪上加霜，她既要莳弄地里的庄稼，又要照顾炕上的公公，里里外外一个人，忙得脚打后脑勺。恰好，抗日根据地搞土地改革，村上考虑她家是抗属，派人帮助打理地里的活计，使她能够腾出手，专门忙碌屋里的事情。

公公过意不去，时常说：“这几年你遭了不少罪，等你男人回来就好了，你也该歇歇手了。”

公公没能盼到这一天，抗美援朝那年，晚上睡了后再没起来。公公死后，她一个人顶门过日子，心想解放了，男人活着也该回来了。每次她从地里回来，到了家门前都要想，没准儿一推门，男人正在炕上坐着呢。然而，又是两年草绿草黄，男人还是没有音讯。那天，她正在村外的地头割猪草，村里一个老汉从三十里地外走亲戚回来，碰上了她。老汉说，他亲家那村子，有个当年跟她男人一起参加八路的，当上干部回家探亲来了。申桂莲问清了地址，第二天起大早上了路，用了大半天摸到人家。老天有眼，干部和她男人开始在一个连，后来她男人因为有文化，又经过枪林弹雨的考验，被送到抗大分校学习，两人便断了联系。抗美援朝后，干部听说她男人从朝鲜战场回来，转业到了吉林省委，当了大领导。回家后，她背上一袋地瓜干当干粮，只身一人去找男人。她徒步走了八十多里，又坐了三天汽车和火车，饿了啃地瓜干，渴了讨一口冷水。当她历经千辛万苦来到吉林市时，布鞋的前脸磨破了，露出了脚趾头。

那是个夏日的下午，初秋的阳光暖融融地蜷缩在树上，绿色的叶子泛着凝重的油亮。滔滔的松花江水从市里流过，江面跃动着细碎的白银般的光芒。男人办公的地方靠近江边，在一幢当年日本鬼子盖的楼里。男人身材高大，穿一身中山装，上衣兜别着管黑色钢笔。她的忽然出现，使男人受到了惊吓，腾一下从办公桌后站起，脸色苍白，不知所措。她望着几乎认不出来的男人，有种车到站、船到港的感觉，眼泪涌了出来。

男人很快镇定下来，说："家里的事情我听说了，你受苦了！"

男人让她坐在沙发上，给她倒了杯水。她滔滔不绝地讲了十多年来的经历。男人坐在她对面的沙发里，默默听着。当她说到动情处，男人眼睛几度湿润。

太阳西沉，男人起身说："招待所安排了饭，吃饭去吧。"

她解开包袱，掏出一把地瓜干，放在桌上，"不用，我带干粮了。"

男人愣了一下，拿起地瓜干捏着，问："路上就吃这个？"

她说："抗饿。"

在招待所食堂，两人都没说话。申桂莲吃饭的时候男人没动筷子，默默嚼着硬邦邦的地瓜干。她觉察出了异常，不安起来，虽然饿了却吃不下，吃下去的也没滋没味。直觉告诉她，男人变了，变得冷冰冰的。而在这冷淡背后，绝不是官做大了带来的矜持，肯定有难以启齿的原因。当她吃了个七分饱放下筷子时，男人吃光了一把地瓜干。

男人站起来，满脸愧疚，说："桂莲，我对不起你。"他想说什么，话到嘴边又改了口，"你先坐。"

男人这一走再没回来。约莫过了十分钟，一个穿列宁装的女同志进来，把她安顿到招待所住下，并领来了单位的党委副书记。副书记三十多岁，长得跟五十岁似的，也穿一身中山装，上衣兜同样别着一管钢笔。他热情地跟申桂莲握了手，嘘寒问暖。

两人唠了半个小时，她忍不住问：“俺男人呢?”

副书记犹豫一下，说：“申桂莲同志，咋跟你说呢?直说吧，新中国讲究自由恋爱，你跟你爱人的婚姻是父母包办的……”

她急了，“不是……”

副书记不容她插嘴，“你爱人结婚了，组成了新的家庭，已经有一个娃了……”

她像挨了一闷棍，脑袋嗡一声，再什么也听不清了，甚至都不知道副书记什么时候走的。她在招待所整整哭了一夜，眼泪都哭干了。

第二天，她男人包括男人的同志，以为她会来单位闹，并做好了应对准备。没成想，她提出要走。这使她赢得了男人单位上上下下的好评，都说老区的乡亲觉悟高。她挺起胸脯，一滴眼泪也没再流，挎着包袱出了招待所，住到娘家村里一个远房表哥家。她那双露出脚趾的布鞋，是在表哥家换的，表哥给了她一双新布鞋。她在家乡没有亲人了，不想再回去，通过表哥介绍，在省内另一座城市——长春，找到了工作。临行前，表哥给了她一百元钱、二十斤粮票。后来，表哥来信说，她工作是她男人安排的，钱和粮票包括布鞋都是男人给的。她叹了口气，如果当初知道，绝不会要这份工作，也不会收他的钱物。

她工作的单位是纸箱厂，在厂里干推成品的活。活不累，但忙乎人，还要倒夜班。开始，她住独身宿舍。到了一九六二年，全国学雷锋那年，厂里给她分了房子，跟王福祥成了邻居。搬来没几个月，她便跟王福祥老婆打得火热，媒介是她那台上海产的“飞人”牌缝纫机。王福祥家没有缝纫机，他老婆经常求她给孩子做衣服。一来二去，两家好得跟一家人似的。为了方便来往，还把两家之间的院墙扒开了一人宽的豁口。申桂莲经济上宽裕，平时做好吃的总要送一些过来。王福祥的两个孩子，也拿她家当自己家。王福祥老婆死后一个月，她恋爱了，对象姓蒋，山东人，在厂里当装卸工。老蒋是难得的好人，不论白天多累，都要一直等到她下班后，把她送回家。到了门前屋也不进，瞅着她进屋扭头便走。而厂里有个别有用心的男同志，晚上送她回来，想方设法要往屋里钻，跟老蒋简直没个比。她爱上了老蒋，每天都要炒个好吃的菜装在饭盒里，带给他中午吃。她像个初恋的小姑娘，如饥似渴地吸吮着爱情的甘露。

8

王福祥劈完柈子，慢慢直起酸痛的腰，从院墙上望过去，看见申桂莲抱着被子走出屋来。老婆死后，王福祥对她产生了爱。但总觉得自己地位卑微，是癞蛤蟆想吃天鹅肉呢，一直不敢表白。当她跟老蒋好上后，王福祥更感到无望了。不过，如此轻易地举手投降又不甘心，总盼着发生奇迹，使事情出现转机。因此，一有机会他便找出种种借口，往申桂莲家钻。他朝自家屋里看了一眼，王广财疯累了，正躺在炕上看借来的小人书，王小娟趴在桌上写作业。女儿平时长在了申桂莲家，连住带吃，蹲在家里的时候并不多。而只要女儿在申桂莲家，他就不敢踏进人家半步。眼下，机会来了，他岔开手指梳了梳头发，从墙豁子走过去。

申桂莲家的房子也是两间，院子比王福祥家小。院子东边种了几垄豆角、小葱、小白菜一类的家常菜，西边堆着柈子、煤等杂物，还有一根拴在木杆子上，晾晒衣物的铁丝。她站在铁丝前，把被子往上搭。

王福祥搭讪："晾被？"

"天气好，把小娟子的被褥晾晾。"

"没去上班？"

"厂里造反派造反去了，停产。"她顺嘴客套了一句，"屋坐吧。"

王福祥乐不可支，"方便？"

申桂莲心无杂念，"没啥不方便的。"

王福祥跟她进了屋，申桂莲故意将门敞开。她把王福祥让坐在炕沿上，爬上炕，抓过一只布鞋底，闷头纳起来。

王福祥说："这俩孩子麻烦你了。"

“不麻烦，我稀罕他俩。”

“广财这小兔崽子可不省心。”

“淘小子有出息。这孩子懂事了，头晌给我送来了一根铁轨。”

“铁轨？”

“你不知道？居民组搞联防，说是公检法被砸烂了，怕坏人来抢劫没人管，让每家安一根铁轨，遇到紧急情况敲，街坊四邻就都来了。”

“怪不得我家棚子也拴了一个，我还以为孩子挂上去玩儿的。”他盯上了她手中的鞋，“给老蒋纳的鞋？”

“嗯哪。”

说到老蒋，王福祥不但见过，还跟他喝过酒。那是老蒋第一次来申桂莲家，她把王福祥叫来陪酒。老蒋脸色黝黑，身材高大，声音洪亮，喝白酒跟喝水一样。就是那次，王福祥知道了他俩的关系。清楚了老蒋来的目的后，酒越喝越悲哀，话也少了，没等老蒋尽兴，他借口家里有事，溜了。

说曹操曹操到，院里传来了粗嗓门的山东口音，“小申同志在家吗？”

王福祥听出是老蒋，心一沉，不自然地朝院里望去。

她爬起来，冲着敞开的窗子喜悦地喊：“在呢。”

她刚下炕，老蒋进了屋，拎着塑料绳编的兜子，里面装着两瓶水果罐头。老蒋狐疑地扫了她一眼，又看了一眼王福祥，脸上流露出对两人独处的不满。好在他马上意识到，这是不明智的，不愉快消失了，把网兜递给了申桂莲。

她接过网兜，说：“来就来呗，买东西干啥。”

老蒋说着“没买啥”，冲王福祥笑了笑，皮笑肉不笑。

王福祥不情愿地起身，“你坐，我回去了。”

申桂莲说：“回去也是闲着，我炒两个菜，你们哥俩喝两盅。”

王福祥上次主动退出酒场，曾后悔过，觉得是给老蒋扫清道路呢。眼下既然有机会，就不能再溜了，只要自己在阵地就在。他自言自语似的，“喝点？”

申桂莲说：“老邻老居的客气啥。”

老蒋听她把跟王福祥的关系说成是老邻老居，心态转晴，说：“上次没喝好，这回咱哥俩好好喝两口。”

王福祥和老蒋在炕沿坐下，说起话来。老蒋一开口，便没了王福祥说话的份儿。老蒋先是讲“抗美援越”的国际话题，接着又大谈全国“文化大革命”的大好形势，顺便捎带了一些本市两大造反派武斗的内幕，滔滔不绝。这些话都是王福祥闻所未闻的，听得他眼睛都直了。他听得越专注，老蒋的谈兴越高，就越能讲，直到酒菜上来才住了口。申桂莲炒了一盘鸡蛋，炸了一盘花生米、一盘虾片，还拌了盘白菜丝，连同碗筷，一样样摆在炕桌上。三个人脱鞋上了炕，王福祥和老蒋坐在炕桌两侧，申桂莲坐在老蒋身边的炕沿上，边吃边唠，话题随心所欲，想到哪儿说到哪儿。

王福祥想方设法抬高自己，把老蒋比下去。他说：“干我们这行，虽然比不上你们公家人，可也不差多少。铁道北一个捡破烂的，发大财啦!”他卖着关子，端起酒盅喝了一口，“他在垃圾箱里捡了个破枕头，把谷糠倒出来，寻思把枕头皮当破布卖。你们猜咋样?”

老蒋瞪着大眼珠子，“咋样?”

申桂莲说：“谁还不知道，准是倒出钱了。”

王福祥夸赞：“你真行，猜着了，倒出四百块，都是五元的大票!”

申桂莲说：“那可是咱一年的工资呀！还人家了?”

王福祥吃了口菜，“还？他都留下了。”

申桂莲于心不忍，“人家省吃俭用攒的，不容易呀!”

老蒋一脸羡慕，想也不想地脱口而出：“谁捡是谁的。”

王福祥有意戗老蒋，拿出教训的口吻，“老蒋同志呀，你这就不对了，那不是自己的钱，不能黑心眼子，该还给人家。”

老蒋的脸红了，“说得对，拾金不昧嘛。”

看着老蒋败在自己面前，王福祥更加得意，竟摸起了老虎屁股。他端起酒盅，“老蒋，咱干了这酒，谁不喝是傻狍子。”

老蒋一扬脖，把酒喝了个精光。本来，王福祥光天化日之下，钻进申桂莲家，他就有几分不高兴，又让他当着对象的面抢白了一顿，不禁萌生了几分怨恨。他在盅里倒满酒，说：“老王同志，俺今天没啥事儿，跟你喝个痛快的。”

王福祥正为占了上风得意，不知天高地厚了，“喝就喝。”

老蒋有意灌醉他，一盅接一盅地跟他比着喝。王福祥明知喝不过人家，却不想在申桂莲面前败下阵来，一盅不落跟着。喝着喝着，王福祥喝多了，话也多起来，而且不着边际。老蒋不怀好意地顺着他，不时端起酒盅跟他撞一下。喝得兴起，老蒋脱掉上衣，只穿件白色的跨栏背心，露出了腰间的手枪。

王福祥指着他腰上的枪，奚落：“空枪套吧？”

老蒋把手摁在枪套上，“空枪套，你试试？”

王福祥摆手，“别介，可别介。”

老蒋得意地在枪套上拍了拍，“这是总部发的，没这家伙不中，‘枪杆子里面出政权’。”

“你是啥官？”

老蒋夹了一筷子拌白菜，塞进嘴里，得意地说：“不大，‘公社’派的特工队长。干啥都一样，都是干革命。”他反问：“你是哪派的？”

王福祥喝多了，真心表露出自愧不如，“我一个捡破烂的跟你比不了，能有啥派。跟他申婶一样，没派。”

老蒋见他承认不如自己，有了同情心，端起酒盅一饮而尽，却没让他喝，说：“屁话！捡破烂的咋啦？捡破烂也是革命工作，三百六十行，行行出状元。人家北京淘粪工人时传祥，当上了全国劳模，还见过毛主席呢。再说，像你多好，一天到晚都清闲出屁了。俺不中，成天累得半死。不过呢，俺还得说两句，你哪派都不参加，当墙头草两边倒不好，革命立场一定要鲜明。”

“老蒋啊，不是我想当墙头草，实在是看不出谁好谁坏。就打说看出来了，想参加人家也不要。”

两人越说心越近，你一杯我一杯相互照应着喝。

申桂莲看出王福祥有了醉意，劝：“你喝不过他，别喝了。”

王福祥不想在她面前认输，硬充好汉，“谁说我喝不过他，今天这酒喝得痛快，哪怕是毒药我也得喝。”

老蒋开始想灌醉他，眼下坏心眼没了，酒兴却更浓了。他有意支走申桂莲，“凉菜下货，你再拌一盘去。”

申桂莲出去后，老蒋胆子大起来，爽朗地哈哈一笑，“老王，这么一小口一小口喝没意思，跟保皇派似的。好事成双，俺跟你成双喝，喝出咱‘公社’的气势来。”

王福祥死不服输，“喝就喝，喝他个轰轰烈烈闹革命。”

等申桂莲端着拌白菜丝进来，王福祥已经醉得趴在了炕上。

申桂莲放下菜盆，埋怨老蒋：“你知道他喝不过你，咋还往死灌？”

王福祥朦朦胧胧听见了，爬起来，舌头都大了，“谁说我不如他？”说着，猛扑到炕沿，哇哇吐起来，喷泉一样。

申桂莲生气了，“老蒋，你这不是成心看他热闹嘛。”

老蒋在酒劲儿作用下也生了气，阴沉着脸穿上鞋，起身就走，边走边说：“俺回走了！”

申桂莲没成想他会这样离开，委屈得流下泪来。

9

居民组不但要求每家都挂报警钟，而且还排出了顺序，每两家一班，扛着红缨枪或锯出尖头的铁管子，在小胡同里巡夜。昨晚，轮到王福祥家值班，他在外边转了一宿。早上回到家，孩子上学去了，小炕桌上扔着用过没洗的碗筷。他热了一大碗苞米面糊糊，两个窝窝头，夹出一块老婆死前腌制的芥菜疙瘩。吃过后，把炕桌连同用过的碗筷，一股脑搬到柜子前的地上，等着下次吃饭前收拾。他端着用过的碗，抓起柜子上的大肚玻璃瓶子。里面的红茶菌胖大了许多，黄乎乎、毛茸茸一大团。他倒了一碗菌水喝下，吧嗒吧嗒嘴，满意地伸伸胳膊，精力充沛地朝院子里走去。

王福祥家唯一值得骄傲的，是一间半教室大的院落。院子右侧，今年种了一棵杏树，树上拴了一根铁丝，铁丝另一头拴在木桩子上。铁丝长年累月不得闲，不是挂衣服、被褥，就是挂捡来的潮湿发霉的纸壳、布条。院门左侧，是座低矮的小棚子，用碎砖头砌的，墙面凸凹不平。棚子里不放别的，专门装捡来的破烂。他在散发着霉味的棚子里，把破烂分门别类堆在一起。正忙着，传来了敲门声，夹杂着陌生男人的喊声。他钻出棚子，从门缝望出去，好悬没把胆汁吓出来。两个穿草绿色仿制军装的男青年站在门前，砸得小门颤颤悠悠的，其中一个还背着长枪。他躲在门后，把近期发生的事情想了一遍，认定没跟谁结仇。如此看来，一定是打家劫舍的强盗了。情况紧急，他目光落在小棚子的檐上，那里挂着铁轨。他一个箭步蹿过去，抡圆铁棍敲击起来。当当当的响声骤起，一下紧似一下，十万火急。响声把门前那两人吓住了，既不敢敲门，又不敢喊，不安地四处撒摸。

按照事先约定，整个居民组都知道有紧急情况发生。老人来了，青壮年来了，连孩子也出动了，挥舞着棍子、菜刀。委主任人称姜大妈，高举擀面杖跑在最前边。胡同两头被堵死，门前这俩人成了瓮中之鳖。邻居们离王福祥家越来越近，改跑为走，一步步紧逼上来。

门前，戴眼镜的年轻人吓得声音都变了，“革命同志们，别误会，我们是造反派。”

有人惊恐地喊：“他俩有枪!”

姜大妈挥舞着擀面杖，“同志们，不要怕，毛主席教导我们，‘一切反动派都是纸老虎’。”

王福祥从门缝中望着这一幕活生生的人民战争，激动得手不住地抖。他亢奋了，哗啦一声拽开门闩，雄赳赳地堵在门前，喊：“别放枪，有种的冲我来，跟邻居们无关。”

戴眼镜年轻人的眼睛一亮，“同志，还记得不？是我!”

王福祥觉得面熟，想不起在哪儿见过了。

“眼镜”挤出个笑容，“我叫陈东升，大庙‘二总部’的造反派。你贵人多忘事，咱们在大庙见过。”

王福祥认了出来，放下举着的铁棒子，说：“记得，记得。”

陈东升指着另一个小伙子，“他你也见过，宣传组的杨组长。”

王福祥刚才忽略了杨立新，这时认了出来，悬着的心落了地，点着头，“想起来了，认识。”

杨立新扫了一眼围拢来的居民，“我们有事找你，能不能进屋说？”

门前，围满了男女老少。这么多人目睹王福祥家来了造反派，那是他家的荣誉，往他脸上贴金呢。他把铁棍子夹在腋下，激动地抱拳在胸前，上下晃动，冲着台阶前说：“老少爷们，误会了，误会了，他俩是我朋友，造反派的大头头，都回吧。”

姜大妈长出一口气，盯着人家手里的枪后怕了，腿一软，晃了一下，好悬没倒下，顺嘴溜出一句，“我的妈呀！”

王福祥把两人让在炕沿坐下，撩起桌子下的布帘，端出两个粗瓷大碗，顺手抓起一条手巾擦了擦，给每人倒了碗白开水。接着，从柜盖上捏起青霉素小药瓶，把里面的糖精先倒在手掌上几粒，再平均放进两个碗中，高兴得忘告诉人家放的是什么了。而人家呢又不好多问，也就不敢喝了。

王福祥站在炕前，问：“你们找我干啥？”

杨立新说：“伟大领袖毛主席教导我们：‘我们都是来自五湖四海，为了一个共同的革命目标，走到一起来了。’老王同志，我们敬请了一枚毛主席像章，特意给你带了来。”他掏出一枚像章递过去。

王福祥伸出双手，恭恭敬敬接过来。像章约有暖瓶软木塞大，头像黄颜色，四周的光芒是红颜色。近来，戴毛主席像章的人遍地，他看人家戴十分羡慕，一直想有这么一枚，始终没能如愿。此时，梦想成真，乐得他嘴都合不上了，一口气说了三声“谢谢”。他把像章恭恭敬敬别在胸前，挺了挺腰板，问：“戴正当没？”

陈东升瞅了瞅，“正当了。”

杨立新趁热打铁，“老王同志，我们无事不登三宝殿，这次来是奉了权部长的命令。”

陈东升补充，“就是在大庙那天，你说让你搬花那人。”

王福祥想起堵住权利民时的情景，颇有深意地笑了。

杨立新切入了正题，“听说你爱人被打死了？”

王福祥反问：“你咋知道？”

杨立新说：“听说那女同志的爱人叫王福祥，没想到是你。这就好办了，都是熟人，阶级弟兄，想请你到大庙住几天。”

王福祥紧张了，“干啥？”

杨立新说：“我们初步判定，你爱人的死是‘公社’造成的，请你去作证。咱们是一个战壕的战友，希望你支持我们，支持我们就是支持无产阶级文化大革命。”

王福祥疑惑了，“那天死好几个，咋偏偏找我？”

陈东升扶了扶鼻梁上的眼镜，“别人是造反派，你爱人不同，是革命群众。连革命群众都不放过，必定残暴无度。”

王福祥不想惹麻烦，“为革命我没说的，可家里还有一摊子活儿，脱不开身。”

杨立新说：“看看这样行不行，每天给你补助一元钱，你走时拿着。另外，你的伙食费标准每天一斤粮票，五角钱，由我们补贴。”

粗略估算，补助和伙食费比捡破烂赚得多，而且不操心、不费力，不由王福祥心不活。他说：“行啊，你们造反派脑袋别在裤腰带上闹革命，我还有啥放不下的。”

申桂莲所在的工厂响应“抓革命，促生产”的号召，恢复了生产，这个星期她上夜班，白天在家。王福祥说明了情况，把孩子托付给她，跟着两个年轻人去了大庙。

权利民办公室的棚上，小太阳似的吊着一百度大灯泡子。地中间摆了张桌子和六把椅子，桌上铺了条军用毛毯，上面堆着传单。正面墙上，并排挂着马克思、恩格斯、列宁、斯大林、毛泽东印刷像。侧面墙上，是一张全市地图，上面贴着小红旗和小黑旗。王福祥见过的那张床还在，摆在北墙前，一床军用棉被叠得整整齐齐。权利民正伏在桌上，用铁针笔在钢板上刻蜡纸。

杨立新说：“权部长，王福祥同志来了。”

权利民抬起头，认了出来，一愣神，立马又侥幸地想，那天屋里黑灯瞎火的，他不一定认得出自己。于是，脸上挂上了笑容，放下铁针笔，起身隔着桌子伸出手来。

王福祥赶紧也伸手，热烈地握着，顺嘴说：“前几天咱见过。”话一出口他后悔了，心想这层窗户纸本不该捅破，便不安起来。

果然，权利民的脸长了，抽回手，语调缺少了热情，“坐吧。”

杨立新拉着王福祥坐下。

权利民说：“老王同志，国内形势一片大好，全国上下一片红！当然了，越是这个时候，越不能忘记阶级斗争。国内外的阶级敌人遥相呼应，亡我之心不死。这几天，中央‘文革’领导小组要来人，我们想奏‘公社’一本，告他们草菅人命。你爱人的例子具有典型性，很能说明问题。你爱人让他们打死了……”

王福祥打断他，“在我家我就想说了，到现在也不知道谁开的枪。”

权利民说：“当然是‘公社’了，他们是反革命，啥坏事都干得出来，是可忍孰不可忍!”

王福祥想谈谈案发现场的情况，被权利民抢先了一步，“你的补助标准知道了吧?”

杨立新说：“跟他讲了。”

权利民说：“这个标准是特批的，也就是你吧，哪怕我想都不敢想。”他瞥了一眼蜡纸，“我得抓紧刻蜡纸了，等着它印传单呢。杨组长，老王同志是客人，要安排好。我看东厢房空着，安排他住那吧。”

杨立新应了一声站起来。

王福祥说着“能睡觉就行”，跟着站起来。

权利民抓起桌上的铁针笔，“杨组长，我派赵淑珍外调去了，事情紧急，没跟你打招呼。”

杨立新说：“陈东升说了。”

10

长途公共汽车像一条桀骜不驯的灰龙，从洮南县城出来，卷起滚滚黄尘。原野上，公社社员一字排开，挥动镰刀，弯腰割着苞米秆。赵淑珍抱着孩子，坐在客车最后一排的角落里，身边的几个农村妇女，东家长西家短地唠个不停。她从车窗望出去，空中布满了黑灰色的云，似有淡淡雨意。她轻轻叹口气，看看怀里的孩子。那是个男孩儿，包裹在印着红花的毛巾被里。刚才他还睡着，这会儿醒了，睁着黑亮黑亮的大眼睛望着她。她低下头，在他脸上亲了一下，孩子张开小嘴甜甜地笑了。她鼻子一酸，泪珠滚落下来，落在孩子脸上。她想，如果跟自己结婚的不是陈东升，而是权利民，也就没有这生离死别了。

赵淑珍和陈东升走到一起，源于“四清”那年的忆苦思甜。所谓忆苦思甜，即回顾旧社会的苦日子，思量思量这来之不易的幸福生活。

当时，陈东升是车间工人，尚未到厂部当宣传干事。发言的本是一位老工人，结果那人不争气，先说了旧社会自己家“生活在水深火热之中，过着牛马不如的生活”一类的话后，就下了道儿。

老工人说：“我年轻时给地主扛活，到了农忙，得给我们吃黏豆包，一天两顿，菜里得带肉，连地主自己都舍不得吃。他不给我们吃不中，不给就没人干活，磨洋工……”

工友们嘻嘻地窃笑。黏豆包是农村上好的食品，即使当下，农民农忙时也很难吃上。

车间党支部书记听不下去了，生气地说：“别讲了，你哪是控诉旧社会，明明在往旧社会脸上搽胭抹粉嘛。”

陈东升插话：“书记，我来讲吧，都是我小时候父亲讲的，他在朝鲜战场牺牲了。每当想起父亲，就会想起他受的那些苦。”

他把一肚子苦水倒了出来。其中，感人至深的不是地主讨债逼死了他爷爷，也不是两个叔叔被国民党抓了壮丁，半夜三更逃跑，被人家抓住处决了，而是奶奶和父亲的一段场景。奶奶为了不至于饿死，卖了唯一的女儿，换回些口粮，以维持一冬生计。父亲饿急了，把留作第二天口粮的苞米面和糠混合做的大饼子多吃了几口，被奶奶打了一耳光，离家出走，藏在山洞里。

奶奶摸黑去找，漫山遍野地哭喊父亲的小名，“狗子呀，出来吧，娘不打你了……”

没等他讲完，同志们已经泣不成声。

这以后，他先后在厂里讲了三遍，接着又到全局讲。每次忆苦思甜之前，会场的大喇叭都要播放歌曲《不忘阶级苦》。开始，他讲家史仅仅是讲。后来，加上了吃忆苦饭的环节。忆苦饭是稍有些咸味的野菜团子，或者用糠做的窝窝头，由他在报告会前亲手做。忆苦前，给听众每人发一个。人们一边听他讲，一边吃又苦又涩的野菜团子，那可真叫苦上加苦。陈东升的忆苦思甜，深深打动了赵淑珍，使她泪流不止。她把由此带来的感动当作了爱情，加之陈东升是烈士子弟，根红苗壮，更增添了几分敬仰。陈东升第二次在全厂忆苦思甜前，她主动和他一起做忆苦饭。从那天起，两人相恋了。感情发展的速度一日千里，两个月没到，两人便草草结了婚。

由于彼此了解不够，一年后赵淑珍对他看不上眼了。说到底，并没有原则问题，都是些鸡毛蒜皮的小事，很难说清谁是谁非。如果非要谈出个一二三，那就是她思想上的变化了。她觉得，陈东升文化程度没自己高，是中专，日常言行也多了些小家子气。由此，基础并不牢固的婚姻出现了裂痕，她也才领悟到，生活本身远比几场忆苦思甜复杂得多，也厚重得多。

客车蒙着灰尘，喘着粗气，停在洮南县郊区。车开走后，她抱着孩子站在原地，努力把周边景物定格在脑海中。直到记扎实了，这才沿着公路走出二十多米，下了大道。她背朝公路坐下，解开怀，最后一次给孩子喂了奶。孩子吃几口便饱了，任她哄来哄去的再不张口。她系上衣扣，从上衣兜掏出一张纸，上面写着儿子的出生年月日，沾着她斑斑点点的泪痕。她用这纸把二十元钱、十斤地方粮票包上，塞进裹着孩子的毛巾被里。她紧紧抱着孩子，脸贴在孩子脸上，久久不愿移开。路旁，大槐树上挂着的高音喇叭，播放着歌曲《大海航行靠舵手》。她抱着孩子站起来，举目望去，一家挨一家的农户尽在眼底。她的目光落在一户干干净净的农家院落，那是一座三间的土坯房，窗玻璃一尘不染，院子里几只九斤黄鸡在啄食。房山墙旁堆着一垛柴火，码得整整齐齐。土坯垒的半人多高的院墙上，用白灰粉刷着“把无产阶级文化大革命进行到底”十四个大字。她想，这是一户好人家，孩子今后会少遭些罪。

她朝农户走去，双脚异常沉重，每迈一步都前所未有地艰难。到了院门前，她最后跟孩子贴了一下脸，掏出粉色的纱巾蒙在孩子脸上，在脖子后系了个宽松的扣，轻轻把他放在干爽的土地上。而后，猛然转身跑开了。跑出六十多米，她躲到墙角后偷偷望着。孩子似乎感觉到了什么，哇一声大哭起来。哭声像一把锋利的锯，在她心上一下下锯着，她忍不住哭了。她捂住嘴，努力不哭出声来。有三次她走出墙角，想把孩子抱回来，又都狠狠心退回去。孩子的哭声越来越大，她抱回孩子的想法也越来越强烈。就在她下决心抱回孩子的时候，院门开了，出来个中年妇女。妇女蹲下，解开孩子脸上的纱巾看了看，抱起孩子走上大道，四处张望，喊了几遍“谁家的孩子”。好半天，见没人应声，抱着孩子回了屋。

赵淑珍靠着墙滑落在地，双手捂住脸，泪水从指缝流出。

11

杨立新处处要求上进，大学毕业前，他向学校递交了申请书，誓言响应党的号召，“到农村去，到边疆去，到祖国最需要的地方去”。然而，长春市更需要他，他被分配到了中学教书。上班第一天，他找到支部书记，递上了第一份入党申请书。由于他表现突出，第二年被吸收为党的积极分子，时常跟着党员同志一起学习。“文革”开始后，他参加了“二总部”。半年前的初春，几个战友在武斗中被“公社”打死了，“二总部”在省委机关礼堂，召开了声讨大会。全市“二总部”的分支都派来了代表，杨立新也来了。会议进行到一半，“公社”包围了会场。杨立新他们搬起凳子，堵住礼堂的窗户和门，用棍棒同“公社”对峙，誓死不让对方踏进半步。否则，礼堂里的人就都成俘虏了。晚上，众人在黑暗中，不分男女席地而睡。其中，有个叫姜艳梅的女子，是玻璃制品厂工人，睡在了他身边。杨立新穿一身棉衣棉裤，姜艳梅捂得更严实，在棉衣棉裤外套了件草绿色军大衣。

姜艳梅怕他冷，大方地说：“毛主席教导我们说：‘我们都是来自五湖四海的，为了一个共同的革命目标走到一起来了。’大衣咱俩盖吧。”

不等杨立新说话，军大衣的一半已经搭在了他身上。两个青年男女相挨着，盖着一件大衣睡了一宿，谈了半宿，彼此想着对方是亲骨肉似的兄妹，谁也没去碰谁。第二天上午，“二总部”的援军赶到，打跑了“公社”。“二总部”的司令走进礼堂，看望受尽了围困之苦的战友们。杨立新和姜艳梅挤上前去，情绪激昂地提出，要在这个战斗过的礼堂，在这个胜利时刻，举行战场上的婚礼。

司令激动了，当即披着军大衣登上舞台，激昂地宣布：“伟大领袖毛主席教导我们说：‘我们共产党员好比种子，人民好比土地。我们来到一个地方，就要和那里的人民结合起来，在人民中间生根开花。’

经杨立新同志和姜艳梅同志口头申请，我正式批准他们火线结婚，结为革命伴侣！”他的声音提高了八度，“战友们，为他们欢呼吧，为他们喝彩吧，让保皇派在革命婚礼的欢呼、喝彩声中颤抖吧！”

雷鸣般的掌声和欢呼声过后，人们不约而同地唱起了《国际歌》，歌声震得棚顶的灰尘簌簌地落下来。

三十年后，一位当时在场的青年，不无感慨地对杨立新说，那以后他曾多次唱过《国际歌》，但边唱边感到汗颜。因为，基本是在应景，无论如何也找不回当年的感觉了。他进一步阐述，那感觉就如同荆轲刺秦王前，自知必死无疑，在易水河边按剑悲歌，“风萧萧兮易水寒，壮士一去兮不复还”一样。

从礼堂回来的当天晚上，宣传组的办公室打扫得干干净净，战友们搬来凳子，在上面搭上木板，拼了张大床，铺的盖的是两人平日的被褥。战友们作为礼物送来的《毛主席语录》和成套的《毛泽东选集》，还有毛主席像章，在桌上堆得小山似的。两人听着窗外零星的枪声，畅谈着对“文革”的深刻理解，互相勉励，度过了新婚之夜。第二天早起，两人就着一小碟咸菜，一碗白开水，吃了几个黑面馒头，便分了手，回到各自岗位。直到眼下也没再见过面。

宣传组的工作繁重，杨立新事必躬亲。其中，每天早晚各一次的跳“忠字舞”，也要亲自张罗。晚饭前，他站在钟楼前的空地上，面前站着七十多个造反派；身后摆着块小黑板，上面用粉笔写着“忠”字，“忠”字下画着毛主席头像。他数了数人数，发现王福祥没到，正打算派人去找，王福祥晃晃荡荡来了。考虑到王福祥是客人，他没批评，只是不疼不痒地说：“快入列，就等你了。”

十一天过去，王福祥习惯了大庙里的生活。同时，过去的生活程式也不得不中止。刚喝不久的红茶菌，这一断档再没动过。他住的东厢房，是他捡美人蕉的房间，每天三顿饭由造反派小郑按时送来，杨立新和陈东升偶尔还来陪他拉家常。他一天到晚干什么都行，只要不出庙门就没人管。他每天无所事事，往床上一躺，呼噜呼噜睡大觉，一生从没如此清闲。当然，世事并非都称心如意，他最头痛的是“早请示”和“晚汇报”。其间的跳忠字舞是他的软肋。但他又不能不来，来了跳不好是水平问题，不来则是思想问题了。现在他来了，站到了队伍最后。众人掏出《毛主席语录》，翻到杨立新指定的一页，齐声朗读起来。王福祥的语录本是陈东升给的，他不识字，却不愿让别人看出是“睁眼瞎”，顺手翻开一页，小声跟着人家念。

念完语录，杨立新朗声说：“让我们共同祝愿……”

最后三句“万寿无疆”是众人一起喊的。喊过后，人们跟着杨立新跳起了忠字舞。王福祥一辈子没跳过舞，由于记不住动作只能跟别人学，永远慢一拍，并且笨手笨脚的。为此，在家时开始姜大妈找他，结果他一跳别人就忍不住笑，说他积习难改，举手投足无不是捡破烂的动作。大伙儿一笑，把严肃的活动搞得极不严肃。几次后，姜大妈就不再找他了。到了大庙，他舞技依旧。没办法，杨立新把他调整到最后一排。跳过忠字舞，随着杨立新一声“解散”，众人四散而去。

王福祥没动地方，抬头望了一眼天空，一队大雁排成人字形朝南飞去。他不无感慨地想，时间过得真快，又一年要过去了！

王小娟从身后跑来，两只小刷子辫一颤一颤的，喊：“爹！”

王福祥回过头去，“你咋来了？”

王小娟到了近前，“爹，申婶下个星期要结婚了。”

王福祥知道，她和老蒋迟早得结婚，但没想到这么快，心咯噔一下。

王小娟忧心忡忡，“爹，申婶结了婚，还能理我们吗？”

他明知故问，“和谁结？”

“那个男的。”

他极为烦躁，“屁话，不是男的还能是啥。我问你，是不是老蒋？”

“嗯哪。”她扯住王福祥的胳膊，“你回去劝劝她，别结婚行吗？”

他心里不得劲儿，没好气地撵，“快回去吧，天快黑了，人家的事咱管不着。”

王小娟也生了气，一扭搭走了。王福祥尾随女儿到大门口，瞅着她走远，心事重重回了来。

杨立新和战友们在树阴下摆上桌子，抬来油印机，夹上蜡纸，调匀油墨，正印着传单。杨立新负责推油墨辊子，把辊子顺着纱网推过去，边推边喊：“老王同志。”

王福祥正低头走着，寻思着女儿的话，心沉得直往下坠，听见喊声回过头来。

杨立新问：“天凉了，被子薄不？”

王福祥说：“咱没那么娇贵，不像你们，蜜罐子里泡大的。”

“如果凉，我那儿有大衣。”

王福祥摆着手，“用不着。”

王福祥说着话，无意中看见，大殿后转过来个汉子，胳膊上戴着红袖标。他本不想细瞅，可那人把脑袋扭开了，好像怕他看见，快步朝后院走去，这反而促使他多瞅了一眼。这一瞅吃了一惊，那人居然是老蒋。他来了气，心想你有什么了不起的，不就是要跟申桂莲结婚了嘛，你不理我我还不理你呢。想着，朝他背影“呸”地吐了口唾沫。

杨立新看见了，“你认识他？”

“他不是‘公社’的嘛，叛变了咋的？”话一出口他后悔了，想起老蒋是特工，也许冒充“二总部”的人，进大庙搞侦察来了。那样的话，岂不是把他往虎口里送嘛。

杨立新追问：“没看错？”

王福祥打马虎眼，“认错人了。”

杨立新想了想，放下手中的活，对另外两个小伙子说：“你们先印着，我去去就回。”

王福祥不知道他去干什么，见印传单少了人手，主动上前帮忙。人家用墨辊子印一页，他翻一页。翻着翻着，后院传来了吵嚷声，造反派有的拎着枪，有的拎着锯出尖头的铁管子，火上房似的往后院跑。

推墨辊子的小伙子问：“咋了？”

一个跑过的人说：“抓住个‘公社’特务。”

王福祥脑袋嗡的一声，自己一句话，真就把老蒋坑了。

12

王福祥坐在床上，想着老蒋两眼发直。钟楼上的高音喇叭，播放着歌曲《北京的金山上》。正胡思乱想，小郑来了，用托盘装着两个黑面馒头，一盘韭菜炒干豆腐，一碗开水冲泡的葱花清汤，放在桌上。

王福祥忧心忡忡地问："给刚抓住那人吃饭不？"

"想得美，正审着呢，能不挨打就烧高香了。"

"我寻思求你说个情，把他放了。"他怕人家不给面子，撒谎，"我俩是光腚娃娃，一个坑里撒尿和泥玩儿过来的。"

小郑神情严肃，"这是敌我矛盾，原则问题，咋能说情呢。"

"他这人我了解，没啥歪歪心眼子。"

"可不要被阶级敌人的假象迷惑，他们是癞蛤蟆剖肚心不死，好是表面的，以此掩盖反革命的狼子野心。对他们手软，就是对革命的犯罪。老王同志，可要绷紧阶级斗争这根弦呀！"

王福祥不敢再说了，无奈地转过头来，看见权利民和赵淑珍从窗前走过，说着话。他认出了赵淑珍，问："小郑，权部长边上是谁？"

小郑看了一眼，"宣传组的赵淑珍，陈东升爱人。你问这个干啥？"

"不干啥，瞎问。"

老蒋被抓影响了王福祥的情绪，没影响他的饭量。小郑走后，他大口大口吃起来，转眼间一个二两馒头，连菜带汤都进了肚。拍拍肚子，觉得只吃了六分饱，不过剩下这个馒头不能再吃了。看看天黑透了，他抓起一张传单包上馒头，揣进衣兜出了门。

这些天的晚饭，王福祥都要省下一个馒头，给老祖也就是祖副市长送去。老祖的罪遭大了，被造反派关在大庙后边，每天一次拉到大街或者会场去批斗。他头戴高帽，脖子上挂着大牌子，牌子上写着"大叛徒""大特务"等所谓的罪名，一只手拎着锣，一只手握着锣槌，重复喊着自己那些罪名，每喊一句都要当地敲一下锣。倘若不喊，敢冒天下之大不韪，就得挨一顿痛打。王福祥来大庙之前，在大街上见过他挨批斗。当时，老祖老实得跟小绵羊似的，一个造反派还说他不老实，解下皮带，朝他后背抽了两下。

老祖喊："毛主席教导我们，'要文斗，不要武斗'。"

造反派回应，"毛主席教导我们说：'一切反动派都是纸老虎，你不打他就不倒。'"

批斗回来，老祖都要到大庙的厕所打扫卫生。晚上，则被关进后院的小屋里。每天只给他两顿饭，每顿一个苞米面窝窝头，几块咸菜。窝窝头看上去挺大，拳头一般，下边的窟窿眼儿却有半个拳头大。老祖曾当着王福祥的面戏谑：“鸡蛋大的窝头，鸭蛋大的眼”。因此，他压根儿吃不饱。前几天，王福祥看见，老祖一口白开水，一口窝窝头，吃得甜嘴巴舌的，连掉在桌上的渣子也不放过，直看得他鼻子发酸。从那天起，他开始每天晚上给老祖送饭了。

他装作闲溜达，来到大庙后院的一间小房子前。门边的墙上，贴满了批判和揭发老祖的大字报，几乎都有诸如“把他打翻在地，再踏上一万只脚，让他永世不得翻身”，或者“舍得一身剐，敢把皇帝拉下马”一类的套话。紧锁的门上，特意留出个小方孔，用来监视屋里动静和传递饭菜。他贴近方孔，轻声唤：“老祖。”

一张瘦削、粗糙的脸出现在方孔上。王福祥把馒头递进去，老祖也不客气，接过去一口咬下一半，边嚼边向外警惕地张望。

王福祥看出了他心事，“把心放肚子里吧，没人看见。”

老祖吃得狼吞虎咽，说：“这几天总麻烦你，过意不去呀。”

“这话外道了，要不是你落难，我送馒头你能要吗？哎，你这大官僚还要遭这份洋罪，够受的！”

老祖嚼着馒头，说：“用词不当，官僚是贬义词。”

王福祥不虚心，“都一样。”他皱了皱眉头，“你这个官相当于部队里的啥？”

“拿我的级别来说，相当于正师长。”

“军长大师长大？”

老祖忍不住笑出了声，笑容在他灰黑的脸上绽放。

王福祥没笑，“都这时候了你还有心笑？”

老祖问：“你玩儿过军棋没？”

王福祥摇了摇头。

“你要是玩儿过就知道了，当然军长大了，师长上边是军长，下边是旅、团、营、连、排嘛。”

“咱不懂你们的座次。”他想起捡废纸的祖国庆，“你有几个孩子？”

“三个，两个女儿，一个儿子。”

“你和你那口子都被关着，孩子靠啥生活？”

“我工资每月只给开三十元，他们从中扣除我饭钱，剩下的直接送我家了。不够花呀，不知道孩子是咋生活的。”

王福祥明白了，祖国庆捡废纸是生活所迫。他若有所思地说：“难为孩子了。”

老祖起了疑，“你见过他们?”

王福祥心想，还是不让他知道为好，省得操些没用的心。他摇摇头，岔开话，“你们这些当官的呀，在位时还是替老百姓想得少，要不人家批斗你干啥。”

老祖不赞同，“你不懂政治。”

“我琢磨，要是焦裕禄活着，保证不会被批斗。”

老祖想了想，说：“回头看，有些事确实对不住同志们，现在下了台才有所感悟。”

“看看，这命不革不行啊。不过，教育教育就得了，命革得狠了。”

“对运动正确对待吧，理解的要理解，不理解的也要在学习中理解。”又说：“说我别的我服，叛徒和特务是造反派强加的，死我也不认账。我一辈子跟毛主席干革命，刀架在脖子上眉头都没皱过。”

王福祥安慰，“别跟自己过不去，要想就想想咋少遭罪。”

老祖得意地说：“我有办法。他们打我，用棒子往屁股上打，我就把一个布兜子缝在裤衩子里。”

“那么薄能管用?”

“管用，感觉轻多了。”

一个造反派转过大殿走来。老祖看见了，说：“有人来了，你快走!”

王福祥回头看了一眼，赶紧溜了。

半夜，王福祥被人推醒。睁眼一看，月光下，床边站着一个五十多岁，一身蓝制服，短头发茬子的汉子。王福祥从来不锁房门，不论谁都来去自由。他以为是大庙的造反派，刚想问句话，那人捂住了他嘴。

“别喊，我不会伤害你。”那人说完，收回了手。

王福祥脑海里一闪念，认定碰上了“公社”潜入的特工，也许是来解救老蒋的。一旦人家看走了眼，把自己当成“二总部”的人可坏了。他爬起来，说：“同志，总算见到你们了！我是捡破烂的，被他们关在这里，半步不让离开。”

那人有些吃惊，“你知道我是干啥的？”

“‘公社’的呗。”

那人摇摇头，坐在他身边，问：“你贵姓？”

“免贵姓王，名福祥。”

“我不是造反派，我是大庙里的出家人，法号智真。王同志，我有件事情问完就走，不难为你。这屋里的花你看见没？”

王福祥松了口气，“是美人蕉吧，叶子黄不拉叽的，还长着比羊粪蛋大的红球？”

智真面露喜色，“是它！那不是美人蕉，是君子兰。在啥地方呢？”

“花盆……”

智真打断他的话，“花盆不用说了，花呢？”

王福祥记得花都死了，不记得王小娟留了一棵，“让我扔了。”

智真呼地站起来，“都扔了？”

王福祥吓了一跳，“留一棵我出门让车轧死！”

智真眼泪流了出来，“天意呀，天意！”

对方一哭，王福祥认定他不是坏人，心里踏实了，刨根问底，“几盆花有啥稀罕？”

智真抹去泪水，“在你没用，在我却是无价之宝。我父亲是花匠，受他熏陶，我小时候就喜欢兰花，到了痴迷程度。父亲告诉我，有一种兰花产于热带，叫达木兰。因为它端庄典雅，人们又叫它君子兰。”

王福祥“啧”了一声，顺情说好话，“那可是好东西！”

“光复后，听人说大庙里有几盆怪花，是伪满皇帝溥仪送的。听他们形容，我知道是君子兰，到庙里要花籽，人家说是皇帝所赐，任何人都不给。我回来一想，凭我的手艺，当个莳弄花草的和尚还行吧。就这样，我出家当了和尚。二十来年，我除了练武健身以外，成年莳弄庙里的花。你扔的那些花，是我半生心血呀！”

王福祥开始同情他了，替他难受，“我哪知道，花在你手是命根子，在我这就是树根子，早知道就不扔了。”

“后来，红卫兵来了，‘破四旧、立四新’，我当时没在庙里。回来后，人家连庙门也没让进，把我押回了原籍。前不久，碰到庙里的住持，他最后从庙里走的，说走的时候花还在。为这个我来了，白天造反派不让进，只好晚上翻墙了。”

王福祥愧疚地说：“这咋办，毛儿也没留下。”

智真反过来安慰他，“怨不得你，贫僧命该如此。”

王福祥也想安慰他，刚要张嘴，智真摆了下手，示意他别说话。智真闪到门边，轻轻拉开门闩，猛然拽开门，拉进一个人来。那人喊了一声，情急中智真一掌砍在那人头上，那人哼也没哼倒在地上。

智真蹲下摸摸那人心口，站起来，双手合十，念叨：“阿弥陀佛。”

王福祥在微弱的月光中，认出被砍的是小郑，吓得说不出话来。智真呆立着，如同雕像。屋里一片死静，听得见彼此沉重的呼吸。

好半天，智真说：“我把他带走，明天他们问你，你尽管实说。”

王福祥怕他像砍小郑那样砍自己，不敢多言，眼睁睁瞅着他把小郑抱起来放到肩上，扛猪肉样子似的扛走了。

13

老蒋的事没了结，又摊上智真行凶，弄得王福祥一宿没睡好。天刚亮他醒了，躺在床上翻过来掉过去。大约六点钟，传来一片吵嚷声。他穿着花裤衩，光膀子下了地，打开窗户望出去。四个造反派抬着一块门板，沿着甬道从后院过来，朝大殿去了。他心跳加剧，心想莫不是去抬小郑？假如小郑说出当时自己在场，可就说不清道不明了。

陈东升出现在窗前，“老王同志。”

王福祥强打精神，指指大殿方向，“一大早忙啥呢？”

“‘公社’奸细不抗打，昏迷不醒了，往医院送。”

王福祥始料不及，脑海一片空白。

陈东升没注意到他失态，“权部长请你去一趟。”

王福祥愣愣怔怔地没听见。

陈东升又重复了一遍。

王福祥醒过腔来，“这就去。”他想，权利民准是问小郑的事情。

王福祥没有敲门的习惯，推开门就进。权利民正伏在桌上看传单，听见声音抬起头来。昨晚，权利民接到个电话，说中央“文革”领导小组的首长不来了。既然如此，也没必要让王福祥住下去了。糟糕的是算来算去，把本应给他的补贴花冒了，没钱给他。而答应给的补贴不给了，话说不出口。为此，他拖延到现在，才把王福祥叫了来。

由于心里有愧，权利民没计较他不敲门的鲁莽行为，“请坐。”

见人家不像要问小郑的事，王福祥顿时轻松了，“不啦，站惯了。”

“你来两个星期了吧？”

由于天数涉及到钱，王福祥说得十分具体，“十二天。”

权利民从上衣兜掏出红塑料皮的《毛主席语录》，翻开一页，“首先，让我们共同学习一段毛主席语录，翻到……”他见王福祥站着没动，问：“你的红宝书呢？”

“没带。”

“这样吧，我念你听。”权利民清了清嗓子，“伟大领袖毛主席教导我们说：‘我们大家都要学习他毫无自私自利之心的精神。从这点出发，就可以变为大有利于人民的人。一个人能力有大小，但只要有这点精神，就是一个高尚的人，一个纯粹的人，一个有道德的人，一个脱离了低级趣味的人，一个有益于人民的人。’”他合上语录本，“你来的日子不短了，今天可以回去跟家人团聚了。”

“这些天我也没干啥呀。”

权利民抓起桌上的烟，抽出一支燃着，“首长不来了。”

王福祥恍然大悟似的，“啊，不来了！”

权利民稍一停顿，说：“不好意思了，答应给你的补贴花冒了，拿不出了，请你谅解。”

王福祥傻了眼，“那咋整？”

权利民苦口婆心地做起了思想工作，“你要体谅我们的难处。你出身市贫，对革命感情深，阶级觉悟高。回顾当年，先烈们爬雪山、过草地，连命都不要了，谁计较过钱。从近处看，我们战友为了捍卫无产阶级司令部，抛头颅，洒热血。去年，一位战友牺牲在了市医院的战斗中。临牺牲前，掏出仅有的五角钱，说这是他最后一次交的党费。多好的同志啊!”

“可我家里还有两个孩子要养活。”

“你的困难我知道。这样吧，”他指指桌上，“这套毛选敬送给你，希望你能把毛主席的教导融化在血液中，落实在行动上。”

王福祥力争，“这几天我没收入……”

权利民在烟缸里掐灭烟头，打断他的话，“老王同志，你如果有啥想不通的，过后咱们再谈。”说完，他于心不忍了，装作看传单埋下头。他打算自己掏腰包，堵补助的窟窿。可现在给吧，好像自己有把柄在人家手里攥着，怕怎么怎么样，软弱了。再一个，自己的钱不够，给不上全额，给他一半的话，只怕人家更不理解。他打算把钱给杨立新，让他转交。

王福祥哪里知道他的良苦用心，一个心眼儿认为他记了仇，变着法儿整自己，又气又怕。他无奈地抓起毛选，哭丧着脸走了。

天高云淡，秋风瑟瑟。王福祥去跟老祖道别，老祖没在，被拉出去批斗了。他返身沿着甬道往庙门前走去，捧着毛选。

身后，传来了杨立新的喊声，“老王同志。”

王福祥转过身，等人家到了近前，郁郁地说：“打发我回家了，一分钱没给。”

杨立新说：“权部长跟我说了，怨不着他，他也没办法。”杨立新递上十一元钱，“拿着，这里有权部长七元，我四元。本该给你十二元，可只有这些了。”

王福祥不相信权利民会给钱，没接，“我知道，你替他顶账呢。”

“没那么复杂，你要体谅我们的难处。”

王福祥“哼”了一声，“他有啥难处，还不是官报私仇。”

“你俩有矛盾?”

王福祥说得模棱两可：“有没有他知道，咱又不是他肚里的蛔虫。”

杨立新把钱塞在他手里，“拿着吧，对不起了。”

王福祥收下钱，心情好多了，探询地问：“咋没见小郑?”

“找不着了，他走之前连招呼都没打。”

王福祥心存感激，无以回报，想告诉他小郑让智真扛走了，是死是活不知道。立马又意识到，这想法够蠢的，弄不好惹火烧身，便把到了嘴边的话咽回去，转身走了。到了庙门前回头看，杨立新还在原地站着，望着他。见他瞅来，杨立新挥了挥手。

14

十三年一晃过来了。十年河东，十年河西的老话，在王福祥身上没应验。要说有变化，突出的是他眼角多了几道皱纹，抑或还包括头上多了顶黄便帽。他胸前的毛主席像章，是杨立新当年送的，已经磨得掉了漆。他的生活和职业也没改变，形单影只一个人，一天到晚围着垃圾箱转。说到他至今独身，不是他不想找个伴，找了，结局惨痛。一九七〇年，姜大妈参加市里组织的游行，谴责美国入侵老挝，高呼着“打倒美帝国主义”“美帝国主义从老挝滚出去”一类的口号。游行回来，她转到王福祥家，嘶哑着嗓子说给他介绍个死头的。所谓死头的，是对丧偶男女的俗称。死头的是个家庭妇女，在相邻的居民委帮忙。她爱学习，革命觉悟高，闲下来就捧着《毛主席语录》看。两人见面后，王福祥一百个愿意，人家也相中了他。相处到第四天，死头的来他家帮助洗衣服，他插不上手，坐在炕沿上陪着唠嗑。

他没话找话，“咱两家孩子都少，这多好！有的人家孩子多，连裤衩子都买不起。”

死头的吭哧吭哧地在搓板上搓衣服，听了他的话不相信，批评：“老王啊，可不能瞎掰，给国家抹黑，啥事都得讲实事求是。”

他只不过捕风捉影地随便说说，既然人家认真了，也不想败下阵来，半真半假地说：“我认识的老钱头，干我这行的，十个孩子，丢一个都不知道。他家罗锅上山——前（钱）紧，连买裤衩子的钱都没有，用捡来的破布头缝了个花裤衩子。”

死头的还在洗衣服，用的劲儿却不如刚才大了，脸色也不好看。直到洗完，没再说一句话。她把衣服搭在院里，放下挽着的袖子，手湿漉漉的没擦，扭头就往门外走。

他问："干啥去?"

"我回去。"死头的说完，头也不回地出了门。

第二天，姜大妈来了，说死头的检举他散布反社会主义言论。

王福祥吓出了一身冷汗，解释："我跟她闹着玩儿，她当真了。"

姜大妈说："不用解释，你是啥人我知道，事情到我这儿算结了。不过，以后你嘴上得有个把门的，别见了老娘们儿就迈不动步，啥话都往外掏。"

"我也没啥都说呀。"

"你一个大老爷们儿，跟人家女同志说啥不好，咋专往裤衩上说呢。"

他理屈词穷，从此跟死头的断了联系。并且一朝被蛇咬，十年怕井绳，直到今天再没找过对象。

艳阳当空。王福祥头戴黄便帽，穿着洗褪了色的蓝布衣服，推着手推车，不紧不慢地出了门。车子更加破旧，走起来吱嘎吱嘎的响声也愈发尖锐。他出了胡同，沿着大街走出二十多米，把车子停在一旁，拎起铁夹子来到垃圾箱前，弓着腰，恨不得把半个身子塞进去，在里面翻捡。如今的垃圾箱，可捡的破烂相对多了。前些天，他甚至还捡了一个电视包装箱，拿回家来装鞋，摆在外屋墙角，成了家里重要的固定资产。鱼虫子从他身后走过，用革制的黑拎兜打了他屁股一下。

王福祥直起腰，转过身，"吓我一跳。"

"破烂王，还吃这碗饭呢?"

"咱没文化，不干这个干啥。"

"国家号召少数人先富起来，干啥都比这个强。"

"话不能这么说，现在捡破烂跟以前不一样了，有挣大钱的。"

鱼虫子不屑一顾，"再大能大哪去。"

"我知道赶不上你，你住洋楼了，瘸子穿大衫——抖起来了。"

"我是星星跟着月亮走——借好人光了，我哥要不是跑台湾去，咱们还不是一样嘛。政府听说他要回来探亲，在楼房里分给我一套房子，让他看看咱大陆并不穷。人那是考虑政治影响。"

"没听说你有哥呀，从哪个石头缝蹦出来的?"

"我亲哥。当年我有多大胆，说出来那是脑袋进水了。"鱼虫子感叹，“世上的事没准。我哥原先给国民党当连长，后来又当了解放军连长。全国解放那年叛了变，去了台湾，跟蒋经国亲哥们似的。”

王福祥“啧啧”两声，“你看人家这变叛的。”

“过几天你到我家看看，两间屋，敞亮着呢。住洋房跟平房就是不一样，有床、暖气、煤气，茅房在屋里，干啥都天上掉馅饼似的。对了，我正想找你呢。”

“准没好事。”

“还真是好事，打灯笼都找不着。前些日子我送我哥，顺路去了石狮，买回几块电子表，水货。”

“我说嘛，好货想不着我。”

“你是猪鼻子插大葱——硬装印度大象，不懂别装懂，水货是偷运过来的走私货，便宜着呢。”

王福祥听说过走私表，却没见过。他好奇地问：“啥样？”

鱼虫子从怀里掏出两块电子表，拎着表带递给他。他接过来，托在手上。那是两块小巧的坤表，金色的表盘和表带在阳光下闪烁。他一眼就相中了，翻过来掉过去看。

鱼虫子说：“上边都是洋字码，傻子也能看出是洋货。有几个人听说了，抢似的要买，这两块我说啥都没卖，给你留下了。”

王福祥把表放在耳朵上听着，充内行，“还行，走起来钢声钢气的。”

“我原价卖你，一分不挣，谁让咱关系近了。你想想，上海表还一百二十元一块呢，没票买不来。再说，还得想着上劲儿。这表不用上劲儿，省心，跟全自动一样，才四十元一块。便宜吧？”

手表看上去虽然好，王福祥却从没想买过，大半辈子没有也过来了。正想回绝，想起申桂莲还没表呢。而作为公家人，上下班有钟点，没表可不行。他犹豫着，“买一块？”

“多便宜啊，两块都要了吧。”

王福祥下定决心买了，“一块行了。”

王福祥这些年攒的钱，放在家里和银行不放心，一直藏在裤衩子里。他在每个裤衩子上都缝了兜，换裤衩的时候，这些家底跟着换过去。他把表递给鱼虫子，转过身，面对墙解开裤带绳，一只手提着裤子，一只手伸进裤兜子摸着。

鱼虫子说：“破烂王，你能有几个子儿，还往裤兜子塞，多骚啊！”

王福祥摘下裤衩子兜口的别针，掏出一叠潮乎乎的钱，数出四张十元的，剩下的塞回去，系好裤带绳。

鱼虫子右手接过钱，左手伸出去，手心摊着两块表，“随便挑。”

王福祥拣了一块，“两个屌熬汤——一个屌味，这块吧。”

鱼虫子指着他胸前的毛主席像章，“都啥年月了还戴，摘了吧。”

“你吃饱了撑的，咋管那么宽呢。”

鱼虫子嬉皮笑脸地说：“申桂莲管得不宽，就管你俩那铺炕。”

15

申桂莲小时候住的村子旁，有座风景秀丽的大山，山上有座远近闻名的大庙，方丈精通算命。当年，人家给她看过，说她一生命苦，为别人操劳，老年后才能享些清福。方丈提笔写了些天书般的符号，用红纸包上，让她终身携带，称可以改变命运。没成想，第二年就丢了。她的命运果然如方丈所说。以前的自不必说，就说老蒋吧，被“二总部”的人送进医院后，原以为一时昏迷。几天后诊断结果出来了，居然得了脑昏迷症，成了植物人，躺在医院病床上，除了喘气，别的啥都不能干。从这往后，不论是老蒋出院，还是去世，都跟重大的历史事件有着关联。

一九六九年夏季的一天，她上白班，正在推料，厂工会的同志来了，说工会主席请她去一趟。她在主席办公室的椅子上坐下，主席给她倒了一杯白开水，坐在她对面，谈了几句琐事后，进入了正题。

“小申，你知道，这两年医院隔三岔五就来催，让把老蒋接出院。厂里考虑老蒋的实际问题，一直拖着没动。”主席叹了口气，“可这次不接不行啊，医院把话说绝了，让把病床腾出来。”主席凝视着她，希望她主动说出他想听到的话。

她没明白人家的意思，好半天没说一个字，闷声不响。

主席只好直说了，那也是他极不好启齿的，“老蒋在山东老家的情况你都知道，他父母去世了，剩下几个兄弟姐妹。我们到他老家去了，让他们把他接回去。一开口，他们都成了哑巴，大眼瞪小眼，来了个徐庶进曹营——一言不发。后来逼急了，他弟弟说了一句话。他说，俺大哥不是结婚了嘛。”

话说到这个份上，她完全明白了，无非是说她和老蒋虽然没举行婚礼，但领了结婚证，已经成为法定夫妻了，让她接老蒋回去。

她扬起头，说：“送我家去吧，我理所应当养着他！”

当天，她坐着单位的解放牌卡车，把老蒋接回了家，安顿在炕头。晚上，她坐在老蒋身边，默默地注视着他，想着心事。这时，红灯牌收音机里，传出了党的“九大”胜利召开的“特大喜讯”。按照厂里事先的安排，她应该到厂里参加庆祝活动。她把老蒋托付给王福祥，急匆匆地赶到厂里，参加了盛大的游行活动。整个城市锣鼓喧天，口号声响彻云霄。她高喊着口号，一直游到了后半夜。第二天，组织上体谅她的难处，把她从两班倒转为白班，并由厂里和她各出一半钱，雇了个老太太帮助侍候老蒋。她守着个活死人，一把屎一把尿的，毫无怨言。一晃过去了十年。那天，她正在厂里听传达党的十一届三中全会精神，车间主任来了，把她叫到走廊，说老蒋去世了，让她马上回家。从此，她重新过起了独身生活。

申桂莲守着老蒋那段日子，王福祥对她在感情上死了心，生活上却备加关照，买煤、脱煤坯、劈柈子一类的重活，基本都让他和王广财包了。老蒋死了，王福祥的心活了，看到了一抹曙光。但由于自惭形秽，觉得跟她的差距过大，门不当，户不对，那抹曙光很快便朦胧起来，诡异地时隐时现。王福祥把破烂推回家，塞进小棚子，一刻不想耽搁，揣着电子表去了申桂莲家。

申桂莲家里间住人，外屋是厨房。外屋门东侧，搭着砖砌的锅台。锅台的烟道连着屋里火炕，冬天在灶台上做饭，火炕热了，屋里也热了。冬天过去，不再用灶台做饭，改用炉子。炉子安放在外屋门西侧，炉筒子从门楣伸出去。此时，炉子上坐着铁锅，升腾着白色的水蒸气。北墙前堆放着杂物，还有一个刷着红漆的橱柜。墙角并排摆着两口缸，一口大的冬天渍酸菜，酸菜吃完了缸就闲着，秋天继续渍；

小缸腌咸菜，一年四季不得闲。

王福祥进来时，申桂莲正在锅台前包饺子，说：“猪肉芹菜馅的，正要喊你呢。”

王福祥拿自己不当外人，“来得早不如来得巧，有酒没?”

“有，买了两大碗生啤酒，买啤酒得带菜，又花五角钱买了一盘熘肥肠，放桌上了。你先上炕喝着，我给你下饺子。”

王福祥看了一眼面板上的饺子，“啥面的，白得跟雪花似的?”

“春节供应的半斤富强粉，没舍得吃。”

“我家那弹头子点富强粉，三十晚上包了一顿饺子，让那两个狼崽子吃个溜光。”

里屋棚上糊着黄色的油纸，南边的火坑占了半间屋子，上面并排卷着两套被褥，一套申桂莲的，另一套是王小娟的。北墙墙角，立着一个箱子，四角垫着砖，边上是一架缝纫机。北墙上，挂了六个奖状，每个都有“先进生产者”五个字。东墙前，摆着两屉桌，桌子两侧各放一把椅子，桌上常年摆着一个小闹表、一台收音机、一个暖瓶，还有一个放玻璃杯子的茶盘，杯上蒙块小花手绢。王福祥脱掉布鞋上了炕，破袜子露出了脚趾头，在炕桌旁盘腿坐稳，摘下帽子放在身边，把塑料桶里的酒倒进碗里，一口酒一口肥肠地吃起来。一碗酒下肚，他从兜里摸出手表放在炕桌上，等着申桂莲进来。

申桂莲进了来，坐在炕沿上，“饺子马上好，你慢吃。我刚才倒不出空，让广财到二商店买棉花去了，马上回来。”

王福祥抓起表递过去，“他婶，我来送表，混了顿饭吃。给你的。”

她接过表看着，“这么贵的东西买它干啥?”

“电子表，别看上边印的是洋字码，才四十块钱。老鼻子人抢着买了，鱼虫子说啥也没卖，特意给我留的。”

她把表放在炕桌上，“给孩子吧，我这么多年没表也过来了。”

“这些年多亏你照看这俩孩子了，这也是我们的心意，不收就是拿我们当外人了。”

她想了想，说着“好吧”，下了地，把表锁进抽屉，转身出了去。回来的时候，端着一盘热气腾腾的饺子，放在炕桌上，“你吃吧，我吃过了，饺子酒，孩子们的我留出来了。”

他夹起一个饺子塞进嘴，嚼着扭过头去，看见窗台上的一盆花，样子像当年自己从大庙捡回来的，问：“这是啥花？”

“小娟子当年搬来的，说叫美人蕉。”

“这么多年，还养着呢，我咋没见过？”

“天暖和了搬出去，冷了搬回来，你没注意。”说着，出去了。

他想起当年，智真冒险潜入大庙，自己还起誓说花没了。要知道还在，小郑也许不会挨一掌了。他想着往事，把塑料桶里的酒喝了个底朝天，吃光了一盘饺子，半盘肥肠。酒足饭饱，他抹了把嘴，扣上帽子下了炕，大着胆子来到门前，眼神异样地盯着洗碗的申桂莲。盯着盯着，情不自禁地走过去。申桂莲抬头扫了他一眼，见他眼里亮闪闪的，明白了，心神慌乱，洗碗的动作笨拙了。王福祥走到她身后，打算抱住她，房门吱一声开了，王广财闯进来，拎着一大包棉花。王福祥急忙闪开身，吓得心嗵嗵嗵猛跳。

王广财身穿蓝布制服，光脚穿着塑料凉鞋，嚷：“婶，棉花买来了。”

慌乱中，申桂莲头也不抬地说：“放炕上吧，我给你下饺子。”

王广财并没发现大人的异常，“还剩一两棉花票，一毛一分钱。”

险些被撞见，王福祥心有余悸，边往外走边说：“他婶，我回去了。”

王广财进了里屋，把剩下的钱和棉花票放在桌上，棉花放在了炕上。他手从棉花包上拿开的时候，忽然看见，包棉花的报纸上有个熟悉的名字——祖国庆，出现在一首诗的作者位置。上中学后，两人依旧同校不同班，没有来往。他坐到炕沿上，好奇地拽过棉花包，贴近了看，诗的标题为《红星闪闪》。

每当翻开雷锋日记，颗颗红星便在眼前闪烁，
看着看着我忽然觉得，比天上的星星亮，比天上的星星多。
有时在飞奔的列车里，“大爷，你老哪不舒服？”
随后，一颗红星在车厢移动，找来医生给大爷针灸、按摩。
有时在繁华的市区，“大娘，这是我应该做的。”
放下包袱，一颗红星远去了，大娘站在家门口，泪水湿眼窝。

有时在铁路拐弯处，“小朋友，快离开！”
红星飞上铁轨，推开孩子，火车隆隆掠过……
也许在宣传三中全会的会场，也许在学校声讨“四人帮”的讲桌，
也许在医院输血的队伍里，祖国哪个地方不闪耀着红星颗颗！

他饶有兴趣地看完，羡慕不已。心想祖国庆能写诗发表，自己也是人，也一定能写出来。听人讲，全国学小靳庄时，掀起了写诗热潮，一个农村女青年写了一些“批林批孔”、战天斗地之类的诗，一举成为农民诗人，当了干部不说，全国各地求婚信雪片般飞来，着实火爆了一阵子。他暗暗发誓，从此得有正事了，煞下心来学写诗，弄个诗人当当，也风光风光。到那时不愁找不到工作，顺手还能划拉来个可心的对象。他仿佛看到，身边闪烁着无数羡慕的眼神，攒动着如林般伸向他的手臂。

申桂莲在外屋喊：“广财，端饺子。”

“来啦！”他的回答，饱含着奋发向上的激情。

16

王广财上中学后，有了自己的笛子。笛子刚买到手那些天，他当宝似的回家就吹，发誓要成名成家。吹了三年，邻居们几乎听不到从他家传出的笛声了。眼下，他又有了更为远大的抱负——当诗人。为了实现理想，他走了十多家邻居，借来了一本《革命烈士诗抄》，厚厚一大本子。他一口气通读了其中两篇，反复深入地研究了结构和韵脚的用法。他发誓当诗人是好事，遗憾的是没长诗人屁股，坐不住板凳，一天到晚四处闲逛。

王福祥勤劳了一生，最看不上他这二流子做派，好言相劝，“工作不是那么好找的，要是最后还找不着，就把你耽误了。你这一天天的游手好闲，我看着心里添堵。我慢慢老了，趁还能干几年，你跟我干，带一带你。等你出徒了，把我那二十多个垃圾箱给你。”

所谓自己的垃圾箱，并非他拥有产权，而是同行之间自然形成的捡破烂范围。这个范围就如同老虎、黑瞎子的领地，其他同行不能涉足。对此，王广财轻蔑地“哼”了一声。

王福祥动了气，“小兔崽子，你哼个屁，现成的活不干，想当国营工人咋的？别做梦娶媳妇啦！”

王广财有自知之明，清楚自己连居民组办的小集体工人都当不上，更不用说进国营工厂了。但他宁肯什么都不干，也不想捡破烂。由于近来看了革命先烈的诗，并学着写了几首，他的回答不免带有几分诗意。他说：“头可断，血可洒，铁夹子死活不能拿！”

王福祥眼睛瞪了起来，“咋的？”

“丢不起人。”

王福祥火了，“小兔崽子，我丢谁人了？”

王广财吓了一跳，解释：“我没说你，是你自己瞎上纲上线。”

这以后，王福祥把他看成了眼中钉、肉中刺，看不见则已，只要瞄到他影子，就不分场合劈头盖脸痛骂一顿。

早上，王广财偎在被窝里，等王福祥把饭菜端上桌，才懒洋洋爬起来，牙不刷，脸不洗，就往饭桌前凑。王福祥本想骂他几句，又寻思这块臭肉反正上不了台面，何必自个找气生呢，便把到了嘴边的话咽下去。说是不生气，他还是生了气，气得饭也吃不下了，把碗一推，耷拉着大驴脸出了门。

王福祥推着车，车上扔着麻袋和铁夹子，朝胡同口走去。姜大妈从一户人家出来，拎着花布兜，身后跟着个委上的妇女。如果说王福祥也有领导，那就是姜大妈了。不算祖副市长，姜大妈是他接触过的最大的官。人家这官是好官，热心肠，眼皮从不往上挑，不论你穷了富了，一律平等对待。居民委里的老老少少敬重她，称呼时不叫姜主任，而叫姜大妈。这么多年，她没少帮王福祥家，最关键的是一九六九年春天。那年，市革命委员会动员城镇居民上山下乡，王福祥无正当职业，一家人理应下去。多亏姜大妈考虑他家孩子小，只有他一个劳力，到农村生活更难，捂着盖着不上报，保住了他家的城市户口。因此，王福祥对她心存感激。

他打招呼，“姜大妈，吃啦？”

姜大妈没给他好脸，“都改革开放了，见了面别总吃吃的，好像除了吃饭就没啥干的了。都这时候了，谁还能不吃。”

他笑着，“说顺嘴了。”

姜大妈说：“我正要到你家收卫生费呢，老规矩，你家三口人，每人三分钱。”

他放下车，在怀里摸索起来。家里的大钱他缝在裤衩子里，零花钱放在上衣里边。他掏出个小纸包，一层层打开，数出四张二分的、一张一分的纸币递过去。

姜大妈接过钱，扔进兜子，“这点钱让你捂的，比保险柜还严实。”

“跟你们挣工资的不能比。”

姜大妈对身旁的妇女说：“你先去收费，我跟老王说句话。”妇女走后，她从兜里掏出一块电子表，“你心意我领了，表我不能收。”

王福祥愣了，表明明给了申桂莲，咋会到她手上？

姜大妈提醒，“不是你让桂莲给我的嘛，让我帮广财找工作？”

他反应过来了，“客气啥，给你就拿着呗。”

“咱共产党干部不兴这个。”

“姜大妈，我可不是帮你溜须呀。”

“我知道，溜须也不能送这玩意儿。你从啥地方掏弄来的，一天慢一个多小时。我老头看了，说是塑料机芯，中看不中用。”

“不能吧？”

“我老头在厂里修仪表，他们书记的表都让他修。别说这小东西，再难鼓捣的表也不在话下。我老头说，这表在石狮十元买好几块。”

他心里咯噔一下，“表是买鱼虫子的，四十块，他能骗我？”

姜大妈把表塞给他，“鱼虫子的东西你也敢买？他娘活着时候，当光荣事跟我说。他打小心眼子就贼多，看谁有糖块、花生就跟谁玩儿，一玩儿保准把别人的东西吃到嘴。有一次，他见别的孩子吃花生，嘴馋了，管人家要，人家没给。他就说，咱俩玩儿人跟猴子呀？”

“他想拿人家当猴子耍呢。”

“你还是不了解他。他让那孩子当人，他当猴子，围着人家跳来跳去，说猴子最爱吃花生了，不给花生猴子就不听话。到最后，人家的花生都喂他了。你看看，那么丁点大就这么鬼，你能整得了他？”

“兔崽子，我让他骗了！”

“就你老实，都啥时候了，改革开放啦，这些人赚钱都红了眼。人一做买卖就不保准了，啥叫商人？商人就是伤人，你可得加小心。”

“说得对，说得对。”他话锋一转，“姜大妈，广财的工作还得求你帮忙，这小子在家闲着，成天闹我。”

“别的居民委都有自己的企业安排待业青年，就咱没有，干瞪眼没地方安排。”

他把表揣进上衣兜，愁容满面，“那可咋整？”

“等着吧，你家的困难我们知道，有机会首先考虑你家广财。”

他十分感激，“谢谢姜大妈了。”

17

王小娟中学毕业后响应号召，随班级到农村插队落户。她走的那天，也是全市欢送应届毕业生下乡插队的日子。她体谅家里的困难，没提任何要求。一大早，连招呼也没打，悄悄背着行李走了。她先到学校集合，走完了领导讲话、知青代表表决心、学校欢送的程序，车队来到吉林日报社门前站下，等待市里统一欢送。附近几条街排满了解放牌卡车，一眼望不到头，车上拉着知青和他们的行李。街路两侧是欢送的人群，敲着锣，打着鼓，彩旗飘飘，写着“广阔天地大有作为”之类口号的横幅，一堵墙似的展开。她戴着大红花站在车上，想着以后也许回不来了，不免有些伤感。忽然，看见爹满脸是汗，挤在车前的人群里喊她，举着两张白面饼，引来了车上车下无数目光。孩子要离窝单飞，能否回来还是未知数，无疑是重大事情，别人家少不了给孩子买个面包之类的路上吃，唯独她爹送来了油饼。她觉得很没面子，脸色血红，犹豫一下才不情愿地接过来。

爹埋怨：“走也不吭一声，找了你三个多小时。”

她望着爹满脸汗水、日渐苍老的面容，鼻子一酸泪水滚落下来。

她下乡后的第三个年头，知青们具备了回城资格，公社给了她们集体户两个招工名额，要的都是女生。为了争这两个指标，户里的女生都红了眼，走门路的走门路，送礼的送礼，暗中较上了劲。王小娟家没门路可走，也没钱送礼。即使有钱送，也没有买礼品的券。每年春节来临，市里才按人口发给几张券。凭券她家可以买一瓶吉林原浆白酒，两盒凤凰或大前门一类的好烟。白酒王福祥年年买，烟券都送了人，临到平常日子要买上档次的烟酒，就得人托人批条子。可是，王福祥不认识掌权人，批不来条子。于是，她想到了养在申桂莲家的那盆花。她买来个花盆，把花从木箱子里挖出来栽上，花盆装在纸壳箱子中，拎着上了火车，打算送给大队罗书记。

到了村口，天黑下来，村中电线杆上的大喇叭播放着歌曲《我爱五指山，我爱万泉河》。罗书记家跟集体户一个屯子，住的是村里唯一的砖瓦房。她怕碰上熟人，放着大道不敢走，做贼似的踏上了村后的小路。走出一百多米，从秫秸空隙钻进去，是罗书记家房后的园田地。她穿过园田地，绕过砖瓦房，来到罗书记家前院。往常，他家门前经常趴着一条大黑狗。每当有人来了就喊，“罗书记，看狗!”这么喊她不情愿，因为街坊四邻都听得见，等于告诉人家，自己来书记家串门了，并产生诸多猜疑。还好，狗没在，她放心大胆地进了去。

罗书记一个人在家。他梳着背头，穿着白汗衫，汗衫正面印着红字——“农业学大寨先进个人”。他热情地把王小娟让坐在炕沿上。

她把纸箱子放在脚边，问：“嫂子跟孩子呢?”

“东屯放电影，老掉牙片子，朝鲜的《卖花姑娘》，看电影去了。”

“罗大哥，”她有意套近便，“听说又来招工名额了。”

罗书记肯定地“嗯哪”一声。

她吞吞吐吐地说：“这次能不能让我走?”

罗书记摆出为难状，“你们集体户人多，名额少，不好办呀。”

她的心沉下去。

罗书记扫了她一眼，“活口还有一些。”

她紧绷的脸舒展开来，下地解开箱子上的绳子，搬出花放在炕沿上，“罗大哥，这是我养了十多年的美人蕉，春节前后开花，可好看了，送给你了。”

罗书记凑上来，做出拦阻的样子，“大老远的拿它干啥，咱农村人养鸡养猪，不养这玩意儿。”他本该去抱花，却鬼使神差地抱住了王小娟，喃喃地说：“美人蕉我不要，我要你，你这个美人才真叫娇呢。”

王小娟推着他，“别这样，书记，别这样。”

罗书记把嘴凑上去。她一挣扎，花盆被刮到地上，啪嚓一声碎了。罗书记并不把区区一盆花放在心上，腾出手拉了下灯绳，关了电灯。王小娟急了，狠狠踩了他一脚。这一脚踩在他脚趾上，痛得他“妈呀”一声，蹲在地上半天没起来。王小娟摸索到花，拎起来魂飞魄散地跑了。回到集体户，她一头扎在炕上，两天没起来，大病一场。

罗书记记了她的仇，不但这次没让她走，下一年也没让她走，每次都能找出不同的理由。一年后恢复高考，她以二十分之差落榜。眼看同学们都抽调回城，集体户只剩下了她一个女生，她绝望了，甚至想找个农民嫁了，在农村扎根落户。这时，罗书记调到别的大队去了，她头上那块乌云散了。这年冬天，招工的雨点终于落到她头上，她回了城，进了国营百货二商店，在一楼卖小百货。那年她二十四岁。

王小娟出落成大姑娘，两条又黑又长的麻花辫，走起路来在身后晃来晃去。她到了谈情说爱的年龄，却还没到法定结婚年龄。这个星期她下午班，本应三点钟接班，只因单位传达党的“十二大”文件精神，她提前到了商店。听完传达，她一路掐算着，文件上说，到二〇〇〇年工农业总产值翻两番，那么自己的工资能翻多少呢？现在每月二十多元，也翻两番就是一百来元啊！等于说，用两个月的工资，就买得起一块一百二十元的上海牌手表了。而有那么一块亮闪闪的手表，是件令人神往的事情。她期盼有一块手表，参加工作后一直在攒钱，每月储蓄五元。按这个进度，买一块手表尚需一年多。她这么想着，回到一楼柜台接了班。刚把套袖套好，王广财来了。

王小娟批评：“你就知道成天乱跑，在家看看书多好。”

王广财趴在柜台上，说：“看再多也没用，能看出工作咋的？我们班没考上大学的，人家的爹都给找了工作。”

“咱不能跟别人比，咱家跟人家不一样。”

“倒血霉了，摊上这么个爹。”

“爹也急，正给你找居民委办工作呢。”

两个年轻人从柜台前走过，神气活现。其中一个，拎着三洋牌日本产单声道盒式录音机，有意显示地把音量放得很大，邓丽君唱的《美酒加咖啡》，以前所未有的非革命化形式，娓娓动听地飞扬。自从半年前，大街上就出现了拎着录音机，把音量放到最大，横膀子乱逛，招摇过市的年轻人了。对于眼里只有电子管、半导体收音机，耳朵里长年累月灌输的是硬朗的革命歌曲的人们来说，录音机以及被称为靡靡之音的邓丽君的歌声，都是前所未见，前所未闻的，惹得满商店的人盯着那小玩意儿瞅。王广财也在看，目光从录音机移到拎机器人的脸上，并认出那人是祖国庆。祖国庆一身将校呢，衣服上第一个扣子解开来，露出白衬衣，脚蹬三接头黑皮鞋。身边的小伙子穿着喇叭裤，上身是件米色风衣，领子立着，戴一副蛤蟆镜，镜面贴着商标。他这身打扮，是跟日本电影《追捕》里学的，最时髦的样式。

王广财羡慕地说：“看人家高干家孩子，连录音机都有了，咱家可好，就一个破矿石收音机，扔大街上都没人捡。”

王小娟被他说得心里不舒服，没吭声。

他低头看了眼自己的裤子，“姐，现在喇叭裤最时兴。”

“哪有好人穿喇叭裤的，那是奇装异服，我们商店都不给顾客做。”

“那小子还穿了呢?”

“他不是好人。”

“我就这一条破裤子，穿好几年了，还是布的。我也不想当好人了，你给我做一条喇叭裤呗?”

“姐今天开工资，下班后扯布给你做一条。咱可说好了，不能给你做奇装异服。”

“筒裤行吧?”

“可以，就知道臭美。”

他进入了正题，“姐，别人给我三盆花，后天我想拿市场去卖，给我五毛午饭钱呗。”

“别去，做买卖多丢人，不是正经人干的。”

“我又没工作，不干这个你们养活我咋的?”

“我养，你如果做买卖连对象都找不着。”

“你能养我一辈子咋的？”

王小娟想了想，觉得他说得在理，“你既然非得去就去吧。”她掏出两张五角纸币放在柜台上，“我省下的，都拿去吧。”

“我不要那么多，五毛够了。”

“拿去吧，你不可能只卖一天。”

王广财抓起钱打算走，一转身撞上个小伙子。他瞪起了眼睛，正要发作，身后响起了王小娟惊喜的声音。

“张毅群！”

王广财瞟了一眼姐姐，又瞅了瞅小伙子，走了。

张毅群是王小娟的中学同学。他不胖不瘦，中等个子，文质彬彬，穿一身洗得发白的人字呢军装。他顺着喊声望过去，脸上洋溢着笑容，“王小娟，你在这上班？”

“从乡下抽回来分到这了，你来买东西？”

“给我奶奶买篦子。”

她脸上莫名其妙的有些发烧，摆弄着胸前的辫梢，问：“你还在吉林农大上学吗？”

“刚毕业，分到园林处了，当技术员。”

王小娟对自己养的那棵花从没特殊关注过，此时却在脑海中浮现出来，“我家养了一棵美人蕉，十多年了，不知道花籽咋种，种了一次也不长芽。”

张毅群觉得不应该是美人蕉，“啥样？”

她把辫子甩到身后，比画着，“叶子这么宽，一片片向两边长。”

“那不是美人蕉，是君子兰。”

“我爹说是美人蕉，一直当美人蕉养的。”

“种君子兰花籽，你得把上面的红圆球扒开，里面才是籽。花籽不能种到土里，得种到用水洗过的沙子里。”

“怪不得我种不活呢。这个星期天，能不能麻烦你帮我种？”

他爽快地应承：“行啊。”

“我把我家地址给你。”她抓起柜台上的笔，在发票纸上写了些字，递给他，强调，“星期天，说定了。”

他加重了语气，“说定了！”

18

王广财无事可做，成天四处游逛。他最喜欢去的，是坐落在新民大街旁的花鸟鱼市场。这市场是黑市，也就是未经政府批准，自发形成的市场。市场里卖的各式各样小鸟，五颜六色的花儿，品种各异的热带鱼，常常使他流连忘返。他在里边一待就半天，渴忘了，饿忘了，眼前一派魔幻般的缤纷世界。从市场回来，晚上他也不在家窝着，吃完饭把碗筷一推，出去蹭电视看。电视是新事物，也是身份的象征。邻居没一户买得起，即使有拿得出钱的，由于没有电视购买券，也只好望洋兴叹。而胡同口马路对面那幢楼房，一楼的一户人家却有电视，九英寸牡丹牌的黑白电视。每到晚上，人家放电视，他就站在窗外看。人家是好心人，本来该拉窗帘了，见他来就不拉了。电视连续剧《大西洋底来的人》，他就是在人家窗根儿下，从头看到完的。

前天晚饭前，王福祥说家里酱油用光了，给了他六分钱，让他去打一斤酱油。他拎着酱油瓶子出了胡同，赶上有电视那户人家搬家，正往大解放车上装家具呢。他把瓶子放在人家窗台上，上前帮忙。搬完大件正要走，主人喊住他，给了他三棵花，一棵灯笼花，一棵文竹和一棵仙人头。他如获至宝搬回来，心想卖掉它挣点钱花。姐姐养在申桂莲家的花，他平时想不起来，这天想起来了，打算一起拿出去卖了。

申桂莲刚好买了一台九英寸黑白电视，上海产的，英雄牌子，正把电视上的天线转来转去地调试。随着移动天线，屏幕上一会儿雪花多些，一会儿少些。看见王广财进来，她兴冲冲地说：“婶买电视了。”

“太好了，以后我天天来看！”

“来吧，省得你总去扒人家窗户。坐那看吧，马上就调好了。”

他没坐，爬上炕，搬起窗台上的君子兰。

申桂莲问：“你姐让搬的？”

“不是，我拿出去卖了。”

申桂莲放下手中的天线，态度坚决地说：“你别给她动，你姐养了

那么些年不容易。”

他没能搬走花，也没再打过那盆花的主意。

花市较远，三盆花靠王广财一个人搬去，难。于是，他求陈伟用自行车驮。陈伟一口应承下来，说今天上夜班，白天正好有空。陈伟家孩子多，生活困难，他父亲一直是后勤职工中最俭朴的。父亲身上的工作服，一穿十多年，补丁摞补丁，省下来的工作服都给了孩子们。陈伟成年到辈穿的工作服，就是父亲省下的。他母亲没工作，天暖和的时候，在胜利公园门前卖冰糕；冬天在人民电影院门前卖瓜子，五分钱一杯。陈伟上学时，作为家里五个孩子中的老大，经常去帮母亲看冰糕箱子。有时也陪母亲卖瓜子，母亲卖，他收钱。陈伟毕业后，母亲挖门子盗洞，好不容易给他弄了个小集体企业的招工指标，在区办的铸件厂当力工，一天下来累得半死。父亲心疼他，把自行车给了他，自己走着上下班。那是辆傻大黑粗的白山牌加重自行车，父亲风风雨雨骑了它十多年。车子虽然旧，却省去了陈伟挤公交车之苦。

王广财左等右等不见陈伟来，闲极难忍，从柜子里翻出了《革命烈士诗抄》。这些天他玩儿心太重，几乎把当诗人的理想忘了，一直没动过这书。他顺手翻到一页，那页诗的标题为《我的自白书》。今天，他首次到市场卖花，多少有些激动，在地中央转着圈走，捧着书念出声来。在他印象里，诗人心情好的时候，通常都是如此状态。当念到“死亡也无法叫我开口”时，他找到了诗人的感觉，激情勃发地扬起了头。丁零零，丁零零，窗根前响起了自行车铃声。

陈伟站在窗前，笑着说：“诗人，开路吧。”

长春市栽种了多种乔木，人们印象最深的是杨树。特别是斯大林大街两侧的杨树，那规模，那高大，无与伦比。这些树带来遮天蔽日阴凉的同时，也带来了烦恼。每年春天，大杨树如同孕妇，结出一串串绿莹莹的籽粒。到了六月，吸饱了阳光的籽粒悄然绽裂，白絮般的杨树籽随风飘落，漫天飞舞，下雪一个样。它肆无忌惮地飞进每一个家庭，躲藏在床下或角落，甚至落在饭菜里。它沾在人们的脸上，钻进鼻孔，使你有得了皮肤病和过敏性鼻炎的感觉。王广财和陈伟在人行道上走着，不时地抹去脸上的杨絮。陈伟穿一身工作服，由于自行车链子有夹裤角的毛病，裤角挽着。他推着自行车，货架子上绑了块木板，三盆花用绳子固定在上面。自行车的部件已老化，发出哗哗啦啦的响声。

陈伟自嘲：“这车子老掉牙了，除了铃不响哪都响。”

王广财说：“等着，等你当上官就有小车坐了。”

“咱工人家庭没当官的，我也当不了。一旦我要真当上了，就买两台自行车，凤凰牌的，我父亲一台，丁美丽一台。”说完，不见王广财回应，侧头去看，见他正盯着笔直的裤线瞅呢。陈伟说：“诗人，时髦啊，穿新裤子了！”

王广财抹了一把脸上的杨絮，骄傲地说：“我姐给我做的，我有两条裤子了，这条是筒裤。”

陈伟认真看了一眼他的裤子。他是笑着看的，笑佛一样的笑。见了谁他都这么笑，只不过这次多了一丝羡慕。

市场附近杨树少，杨絮因此也少，使人蓦然清爽，心宁静了许多。

陈伟走后，王广财在道旁摆上花盆。他身后是朝阳公园的铁栅栏，透过栅栏的空隙，树木一堵墙似的挡住视线，看不见公园里的景物。面前是一条柏油路，行人和来闲逛的熙来攘往。一位农民模样的小贩子，极瘦，穿一身掉了色的蓝布制服，推着手推车，车上摆着花盆，在王广财身旁站下。小贩子用木棒支住车，从车上搬了个板凳坐下。

王广财搭讪，“爷们，你不是市里的吧？”

“城西的。”小贩子盯着王广财看，“瞅你眼生呀。”

“我头一天来，有不明白的地方还得请教你。”

“卖花是熟练工种，会数钱就中。”

有人从面前走过，跟小贩子打招呼，“一根刺，卖得咋样？”

小贩子说：“才来，没开张呢。”

王广财问：“你咋叫这名字？”

“他们见我瘦，起了这么个外号。不说不笑不热闹，叫就叫吧。”

“在这卖花有什么规矩？”

“别的没啥，多留神就中。这市场是黑市，工商局不让卖东西。你得用一只眼做买卖，另一只眼看着他们。要让工商抓住，花都得给你没收。没看我嘛，从不多带花盆，没收了损失也不大。”

王广财担心，“他们把两头堵死，咱们可就插翅难逃了。”

“这得靠运气，他们有时掐住一头，有时候两头一起堵。真要两头堵也得跑，人多，他们抓不过来，抓住谁谁倒霉。”

“爷们，他们来了你可得发扬风格，招呼我一声。”

“中啊。”一根刺从上衣兜掏出烟口袋，还有一小叠卷烟纸，“卷一棵，漂河烟，解乏着呢？”

王广财会抽烟，但没瘾，为了和他打成一片，接过来卷了一支。

19

宋小英上中学后，参加了学校文艺队，唱歌跳舞耽误了一些学业。虽说学习不很好，但看跟谁比，跟王广财比强出十万八千里。毕业后，她考大学落了榜。待业两个月，赶上歌舞团招人，她去报考，三次筛选下来成了团里的歌唱演员，偶尔也跳舞。这天，她下班回到家，正要换拖鞋，被母亲叫住了，递来个盆，盆里放着全国粮票，让她去换鸡蛋。她父亲是机车厂的技术员，母亲在粮店开票。母亲的工作注定了她家具有在吃上的方便条件，省却了许多必要支出。拿鸡蛋来说，改革开放后就没花钱买过。全国粮票四两换一个鸡蛋，地方粮票一斤换一个。她母亲总会在家里鸡蛋即将吃光时，找领导批条子，用一斤地方粮票兑换一斤全国粮票，再用全国粮票跟小贩子换鸡蛋。

宋小英拎着盆朝红旗街副食品商店走去，那附近经常有一些农村人，蹲在路边卖鸡蛋。刚穿过大街，跟杨素芳不期而遇。高中毕业后两人见过几次，宋小英参加工作后这是第一次见面。杨素芳一改春夏秋清一色白球鞋的常例，脚蹬黑色平跟皮鞋。

宋小英拉住她手，“听说你找到工作了，还相当不错?”

杨素芳谦虚地说：“没什么好的，在电影机械厂当车工。”她端详着对方，夸赞，“小英，你越长越漂亮了。”

宋小英说：“你也漂亮了。”

杨素芳抽出手，摘下宋小英头发上的杨絮。同时，也嗅出了问题，“小英，都改革开放了，咋还抹蛤蜊油呢?”她撩了一下披肩发，“我抹雪花膏呢，瓷瓶的，上海产的，你也抹吧，可好了。”

“以后试试。”

杨素芳换了个话题，“你会跳交谊舞吗?”

“单位组织跳过青年舞，交谊舞看别人跳过。”

“白在文艺圈混了。没听人家报纸上讲嘛，跳交谊舞好处老多了。”她掰着指头细数，“可以促进交流、增进友谊、锻炼身体、陶冶情操。”她想了片刻，再没想出来，“反正还有好多呢。”

“演出够累人了，没空。”

“明天上午有时间没?”

“我休息。”

“领你见几个朋友，咱校别的班的，都是高干子弟。一班有个总穿将校呢，叫祖国庆的记得不?”

“没印象。”

“人家记得你，他在吉林大学上学，好几次提起你了。”杨素芳看了一下手表，“我走了，明早你等着，我领你去长长见识。”

虽然人家没说去跳舞，宋小英也猜出跟跳舞有关，她犹豫着，“我就不去了。”

杨素芳鼓动，“去吧，挺有意思的。”

第二天，上班时间刚过，宋小英被杨素芳接走了。杨素芳骑着自行车，宋小英侧身坐在货架子上，在川流不息的自行车洪流中穿插。碰上交通岗，怕让交警堵住，宋小英就下来，过了岗再坐上去。车子拐过几条街，在祖国庆家门前停下。祖国庆家院门关着，小角门虚掩。两人走进去，院子左边搭着葡萄架。穿过院子，进了小洋楼。作为客厅的房间里坐着四男两女，其中一个小伙子偎在单人布面沙发里，穿长袖白衬衫，将校呢裤子，脚蹬三接头皮鞋。宋小英认出他是校友，并由此认定他就是祖国庆。

杨素芳说：“国庆，你不是总叨咕宋小英嘛，看看这是谁。”

“宋小英！”祖国庆站起来，握了握宋小英的手，“我叫祖国庆，在吉大中文系上学。上中学的时候，你给我的印象非常深刻。”

杨素芳提醒：“小英，人家是市委祖书记的儿子，高干子弟。”

他说：“我爸是我爸，我是我，两股道上跑的车。”

杨素芳又说：“小英，国庆还是诗人呢，诗写得特别好。”

他说：“过奖了，不值一提，坐吧。”

杨素芳和宋小英在椅子上坐下。

杨素芳撩了一下披肩发，“国庆，把你的大作给小英看看。”

“雕虫小技。”他从茶几下拽出一张报纸，递给宋小英，“这是以前发表的，回头看缺少意境。我这人，对自己的作品永远不满意。”

宋小英出于礼貌，展开翻得黑乎乎的报纸，在副刊找到了祖国庆的诗。这也是王广财看了后，立志当诗人的那首。她从头看到尾，尽管外行看的是热闹，也油然而生了敬意，说：“写得挺好。”

杨素芳没有阅读习惯，从没认真看过祖国庆的诗。在她心目中，不论张三还是李四，也无论写得好坏，只要能在报刊上发表，那就十分了不起了。她说：“人家是诗人，能不好嘛。”

祖国庆顺口念了一句闻一多《口供》中的诗句，颇有调侃意味，“我不骗你，我不是什么诗人，纵然我爱的是白石的坚贞。”

杨素芳羡慕地说：“看看，多厉害，出口成章！”

祖国庆问宋小英：“听说你在歌舞团工作?”

宋小英“嗯”了一声。

祖国庆炫耀：“诗歌与演唱虽然是不同门类，但同属艺术范畴。”

宋小英赞同：“两者相通。”

祖国庆也说：“艺术有共性。”

一个穿百褶裙的女青年插嘴：“啥性不性的，改革开放得学西方，人家讲的是性解放。”

另一个女青年穿着连衣裙，极为开放地露着肩膀头，说：“要谈性一会儿谈，光听你俩的了。”

祖国庆没理她，继续说：“偶尔我也看一些论述其他艺术门类的书籍，比如，大师斯坦尼斯拉夫斯基的《演员自我修养》。大师的戏剧体系，是以形体动作方法丰富了内心体验为核心的。”

一个穿四个兜军装，脚蹬白边“懒汉鞋”的男青年等不及了，“国庆，开始吧，有话跳着唠。”

一个穿花衬衫、喇叭裤，脚蹬三接头皮鞋的小伙子，摁下桌上录音机键子，黑色的盒式录音机里，传出了电影歌曲《青春啊青春》。

连衣裙喊：“太土了，换一个。”

花衬衫回应：“拿错磁带了。”

片刻，录音机里传出了邓丽君唱的《何日君再来》，缠绵悱恻。面对纷扰，祖国庆停止了展示。无须更多，仅此已经让宋小英钦佩不已了。尽管她是搞文艺的，也还是第一次聆听诗人教诲，第一次听说有个叫斯坦尼斯拉夫斯基的大师。而且，不用说学大师的什么体系，即使背下这名字，也得花费些时日。众男女一对对起身跳起了交谊舞，宋小英没动地方，祖国庆也没动，静静坐着。第二支曲子响起，祖国庆站起来，伸手邀请她跳舞。宋小英站起来，任凭他带着自己旋转。

他问：“你跳过舞?”

“跳过青年舞。”

他恭维：“不简单，第一次就跳这么好。”

祖国庆一边跳，一边默默凝视着她，仿佛十分深情。跳着跳着，有人拉上了一层花布窗帘。屋里虽然黑了，却还能较为清晰地看到，走马灯般转来转去的男女。这时，一对男女抱在了一起，脸贴着脸，随着音乐在原地晃动。接着，杨素芳的舞伴花衬衫也抱住了她，并把脸贴上去。杨素芳避开他的脸颊，却避不开搂抱。宋小英感到十分别扭，扭过脸故意不看别人。

有人起哄："太亮了，把金丝绒窗帘拉上。"

又一层窗帘拉上了，屋里立刻黑下来，男男女女影影绰绰。黑暗给了祖国庆勇气，胳膊用了些力，把宋小英搂得近了些。她挣了挣，无济于事，心嗵嗵地跳得厉害起来。她不知如何是好，走吧怕得罪朋友，不走吧接下来不知道会发生什么。想着，她害怕地战栗起来。祖国庆得寸进尺，学着别人，随着音乐在原地晃动。同时，手上又用了些劲，把她搂得更紧了，鼻息吹在她脸上，痒痒的。她脑袋嗡一声，想起这就是时下俗称的咪咪舞，也叫贴面舞，是公安部门明令禁止的，是社会舆论称之为流氓活动而唾弃的。她感到，掉进了一个黄色陷阱。她狠命推开祖国庆，连撞两对粘在一起的舞伴，摸索着拉开门，夺路而逃。

宋小英顶着烈日低头走着，步履匆匆，带起地上一团团杨絮零乱飞舞。她有种做了见不得人事情的感觉，好像路上每一双眼睛都鄙夷地盯着她。她恨自己，悔不该到那鬼地方去。从花鸟鱼黑市穿过去是回家捷径，她刚到市场入口，杨素芳骑着自行车追上来。

杨素芳在她身边下了车，一脸愧疚，"小英，你生气了？"

"那地方不适合我。"

"我也是第一次参加，还当好事呢。早知道这样，也不会来。"

"我自愿的，不怨你。"

"你一走把他们吓坏了，怕你到处乱讲。你没看见嘛，前几天大街上汽车拉着游斗的，都是聚众看黄色录像、跳咪咪舞的，那叫流氓罪，有的还判了无期徒刑呢。"

"放心，我不跟别人讲。"

"千万别说出去，让单位和派出所知道了，人家是高干子弟，爹有权有势没什么怕的，倒霉的是咱这些小老百姓。”

杨素芳走后，宋小英进了市场，在人群中穿行。平时，她极喜欢小鱼小鸟，每次经过这里，都要东瞧瞧西望望，今天却没了兴趣。走着走着一抬头，瞧见王广财坐在路边，面前摆着三盆花，正跟一个卖花盆的男人唠着，热火朝天。她打算上前打个招呼，转念一想走了过去。

20

王广财的花不多，想卖出去也不容易，一上午，真心想买的没有，只有五个打听价格的。每次人家问，他都以为要买花，热情过了头，介绍这三棵花这么好那么好。人家没等他说完便走了，走得毅然决然。

一根刺看不下眼了，指导：“你磨破嘴皮子也没用，人家想买你不说也买。再说了，你还嫩，那些打算买的，一搭眼能看出来。没见警察嘛，一帮人站那疙瘩，他一眼能瞅出谁是小偷。”

“从今往后，你不是啥一根刺，是我师傅了！”

“师傅领进门，修行在个人。”

别看王广财学习文化课不上心，做起买卖，学起生意经来却如饥似渴。他孜孜不倦地讨教做买卖的诀窍，一根刺耐心解答。忽然，市场西侧入口大乱，商贩炸了营，有车的推车，没车的拎着卖的东西，呼啦一下往东跑去，一个比一个快，人影嗖嗖地乱窜。

一根刺脸色大变，扑棱一下跳起来，“工商来啦，炸市啦！”

王广财抻脖子往市场西边张望。

一根刺手忙脚乱地收拾车子，说：“傻站着干啥，快把花搬上来！”

王广财赶紧把花搬上车。两人奋力推着车，随着小商贩朝东跑去。工商管理人员似乎有意网开一面，市场东头没人堵截。从东头出去是新民大街，街中间的花坛种着乔木和灌木，把车道劈为左右两半。两人沿着新民大街往南跑，跑出五十来米，这才喘着粗气停下。一根刺指挥王广财，把车推到身后的人行道上，靠着墙。王广财返身回来，跟一根刺坐在马路牙子上，脚下翻滚着一团团杨絮。

王广财抹了一把脸上的汗，说：“真险!”

一根刺掏出一团脏手绢，擦着额头的汗水，说：“务上这行，这事情少不了，你得有个数。”

“还回去不?”

“歇歇脚，等他们走了再回去。这些人一个多月没来了，今天该着，让你赶上了。”

“你卖花盆有年头了吧?”

“‘四人帮’没倒台就干，让大队批斗过，说是割资产阶级尾巴。那些年人家批咱，现在十里八村的都来跟我学烧花盆。”

“出来蹲市场，生产队不管?”

“我们那疙瘩搞责任田承包，是省里试点队。”

王广财用手擦了把汗，连带把杨絮抹掉。手刚从脸上拿开，顺着大街朝南望去，不由得一惊。宋小英从新民广场的路口拐过来，两手各拎着一盆小花。王广财怕她看见，赶紧把头埋下去。

一根刺关切地问：“哪疙瘩不得劲儿?”

王广财说：“别跟我说话。”

王广财把头埋到两膝上，心跳得厉害。做买卖是丢人的事情，好人没人干。因此，他羞于见熟人，尤其怕碰上宋小英。正提心吊胆的，眼睛的余光先看见了一双女式黑皮鞋，继而鞋边又摆上了两盆花。

王广财不好再装作看不见了，满脸通红，起身打招呼：“是你呀。”

宋小英说：“我看见你在市场卖花了。”

王广财不自然地笑着，尽管脸上并无杨絮，还是抹了一把。

她善解人意，“别不好意思。”

王广财红着脸，“没不好意思。”

她指了指地上的花，“这两盆是我家的，茶花，给你了。”

一根刺插言：“人家真心实意给你，收下吧，记心里就中了。”

她说：“这两盆花给你，我家再没花了，也帮不上你了。”

王广财十分感激，“上学你就帮我，现在还帮，过意不去。”

“都是同学，不用客气。”她问：“你不在市场卖花，蹲这地方干啥?”

一根刺说：“刚才工商局来了，炸市了，来这疙瘩躲躲。”

王广财不好意思了，引开话，“听说你有铁饭碗了?”

“在歌舞团上班，你呢？”

“正找工作呢，我们居民委说，一有机会就把我安排出去。”

她安慰：“做买卖挺好。广州时兴干部下班做买卖，搞第二职业。”

“我知道你在安慰我，不管咋说，干这个没谁瞧得起。”

一根刺盯着市场方向，“小王，工商走了，咱该回去了。”

宋小英说：“我也该回去了，常联系。”

一根刺望着她远去的背影，“这姑娘挺俊呀，她对你有意思？”

王广财严肃地说：“别瞎扯，我连工作都没有，人家咋会看上我。”

回到市场后，王广财直到中午也没卖一盆花。午饭他没舍得动仅有的一元钱，把花托付给一根刺，来回总共花了一角钱，坐公共汽车回了家，用猪油拌早上剩下的高粱米饭，再倒上些酱油，一连吃了两大碗，吃得甜嘴叭舌的。回到市场，好事来了，一根刺递来两元钱。

“开张了，给你卖了一盆茶花。”一根刺说。

21

一九六八年，成立了市革命委员会，市里两大造反派实现了“大联合”，全市上下“一片红”，造反派回了原工作单位。权利民跟比他还要玩命造反的战友比，算得上幸运，分享到了胜利果实，当上了厂革命委员会副主任。好景不长，刚风光一年多，便因为“文革”时有血债被判了刑。他清楚记得抓他时的情形。那天，当年造反的战友，给了他一张文艺演出的机关内部票，地点在站前春谊宾馆会议厅。当时，一个脸蛋儿圆圆的女孩子正在唱《远飞的大雁》，歌声嘹亮，清纯动人，以至于今天还萦绕在他耳边。这工夫，他肩头被民警拍了拍。这一拍，把他拍进了监狱，在牢里一蹲十来年。出狱后，组织上考虑当年的特殊情况，给了他一条生路，让他回厂当了工人。他觉得，这样落魄地回去没脸见人，上了几天班后，找到车间支部副书记，拿去个假诊断，谎称有病要请长假。副书记是刚刚提拔起来的，“文革”时是他手下的普通一兵，对他怀有崇敬，明知他在说谎，略一犹豫，还是答应了。

副书记还亲切地跟他攀谈了几句，说的都是肺腑之言，“‘文革’是一个特殊的时期，人们都一个心眼儿寻思，只有那么干才是革命的，不那么干就不是革命的。”

权利民听出他在表示同情和理解，心里涌起一丝暖意，苦笑了一下，说：“那时候，要是在武斗中被打死了，我眉头都不带皱一下的，还以为是为共产主义而献身呢。”

运动伤透了权利民的心。回家后，他对政治不再关心，成天把自己关在屋里练习写毛笔字。写了一年左右，大有长进。据说，他如果坚持下去，很可能前途无量。然而，他腻歪了，最终给自己写了四个字“难得糊涂”作为封笔之作，装裱后挂在卧室墙上。他忙碌惯了，闲散下来不习惯，买来一口小水缸，养起了金鱼。这金鱼最容易养，放在别人手里准养得活蹦乱跳，偏偏他只养了几个星期，便一条接一条死去。养金鱼的日子里，他每天去一趟市场买鱼食，成了鱼虫子的常客。每次去，都要跟鱼虫子闲扯几句。一缸鱼死绝了后，他开始养花，见到喜欢的花必定要买。其间，他买了一棵君子兰，看着它开花结籽，籽又长成小花的过程，给了他活力和乐趣，便几十宠爱在一花了。只要看到好的君子兰，不论多少钱都要买下来。随着家里君子兰花增多，其他花逐渐少了，直至被他全部送了人，剩下君子兰一花独秀。家里的君子兰品种多了，来看花的也多了，也就有人购买了。头几次人家买，他不好意思要钱，白送。后来他送不起了，收了钱，一来二去有了些收入。

他卖花从来都是在家进行，市场决不去蹲，以防沦为小贩子，为人们所不齿。今天到花市转，并非完全奔君子兰来的，他还打算到赵淑珍家去，在幽会的缠绵中，平息身体中鼓荡的激情。他蹲监狱那些年，赵淑珍每年都去看他两次。出了大牢，两人往来愈发频繁，关系更加密切。赵淑珍家挨着花市，离单位也近，坐公交车一站地，她中午基本都回家吃饭，来回靠走。她爱人陈东升单位离家远，中午不回来，儿子中午带饭在学校吃。因此，午休成了两人幽会的最佳时间。

别看花鸟鱼市场是黑市，却比不黑的火爆，热闹非常。权利民推着自行车一路撒摸，看到感兴趣的花就蹲下来，跟小贩子谈谈培植经验，唠唠花的习性。大约转出三十多米，香气扑鼻而来。望过去，目光落在路边的四盆花上。其中，两盆米兰密密麻麻开着米粒大的黄花，一盆金栀子开着大朵大朵的白花，香气就是从这三棵花上传来的。另外，还有一箱大杂烩。准确讲，里面杂乱种着一棵小君子兰，一棵马蹄莲，两棵金边兰。箱子半尺高，三本书大小。当他目光落在君子兰上时，眼前一亮。那花遮掩在其他花中，四片叶，每片都形似乒乓球拍，脉纹突起，横是横竖是竖。他认定是棵好花，正要问价钱，发现卖花的竟是鱼虫子。

在权利民专心养花的日子里，鱼虫子觉得卖糖稀和鱼食辛苦，一分分地挣钱太慢，不如卖花来钱快，便跟权利民殊途同归，专门卖起了花，不同的是他什么花都卖。鱼虫子搭讪："买花来啦?"

权利民知道他心眼多，自己盯着君子兰问，必然会被他识破，紧接着就会抬高价格。于是，说："随便转转。"他用脚拨下车梯子，架稳自行车，蹲下，摆出漫不经心的样子，摆弄摆弄这棵花，摸摸那棵花。最后，拨开金边兰叶子，瞅了瞅君子兰，问："这箱子花咋卖?"

鱼虫子瞄他一眼，认定他看上君子兰了，却不说破，"你都拿去，给十块钱吧。"

权利民盘算，单单君子兰就值六元，合算，可还是往下压着价，"你要的太离谱。"

"好说，老熟人了，你开个价。"

"这几棵花根本不值钱，最多给你五元。"

鱼虫子装作无意地说："这些花是不值钱，但不是都不值钱。"

权利民有些心惊，"我再加一元，箱子你留下，我不要。"

"再加两块钱吧，箱子你拿去。"

权利民接受了，掏出一张十元钱递过去，"找三元。"

鱼虫子给他找着钱，说："这花卖亏了，亏得我跳楼的心都有了。"

权利民又一次心惊了，没吭声。

七十年代初，赵淑珍调到了省轻工业厅，努力十多年，升到了科级。她家住的筒子楼是单位分的，一共四层，每层九户，分布在走廊南北两侧，每层共用一个厕所。她家住在二楼南侧，两小室，一进门有个小厅，也当厨房用。两间卧室冲厅里开门，一间较小的她住，较大的陈东升和儿子住。她住的那间兼客厅，摆了个双人简易沙发，一个椭圆形茶几。表面看，两口子分居了，实际有分有合。两人有生理需时，陈东升就到她屋里去。中午，她回了家，虚掩上门，正在热早晨的剩饭，权利民没敲门进了来。

赵淑珍说："你咋像鬼似的，也没个动静？"

权利民用脚关上门，"到市场买了几棵花。"

"在走廊碰到人没？"

他换上拖鞋，捧起木箱往赵淑珍屋里走，"没有。"

她端着热好的饭菜跟进来，"你吃没？"

"来之前吃了。"

她把饭菜放在茶几上，打开落地收音机盖子，放进一张唱片，把唱头放在唱片上，《太阳岛上》的歌声随即流淌出来。落地收音机时下流行，民间组装，既是收音机，又可以作为唱机使用。权利民坐在沙发上，把木箱放在面前，捏住小君子兰的根部轻轻一拎，轻而易举拔了出来。两根面条般柔软的根须，弱不禁风地晃悠着。他抖了抖，打算把上面的土抖下去。没成想，居然把根子和土一起抖掉了，花成了光杆司令。明摆着，这是棵烂根子花。从常理讲，花烂根子就如同人得了绝症，几乎不存在复活的希望。

他愤愤地说："这是啥人呢，卖我一棵烂根子花，被他骗了！"

赵淑珍在他身边坐下，问："能活吗？"

他用纸包上君子兰，放在茶几上，"别人拿去死定了，我有办法让它活。"他又说："剩下的花给你们。"

她吃着饭，"你搬走吧，我不喜欢花。"

"给老陈，他喜欢。"说着，伸手去摸她脸。

赵淑珍让他摸着，警示："小心来人。"

"我刚才把门关上了。"

"老权，我最近不知咋的，总能想起咱们的孩子，昨天又梦见了。"见他心不在焉，便有些不高兴，"你听见没？"

权利民从她脸上拿开手，"听着呢。"

“那孩子在水里淹着了，乱扑腾，喊我救他，水都淹脖子了，我伸手够他，够不着就醒了。”

唱片转到了头，空转着，音箱里传出咔拉咔啦的响声。权利民起身关上音响，坐下，说：“胡思乱想。”

“老权，咱们去看看他吧。”

他解开自己的腰带，把裤子和裤衩一同脱掉，扔在一旁，“十多年了，能找到吗？”

“我记着那人家。”

权利民没把她的话往心里去，说着“别自寻烦恼啦”，伸手去解她皮带扣。

赵淑珍挡开他手，“说正经的呢。”

他孜孜不倦地又去解，解开了，把她裤子连同内裤一起拉下来，不紧不慢的。这时，外边传来钥匙开门的声响，极为细小。

她腾一下跳起来，惊惶失措地穿着裤子，说：“老陈回来了！”

权利民慌了，一把抓过裤衩，伸腿就往里套，没套进去。眼看来不及了，索性不穿了，塞进上衣兜，手忙脚乱地提上裤子。这时，脚步声响到了厅里。赵淑珍穿戴妥当，一屁股坐到沙发上。权利民来不及系裤腰带，又不能用手提着，无奈，一头钻进了床下。床下堆满了东西，他身子进去了，小腿肚子以下却露在外边。

陈东升来到门前，问：“你吃没？”

赵淑珍强作镇定，“你咋回来了？”

陈东升进了来，“在市里开会，散得早。”

“工作时间往回跑影响不好。”

他正要说什么，看见床下露出一双脚，问：“那是谁？”

赵淑珍脸色大变，急中生智，“老权，我留他吃饭，够啤酒呢。”

权利民已经系好了腰带，见被发现了，爬出来，脸色血红，汗也出来了，顺杆爬，“白钻了，没有啤酒。”

赵淑珍惊魂未定，帮衬：“我记得有啊。”

陈东升说：“那两瓶啤酒早过期了，让我倒了。”

权利民拍打着裤子，“你回来得正好，一起喝两杯，我去买酒。”

赵淑珍说：“别去了，家里有白酒，春节用票买的，剩下半瓶。”

陈东升说："那不行，好兄弟来了不能应付了事。我有一瓶茅台酒，留了好几年，咱把它喝了。"

赵淑珍知道，他一直拿那茅台酒当宝，她叔叔从南方来，逼他拿出来他死活不肯。今天，他是真高兴了。于是，对他认贼作父产生了怜悯，阻拦，"何必呢，老权又不是外人。"

权利民在沙发上坐下，也说："别拿了，喝啥都一样。"他把手伸进衣兜，打算掏手绢擦汗，往外一拽，把裤衩扯了出来。多亏裤衩刚露出头时他警醒了，赶紧塞回去，吓出了一身冷汗。

赵淑珍看在眼里，也吓了一跳。这一步步的险棋，使她压力过大，借口"我给你们炒菜去"，赶紧躲了出去。

陈东升不听劝，出去拎来茅台酒，在权利民身边坐下。

权利民指了指门边的木箱，解释，"我从市场来，知道你喜欢花，顺便给你捎来几棵，老赵非留我吃饭。"

陈东升说："你来一次不容易，不吃饭就走是打我们脸呢。"

22

王小娟回城后，一直住在申桂莲家。自从和张毅群有约，她成天数着日子过。好不容易熬到星期天，早早醒了，等到爹和弟弟出了门，赶紧回了家。本来，这个破旧的屋子已经让她收拾得干净整洁了，她仍然不满足，里里外外又打扫一遍，连墙上纸张发黄的毛主席半身像和革命样板戏《红灯记》剧照，也用鸡毛掸子拂了。最耗费她体力的，是院子里的破纸壳。纸壳摊开了一大片，傻子一眼也看得出，自家与破烂有着密不可分的联系。她把纸壳码起来，支离破碎的放在下边，整张的在上边。这样，张毅群看见就不会往捡破烂上想了。收拾完，下起了雨，她回屋坐在炕沿上绣起花来。前天，她把家里该洗的都洗了，洗到桌子下的布帘时，无论如何也洗不干净。见实在无可救药，她拿布票扯回三尺白布，打算绣上花，替换下布帘。绣花用的工具和图样，是下乡前同学送的，一直留到今天。图样是一枝梅花，旁边是毛主席诗词中的一句，“梅花欢喜漫天雪”。为迎合时尚，她保留了梅花，词则不打算绣了。

外屋门口有人喊：“有人吗?”

她放下布帘迎出去。张毅群拎着伞进了外屋，一身洗得稍显发白的人字呢老式军装，上衣兜别着两管笔，一支圆珠笔，一支钢笔。

她面带抑制不住的笑容，“进来吧。”

张毅群进来，把伞倚在炕边，在椅子上坐下，问：“你父母没在?”

“我娘去世了。”

“你父亲在哪个单位?”

她脸红了，装作没听见，说着“我给你倒水”，拿出玻璃杯倒上水，放在他身边的桌上，说:“花和沙子都在邻院呢，我去搬。”

玻璃杯是王小娟参加工作后，用第一个月工资买的，杯上绽放着两朵蓝色的荷花。张毅群喝着水，等她回来。

王福祥进了屋，身上蒙着白塑料布，塑料布上端两个角系在下巴上，下摆耷拉到腿肚子上，雨水顺着塑料布淌下来，渗进水泥地面。他警惕地盯着张毅群，问：“你是谁?”

张毅群放下杯，站起来，“你是王小娟父亲吧？我是她同学。”

王福祥从上衣兜拽出帽子，那是怕淋湿了塞在里面的。他把帽子扔在炕上，问：“小娟子呢?”

“到邻居家去了，马上回来。”

正说着，王小娟捧着木箱回来了，箱子里装着水洗过的沙子。她把箱子放在地上，直起腰，对爹的出现略显不快，“你咋回来了?”

王福祥解着脖子上的塑料布扣，说：“下雨了，我怕下大了。”

王小娟话一出口，便意识到对爹不敬了，语气立马温和下来，介绍，“爹，他是我同学，在园林处工作，帮咱种花籽来了。”

王福祥没明白，“花籽?”

王小娟说：“就是养在申婶家的那棵花。”说完，出去搬花了。

王福祥解下塑料布，抖落上面的雨水，说着：“是该种了，种出来让广财拿去卖。”心里却在想，这小伙子是来种花籽的？鬼才信！花籽有啥好种的，那么多年了也没见女儿种过。再说了，种个破花籽没必要拉个大小伙子来。肯定是她相中了人家，用花籽当借口。既然她喜欢，小伙子又确实不错，坯子好、老实厚道，王福祥也就不把他当外人了，问："刚才小娟子说，你在公园上班？"

张毅群纠正："园林处。"

王福祥把塑料布搭在门上，又问："你是哪个学校出来的？"

"农大，在单位当技术员。"

王福祥赞扬："不简单，小小年纪扒扯上个技术员。"

王小娟搬来花，放在木箱旁，不高兴了，"爹，咋乱说，啥叫扒扯？"

张毅群笑着，"大叔跟我说着玩儿呢。"

张毅群低头看花，目光一搭上两眼顿时直了。那花的叶片虽然只有一巴掌多长，却足有一支半纸烟宽，每侧对生八片叶子，排列得齐齐整整，墙壁一样平直。叶子颜色黄里透白，抹了油一般亮，上面纹脉暴起，横是横竖是竖，构成了无数整齐的小方块。张毅群在花盆前蹲下，掏出钢卷尺，在花叶上左量量右测测。还时而站起来瞅，时而跪下去看，被狐仙迷住了一般。

王福祥站在一旁，问："花咋样？"

"好花，少有的好花！"张毅群把钢卷尺揣进衣兜，坐到椅子上，激动地问："大叔，花真是你家的？"

"嗯哪，咋的，这美人蕉值钱？"

"这不是美人蕉，是君子兰，也值钱，也不值钱，看在谁手。"

"在谁手值钱？"

"君子兰卖不上价，不如灯笼花贵。因为，人们都愿意养花期长、开花次数多的花。这花却不然，与别的花比花期不算长，而且一年只开一次，所以我说它不值钱。但在专门研究花的人手里就值钱了，给个百八的也说不定。"

"这么多！有人买？"

"不好说。不过，我劝你别卖。据我所知，这花在咱们国家没有第二株，是……"

"是蝎子屁屁——独一份儿？"

张毅群肯定地点点头，"这花是世界上君子兰六大名贵品种之一，据我观察，你家的花又与同类品种不同，在叶型、色泽上更胜一筹。有专家培育过吧？"

“有哇，那是十多年前的事了。”

“一直授什么粉?”

“没授过。还授粉?”

“如果不人工授粉，花会自身授粉，结出来的籽粒也要退化。”

“这些年，没拿它当回事。”

“君子兰的特点是叶片挺拔舒展，姿态端庄，排列整齐，花形艳丽。尤其你这盆，叶片短、宽，黄色中揉进白色，更超出其他兰花。”

经他一说，王福祥再瞅这花，怎么端详怎么好看，“怪了，让你一说，这花瞅上去顺眼了。”

“花是好花，可也有不足。别的花白天吐二氧化碳，晚上吸二氧化碳，它相反。从这一点讲，这花养在屋里对人没好处。”

王小娟担心申桂莲的身体，“你的意思是不该放屋里?”

张毅群说:“少了没问题，多了不好。”

刚刚对花有了兴趣的王福祥热情骤减，既然不能带来经济效益，摆在屋里又有害处，那还有什么好的。说来说去，让人空欢喜一场。

张毅群谈兴大发，“君子兰为石蒜科，是多年生草本植物，产于南非。大约在本世纪二三十年代，从日本引入我国东北。开始，养在长春伪皇宫。后来光复，流散到了民间。通常叫它君子兰，也有管它叫达木兰的……”

王小娟摆弄着辫梢，看上去听得津津有味，实际人家说了半天，她只记住了只言片语，吸引她的是张毅群的渊博学识。

王福祥听他讲述如同听催眠曲，眼皮直打架。窗外，雨还在下。他惦记院里的纸壳，摘下门上的塑料布，说：“你们唠，我出去看看。”

张毅群想起这次来的目的，说：“看见这花把正事忘了。”他挽起袖子，蹲在木箱前，手在沙子里搅动，把石子挑拣出来。

王小娟坐在炕沿上，朝窗外望去。透过灰蒙蒙的雨雾，爹那瘦削的身子，裹在宽大的白塑料布里，猫着腰，捧着破纸壳子，一趟趟往小棚子里倒腾。他黝黑的脸上，多了几道刀刻般的皱纹。本来就不挺拔的身板，后背出现了罗锅。她怦然心动，想想这些年，爹靠捡破烂把自己和弟弟拉扯成人。那一个个让人鄙视的垃圾箱，就是自家的饭碗，如同工厂是工人的饭碗，土地是农民的饭碗一样。自己不应该看不起爹，不应该蔑视他的职业。总而言之，不应该忘本。不论自己是否正视爹的职业，事实决不会因此而改变。与其选择逃避，不如正视现实。正想着，王福祥进了来，解开下巴上塑料布的扣。王小娟迎上去，接过塑料布，拿到外屋抖落雨水，用抹布擦干，挂在里屋门上。王福祥在炕沿坐下，胳膊肘支在腿上，看张毅群种花籽。

张毅群把君子兰梃子上的红球球一个个揪下来，剥去皮，扒出籽粒，托在手上，惋惜地说："这些花籽都够呛，能不能活不好说。"

王小娟并不把花籽放在心上，"没关系。"

张毅群把花籽一粒粒埋进沙子里，问："大叔，你在哪上班？"

王福祥吓了一跳，惶恐地瞥了一眼王小娟，红着脸，吞吞吐吐地说："干些乱七八糟的。"

王小娟直说了："我爹没工作，靠捡废品养活我跟弟弟。"

王福祥吃惊地瞅了她一眼。王小娟异常冷静，等着张毅群做出反应，那决定着是跟他交往下去，还是断绝来往。

张毅群并没有特殊反应，"大叔，你卖花吧，现在的人对美化房间感兴趣，买花的多了，弄好了一天能挣好几块钱。"

她松了口气。

王福祥悬着的心也落了地，对张毅群有了几分好感，"卖君子兰？"

"不能光卖一样，君子兰没多少人认。要卖就啥花都卖，最好卖花期长的，好卖。"

王福祥不以为然，武大郎放鸭子——啥人摆弄啥鸟，自己天生捡破烂的命，卖花干不来。做买卖那些人还了得，眼珠子一转一个道道，只需转上几转，就把你转进去了。自己没那花花肠子，一旦有个闪失划不来。他摆着手，"我不行，隔行如隔山。"

张毅群站起来，"种完了。每天往沙子上洒些水，保持湿润。"他看了一眼桌上的小座钟，"我该回去了。"

王小娟端来一盆水，挽留，"吃了饭再走吧。"

王福祥也说："再忙也不差一顿饭。"

张毅群恨不得坐下不走了，但第一次来不好意思。他在盆里洗着手，说："不啦，改天吧。"

王福祥说："这下认识门了，以后闲着来玩儿。"

张毅群接过王小娟递来的毛巾，擦过手，支支吾吾地说：“一旦，一旦花籽长出来，能不能给我一株?”

王福祥爽快地说：“把大花搬去吧，我们留着没用。”

王小娟也说：“我爹都说了，别客气，你喜欢就搬去。”

张毅群把毛巾放在炕沿上，说：“我不敢要，以后能常来观察观察就知足了。”

王福祥心想，他观察的恐怕不是花，而是小娟子吧。嘴上却说：“来吧，随你便。”

23

当张毅群把第一年种的花籽，逐个从沙子里扒出来看时，说：“可惜了，只活了两粒。”

王小娟说：“无所谓，这两棵你拿去吧。”

张毅群不想占便宜，“不了，以后多了我再拿。”

花籽长成苗子后，张毅群的注意力又转移到大花上。为了这盆大君子兰，他搜肠刮肚，翻阅了大量资料，配制了特殊的肥料，并多次亲自浇到花盆里。此后，用他配方沤制的肥料，一直伴随着王福祥家大大小小君子兰的成长，成色也较之别人的好。第二年春节，大花中间再次蹿出一根绿色的梃子，上端盛开出一簇簇黄色的花朵。他从园林处最好的一棵君子兰上取下花粉，授到王福祥家的花上。后来，花谢了，结出了花籽。花籽成熟后，他把它们种在沙子里。四十天左右，花苗破土而出了，跟草似的密密麻麻一大片，大约一百五六十棵。俗话说：十个手指不一般齐。一棵花结的籽也有好坏之分，有的甚至可以说天壤之别。他从中选出六十棵较好的留下，其他的让王小娟给了弟弟。王广财乐得嘴都合不上了，拿到市场一元一棵卖了，成就了他两年来最大一笔无本生意。

王小娟和张毅群的关系，随着两茬小花苗的茁壮成长，蓬蓬勃勃发展起来。而具有决定意义的，仅仅那么十来分钟。那天，张毅群到她家来，只有王小娟一个人在家。张毅群涨红了脸，问:“咱俩能不能建立朋友关系?”

她装糊涂，“现在不是朋友吗?”

他脸更红了，“我说的是一辈子在一起的。”

她说：“我心里已经有一个人了。”

他说话声音都变了，“谁?”

“我有他照片，没给别人看过，你例外。”她拉开抽屉，拿出个椭圆形的小镜子递过去，“你自己看。”

他接过来看，镜子里是自己茫然的脸。他大惑不解，“没照片呀?”

“里面的就是我说的那人。”

张毅群恍然大悟，张开双臂抱住了她。

两人真正相恋了，一日不见如隔三秋。不论严寒酷暑，在两人家之间的路上，经常看得到他们的身影。你把我送到家了，我再把你送回去，来来往往。最终，以张毅群把王小娟送回家而结束。其间，必然要经过团结路。团结路南侧是省委后墙，北侧是胜利公园南墙，行人稀少，路灯昏黄。而且，路灯经常被别有用心的人打碎，为谈情说爱提供方便。每当夜幕降临，路南侧墙边每一棵粗大的杨树后，都有一对男女。两人路过这里时，偏爱躲到树后，低声说些只有两人能说的话，也包括体验一下拥抱和接吻。这一年的长征经历，不仅把两颗心拉近了，也使体魄得以增强。

今天一上班，张毅群心里长了草，坐不是站也不是，一门心思要见王小娟。王小娟应该是下午班，上午在家。他跟领导撒了谎，请了半天假溜出来。这是他认识王小娟之前，从没有过的欺骗组织行为。认识她以后，多次采用，每次过后都感到不安，不安后照行不误。

这年的雨水格外多，入夏后隔三岔五就下一阵。早晨，天空一碧如洗，王福祥把小棚子里的破烂装上车，推到废品收购站卖了。本想回家吃过午饭再出来，结果人算不如天算，刚吃完饭天就阴了，满世界洒下牛毛细雨。门出不去了，总得给自己找些事情做吧。他脑海里浮现出申桂莲的身影，挥之不去。想一想，两人关系发展过慢，慢得像蜗牛爬，必须加快进度了。屈指一算，申桂莲今天上夜班，便打算过去看看。刚下地，张毅群进来了。

张毅群问：“他们呢?”

王福祥不好扔下他走，坐回炕沿上，“小娟子积极着呢，上商店开会去了。广财这小兔崽子，在市场卖花，家里见不着他影。”

张毅群坐到他身旁，从拎着的布兜子里掏出一本杂志，翻到一页，递过去，说：“我写的，关于咱家君子兰的论文，他们给发表了，还登了张花的照片。”

“你说过登，半年多了，还真登了。”王福祥接过杂志，“哪个是?”

张毅群手指在上面点了点。

杂志散发着油墨味道，黑乎乎的字体上方印着一张黑白照片，尽管模糊，王福祥还是认出了自家的花，问：“是不是写故事书那么写的?”

张毅群吃惊地望着他，“叔，你不识字?”

“小时候家里穷，上不起学。”

“这是论文，写的都是学术的事情，跟故事书两个写法。”

王福祥说了声“好”，把杂志放在身边，“大花上了书本，小花崽子该值钱了吧?”

张毅群把杂志塞回布兜，肯定地点了点头，“一株好点的，估计能卖三四元。”

王福祥眼睛亮了，盘算着叨咕：“前年种的那两棵就不说了，去年的留下六十棵，就算三元一棵，能卖一百八十元，那咱可发财啦!”

“顶我半年工资了。”

门外传来一阵喧哗。王福祥抻着脖子从敞开的窗户望出去，雨停了，两个干部模样的中国人，簇拥着一个头发斑白、西装革履的外国人进了院子。眼下，国人极少有穿西装的，如果穿着的西装再如此合体，那肯定是外国人了。他没见过别的国家的，只见过日本人，便进一步认定，老人是日本人。他长这么大，家里除了姜大妈从没来过其他干部，更不用说外国人了。起初，以为人家走错了门。再看他们比比画画，长驱直入的样子又不像。

中国干部在外屋门里喊：“这是王福祥同志家吗?”

居然是找自己！王福祥起身迎出去，在里屋门口碰上了，隔着门槛。

中国干部问：“你是王福祥同志吧?”

王福祥说：“是呀，干啥?”

日本人上前一步，握住了王福祥的手，用生硬的汉语说：“我山本太郎，日本国的。”

中国干部说：“山本先生是日本友人，著名的植物学家，这次来我省讲学，明天就要回国了。他看到一篇论文提到你家君子兰，想看看。”他掏出一张纸递过来，“这是介绍信。”

王福祥接过介绍信，装模作样扫了一眼，递给身后的张毅群，闪开身，说：“进来吧。”

山本太郎在前，中国干部在后，鱼贯而入。

山本太郎在屋里站定，看了看手表，说：“紧的时间，花的看。”

张毅群看过介绍信，放在炕上，“我去搬花，申婶在家吧?”

王福祥说：“在家。”他想起忘了介绍张毅群，便指着他自豪地说：“这是我闺女对象，农业学堂出来的，你说的文章就是他写的。”

张毅群冲山本太郎伸出了手。

山本太郎抓住张毅群的手握着，“你的论文价值大大的。”说着，伸出大拇指晃了晃。

张毅群说：“还得请先生指教。你是老前辈了，我看过你的著作。”

山本太郎好奇地问：“名的哪个?”

张毅群回答：“《植物学概论》。”

山本太郎满意地点点头，“我主要的著作。”

张毅群说：“你们唠，我去搬花。”

山本太郎对王福祥说：“你的张发展光明，学问大大的。”

王福祥这一阵子，已经把张毅群当女婿看了，见日本专家都说好了，喜上眉梢，“过奖了，就你看重他，我们看他挺平常。”

山本太郎问：“张的什么的干活?”

王福祥伪满时听日本鬼子这么说过，但时间久了记不很真切。他能记住这句话，是多年无数次收听广播里电影剪辑的结果。因此，对应的话也按剪辑中的套路溜了出来，“良民的干活。”

山本太郎求助地望了一眼中国干部，不清楚良民是什么职业。

王福祥急忙更正：“技术员，大学出来的。”

山本太郎挑起大拇指，“大大的好，我的举荐他到日本国，跟我共同项目的做。”

王福祥不知道什么是做项目，但人家说“到日本国”，必定要出国，便不相信耳朵了，“真的假的，瞎说吧？”

山本太郎说：“大大的实话。”

“那我代他谢谢你了，真到了那天，我们家一辈子记着你大恩大德。”王福祥想起，站着唠嗑不礼貌，说：“光顾说话了，随便坐吧。”

众人坐下后，张毅群捧着花回了来，把花放在地上。

山本太郎站起来，盯着花竖起了大拇指，“大大的好，大大的好！”他掏出照相机，围着花转来转去照相。照过后，蹲下来抚摸着花叶，说：“花，日本国的没有，价值大大的。我的买，三百美金。”

王福祥一惊，“三百块？”

跟来的中国干部进一步阐释：“约合人民币三千多元。”

王福祥没想到，一棵草卖出了天价，张着大嘴说不出话来。

山本太郎以为他嫌少，“你的加钱。”

王福祥回过神来，激动地说：“行啊……”

张毅群打横炮，“大花不能卖。现有的君子兰幼苗退化严重，大花作为母本只有这一株，卖了就没了。今年这茬小花苗送你一株可以。”他探询地瞅了瞅王福祥。

开始，王福祥对张毅群的阻拦颇为不满。听他一说，又觉得有道理。这花既然世界上独一无二，卖到外国去咱国家就绝种了，那还了得！不能让外国占了中国便宜，三千元得不着就得不着吧，个人利益跟国家比，还是国家利益重。再说了，山本太郎这么一掺和，国家听说了，出个两三千元来买也说不定。他大方地说：“是啊，大花你别想了，小花崽子不要钱，给你了。小张，挖一棵来。”

张毅群应了一声，出了去。

山本太郎解下手表，递给王福祥，“纪念的给，你的留。”

王福祥站起来，盯着表。表又大又厚，表盘特殊亮，散发着宝石般的光泽，不论上海牌手表，还是东风牌手表，绝对不可比。表盘上的字极小，都是洋字码。他一辈子净看别人戴手表了，自己从没敢奢望有一块。好不容易给申桂莲买了一块，又是塑料机芯的。他情不自禁把手伸出去。这时，从眼睛的余光瞅见，两位中国干部正神态严峻地盯着他。他很怕被人家看轻，缩回手，忍痛说：“不行，不行。”

山本太郎把表硬往他手里塞，“我花，你表，纪念的。”

既然不要就不要到底了，王福祥说：“花给你，这表你说破大天我也不要。”

山本太郎见他认真了，把表戴回手腕。他想表示感谢，又找不出相应的词句，拍着胸口，说：“心的，心的！”

王福祥也拍着心口，说：“心大大的，大大的。”

张毅群回来了，用纸包了棵君子兰苗，递给山本太郎。山本太郎双手接过来，朝王福祥一连三次鞠躬，用中文说了三句“多谢关照”，感激之情溢于言表。

王福祥惋惜地瞄了一眼他的手表，说：“客气啥，别见外。”

山本太郎问张毅群：“你，日本语的会？”

张毅群谦虚地用日语说：“常用的可以。”

山本太郎用日语跟他交流了几句，张毅群对答如流。

山本太郎面露喜色，用日语说：“你日本语很好，晚上八时到南湖宾馆找我，谈你到日本国共同做项目。”

张毅群激动得一句话也说不出来，只是笑。

王福祥家门前从未停过小轿车，更不用说高级小轿车了。如今停了一辆，他家来了外国人的消息不胫而走，街坊邻居顶着小雨，在院门前围了里三层外三层。人们看外国人在其次，主要是好奇，日本人到一个捡破烂的人家来干什么？王福祥送山本太郎出来，看到门前的场面，情绪高涨，认定是抬高身价的好机会。他想站到山本太郎身边，以便让邻居看到两人的亲密状。由于操之过急，把人家的鞋踩掉了。按理说，山本太郎蹲下去提鞋算不上丢人，可他偏偏爱面子，怕被人耻笑，不敢提，拖拖拉拉挪到汽车前，慌忙钻进去，羞得老脸通红。

山本太郎摇下车窗，脸上仍有红晕，跟王福祥道别，“再的见！”

王福祥本打算说句客气话，一时没想出来，眼看车开动了，情急之下挥臂喊：“有空来家玩儿！”

申桂莲也来了，在人堆里观瞧。王福祥和山本太郎一出院门，她不由得紧张起来，担心他搞砸了。待他振臂一挥，申桂莲眼睛湿润了，动情地说：“老王算露脸了！”

姜大妈警示：“桂莲，当年这日本鬼子，可没拿中国人当人哪。”

一个小伙子插嘴：“姜大妈，你那是老皇历了。”

姜大妈愤怒了，“放屁，你才吃几天咸盐！”

山本太郎走后邻居们散了，王福祥站在台阶上，问：“小张，这花外国人都说好，是不是好卖了？”

“不好说，山本是从研究角度说的。但不容否认，这花肯定最好。”

王福祥思忖着，“我想撞撞大运，把小花崽子搬出去卖。要是卖好了，以后不捡破烂了。”

张毅群不赞同，“太冒险，别只卖一样，啥花都卖把握，君子兰当陪衬吧。”

“也对，不能可着一棵树吊死人。”

“叔，我早劝你卖花，你不干。干啥都得抢先，谁都干就不好干了。”

“小张，我不会卖花，你可得帮我呀。”

“广财一直在我那赊花卖，等他去的时候，把你的带出来。花啥时候卖了，啥时候还我们钱。”

24

山本太郎走后的第十三天，王福祥经过充分准备，踏上了一条崭新的人生之路。他仍旧推着捡破烂用的手推车，但车上装的不再是破烂，而是从张毅群单位赊来的花，外带两棵自家的君子兰苗。他虽然是市场新兵，由于卖花并无多少技巧可言，除头一天有些生疏，第二天就顺过了架。王广财入市早一些，免不了以老自居，现场指导。几天后，王福祥一算账，卖花挣的比捡破烂多得多。另外，也比捡破烂轻松，屁都快轻闲出来了。也是该着，自从他去市场，工商管理人员就再没来过。

早晨，王福祥放下碗筷来到棚子里。里面的破烂早被他能卖的卖，卖不掉的扔了，堆满了卖剩下的花。他从里面搬出品种各异的花，一盆盆摆在车上。其中，那两盆自家的君子兰苗，盆里插着小板子，上边标着价格：三百元。不要以为这是臆想的结果，它其实是有根据的。山本太郎打算用三百美元买大花，那么大花的儿子起码值三十美元，折合三百多元人民币。两盆君子兰苗摆了半个多月，一棵也没卖动。人们觉得，这无非是棵草，拿出一年的工资买不值得，除非买花的脑袋进水了。两盆花并不白摆，山本太郎这样的世界级植物界名人，为了一棵绝大多数人连名字也叫不上的花，屈尊到捡破烂的人家，喊出高价购买的消息，一阵风似的在全市大街小巷流传，特意到市场来看的人络绎不绝。这使得王福祥其他花，包括赊来的价格便宜的君子兰，卖得比谁都快。他也因此在同行中，一入道就成了风云人物，龙头老大。王福祥搬花的时候，王小娟在一旁看，编着又粗又长的辫子。她头上洗发香波的馨香被晨风吹来，直往王福祥鼻子里钻。

他把一棵花摆到车上，皱了皱眉头，不满地说："一个头发弄那么香干啥，也不怕街坊邻居说闲话？"

"这算什么，现在人家都描眉抹红了。"

"那些挺好的小闺女，嘴抹得跟吃了死孩子似的，看了都不舒服。"

"我们经理让女服务员上班都抹口红、描眉，谁不抹扣奖金。"

"那是卖货，还是卖俏呢？"

"你不懂，这叫仪表美。"

"咋没见你抹？"

"我不好意思，下班擦掉了。"

门外有人喊："家里有人吗？"

王福祥把一盆秋海棠花搬上车，"你去看看。"

她把编好的辫子甩向身后，走过去推开门。

邮递员站在门前，问："姑娘，王福祥是你啥人？"

"我爹。"

邮递员抽出一张报纸，"你家的花上报了。"

王小娟接过来，在二版头题赫然看到一行十分显眼的黑体字：《名贵君子兰在本市现身》，边上有一张花的图片，正是张毅群论文发表时配发的那张。她说：“我家没订报。”

“这上有你家的事，我特意送来的。报纸我多两张少两张没啥，你买几张留着吧，四分一张，省得跑道去买了。”

“你是赚外快？”

“都这么干，算第二职业吧。”

王小娟掏出一角二分钱给他，接过三份报纸回来，高高兴兴地说：“爹，咱家的花上报啦。”

他直起腰，兴致勃勃地说：“快念念！”

她把报纸塞过去，“我有事，你找广财念吧。”

王福祥来到市场，精神矍铄，穿一身皱皱巴巴的蓝制服，戴一顶黄便帽，帽檐半软半硬耷拉着。推车上摆满了花，在自家的君子兰旁，貌似不经意地扔着一张报纸，写他家花的文章，大张旗鼓地展现着。立足刚稳，车前立刻挤了一圈闻讯来看热闹的人。这些人大多看过报纸，个别没看过的，拿起车上的报纸传看。他发现鱼虫子也来了，赶紧移开目光，装作没看见。姜大妈把表送回来后，他一气之下想找鱼虫子退货，可问了好多人，都不知道他家搬哪去了。他不想让表烂在手里，拿到修表店去卖，人家说除了表带别的用不上，给了他一元钱。他握着用四十元换来的一元钱，暗暗发誓，这辈子再不跟鱼虫子打交道了。到市场卖花的第二天，他碰上了鱼虫子，装作没看见溜了。此后，又碰上过两次，离得远远的他就躲开了。尽管他一百个不愿搭理鱼虫子，现在人家也站在了面前。

鱼虫子搭讪，“老王，”多年来，他第一次没叫他破烂王，“我瞅你总觉着少点啥，细瞅才看出来，毛主席像章不戴了。”

毛主席像章是王福祥的宝，到手后从没离过身。然而，这宝贝疙瘩却丢了，心疼了他好几天。此时，他故作没听见，不理不睬。

鱼虫子并不把他的冷漠放在心上，“你家的花可是窗户纸里吹喇叭——鸣（名）声在外，上报了，咋没听你说过？”

王福祥想起了电子表，忍不住了，“登报有啥用，能当钱花咋的？咱哪赶得上你呀，啥钱都挣。”

鱼虫子装糊涂，“挣啥钱？”

“你卖我的破表呗，塑料瓢子的，一天慢好几个钟点，到我手就是聋子耳朵——摆设。”

鱼虫子说：“不可能，绝对不可能！”

“我早知道，你准得咬屎橛子硬犟，不带认账的。”

鱼虫子摆出担心的样子，“可别因为这鸡毛蒜皮小事，伤了老感情啊！表要真是塑料瓢子，咱俩就是让人骗了，这些南方人坑人哪！”

王福祥信以为真，心软了，“你就会花说柳说的，死人都能让你说活，我认倒霉了。”

“别介，你说的不管真假，就当说得对。眼下，正好有笔买卖，我照顾照顾你生意。”

王福祥嗤之以鼻。

“我家君子兰没一棵像样的，想买几棵好的，长大后互相授粉。我跟家里的要钱，一开口那老娘们儿就炸了，偏让我买你的。我说，人家的花上百块，你买得起嘛。”

王福祥更正：“牌子上写着呢，三百。”

“我就是这么说的。她可好，说老王和咱是老邻居、老朋友了，咋会要那么多，花就是花，又不是摇钱树。”

王福祥不为所动，“看你给多少了。”

“这两棵反正没人要，我都要了，帮你开开张。”

王福祥斜睨他一眼，心想不见兔子不撒鹰，说：“拿钱来。”

鱼虫子掏出几张钱，“家底儿就这六十块，都给你，两盆花我搬走。”

王福祥活了一辈子，从没一次挣过这么多，心中一喜，把对鱼虫子的不满抛到了脑后。虽然，报纸上把自己的花说得这么好那么好，实际他并没放在心上，这样的花自己还有许多，每年都生出一大堆来。至于标价，他也从来没当真过，有人真心买，两棵给二三十元也卖。鱼虫子一下子给了六十，表钱捞回来了。他强压住喜悦，故意皱着眉头，说：“你拿我的花当破烂买了，差得太多了。”

鱼虫子下了大决心一般，“再给你加两元，要是还不足，算我欠你人情了。”他掏出两元，连同先前的六十元，塞在王福祥手里。

王福祥握着钱，高兴得险些跳起来，可还是装出不情愿的样子，

“拿去吧，我这人架不住三句好话，人家要对我好，我死都不知道咋死的。”

鱼虫子端着花走了，边走边回过头来，笑嘻嘻地说：“你也够本了，两棵花摆这么长时间谁买了，还不是我嘛，你偷着乐吧。”

王福祥眨巴眨巴眼睛，嚷：“鱼虫子，你能不能说句人话？”

鱼虫子走后，围观的见两棵小花苗卖出了高价，唏嘘不已，议论好半天才逐渐散去。王福祥觉得今天够本了，也是怕这一大笔钱被偷去，收了摊，一只手伸进兜里护着钱，一只手推着车，走了。鱼虫子的摊位离王福祥较远，在市场入口附近。王福祥路过他摊位时，瞧见那里挤满了人，以为他跟谁吵架了，凑上去看热闹。

鱼虫子捧着刚买的君子兰，比比画画地白话：“这就是今天报上登的君子兰的崽子，瞧瞧，这色气，这叶形，没地方找去。”

有人问：“啥品种？”

鱼虫子毫不犹豫地脱口而出，“破烂王，君子兰中的头子，全中国就这几棵。”

王福祥觉得既可恨又好笑。心想，这人咋胡说八道，硬把自己的外号给花安上了。细细一琢磨，又觉得这名字怪好的，有特点。从这一刻起，他家的君子兰有了名号——破烂王，并越来越广泛地传播开来。

有人问：“多少钱卖？”

鱼虫子说：“刚卖一棵，就剩这一棵了，我着急回家，真心要一口价，二百元拿去。”

那人说：“你想一棒子把谁砸死呀？”

鱼虫子说：“货卖行家，看好了，过这村没这店了。过几天瞧好吧，这花能卖到三四百呢。研究部门订了货，国外也来人买了，下手贼狠，全都包了。”

有个中年人动心了，翻遍全身掏出一把钱来，说：“我就带这一百三十元，多一分都没了，可以的话我买了！”

鱼虫子摆出又想卖，又不想卖的样子，“少点了。”

中年人说：“我是真稀罕。”

鱼虫子想了想，似乎下了天大决心，“中啊，拿去吧。”

王福祥愣眉愣眼地看着，像在看一场大戏。本以为自己占了便宜，到头来还是被鱼虫子算计了。但他非但不生气，反而还极为高兴。自己的小花卖出了天价，绝对是特大喜讯，放在自己手想都不敢想。他暗暗骂了鱼虫子一句，脸上却挂着笑容。返身回来，他推着车朝市场外走去，看看天，更蓝了；瞅瞅树，更绿了；瞧瞧行人，脸上都洋溢着微笑。他隐隐约约嗅到了好日子的气息，那是春天才有的青草和泥土的清香。

25

张毅群伏在桌上，面前摊着《人民日报》，聚精会神看一篇社论。文章论述的是如何搞好三月份全国学雷锋月活动。收发室的老大姐来了，送来个邮件，是山本太郎寄来的。他撕开封口，抽出材料，都是他出国需要盖章、签字的文件。下班铃声响了，他把材料塞进黑色的革制拎兜，奔到车棚里，打开飞鸽牌半链盒自行车的车锁，拎兜挂在车把上，骑着车风风火火奔王小娟家来了。

王小娟从申桂莲家回来，穿过墙豁子，看见他面带笑容进了院子，便猜到了，“出国有消息了?”

张毅群迎上去，把邮件递给她，“手续寄来了。”

王小娟说了句“还真来了”，接过邮件，喜得一把抱住他。然后，松开，抽出材料看起来。材料是日文的，她看不懂，张毅群翻译给她听。院门咣当一声开了，一辆手推车进了来，上面堆着花，还有一个鼓鼓囊囊的破面袋子。接着，王福祥进了来。张毅群赶紧上前，打算把车子接过来。

王福祥伸手拦开他，“忙你的吧。”

王小娟问：“爹，面袋子里装的啥?”

王福祥把车推到小棚子前，“人家扔的破布头子，不捡可惜了。”

王小娟说：“爹，你都卖花了，往后别捡了。”

放在往常，王福祥不会给她留面子，少不了骂几句。今天是好日子，高兴，他说出的是另一句话，“这孩子!”

王小娟拍了拍手上的邮件，“爹，毅群出国手续寄来了。”

王福祥喜上加喜，“我看看。”他双手捧过材料，举到眼前看了一眼，发自内心地说了两声“好”，还给了王小娟，“快让小张屋里坐。”

两个年轻人有说有笑地进了屋。

王福祥进屋后，看见王小娟在抽屉里翻找，问：“翻啥呢?”

“申婶发高烧，给她找药。我刚陪她看了病，打了个吊瓶。”她翻出一袋镇痛片放在炕沿上，有意成全他，“爹，你把药给申婶送去。”

王福祥得便宜卖乖，“你咋不去?”

她找了个借口，“毅群在呢。”

王福祥说：“行啊。”

王小娟见他春风满面的，问：“爹，有好事咋的?”

王福祥乐滋滋的，“告诉你们吧，咱家要发财了，两棵小花苗卖了六十多块钱。”

张毅群坐在炕沿上，跟着高兴，“卖出了天价，报纸起作用了!”

王福祥说：“其实，一棵能卖二百来块呢，我等不及，出手早。”

王小娟高兴地问：“那咱家离万元户不远了吧?”

王福祥说：“可不咋的。”他掏出卖花的钱，掐在手里展示，故意拖延不说话。当看见俩孩子盯着钱的欣喜表情后满足了，从中抽出十元，“去砍块肉，买捆芹菜，晚上包饺子。好吃不如饺子，坐着不如倒着。这个月还有一张豆腐票，再买块豆腐。”

张毅群在家从来不买菜，问：“肉票呢?”

王小娟接过钱，“一看你就吃粮不管事，现在不要肉票了。”

申桂莲盘腿坐在炕上，拆着白线手套，拆下的线缠在线团上。

王福祥进了来，搭讪，“挺好的手套拆了干啥?”

“厂里发的劳保用品，平时攒的。本来打算拆下线，给两个孩子织线裤，他俩都说土气，不要。给自己拆呢。”

他把药放在炕上，“听小娟子说你病得不轻，拿来几片药。”

“刚打了吊针，好多了。”

他发现她脸上有泪痕，问：“你哭了，咋啦?”

她从枕头下抽出一张报纸，“这有我先前男人的文章，想起过去了。”

王福祥在炕沿坐下，抓起报纸，装模作样看了看，放下，愤愤地替她鸣不平，“这人呀就是陈世美!”

“这么多年了，各过各的日子，还骂人家干啥。”

“他婶，你给养的那花值大钱了，小花崽子一棵能卖二百来块呢。”

“妈呀，顶我半年工资了!”

“多亏了你，没你也没今天了。

“都是小娟子的功劳，我帮她养的。”

“我把花一卖，咱就成万元户了!”

“总算熬出了头。”

“小娟子买肉去了，晚上包饺子，到时候我让孩子叫你。”他鼓足勇气，“他婶，等把花卖了，挣了大钱就娶你，成天给你包饺子。”

申桂莲会心地笑了，“啥好东西可劲儿吃，还不得吃伤了呀。”

26

斯大林大街两旁粗大的杨树叶子黄了，又绿了。其间，君子兰成了人人都想啃一口的香饽饽。自从王福祥的花高价卖出两棵后，把全市君子兰价格抬了起来。人们首先注意到的，不是君子兰如何好看，而是它成百倍增长的价格。被改革开放扑面而来的经商风，刮得昏头胀脑的市民，正苦于找不到本钱小、获利大、赚钱不露声色的项目。这一来，看到了光明，找到了目标，养殖和买卖君子兰的人陡增，使这花崭露出无与伦比的头角。市政府认为，君子兰的崛起是计划经济下市场经济的产物，大好事，因势利导，给黑花市戴了顶合法帽子，转了正。这一年，王福祥家发生了一件大事，那就是张毅群出国前和王小娟结了婚。婚后，她跟张毅群父母住在红旗街的部队干休所。

王福祥顺应君子兰专业市场的成立，不再经营别的花了，成了典型的君子兰专业户。由于他家的君子兰贵，很少有人买得起，他便靠自己的名气，低价买来君子兰，过一遍手卖出去，不比自家花挣得少。从赚到手的钱看，早已超过了万元户水平。既然自家君子兰如此值钱，从安全角度考虑，不方便再拿到市场招摇了，成天在家守株待兔。君子兰一步登天，也垄断了他家的窗台。他在窗台上打了一排排架子，上面摆满了君子兰。为了给花创造一个良好的生长环境，窗户成天关着，阳光和凉爽的风被无情地拒之于外，使得屋里阴暗潮湿、闷热难当。这样的环境适合君子兰生长，却不适合王广财生活。恰好，陈伟家刚刚搞了基本建设，挨着房山墙盖了个偏厦子，缓解了居住紧张状况。王广财打起铺盖卷，跟陈伟住偏厦子去了。上午，王福祥蹲在炕上，用湿棉球逐个擦去花叶上的尘土，边擦边哼唱着《东方红》。王广财回来了，一身行头土洋结合，穿件蓝料子西服，里面套了件老式的厚厚的秋衣，小翻领的那种，下身是一条仿军裤。

王福祥问："今天刮啥风，两个多月不着家，一照面还换了洋服？"

王广财不满地说："光说让我回来，咱家跟地窨子似的，咋住？"

"你就那么金贵？想挣钱，又想住舒坦，都把你美出鼻涕泡了。"

王广财坐在椅子上，一抬手正要说话，看见了手指上那枚黄灿灿的金戒指。那是他用卖花钱买的，没日没夜戴着，让人一搭眼就看得出，他是个暴发户。他怕爹骂，本该进门前摘下，忘了。现在趁爹没注意，撸下来塞进上衣兜，问："爹，咱家挣多少钱了？"

王福祥不说实话，"没多少，干啥？"

"现在，别的花不好卖，就君子兰好卖，咱家只有那点儿花，我又不能跟你争。所以，我打算开个公司。"

王福祥擦着花叶，"开吧，皮包公司挺时兴的。"

"这几年我卖花赚了点钱，你再借我两千就够了。"

"没听说谁开公司要钱的，跟我一起捡破烂的老李，开了个中华经贸公司，没花一分钱。"

王广财不屑一顾，"他那是啥公司。"

"胡同子里的老杨头，跟老金头合伙开个公司，出来进去人家都叫他们经理，也没花啥钱，成天夹个包，夹个包就是经理。"

"他们是游击队，连办公地点都没有。我是正规军，否则我丢脸没啥，关键是把你脸丢尽了。不多借，两千。”

“你以为钱是大风刮来的？你姐结婚，手表、缝纫机、自行车、电视机四大件都是我买的，拢共花好几千呢。我还有啥了？”

“你也该拿，把钱都给我姐也不多。没她花早死了，你也没地方挣钱了。我是管你借，又不是要你的。”

“借？借给你是肉包子打狗——有去无回。听说，你小兔崽子成天下馆子？”

王广财不知节俭，胡吃海喝，没攒下钱，听爹一说，心慌了，“这是谁瞎白话的，我哪有那么多钱成天吃喝呀？”

“别管谁说的，无风不起浪。”

“爹，你高抬贵手，可怜可怜穷人吧。你赚钱还不容易，去年那茬花苗，哪棵不值一两千。”

王福祥心活了，“行啊，你也是正事。两千没有，只能给一千。”

“一千就一千，要饭的不嫌饭馊。”

王福祥挣了大钱，裤衩子塞不下，改变了打法，统统藏在柜子里。他打开柜子上的锁，掀开盖，伸手摸出几叠，数出一千递给他。

王广财揣起钱，从兜里掏出一封信扔在炕上，“市工商局的，我在市场碰上了鱼虫子，他让我捎给你。通知你下星期五下午一点，到市工商局个体科开会。”

王福祥不相信，“小兔崽子，你出息爆了，拿你爹开玩笑！”

“真的，市里要成立君子兰公司，找些卖花的去商量商量。”

王福祥信了，“这些人就是闲的。正好你来了，我挺长时间没去市场了，下午去转转，你帮我看家。家里这么多花，没个人不行。”

“中午我们同学聚会，没空。”

“小兔崽子，我看好了，这辈子指不上你了。”

“咱家的花恨不得全世界都知道值钱，可别让人家偷了。前几天，市场一个卖花的家让人偷了，十几盆君子兰连锅端。你不能怕花钱，得雇个看家的。”

“也对，你撒摸着，有愿意当狗腿子的，给搭搁搭搁。”

“啥叫狗腿子，说得多难听，那叫护院的，洋一点叫保镖。”王广财说着走了，刚出门，掏出金戒指套在手上。

27

按家庭住址就近划分学区的形式，对社会各阶层公平合理，也省去了学生们由于学校相对较远，而往来奔波之苦。宋小英、陈伟以及杨素芳跟王广财住的不算远，这使他们上中学时不但都分到了一个学校，还碰巧分在了一个班。不是冤家不聚头，丁美丽也分了来。上中学后，宋小英一如既往地关照王广财。她坐在王广财前一排，每当考试王广财望着试卷发呆，她总会把试卷放在他看得到的地方，让他放手去抄。大前天，宋小英找到他公司，说约了七个中学同学，准备在她家吃顿饭，请他参加。他犹豫了一下才答应。之所以犹豫，是因为上学时，就被一些同学瞧不起。如今邂逅同学，人家还时常拿他的一件往事寻开心。那事情发生在中学时一个酷热的夏天。

放学后，太阳西沉，热浪却没消减，铺天盖地。与学校一路之隔的胜利公园体育场里，同学们分成两伙踢足球，直踢得天昏地暗，大汗淋漓。于是，纷纷脱掉外衣，上身只穿件背心。唯独王广财，虽然穿着旧蓝布制服，也汗流浃背的，却硬挺着不脱，仅仅解开了上衣的第一个扣子，使里面雪白的衬衣领子更加醒目。几天来，这白衬衣领子为他赢得了同学们的注目。踢着踢着，王广财一方在对方的欢呼声中输了个球。王广财他们不服气，群情激奋，发誓要赢对方。别人激动可以，问题出在王广财也激动了，激动得忘乎所以。

他一边脱上衣一边说："我就不信赢不了！"

上衣还没完全脱掉，一阵凉爽的风吹来，拂过他裸露的皮肤。他猛然惊醒，这外衣是不能脱的，但为时已晚。同学们惊奇地发现，王广财光着膀子，那件令人羡慕的白衬衣，其实是个假领子。所谓的假领子，实际只是个衣服领子，两侧各有一个套，套在腋窝上。同学们先是一愣，接着一个个前仰后合地大笑起来。为此，同学们给他起了个外号，叫假领子，风风火火叫了好几年。

即使那是过去的事情了，放下不谈，眼下人家也个个比自己强，都有工作，跟他们在一起，王广财一个做买卖的就特别低贱了。最终之所以答应了，是他算了一笔账。其结果，自家及本人拥有的钱财，是别人无法比拟的，他在同学心目中的位置想必会因此改变。为了突出有钱，他特意买了一辆摩托车，花去了全部积蓄，公司租房的费用就不得不管爹要了。他今天参加同学聚会，无论是摩托车、戒指，抑或是西装，都在庄严地宣告，假领子的日子过去了！

对于这次聚会，王广财在时间上拿捏得住，花费了不少心思。他不想去早了，以免人家以为他一天到晚没事干；又不想去得太晚，免得同学们说他摆谱。看看时间恰到好处，骑上摩托车突突突地上了路。他上中学时，有一年放寒假，老师把他和另外几个同学，分到了一个学习小组，宋小英当小组长，集中学习地点在她家。当时，她家刚搬了家。王广财只参加过一次集中学习，便牢牢记住了她家那栋四层的灰楼。他爬上三楼，走廊黑洞洞的，沿着走廊排列着一扇挨一扇的门，门边堆放着酸菜缸、木箱子一类的杂物。凭着记忆，他摸到第四扇门前。趴在门上听听，里面静悄悄的。他以为来早了，整理一下西装里的秋衣领子，当当当敲了三下门。

宋小英母亲出来开门，叨咕：“又是收君子兰，没有，哪怕金兰银兰，到这也得干巴死。”

王广财说：“阿姨，我是宋小英的同学。”

“哎哟，搞错了，快请进，不用换鞋。”她领着王广财朝宋小英的房间走去，“可把人烦死了，成天有人来收君子兰，光今天就来了两伙。我都坐下病了，谁一敲门就以为是收花的。”

宋小英房间正中，摆个圆形饭桌，碗筷和凉菜已经上了桌，却不见同学们踪影。她母亲把王广财让坐在椅子上，自己坐在门外过道的小板凳上，用一堆布条子扎拖布，说：“一改革开放，人哪，想发财都想疯了。君子兰也没啥稀奇，一夜之间值了那么多钱。”

王广财规规矩矩坐着，敷衍：“跟风呢。”

“你们班是不是有个姓祖的男孩子？”

“祖国庆，他是别的班的。怎么了？”

“他来找过小英，小英没理人家。我看那孩子不错呀。”

王广财料到，那小子是追宋小英呢，心里莫名其妙地有些酸楚。他岔开话，“宋小英他们呢?”

“丁美丽两个哥哥打起来了，他们都去了，快回来了。”

王广财记了丁美丽的仇，听说人家打起来了，不禁有些欣喜，想去看热闹，借此展示一下新买的摩托。至于丁美丽家，还是去年路过时陈伟告诉他的。他起身说：“阿姨，我去看看。”

丁美丽父亲是国营蛋禽厂的采购员，母亲是厂食堂的炊事员。工作的特殊性，给她家带来了较之一般人家优越的生活。她家三间平房，门前是水泥台阶，院门包着白铁皮，院墙是红砖砌的，院子里也铺着红砖。此时，红砖地上，散落着打碎的碗和盘子。窗玻璃也碎了，几根狼牙锯齿的玻璃碴子，在窗框上兀立着。事情的起因是丁美丽父亲留下的一盆君子兰。中午，在国营企业以工代干，结婚后在外单过的丁老大回来，说他爸临死前把君子兰给他了，因为结婚欠了外债，想拿出去卖掉。在副食店卖肉的丁老二，也正为缺钱苦恼。他每天中午都回家吃饭，听说老大要拿花，急了，说他爸根本没提过把花给老大。一个要拿，一个不让拿，说来说去炸了，动了手，噼里扑通地打在一起，丁美丽和母亲咋劝也劝不住。

宋小英他们来了后立马拥过去劝架，扯一下这个，拉一下那个，想把这哥俩分开，最终徒劳无果。陈伟也来了，他学习固然落后，却早熟，上小学就暗恋丁美丽。人家一举手一投足，都深深印在他脑海中，使他产生了诸多美好的联想。只可惜落花有意，流水无情，丁美丽连瞅都不正眼瞅他。他虽然早知道她家大门朝哪开，今天却是第一次登门。他默默站在同学们身后，满脸忧伤看着。

丁美丽母亲大哭，喊：“我的活祖宗啊，你们是怕我不死呀!”

丁美丽绝望地喊：“别打了，别打了!”看到不起作用，急得哇一声大哭起来。

丁美丽的哭声犹如冲锋号角，陈伟精神大振，不顾一切冲上去。他吸取别人劝架不成功的教训，不是在后边或旁边劝，而是挤进两兄弟之间，好似一堵墙。哥俩正打得难分难解，拳脚雨点般误落在他脸上和身上。丁老大的一拳最狠，砸在他鼻梁上，血呼地涌出来。多亏这一拳，哥俩被血镇住了，改武斗为文斗，陈糠烂谷子地抖出来，互不相让地叫骂着，却不管陈伟的死活。丁美丽顾不上哭了，拿来一卷白纱布，一块块剪下来递给陈伟。她毕业后进了省医院，在外科当护士。近水楼台先得月，偶尔趁人不注意，偷偷把卫生棉、纱布一类的医疗用品拿回家。陈伟把纱布团成一团往鼻孔塞，去堵汹涌的血水。宋小英端来一盆凉水，指导他撩水往鼻梁和额头浇，才总算止住了鼻血。

丁美丽愧疚地说："都怪我，让你弄成这样。"

这是陈伟暗恋她多年，从不曾受到过的关怀，心里一热，抹了把脸上的水，满不在乎地说："小菜一碟！"

摩托车突突的响声，引起了众人注意。敞开的院门外，王广财骑着摩托来了，车身崭新的红油漆，在阳光下反射着炫目的光亮。他在台阶前架稳车，进来时故意不关院门，以便同学们清楚看得见摩托车。

王广财跟同学们点头示意后，低声问宋小英："咋不打了？"

宋小英反问："听你的意思是盼人家打呢？"

王广财赶紧说："没那意思，她家怎么了？"

她把来龙去脉讲了一遍，说："没办法，谁都劝不了。"

听说是因为钱，王广财心里有底了。钱是别人的短处，自己的长处，与其坐山观虎斗，不如帮一把，炫耀一下财富。他自信地说："我就不信拉不开。"

王广财来到丁老二面前，"我说两句，不知道哥哥能不能听进去？"

丁老二正憋着一肚子气，眼珠子一瞪，"你算干啥吃的？"

"我是丁美丽同学，这花值多少钱？"

丁老二说："我一年半的工资，五六百吧。"

王广财说："我给你。"他掏出刚从他爹手里拿到的钱，有意显摆，明晃晃地数着。他数钱时，手上的金戒指晃来晃去。他把钱递给丁老二，"这五百元给你，花留下。"

丁老二好像应得的，接过钱，一句感谢话没说，瞪了一眼丁老大，气哼哼走了。

王广财指了指花，"大哥，这花归你了。"

丁老大毕竟是以工代干，很有城府，没吭声，也没动地方。

丁美丽凑上来，"广财，这钱算我欠你的。"

王广财说：“用不着，钱是我给你二哥的。”

她感激得无话可说。一场经同学轮番劝说，甚至陈伟拿出用身体堵枪眼的精神，也没能制止的争斗，被自己大把票子一掏，便化干戈为玉帛了，使王广财感到前所未有的充实。但是，这感觉并不长久。几天后听陈伟说，当天去的男同学，说假领子这类小商贩都是二流子。还说，但凡二流子，一旦有了几个臭钱就嘚瑟。他很伤心，从此不再跟那几个男同学来往。

28

“文革”期间，杨立新虽然参加了造反派，却没有血债。造反组织解散后，他被调到区教育局任干事。报到的第二天，他递上了参加工作后的第二份“入党申请书”。一年后，他刚被列为积极分子，就去了区“五·七”干校。在干校他又递上了第三份“入党申请书”。他在干校的三年中，没什么值得一提的，单单有一件事情，他记得，全干校同志也都记得。那是他到干校的第二年。秋天，一片片庄稼熟了。“五·七”干校邻近的几个村子，公社社员们生活困苦，辛辛苦苦一年，不但领不回工分，而且出的工越多，欠生产队的钱也越多。于是，偷青也就是偷成熟的庄稼，在当地盛行开来，成了社员们赖以生存的必要手段。他们偷青，遵循着兔子不吃窝边草的原则，放着生产队地里的玉米不偷，或者说不敢偷，专偷“五·七”干校的。这从干校成立那年开始，就已经成了校领导最头痛的事情。干校领导在实践中发现，杨立新工作认真负责，是个可以让组织放心，让同志们信赖的好同志，就派他和一个老同志去看青。每天，他们的工作是揣着一本《毛主席语录》，在苞米地巡查。转累了便往高岗地上一坐，居高临下，一边学习语录，一边守护地里的庄稼。身旁，立着一排大铁板，上面用红油漆写着：“路线是个纲，纲举目张”九个大字。

午后，杨立新和老同志从高岗上下来，沿着苞米地中的小道往回走，远远传来了校部大喇叭播放的歌曲《回延安》。忽然，地里传出掰苞米的咔嚓咔嚓声。两人不约而同站住，对视了一眼。

老同志是解放战争时期参加革命的，极有敌情观念，说出了当年常用的一个词儿：“有情况！”

杨立新照顾老同志，自告奋勇，“我去看看，你守在这。”

杨立新悄悄摸进地里，看见一个四十多岁的农妇，正奋力掰着苞米，掰下后扔进地上的面袋子里。农妇干得过于专注，杨立新到了身边才发现，吓得赶紧把手里的苞米扔在地上，极度恐惧地望着他。

杨立新严厉地斥责：“太不像话了，你是啥成分？”

农妇怯怯地说：“雇农。”

“你这是给贫下中农抹黑呀，是做了亲者痛、仇者快的事情，干了阶级敌人想干而不敢干的事情呀！拎上苞米跟我走，到校部去。”

农妇哀求：“大兄弟，我错了，放了我吧，你让我干啥都中。”

杨立新如果放了她，领导就不会让他看青了，“不行，我放了你就是助长资产阶级的歪风邪气。”

农妇掏出仅有的两角纸币，“大兄弟，这是我今天卖鸡蛋的钱，都给你了，只要别把我抓回去，在大家伙儿面前丢人现眼就中。”

杨立新斩钉截铁地说：“这是原则问题，我不能违反原则。”

农妇绝望了，万般无奈想出了卖身求荣的下策。她撩起衣服，扯下系裤子的红布带，想把裤子脱下来。

杨立新大惊失色，后退一步，厉声喊：“干啥，干啥，想勒死我呀？”

农妇万万没想到，他竟如此不解风情，拎着裤子穿也不是，脱也不是。在这千钧一发之际，老同志出现了。开始，老同志以为，杨立新遇上了敢下死手的阶级敌人。到了近前明白了，扑哧一声笑出了声。从那天起，同志们给杨立新起了个外号，叫“勒死我”。直到回城后，干校的老同志还时常拿这个外号取笑。

回城后，他主动要求离开机关，下到一所中学，在政治教研室当组长。组长这个官不脱产，日常跟别的老师一样教政治课。杨立新干上了自己喜爱的工作，如鱼得水，把政治课教得有声有色，深受老师和学生们喜爱。

杨立新的爱人姜艳梅，“文革”后调到厂部当了小干部。两口子住的是筒子楼，挤在一室的单元里，小门厅作厨房，每个楼层共用一个大厕所。房子是姜艳梅父母留下的，屋里陈设简单，一张木板床，一张三屉桌，桌上摆着一台十二英寸的小彩电，一个小闹表，桌子两旁摆着两把椅子。椅子边上，是一个去年求人打的单开门衣柜。今天是星期天，杨立新坐在桌子前，心不在焉地翻一本杂志，不时瞟一眼姜艳梅。有几次他合上书，抬起头想说什么，又忍住了。他的反常，引起了姜艳梅注意。

姜艳梅把做好的午饭放在桌上，问："老杨，你有事儿咋的?"

杨立新抬起头，"没有啊。"

姜艳梅没往心里去，转身去阳台取干辣椒。这一去，她趴在阳台栏杆上就不动了，望着楼下，满脸洋溢着痴痴的笑。这房子最值得称道的，是南侧这个小阳台，阳台上堆满了杂物，只留出放一个凳子的地方。日常，杨立新和姜艳梅总爱来坐坐，或俯瞰楼下的行人，或仰望天上的流云。杨立新见姜艳梅一去不复返，心知她又在瞅楼下的小孩子了。如同杨立新喜好教学一样，姜艳梅也把看楼下孩子们玩耍，作为一大乐事，闲下来就那么看着。结婚这么多年，两人仍然没孩子。以前，他一直以为是姜艳梅的毛病。前几天，他做了检查才知道，问题出在自己身上，这使他深感愧疚。之所以他现在满腹心事，就是在犹豫，是否把医院诊断结果告诉她。

姜艳梅拿着干辣椒进来，"吃饭吧，再不吃凉了。"

杨立新放下杂志，说："昨天我上医院了。"他忐忑不安，等着姜艳梅问句话。

姜艳梅坐下，淡淡地瞄了他一眼。

杨立新不得不开口了，说得艰难："医生说我有病，不是你。"

姜艳梅清楚他指的是什么，沉静地望着他，"我早知道了。我前些年检查过，大夫说都正常。我怕你有负担，一直没告诉你。"

杨立新叹息一声，"昨天，听医生一说，心里像压了块石头。"

姜艳梅故作轻松，"想要孩子好办，领养一个。"

杨立新知道她在安慰自己，没再说什么。

吃过饭，他放下碗，说："我到学校去一趟，书记让我去研究成立校办公司的事情。"

"成立公司跟你有啥关系?"

"让我去当经理。"

她果断地说:"你干不了这行。"

"我不同意,可又不能不服从组织决定。"

杨立新起身走了两步,又回了来,掏出医院的诊断书,摊在她面前。姜艳梅抓起诊断书看也不看,拉开抽屉塞进去。这一塞,塞得他心里一热。

29

为了参加政府的会,王福祥特意换了一套灰涤卡制服。这身衣服是女儿参加工作后,用第一个月工资买的布,在申桂莲家蹬了两天缝纫机做的,非较重大场合舍不得穿。他穿了几十年制服,从没系过最上边的扣子,今天系上了。尽管感到勒脖子,呼吸不畅,却庄重了。工商局办公楼虽然不复杂,对他来说却是迷魂阵。走廊两侧一个挨一个的门,如同母猪一窝下生的十几个崽子,根本分辨不清谁是谁。门框上,还都支出个小白牌子,上面或多或少写着几个字。他犯了难,不知该进哪个门。正左顾右盼,一个干部模样的男子从身边走过。

王福祥卑微地问:"师傅,个体那屋咋走?"

干部明显反感师傅这个称呼,不大高兴,"有牌子,自己看。"

王福祥脸红了,想解释,干部走了。他沿着走廊前行,碰上个女干部。他依然卑微地问,女干部耐心答,一派和风细雨,这让他找回了几分自信。按照女干部的指点,他来到走廊尽头的个体科。正要推门,想起男干部的态度,很怕进错了门遭斥责,手又缩回来,趴在门上听里面的动静。没等听清,后背被拍了一下。回头看,站着位戴眼镜的男人,官小不了,制服兜别着两管笔,脸庞红润且富有光泽。

干部对他的行为颇为不满,板着脸,"找谁?"

王福祥一眼认出来,他就是"文革"那年,大庙里的造反派陈东升,便说:"哎呀,是你呀!咋跑这儿来了?"

陈东升也认出了他，却不记得叫什么了，“这不是老、老——”

“我姓王，没想到还能碰上，这日子过的，一晃十好几年了。”

陈东升想起来了，“对，对，是老王同志，你有事？”

“政府叫我来开会，在个体那屋。”

“你是王福祥？”

“嗯哪，那是我大号。”

“怪不得我觉得这名字耳熟呢。”陈东升热情地抓住他手，“我到市场找过你，人家说你基本不去。”

王福祥打量着他，“你当大官了？”

陈东升谦虚地说：“个体科的小科长，还是副的。”

王福祥奉承：“不简单。当年我就看出，你一脸官相，准是将才。”

陈东升笑了，“官再大也是为人民服务，进来吧。”

陈东升办公室坐着十多个人。王福祥扫了一眼，一多半认识。权利民也在，他对王福祥的出现并不吃惊，瞅了他一眼，继续看起报纸来。

鱼虫子招呼：“破烂王，坐我边上。”

王福祥记恨他屡次让自己吃亏上当，没理他，原地转了半圈，在门后的墙角坐下，挨着一根刺，身后是笤帚和一小堆垃圾。

陈东升用眼镜布擦着镜片，招呼王福祥和一根刺：“你俩往前坐，没外人。”

一根刺先把椅子搬过去，王福祥随后跟上来。尽管如此，王福祥坐的地方仍然是最外围。他第一次见识这场面，紧张得气都不够用了，胸闷。他扯扯领口，深吸一口气。他左边坐着个穿花格衬衣、喇叭裤，鼻梁上架着蛤蟆镜，梳着大背头的小伙子，跷着二郎腿，扬脖叼着烟，流里流气地吐着烟圈。这人就是陈伟的邻居周秃子。周秃子因为打架斗殴，蹲过几年大牢。前年出来后没工作，为了生计倒卖起君子兰，闯出了名气。

王福祥脖子伸过去，谦卑地问：“贵姓？”

周秃子说：“姓周。”

王福祥讨好地笑着，“咱都是干这个的，以后还得互相关照呀。”

周秃子吐出个烟圈，“好说，以后谁跟你起刺儿，找我，两个电炮打得他满地找牙。”

王福祥吓了一跳，不敢再跟他交流了。

人到齐了，陈东升说话了，“开会吧。今天来的，都是我市最先富起来的，是君子兰界的先驱，也都是万元户。把各位请来，是研究筹备成立我市君子兰开发公司的事宜。这个公司是改革开放的产物，适应了精神文明和物质文明发展的需要。市委为此专门召开了常委会，责成我们局筹备。局党组责成我代表局里，协调筹备组与外界的关系。下面，我把我局的请示和市领导的批示给同志们念念。”

工商局的请示共两页，领导批示二十几个字，不大工夫念完了。

权利民紧接着问：“问一下，我们在公司是啥身份？”

陈东升说：“公司成立后的常务理事。”

这新词多数人不懂，鱼虫子更不明白，“啥叫常务理事？”

陈东升说：“说白了，就是公司的核心人员。既然叫君子兰开发公司，筹备阶段就要有资金、机构、人员、办公地点等等，一系列事情等咱们共同研究，细致到各部门的职责、哪天开业、开业仪式怎么搞。开业后的重大事宜，也都要经在座的研究。”

权利民燃上一支烟，吸了一口，问：“公司是啥性质？”

一根刺碰了碰王福祥，“啧啧”两声，赞扬：“看人家老权，飞机上挂暖瓶——高水平，句句都叨在骨头上。”

陈东升说：“我正要说呢，我给大家解释解释，公司是工商局管理下的社会企业。”

杨立新也来了，坐在角落里，说：“有国营、集体性质企业，还没听说社会企业呢。”

王福祥认出了杨立新，两人在大庙相处过。

陈东升解释：“所谓的社会企业，是公司广泛吸收了社会上这一行业的代表人物，至于啥性质我也说不好。改革开放不必拘泥于现有的，只要有利于四个现代化，就可以大胆去干。白猫黑猫抓住耗子就是好猫。”他环视一下，“市政府下发了文件，昨天报纸登了，我们为每人准备了一份，一会儿发下去。文件上提出，要大力发展君子兰事业，增加税收，提高人民群众的生活水平。这些精神，也是公司工作的指导方针。通过公司的推动，把我市君子兰事业尽快发展起来。”

陈东升的讲话被掌声打断。王福祥也跟着鼓，鼓得怯怯的，眼睛的余光瞟着别人，以便人家停下时自己能够及时收手。

掌声停了，陈东升又说："经局党组研究决定，由我局退下来的苏科长，任公司筹备组组长。大家鼓掌，请苏科长讲话。"

苏科长体态肥胖，头发花白，领口系得严严实实。他一九五八年被打成"右派"，粉碎"四人帮"后平了反，回了城，补发了二十多年的工资。因此，算得上是富人，平时穿一身料子制服。唯独脚上的鞋不合身份，是一双黑面厚底布鞋。每当同志们对这双鞋流露出不屑时，他都要说布鞋养脚，穿惯了。当"右派"的经历，使他变得较为圆滑，处处与人为善，典型的老好人。别人鼓掌时，他谦卑地站起来，面带微笑，抬起双手在空中往下摆着，意思是不要鼓了。

掌声还没停，周秃子插了一嘴，"政府，我弄不明白，你和苏科长谁官大，我们得知道谁是老大呀?"

陈东升说："苏科长是筹备组组长，也是未来公司领导，一把手。"

周秃子说："敞亮了。"

苏科长坐下，说："同志们，我本应该退下来了，可组织让我继续为同志们服务。以后要在一起工作了，人无完人，我有做得不对的，希望同志们不要留情面，当面提出来，我一定虚心接受。以后时间长着呢，先说这些吧。"

陈东升率先鼓掌，其他人跟着。掌声住了，陈东升说："今天来的各位同志，在公司筹备期间都是筹备组副组长。名单我念一遍，念到谁谁站起来，彼此认识认识。"

当念到王福祥时，他不自然地站起，腿弓着，腰弯着，慌忙点了下头，又一屁股坐下。他万万没想到，自己能让政府选为副组长。他恍恍惚惚以为在做梦，狠命闭上眼睛，再睁开，头脑有些清醒了，认定确实不是梦。他激动地想，祖上几代都没人当官，到自己这辈子当上了，而且一下当了副组长，终于可以光宗耀祖了。回去后跟孩子和他申婶说说，他们准得高兴得蹦起来。会议结束了，他不知该先走还是后走，站在原地没动。

杨立新走过来，抓住他手握着，"老王同志，又见面了。"

王福祥说："两座山到不了一起，两个人没有碰不上的。杨同志，这些年了我也没忘你，当年的事总在眼前转悠，你是大好人一个呀！”

“快别提了，我惭愧着呢。”

“你在哪上班？”

“在校办公司当经理呢，公司刚成立，专养君子兰，以后经常见面了，慢慢唠，公司有事情，我先走了。”

杨立新刚走，陈东升扯住王福祥衣服，问：“咋来的？”

王福祥说：“坐摩电来的。”

“跟我走吧，用我们局的车送你回去。咱们先到老权家看看，他盖了个大花窖。”

王福祥虽然没坐过小车，但仅仅为了坐小车他不会去，真正吸引他的是花窖。他尾随陈东升，兴冲冲出了办公室。

权利民当上了筹备组副组长，除了在日渐红火的君子兰业界得到了认可，有了一席之地，其他就没什么可称道的了。从职务上说，无非是个虚职；从新同事上看，也都是些无正当职业的社会闲杂人员，他半拉眼睛看不上。特别是捡破烂的王福祥也在其中，更让他觉得不可思议。在这些副组长中，能让他看上眼的只有一个，那就是杨立新。偏偏陈东升不识相，把王福祥拉上了车，使他感到很不舒服，又不好当面反对。

陈东升问坐在副驾驶位置的权利民：“立新他们也盖花窖了？”

权利民回过头来，说：“我知道，跟我学的。”

“他们思想够解放的，不好好教书，养起君子兰来了。”

“工厂搞第三产业，专门养君子兰，他们是跟在别人屁股后走呢。”

人家热火朝天唠着，王福祥插不上嘴。但他并不觉得被冷落了，始终沉浸在喜悦之中。怎能不喜悦呢，这一天他经历了三个第一次。即第一次在政府开会，第一次当官，又第一次坐小车。他眼睛一眨不眨望着窗外，好奇地瞅着一闪而过的行人。

吉普车在权利民家门前停下，陈东升招呼：“老王，去看看。”

碍于主人没邀请，他不便去，说：“你去吧，我等着。”

陈东升把他的话当了真，没再说什么下了车。王福祥扒着车窗，望着权利民家的门，想着他家的花窖，心里直痒痒，好几次欠欠屁股想去看看，怕司机笑话，又没动地方。他的心态，如同前几年“讲用”时常说的，脑海里出现了两个小人儿在打架，最终一个小人儿战胜了另一个。那场景在他的脑海重现了，两个小人儿打了半天乱仗，要下车的小人儿战胜了不下车的。于是，他下了车。权利民家住的是平房，院子四周砌着一人高的砖墙，院门是木板打制。王福祥来到门前，轻轻一推门开了，趴着门缝望进去。不瞅则已，这一瞅不禁为之动容。东墙根前，盖了个大玻璃房子，足有一间屋大，罩着铁网。透过玻璃，看得见里面摆满了君子兰，决不比自己家少。他还从没见过君子兰比人金贵，放在玻璃罩子里养的。权利民和陈东升正在玻璃罩子里，比比画画说着什么。

王福祥回到车上，说：“头一次看见这么养花，你也去看看，我替你把着。”

司机没理解他的意思，“把什么?”

王福祥指指方向盘，“不把着车不就跑了吗?”

司机笑出了声，“你真逗，车停着，不把方向盘也跑不了。”

王福祥脸红了，尴尬地笑着，“我看你一直把着它，想错了。”

司机忍住笑，“花窖没啥好看的，公园的花都这么养，窖里养的君子兰成色好。”

进公园得花五分钱门票，王福祥舍不得，即使舍得了也没时间。因此，几乎没去过公园。他从张毅群单位进货那些日子，本来有机会领略花窖的风采，可每次都是王广财去的，又使他与花窖失之交臂。司机说的这些，王福祥头一次听说。他想，自己也该搭个花窖，一定要比权利民的大，看他还有啥可嘚瑟的！

30

王福祥当了“官”，申桂莲像自己当官一样高兴。这些天，一直打算把他一家请来，吃点喝点，庆贺庆贺。今天休息，她到贵阳街副食店割了条猪肉，买了些青菜和三两小烧，把王福祥一家请了来。太阳落到房檐时，小炕桌搬上了炕，上面摆着两个凉菜、四个热菜，三个人围坐在炕桌旁，看着电视等王广财。王广财回来了，手上的金戒指路上被他撸下，塞进了衣兜。一进门他就往炕上爬，脱下新买的皮鞋放在角落里。这么一鼓捣，引起了王福祥注意。

王福祥抻脖子看了一下，眉头皱起来，“败家玩意儿。这是钱烧的，还买皮鞋了，有点钱不够你嘚瑟的。穿皮鞋就牛啦？”

王广财撒谎：“才五块钱，革的，温州产的。”

王福祥听说过温州鞋，不但用革冒充牛皮，甚至还有用纸冒充的，真真假假，真假难辨，价格低廉。他信以为真，不再吭声。

申桂莲说：“吃吧，吃吧。”她在王福祥碗里倒了白酒，在自己和孩子碗里倒了汽水，喜滋滋地问：“老王，这几天忙吧？”

王福祥端起酒盅抿了一口，放下，咳嗽一声，“能不忙嘛，我是当头头的，忙得脚打后脑勺。家里一摊活，筹备组一摊活，我又不是孙悟空会分身术，累人哪。”

申桂莲替他高兴，“这下好了，有出头之日了。”

王广财不屑地撇了一下嘴。

王福祥夹了一口菜塞进嘴，胡乱嚼了嚼咽下去，说：“有件事忘说了，这几天我们公司招人，谁进公司，谁不进公司，我说了不全算数，但还能当一半家。”

申桂莲认真了，“那可是大事，不能没原则，啥人都往里招。”

王福祥点点头，“占着茅坑不拉屎的，就算是我亲爹也不能要。”

申桂莲又说：“你以后干好了，弄个市长啥的，我们也跟着沾光。”

王福祥说：“那么大的官咱当不上，当公司的头头差不多。眼下我有个打算。”他并不急于说，夹口菜塞进嘴里。

王广财说：“卖什么关子，有话直说。”

王福祥瞪他一眼，咽下菜，“以前咱没条件，现在有了，你们谁想小孩子拉屁屁——挪挪窝，我说句话，调公司去。”

申桂莲问：“一个月开多少钱？”

王福祥说：“拿我来说，这个副组长人家不给钱。不过，你们进公司干活就得给了。”

申桂莲惦记王小娟，“小娟子去行不？”

王小娟说："婶，你不知道，他那公司国营不国营、集体不集体，我现在工作好好的，又是铁饭碗，为什么到他那去。"

王福祥说："你当然不能去了，当小组长了，大小也是个官。"

王广财见申桂莲瞅过来，赶紧说："别瞅我，给多少钱我也不去，我的公司明天手续下来。"

王福祥反唇相讥："你想去也不要你呀。"

申桂莲适时岔开了话，"小娟子，毅群来信没？"

王广财嘴贫，"一群？他永远不孤独。"

王小娟说："总来信，一星期一封。"

申桂莲说："你们这些孩子赶上好时候了，还能出国转转。"

王福祥喝了一口酒，继续着先前的话题，"他婶，你别当工人了，一天到晚累得要死，到我们公司干吧，当收发的官挺自在。"

申桂莲拿筷子的手在空中摆着，"我当不了官，车间领导让我当班长我都没答应。"

王广财反驳："爹，不明白别瞎说，看收发室是勤杂工，不算官。"

王福祥听不得反对意见，"小兔崽子，你才吃几天咸盐。"

申桂莲替王广财争面子，"老王，你还别瞧不起人，广财可不简单，人家是诗人了。"

王福祥端起酒盅，轻蔑地说："下辈子吧。"

王广财说："婶，别跟他说，说他也不信。"

当初，王广财一时心血来潮，想写几首诗发表，弄个诗人干干，盖过祖国庆。然而，通往成功的道路太艰辛。就拿读《革命烈士诗抄》来说吧，想看下去实在不易。尽管强迫自己耐着性子读，快三年了也才看了小半本。通常是偶尔有了空闲，心情好，又想起自己的远大抱负时，才拿出来扫两眼。不幸的是，诗歌对他来说简直就是安眠药，不看则已，一看就想睡觉。常常刚看几行，便昏昏沉沉睡了过去。好在书的主人从没讨要，看样子是不打算要了。他这书不白看，试着写过几首诗。头几首写完后放了一段时间，再拿出来看，就极有自知之明地感到写得不好，撕了。直到最近，那天赶上他有激情，趁热打铁，写出了一首自觉满意的诗。还特意抄了一份给申桂莲，让她提意见。申桂莲看过后赞不绝口，甚至都不相信是他写的。

申桂莲从炕席底下拿出一张红格信纸，上边歪歪扭扭写满了钢笔字，“我给你们念念，写得好着呢。”她问王广财，“人家给登没？”

王广财夹起一块肉，得意扬扬，“刚邮去。这么说吧，这诗是我最满意的。到时候你们看报，有叫易容写的诗，就是我的。”他解释，“易容是我笔名，变脸的意思。我想了好几天才想出来。”

申桂莲说：“诗写得这么好准能登，我看比报上那些好多了。小娟子，你给念念。”

王小娟头也不抬，“没空。”

为了充分引起重视，申桂莲回身关了电视，说：“我念吧。”她清了清嗓子，磕磕绊绊念：“改革开放春雷炸，万物眠醒发新芽……”

王广财插话，“后边有注解，不看你们不懂，眠醒是冬眠醒来的意思。改革开放前，咱国家像头睡狮，一改革开放，醒了，万物都醒了。”

王小娟忍不住大笑起来，笑得前仰后合，“婶呀，你可别念了，这不是诗，是笑话。哎哟娘呀，笑死我了。”

王广财脸红了，“你懂啥，这诗你理解不了。”

王福祥没笑，“我看写得怪好的，挺顺口。”

王广财不领情，“你不懂，顺口不一定是好诗，不顺口不一定不好。”

申桂莲瞅瞅这个，看看那个，不知是否接着念。

王广财说：“婶，别念了，他们根本不懂，念了等于对牛弹琴。”

申桂莲把诗稿塞回炕席底下，“小时候我就看广财有出息。”

王广财听得受用，“婶，诗发表后，稿费都给你买好吃的。”

申桂莲说：“别介，心意婶领了，有钱攒着娶媳妇吧。”

自己当了官，王小娟成了家，王广财不但开了公司，而且还成了诗人，申桂莲又一家人似的。这所有的一切，使王福祥心里已然盛满的幸福，悄无声息地溢了出来。

31

经过几个月的准备，开了近十次筹备会，市君子兰开发公司成立了。筹备组组长老苏，当上了公司董事长，王福祥等副组长转为常务理事。市工商局特意在市场旁腾出一幢二层小楼，作为公司的办公场所。君子兰开发公司的开业典礼，即将在这楼前举行。楼门旁挂着一个长条牌匾，蒙着红布。门两侧各插六面彩旗。大门前安放着一张桌子，上面铺着红布，立着个麦克风。桌子后是三排椅子，虚席以待。门前的街道，被围观群众挤得水泄不通，基本都是已经养了君子兰和准备养的人。王福祥从楼里出来，正不知该往哪坐，众人簇拥来一个穿料子中山装的人。王福祥一眼认出来，又不敢贸然过去，远远瞅着。那人正眼来瞅，蓦然现出一脸惊喜，快步奔来。

那人到了近前，一把抓住王福祥的手，“老王!”

“你是老——”王福祥想说老祖，又觉得过于随意了，改口，“你是祖市长。”

跟来的工商局占局长纠正：“现在是市委副书记啦。”

祖副书记握着王福祥的手摇晃着，“你咋不来找我?”

“我不知道你在哪呀。”

祖副书记拍拍脑门，“看看我这人，咋能说让你找我，我应该去看你呀。老王，这些年我经常想起你。”

王福祥盘算着副书记与副市长的区别，“你是升官了还是掉蛋了?”

祖副书记笑了，“你一问，我想起你问过，师长大还是军长大了。”

王福祥不好意思了，“那都是猴年马月的事了。”

祖副书记握着他的手，“以后别叫官职，还是叫老祖顺耳。”

占局长在祖副书记耳边低语几句，祖副书记点点头，松开王福祥手，“你先跟公司活动，中午我来接你，咱老哥俩吃顿饭，好好唠唠。”

祖副书记跟着占局长走了，陈东升跟一个瘦高个子来了，坐在第一排。坐下后，陈东升招呼王福祥坐在了自己身边，说：“我给你俩介绍介绍，这位是全市有名的君子兰专业户王福祥。这位是公司新上任的鲁经理，兼支部书记，从局里过来的，外号叫鲁马列。”

鲁马列穿件的确良长袖白衬衣，下摆散落在裤子外，挽着袖。他隔着陈东升握住了王福祥手，“久闻大名，以后携手共进吧。”

王福祥说：“共进。”

典礼开始了，占局长对着麦克风说：“各位领导、各位来宾，各位同志们：长春市君子兰开发公司在这春暖花开的季节，乘着改革开放的春风，承载着全市两个文明的累累硕果成立了！”

鞭炮噼里啪啦响成一片，震耳欲聋，火光闪烁，硝烟四起……

典礼结束后，众人上了大客车，到市宾馆礼堂参加舞会。王福祥对跳交谊舞没好印象，当年如果没有这交谊舞，他就成为工人阶级一分子了。五十年代，他有一次参加工作的经历，在长春拖拉机厂当临时工。由于表现不错，车间领导找他谈话，说正考虑把他转为正式工人。不久，赶上周末厂里办舞会，请来了省、市领导，又找了厂里的女同志陪着跳舞。王福祥出于好奇，下班不回家，趴在厂俱乐部窗户上瞅。这也没什么，问题出在第二天上班，他当着一帮工友的面，作了一次诋毁性发言。

他说：“我算看明白了，啥叫交谊舞？交谊舞就是搞破鞋舞。”

第二天，他被举报了，厂保卫科找他谈了话，打发他回了家。

这悲惨的结局，他当然不会跟别人说了。多年来，每当提到他从工厂回来的原因，都谎称不想受管束。直到今天，他也不认为自己说错了。这些陌生男女在其他场合，敢去摸人家手吗？不敢。敢搂人家腰吗？也不敢。说到底，这就是利用舞会作掩护，把非正常接触转化为正常接触。因此，他鄙视交谊舞，不想去参加公司的舞会。可当他听说，舞会免费供应汽水和糕点时，就不能不去了。至于祖书记说请他吃饭的话，并没往心里去，以为他只是顺嘴说说而已。舞会一开场，先由公司请来的十个女青年跳集体舞。女青年是电影机械厂的，工商局找厂里帮忙，厂团委派出了这些女团员。女团员们是厂文艺骨干，多次参加厂和上级团委组织的活动，训练有素。服装也齐整，清一色儿长袖白的确良上衣，蓝裤子。她们在舞池中央，伴随《金梭和银梭》的舞曲，时而散开，时而抓对儿旋转。几曲跳过，开始了跳交谊舞，女团员纷纷邀请领导和公司理事们跳。

王福祥有生以来第一次，也是最后一次进舞场。震耳欲聋的乐曲和五颜六色的灯光，把他搞得晕晕乎乎，食欲大增。他吃了一斤多各式糕点，喝了三瓶汽水，撑得肚子都要炸了。趁没人注意，他松了松裤带绳，又抓起一块绿豆糕，坐到角落里吃。一曲终了，他把最后一口绿豆糕塞进嘴里。一个身材苗条、梳披肩发的女团员跳累了，用手绢擦着汗，在王福祥身旁坐下，启开一瓶汽水，悠闲地喝着。

“王理事，为什么不下场？”她搭讪。

王福祥没想到她认识自己，受宠若惊，“不会。”

“王广财是你儿子吧？”

他打了个饱嗝，并为这个饱嗝而不安，“你认识他？”

“我们是同学，我叫杨素芳。”

“没见过你呀。”

“一回生两回熟，你是公司领导，以后少不了麻烦你。”

他有生以来第一次被人称为领导，十分受用，“行啊，这公司就跟咱家开的似的，有啥整不明白的找我。”

她顺杆爬，“你们公司真好，我要是想来能调来不？”

王福祥为难了，“我不是总头，你去问问他们。”

她灰心丧气了，“我也不认识别人呀。”

占局长匆匆来了，“老王，祖书记的秘书来接你了，在门口呢。”

王福祥没成想人家真找来了，一高兴起身就走。杨素芳跟他打了个招呼，他没听见。杨素芳收回目光，想着心事。她对电影机械厂的工作并不满足，她的理想是坐办公室，今天的活动给她创造了机会。她先后跟苏董事长、鲁马列跳了一曲，那两人一脸阶级斗争，跳舞像摔跤，架子支得老大，唯恐贴近了要犯错误，便心生了怯意，没敢张口。王福祥走后，她想着下一场跟谁跳，满场子撒摸起来。她失望了，一个个其貌不扬，极少有人像说了算的。只有一个人入了她法眼，那就是权利民。五颜六色的灯光打开了，扑朔迷离，《浪花里飞出欢乐的歌》的乐曲舒缓响起。她起身朝对面的权利民走去，到了近前没等说话，权利民主动站起来。

她问：“跳个舞可以吗？”

权利民应着：“好啊。”

两人边唠边跳，唠得投机，舞得默契。这一跳，就欲罢不能了，一连跳了两场。当第三场开始时，两人俨然老朋友一样，无话不谈。

杨素芳进入了正题，“听说你们公司正要人呢，我来可以吗？”

权利民想起，苏董事长说办公室缺个人，让他帮忙，推荐个素质较高的年轻人，便爽快地答应了，“可以呀。”

她没想到会这么容易，“真的?”

“当然，你到办公室工作咋样?”

她十分高兴，“具体干什么?”

他笑嘻嘻地闲闹，“清闲得跟神仙似的，成天不干别的，就是签签字，写一些‘同意报销’之类的。”

她当真了，“哎呀，这可咋办，我的字不好看哪!”

权利民继续浑闹，“反正有时间，你抓紧练练。”

她暗下决心，这几天即使不睡觉也要把字练好，别给人家丢脸。

32

陈东升出生在市内的桃源路。那里，放眼望去是密密麻麻连片的小平房。长春解放那天，他爹参加了解放军。人家当兵扛的是枪，偏偏他爹抡的是马鞭子，当的是市军管会里的马车夫。那时，小汽车少之又少，仅够地方最高首长乘坐，下边的首长们就无福消受了，只能坐马车。车中间摆个小板凳，首长挎着短枪坐在凳子上。他爹赶的马是高头大马，车是农村大板车，马鬃扎着红布条子，挂着铃铛。马车在大街上慢走时，铃声响得清脆而节奏分明；一旦跑起来，铃声哗哗啦啦响成一片，惹得行人不住眼地瞅。每当这时，坐在车辕旁的他爹便把腰板挺得笔直，挥动红缨鞭子，不失时机地甩出啪一声脆响。抗美援朝那年，他爹告别了马车，戴着大红花，唱着《中国人民志愿军军歌》去了朝鲜。这一走再没回来。陈东升成了烈士子女，在人们的呵护中成长起来，每一步都顺风顺水。

造反派大联合后，陈东升回厂当了工会干事，主要工作是发放电影票，组织文体活动。一个偶然机会，他碰上了进驻市工商局的军代表，命运有了改变。那天，他领着厂文艺宣传队，在工人文化宫参加全市文艺会演。他是抱着志在必得奖状的信心来的，即使得不到表演奖，也要拿个精神文明奖。可是，却活生生让厂里那帮人给搞砸了，把严肃的革命样板戏演成了相声。他们演的是《红灯记》中“赴宴斗鸠山”一场，戏中鸠山给李玉和上大刑，逼他招供，李玉和宁死不屈。其中，有两句对白，一句是宪兵说的，“报告队长，李玉和宁死不招。”接着一句是鸠山说的，“共产党人的筋骨比铁还硬，他就是铁齿钢牙我也要让他开口说话。”由于平时这帮人闹顺了嘴，把台词说扭了。

扮演用刑的日本宪兵上场，说：“报告队长，李玉和招了。”

扮演鸠山的愣了，心想他不该说招了，招了这戏还咋演了。急中生智，他现编了一句台词，“不能吧，你再去审审。”

随着一片哄笑，不但表演奖没得着，精神文明奖也失之交臂。

会演结束后，市领导非常满意，认为这是一次“成功的大会，胜利的大会”，请各单位领队的会餐。席间，不知谁起的高调，说每个领队的都要表演个节目。陈东升本无心情，但轮来轮去轮到他，只好掩藏起郁闷站起来，唱了一首抗战期间流传在根据地的老歌《青天蓝天这个蓝蓝的天》。那是他上小学时老师教的。工商局带队的军代表，老家在抗日根据地，当过儿童团员，扛过红缨枪，唱过这支歌。因此，对这歌声有种亲切感，激动地打着拍子跟他一起唱。唱过，向身边的人了解陈东升的情况。听说他还是烈士子弟，沉思了良久。

一个星期后，在军代表的提议下，他调到了市工商局。他是作为文艺骨干调来的，过来后再没跟文艺有过接触，一直在办公室工作。军代表撤走的头一年，他加入了中国共产党，当上了办公室副主任。去年初，局里成立个体科，专门管理个体户，组织上调他去当了副科长。

市君子兰开发公司成立后，陈东升不失时机地连买带要，弄来十多棵君子兰，并学着别人，在自己卧室窗台搭了三层架子摆花，外边遮上白塑料布。这也罢了，偏偏为了使君子兰更加壮美，隔三岔五还要上一次肥。肥是用豆饼、鱼肠子等泡的水，沤在一口小缸里，小缸放在他住的那间屋的门后，密封着，直沤到臭气熏天才算沤好。尽管他自己住一间屋，每次上肥整个屋子仍然会恶臭，无一角落能够幸免。为此，赵淑珍交涉过多次，摆事实，讲道理，让他金盆洗手。后来见他不听，干脆不再说了。不但此类话不说了，其他话也说得很少，两人间的裂痕大到了难以弥合的程度。最严重的后果，是中断了夫妻性生活。但看在孩子分上，她饭菜继续做，房间也照样收拾。早上，儿子上学后，陈东升打开落地收音机，听着新闻，钻进白塑料布里给花施肥。赵淑珍正梳着她那一头乌黑的短发，臭味便重兵压境了。开始，她忍着，打开自己房间的窗户，推开通向走廊的门，以便使室内产生穿堂风，改善空气质量。

不一会儿，走廊有人嚷上了："臭死人了，谁家整的啥呀？门挨门住着，咋不注意影响呢！"

赵淑珍不好意思了，关上了房门，只留下窗户透气。由于臭气散发缓慢，憋在屋里呛得人直倒气。她忍无可忍了，冲进陈东升屋里，撩起塑料布，嚷："你出来，咱们谈谈。"

他手里忙着，"我还以为你上班了，要说啥你说，我听着呢。"

她把发卡别在短发上，"老陈，你想咋的吧？"

他脑袋探出塑料布，"又咋的啦？"

"一大早，你把屋里弄得跟粪坑似的，要不你就打开窗户。"

"窗户不能开，一开湿度和温度保持不住，对花生长不利。"

"再这么下去，你说这日子还能不能过了？"

他死猪不怕开水烫，缩回脑袋，边施肥边说："你猜这些花值多少钱？说出来吓你一跳。告诉你吧，值一万左右呢，卖了咱家就是万元户。"

"我也告诉你，再这么下去，咱们离了算啦。"

他脑袋伸出塑料布，笑着，"净说气话。"

赵淑珍砰一声带上房门，赌气走了。

赵淑珍到了上班时间没走，是有重要事情办。随着岁月流逝，她对扔掉的那个儿子的内疚，也一年年加深。那孩子经常出现在她梦中，出现在她闲暇时的脑海里。伴随孩子出现频率的增加，想找回孩子的想法也越来越强烈。昨天，她克制不住了，为今天出门找儿子请了一天假。她乘火车到了洮南县，又坐了二十来分钟长途客车，在洮南郊区下了车。她沿着公路走出一百多米，来到最后一次给孩子喂奶的大槐树前。这树高了，也更粗壮了，树上挂着的高音喇叭，正播放着《在希望的田野上》，歌声豪迈而嘹亮。她抚摸着粗糙的树干，当年的情景历历在目。她叹息一声，站在树下望去，抱走她孩子的人家成了饭店，门上挂着一个幌子。饭店左边的墙上，用白灰刷着“齐心协力奔‘四化’”的标语，右边墙上刷着“要想富少生孩子多养猪”。饭店前，原本有堵院墙，当年她把孩子放在了院门前。如今院墙不见了，用餐的客人可以长驱直入。她缓缓走过去，每迈一步都那么沉重，如同背负重载长途跋涉的旅人，那重载既有对抛弃孩子的愧疚，又有对“文革”初期岁月的追忆。

饭店只有一间房，靠墙摆着四张桌，每张上面放着两个酒瓶，一个装醋，一个装酱油，还有一个罐头瓶装筷子。屋里没人，她拣了张靠窗的桌子坐下。里间门上的半截布帘掀开，走出个中年妇女。当年，正是她抱回孩子的。她胖了，脸上多了几道皱纹。赵淑珍的心提到了嗓子眼儿，目不转睛地盯着她。

中年妇女被她瞅得心里画魂，又不便多问，“吃点啥?”

赵淑珍并不饿，为了多坐坐，不惹人烦，说：“四两炸酱面。”

中年妇女喊了一声，让厨房下面条。然后，把筷子摆在她面前。

赵淑珍掏出一张稿纸，擦着筷子，“饭店开几年了?”

“一年。”

“土地包产到户，家里分地了吧?”

“分了几亩。”

“几个孩子?”

“两个。”

赵淑珍有些激动，“儿子多大了?”

中年妇女在对面坐下，“咱哪有那福分，都是闺女。”

赵淑珍“哦”了一声，心凉半截，“大姐，麻烦问一问。”她停顿了一下，“一九六七年刚入秋，你是不是在门口捡了个小男孩?”

“你咋知道?”

“孩子是我一个同志的，托我打听。”

中年妇女狐疑地瞅着她，“是捡了个小小子。当时，我男人在公社当干部，正挨批斗，顾不过来，送后屯子的一户人家了。”

“他们还在吗?”

“七三年搬走了。”

赵淑珍急了，刚要往起站，又止住了，深吸了口气，稳定一下情绪，“搬哪了?”

中年妇女认定这孩子跟她有关，但人家不说，自己也不便说破，“他们没跟谁说去哪，你把地址留下，我打听明白了告诉你。”

赵淑珍掏出纸和笔，写下通信地址，递过去，“谢谢你了。”

厨房出来个服务员，把一碗炸酱面放在赵淑珍面前。

中年妇女同情地说：“做女人不易呀，哪个当娘的不疼自己孩子，他娘指定被逼到绝路了。那孩子在的时候，我们都挺喜欢。”

“能讲讲他吗?我回去也好有个交代。”

中年妇女想了想，“这孩子淘，一眼照看不到，指不定爬哪去了。有一次，他从桌上摔下来，脑门子磕个口子，缝了四针，留下个疤。”

赵淑珍意识到这是个重要印记，“在啥地方?”

中年妇女伸出手，在前额左上方点了点。

赵淑珍眼前，浮现出孩子头上鲜血淋漓的情景，眼睛湿润了，赶紧埋下头去，装作吃面条，说：“麻烦你再说一些。”

中年妇女又唠了很长时间，连孩子一天吃几遍奶，尿几次炕都谈到了，直到没什么可说的才住了口。

赵淑珍听她讲的时候，把一碗面条吃了下去，竟不知什么滋味。她放下筷子，掏出十元钱递过去，说：“不用找了，还得麻烦你打听和邮信呢。”

33

在权利民的努力下，公司下午开了理事会，一致同意接收杨素芳，具体工作是办公室文秘。散会后，权利民操起公司的电话，把消息告诉了她。杨素芳当然高兴，说一天也不想拖延了，晚上五点半，在上海路火锅店请他。权利民对她的邀请多少有些顾虑，怕别人看见说闲话。于是，他又约了一个人，那人就是赵淑珍。

杨素芳先到了饭店，她不知道赵淑珍来，有意穿了件长袖黄衬衣，下身穿筒裤。这捂得严严实实的装束，对防范色狼的色心、色行能够起到一定作用。时间还早，她坐到包房的餐桌旁，掏出纸和笔练起字来。自从权利民闹笑话让她练字后，她当好话听了，买了两本钢笔字帖，从中找出四个单字，组合成“同意报销”，有空就练习。在她记忆中，即使上学考试之前，也从没如此上心。正练着，权利民来了。

他说：“不好意思，来晚了。”

她有意让他看见自己的勤奋，没停笔，边写边说：“不晚。”

他目光落在纸上，“写情书呢？”

她没抬头，披肩发遮住了半张脸，说：“练字。”

他凑近看了一眼，不相信自己的眼睛了，抓起纸细瞅，上面确确实实写的是“同意报销”。他以为杨素芳闹着玩儿，如同自己和她闲闹一样，问：“写这个干啥？”

她放下笔，抬起头，“不是你让我练这几个字吗？”

权利民这才知道她把玩笑话当了真，扑哧一声笑了。

“笑啥，写得不好咋的？”

他笑得更厉害，以至于不得不扶着桌子。

她装作生气的样子，“别笑了，我承认没你写得好。”

权利民抹去笑出来的眼泪，在她对面坐下，把纸放在桌子上，说：“你真够实惠的，我让你写你就写呀？”

她紧张了，“咋的，我去不了了？”

“你的事情已经定了，明天去公司开接收函。不过，你练这几个字没用，这是领导用的字，你用不着，我当时跟你闹着玩儿呢。”

她脸通红，一把抓起桌上的纸，嘶啦嘶啦几下扯碎，扔在地上。

“这饭我请，算赔罪。我还请了一位朋友，你们认识认识。”

他喊来服务员，点了炭火锅和配菜、三大碗生啤酒。酒菜上来后，赵淑珍还没到，权利民说“边吃边等”。吃饭的时候，他说今天是好日子，劝她喝一些酒。她酒精过敏不能喝，破例喝了一小口后，在杯子里倒上了白水。权利民边喝边高谈阔论，她基本是听，不吃菜时胳膊肘支在桌上，手托腮，听得入迷。正吃着，电灯突然熄灭。两人并不感到意外，知道这是电力紧张，电业局拉闸限电呢。

服务员进来，拿来两根蜡烛，点燃放在桌上，说：“停电了。”

权利民说："也好，烛光晚餐。"

赵淑珍进了来，说："嗬，挺浪漫哪。"

权利民说："就等你了。"

赵淑珍坐下后，权利民把她俩介绍给对方。三个人在摇曳的烛光中边谈边喝，东拉西扯，说到高兴处多次共同举杯。杨素芳喝多了水，起身去了卫生间。

他问："昨天干啥去了，打电话你不在？"

赵淑珍说："到洮南找咱儿子去了。"

他不高兴了，"你还真去了。我跟你说多少遍了，就是不听。找到他又能怎样，领你家还是领我家去？真到了那天，绝不是一个家庭的问题了，影响三个家庭啊！"

她心里难受，"我刚说一句，引出你这么多话。"

他缓和了一下语调，问："找到了吗？"

"那家人又把他送人了，他新家搬走了，没人知道。"

他松了口气，"我不让你找，是比你多考虑一些。"

"我只想看看孩子过得咋样。"

"知道又能如何，还不是自寻烦恼。听我的，再别去了。"

"既然你这态度，以后我也不跟你说了。"

杨素芳回了来，发现气氛不对，笑着，"这咋都成大驴脸了？"

权利民笑了，"说了些闲话。"

赵淑珍依然一脸不快。

34

王福祥家的胡同里，住着一位六级瓦工，在市一建公司工作。以前，王福祥总感到他高不可攀，住了十多年邻居基本没说过话。仅有的一次交流，也是王福祥喝了酒，在路上碰到先开的口。王福祥有了名气后，再见面就都是六级瓦工先打招呼了。前几天，王福祥在公司开会回来，到了胡同口，被六级瓦工叫住了。六级瓦工坐在路边的小板凳上，面前摆着几堆水萝卜、花皮豆角、菠菜等应季蔬菜。

“这菜又新鲜又便宜，买点吧。”六级瓦工劝。

“不了，我家买了。”

“你在哪都是买菜，以后买我的吧。”

“行啊。你一个月开那么多钱，咋还干这个?”

“改革开放了，国家没说不让搞第二职业，今天休息，挣点零花钱。”

“我正打算找你呢，想让你帮我盖个花窖，再把院墙加高半米，不知道得多少钱。”

“在你是天大的事，在我跟盖个鸡窝似的。我帮你盖，你给我一棵花，管顿午饭，玻璃你出，其他料我出，一天就妥妥的了。”

两人一拍即合。星期日一大早，六级瓦工来了，领来了七个徒弟，还拉来一车建筑材料。六级瓦工指挥徒弟，加高了院墙，扒掉了装破烂的棚子，原地挖了个半米深的坑，盖起了花窖。王福祥插不上手，出来置办中午的酒菜。

王福祥拎着菜回来，路过大经路路口，看见路边的店铺前排起了长队。这家店虽然挂着招牌，他却不认识上面的字。改革开放之初，常能看到排队买紧俏货的，每当这时路人便也跟着排。这些年没紧俏货了，排队现象罕见。然而，他已经养成了习惯，看见有人排队，二话不说先排上再说。从实践看，这一做法是明智的。例如去年底，他碰上一次排队的，立马也排了上去。占住位置才知道，洗衣粉明天涨价，排队是买洗衣粉的。第二天，洗衣粉真的每袋涨了一分钱。直到今天，他买的那两箱洗衣粉也没用完。他故伎重演，不问青红皂白排进队里，问前边的妇女：“卖啥的?”

“熏兔子，贼好吃。”

王福祥失望了。他平时虽然爱吃烧鸡、猪大肠一类的，却舍不得买。安排中午的伙食，他已经买了一条鲤鱼，足以做一道硬菜，不想再花钱了。正想走，一个熟悉的声音喊他。望过去，鱼虫子在前边排着，招手让他过去，中间隔着十来个人。自从两人都成了理事，见了几次面，早已和好如初。王福祥走过去，有意显摆，“我找了几个人，在家盖了个大花窖，出来给他们买菜。”

鱼虫子恭维："你老兄不愧为万元户，花窖都盖起来了！"他有意让别人听见，"买两只熏兔子吧，提起你破烂王，全市谁不知道，不差这两钱。有钱得享受，捂在兜里下不了崽儿。"

他一张扬，排队的都瞅过来，王福祥不好意思走了。

旁边，一个小伙子帮腔，"这熏兔子贼有名，祖传的配方。"

鱼虫子指着店门上的牌匾，"好不好吃看牌子就知道了。"

王福祥问："写的啥？"

"十里香熏兔店。"鱼虫子又指向售货窗口旁的一块小黑板，上面用白漆写着的字，在耀眼的阳光下闪闪发光，"我给你念念。"他念："本店熏兔具有二百年悠久历史，系在祖传秘方基础上秘制而成。熏兔外观亮泽，骨酥肉嫩，入口香味浓郁。由于采用从君子兰中提取的抗癌成分，使其具有了防治癌症的作用。"

王福祥问："我咋没听说，君子兰里有治癌的东西？"

鱼虫子说："你呀，除了申寡妇别的啥都没听说过。快来，排我前边。"鱼虫子扯住他袖子，硬拉到自己面前。

队伍后有人喊："自觉点儿，别加塞。"

鱼虫子回应："他比我先来的，我替他占位置呢。"

王福祥回头看，喊话的是公司新来的杨素芳，正瞅着他嘻嘻笑呢。

王福祥跟鱼虫子说着话，不大工夫排到了窗口，买了一只熏兔子。他拎着兔子，跟鱼虫子打了个招呼，走了。刚到自行车道，打算横穿马路，看见鲁马列在道旁站着，便走过去。鲁马列真名叫鲁树人，因为平时喜欢讲大道理，同志们给他起了这么个绰号。说到办公司，从革命理论上他讲得头头是道，实际操作却一窍不通。在他眼里，当今商道是大染缸，资产阶级的腐朽瘴气，贼似的斜睨双眼，伺机捕捉政治思想薄弱的猎物。在这一严峻形势下，如果不是革命意志坚定的同志，恐怕会成为金钱、美女之类的俘虏。因此，他不想来。可局领导信任他，觉得只有他这样的同志来才放心，工作才能不跑偏。多次谈话做思想工作后，把他调来掌舵了。

鲁马列身旁停着一辆崭新的小轿车，比正常的小得多，脑袋小不说，还没屁股。鲁马列拍着车顶，问："车咋样？"

"你的？"

“我是无产阶级，哪有这闲钱，权利民的。”

王福祥轻蔑地说：“不咋样，小茧蛹似的。你买兔子来了？”

“你不知道？这店是鱼虫子的，今天开业，他让我们来捧场。来了才知道，是让帮他上托，造声势，午间请吃饭。”

“造啥声势？”

“人有趋众心理，外人看到排队，必然跟着排。上托的买完到店后去退，退了再回来排队。太荒唐，我不能帮他忽悠别人，又不好抬腿就走。人家老权不给面子，来了转一圈，扔下车办事去了。咱公司有好几个排着呢，不好意思走。他这是不择手段地追求利益最大化。”

“这鱼虫子钻钱眼去了，连我也骗，我找他退货去。”

鲁马列伸手拦住他，“算了。”

“你不知道，我跟他算尿不到一个壶里了，跟他办事我回回上当，当当不一样。”

“这兔子虽然没说的好吃，可也不难吃，下次不买就是了。低头不见抬头见，闹僵了不利于团结。要求大同，存小异。”

“要不叫你拦着，我非找他说道说道。我回去了，家里有客人。”

王福祥走后，鲁马列觉得给足了鱼虫子面子，也打算回家了。刚走出不远，杨素芳追上来。

鲁马列问：“你也回走？”

“给他排队我脸发烧。”杨素芳问：“我看你跟王理事唠得热火朝

天，说什么呢?”

“没说啥。这可是咱省最大的资本家了。”他半真半假的，“有对象没，没有给你介绍一个。工作要做好，个人问题也该考虑。”

“行啊，正没对象呢，介绍成了请你吃饭。”

“王福祥咋样?”

“王福祥是谁?”

“王理事，破烂王呀。”

“你说他名字我不知道，外号我知道。他没爱人?”

“他爱人去世了，光棍一条。别不好意思，男大当婚，女大当嫁。”

她心活了，“年龄大点儿了。”

“年龄大更好，知冷知热。再说，他钱多得几辈子都花不完。”他意识到说过头了，又拉了回来，“别听我说，你还要辩证地看问题。这是人生大事，好好考虑考虑吧。”

“处处?”

“你先了解了解，没有调查研究就没有发言权，想好了找我。”

35

王福祥一生节俭，有了钱也只是对房子做了些完善。他买来绿油漆刷了门窗框，剩下一些刷了墙围子。以前捡回来当鞋箱子用的电视包装箱，扔了可惜，卖了破烂。作为窗帘的牛皮纸，被印着牡丹花的布帘代替。他用捡破烂那年积攒的木头，求人打了一个凳子、两个小板凳。墙上，革命样板戏《红灯记》剧照不见了，毛主席半身印刷像还在，纸张已经发黄，让他镶在了镜框里。桌上多了一台黑色的电话，罩着红金丝绒。这些变化都不算大，最大的变化当数陈伟来了，来看家护院。为了能干长久，陈伟托人开了假诊断，请了长期病假。他不但自己来了，还牵来了一条狼狗，混种的德国黑背，长相凶神恶煞。

陈伟来那天，王福祥最先看见的不是他，而是狼狗，以为王广财弄回来看家的。他吓得退了一步，惊呼：“好家伙，这不是狼狗嘛！”

王广财拍拍陈伟肩膀，说：“给你找了个护院的。”

王福祥以为指的是狼狗，“好，这家伙往那一站，是人都惧三分。瞧这鼻子，贼离大老远准能闻出味来。”

王广财说：“我说的是人，不是狗。”

王福祥这才注意到笑眯眯的陈伟，“是陈伟呀，有日子没来啦。”他皱着眉头，冲王广财说：“你让陈伟来，他会啥咋的？”

王广财胡扯乱拉，“以前没跟你讲过，他少林拳打得好，在人堆里能打得一溜胡同，五六个近不了身，在咱市算是高手。”

王福祥不相信地看看陈伟。陈伟笑佛一样地笑了，在他的笑容里看不出是或者不是。

王福祥问：“功力跟少林寺打头的比咋样？”

王广财不往正题上说，“你以为少林寺是生产队呀，人那叫掌门人，不叫打头的。他功夫赶不上掌门人，要不他就去掌门了，也用不着来咱家了。再说，人家还带来一条狗呢，顶两个人使唤。”

王福祥说：“中啊，知根知底的，在家干吧。家里没外人，以后咱爷俩在屋里睡。”

王广财说：“陈伟，我一天到晚不着家，拜托你了。”

陈伟说：“放心，有我和这条狗，真来一两个对付得了。”

王福祥问：“不是说五六个难近身嘛，咋加上狗才能对付一两个？”

王广财说：“这你就没文化了，一两个的意思也是三四五六个。”

王福祥信以为真。因为高兴，他多问了一句：“你申婶念的那诗登没？”

王广财领着陈伟往屋里走，说：“没登，那帮人不识货。”

王福祥隐隐地替王广财感到失落。

陈伟的护院生涯，在跟王福祥见面后的第二天开始了。那年月，落地灯被看成时髦物件和家庭上档次的象征。别看陈伟长得人高马大，却少有的心灵手巧，已经先后给两个准备结婚的朋友做了落地灯。做灯所需的铁管，是他在厂里偷的，电线是要的。人家只花了灯头和灯泡钱，便使新房平添了时尚和温馨。到王福祥家来之后，这有钱人家的简陋，留给了他几多不平，主动提出给他做一个落地灯。几乎不用花钱，王福祥自然高兴。那灯他在姜大妈家见过，是吊死鬼一般的灯泡无法比拟的，完全是一个崭新的灯具概念。他还清晰记得，当他欣赏落地灯时，姜大妈那副得意的样子。陈伟重施故技，求厂里铸造车间的哥们儿，铸出个厚厚的灯座，又偷了两根套出螺丝扣的钢管和一截电线。工厂要求严格，不允许把厂里的东西往外带。他趁到厂里交病假诊断，没人注意的时候，从墙上扔了出去。拿回家用砂纸打磨光滑，刷上红油漆，拎了来。灯罩也不用花钱，他求人从长春电影制片厂要来废胶片，自力更生。

吃过午饭，陈伟搬来小板凳坐在杏树下，身边堆着电影胶片，精心地编着灯罩。这杏树同王福祥家的孩子一起茁壮成长，已经枝叶繁茂。不足之处是它早已到了开花结果的年龄，却像做了绝育手术，既不开花，也不结果。王福祥中午喝了二两散装小烧，晕晕乎乎的，站在一旁看热闹。这时，他为了方便接听放在窗台上的电话响了。

他抓起话筒，“谁呀?”

“是老王吧?”

“马列呀，你这不是骂人嘛。”

“以后一定把‘吧’字去掉，就像当年割资本主义尾巴，决不留情。”

两人闲扯了几句，鲁马列问：“个人问题解决没?”

“个人问题”特指婚姻。王福祥的“个人问题”实际已经明确在了申桂莲，此时酒劲儿上涌，心有些花了，“琢磨了，不着急。”

“你看杨素芳同志咋样?”

王福祥一喜，装糊涂，“哪个杨素芳?”

“还有哪个，咱公司办公室的。”

“年龄小了点。”

“这话不应该你说，人家没嫌弃你，你倒嫌弃起人家了。”

王福祥嘿嘿笑了，想起申桂莲，笑得有些放不开。

“你是矛盾的主要方面，你先说同意不同意?”

“我没说的，她跟你说了?”

“人家找到我，同意处处看。市里发了‘红头’文件，把君子兰定为市花，号召搞窗台经济，每家都要养三到五盆。她一会儿给你送文件，你俩好好谈谈。”

王福祥心里没底了，“咋唠啊？我怕说不到人家心坎去！”

“马克思认为，资产阶级家庭是建筑在资本、私人发财上的。你如今资产雄厚，最大的优势是有钱，自然往钱上说了。但是，话说回来，钱不是万能的，钱再多只能买来婚姻，买不来爱情。”

“你一说我心亮堂了。”

放下电话，他假装看陈伟编灯罩，实际心躁动着，留意着门外的动静。忽然，趴在身边的狼狗呜呜地哼哼起来。紧接着，院门被敲响了，狼狗站起来凶猛地叫着。院门是新换的，又高又厚，包着铁皮，固然蠢笨，却给人一种壁垒森严的感觉，敲门声也因此变得沉闷。

门外，杨素芳喊：“王理事在这住吧？”

过去王福祥家几乎没人来，偶尔来一个，他总是热情洋溢。现在不同了，天天总得来一两伙买花、买花籽、要花粉的。人家敲门，他并不是给谁都开，怕开错了引狼入室。能让他开门的都是熟人，或者熟人介绍来的。有人来，首先得盘问一番，搞清张三李四。他明明听出是杨素芳，可还要装糊涂，“谁呀？”

“我是公司办公室的小杨，送文件来了。”

王福祥喝住狗，亲自打开门，堵在门前，掩饰不住喜悦，“是小杨啊，咋这么闲？”

“咋的，不欢迎我进去呀？”

他闪开路，“你是贵客，八抬大轿抬都抬不来。”

杨素芳进了院子，“你家挺好找，你是名人，没有不知道的。”她认出了陈伟，“这不是陈伟嘛。”

陈伟坐着没动，不好意思地笑了。

她问：“你咋在这？”

王福祥替他说了：“我家树大招风，让陈伟来帮忙盯着。”

她指着花窖，“这一窖子花是该找个人看着，没听说嘛，前天一家老两口养的几盆花，都让蒙面人抢去了，老头喊一声，让人捅了几刀，浑身上下血葫芦似的。”

王福祥随声附和：“君子兰惹老鼻子祸了。”

“听说，有的领导对君子兰有看法，说它是社会秩序混乱的根源，意见大着呢。”

“都是屁话，在炕上躺着，天棚还有掉下来砸人的时候呢。”

陈伟笑呵呵地提醒：“叔，让客人进屋坐呀。”

王福祥说：“光顾唠了，屋坐吧。”

她不好意思地冲陈伟笑了笑，跟着王福祥往屋里走去。

杨素芳在炕沿上坐稳，递给他几页油印纸，“公司文件，给你的。”

王福祥接过来，放在桌上，“你难得来，我给你找点吃的。”

“不用忙了。”

他拿起柜子上的一包松子，放到杨素芳身边的炕沿上，自己隔着松子坐下，“吃吧，来买花的送的。”

她拿起一粒松子，捏了捏，没捏开，又放下了。

王福祥看在眼里，热情地捏起一粒，“这家伙结实着呢，我给你剥。”他把松子放在牙上嗑，嗑开后剥出松仁，放在她身边，“吃吧。”

她见松仁上沾着口水，犯硌硬，没动，说：“我自己来。”

王福祥坚持要嗑，“闲着也是闲着。”他进入了正题，“鲁马列来电话，说了咱俩的事。”

“你咋想的？”

他又嗑开粒松子，剥出沾着口水的松仁放在炕沿上，“主要在你。”

她岔开话，“王广财没在家？”

“这小兔崽子不回家，啥时候回家就是缺钱花，要钱来了。”

她四处瞅瞅，“咱公司的理事都看彩电了，你咋连黑白的都没有？”

他抠着松仁，“咱不是买不起，老话讲，包子有馅不在褶上。不是我吹，咱公司没一个有我钱多。”

“听说权利民挣了十多万，还买了辆小轿车呢。”

王福祥撇了下嘴，“他那也叫轿车？”

“总比没有强。”

他认为人家是拐着弯贬低自己呢，声音高起来，“我的大花，一棵能换好几辆小日本车，你等着，我整一辆让你看看。”

“真的？”

“我是站着尿尿的大老爷们儿，说话算话。”

她不习惯粗话，脸颊泛起了红晕，“我也听说你的花好了。”

“赶明儿个给你一棵，养一年，准让你成万元户。”

“太贵了，我不好意思要。”

一阵风吹进窗来，王福祥迎着风闻到她脸上雪花膏的馨香，沁人肺腑，绝不是故去的老婆和申桂莲所能有的。他感到更加喜欢她了，把炕沿上的松仁划拉到汗津津的手里，递上去，“别闲着，吃。”

她有些感动，但仍然不想吃他嗑的，“我不爱吃。”

王福祥以为她不好意思，执意往她手里塞，“我这一辈子没给谁剥过，你是第一个。”

两人推来搡去，手僵持在一起。房门无声地开了，申桂莲出现在门口。王福祥赶紧抽回手，但为时已晚。申桂莲上个月买了毛线，给王福祥织了件毛衣，来送毛衣。她看着眼前这一幕，捧着毛衣呆住了。她误以为，王福祥在摸女同志手，脸色苍白地转身就走。

杨素芳抽回手，望着她背影，“她是谁?”

王福祥把松仁放在炕沿上，“邻居。”

“你家大门关上了，她咋进来的?”

“有个墙豁子。”

她笑着，“故意留的吧?”

“你可冤死我了，咱俩才是王八瞅绿豆——对眼儿了呢。”

她批评：“你说话得讲讲‘五讲四美’了。”

“总听人家说‘五讲四美’，都讲些啥?”

“一看你就不学习，五讲是讲文明、讲礼貌、讲卫生、讲秩序、讲道德，四美是心灵美、语言美、行为美、环境美。”

两人天南海北唠着，虽然杨素芳没吃一粒松仁，他仍然孜孜不倦地边唠边嗑，把松仁一粒粒放在她身边的炕沿上。

36

自从发誓买汽车后，王福祥后悔了，暗中痛骂自己是败家子。可说出的话泼出的水，尤其当对象面说的话，又涉及到自己脸面。所以，车一定要买。他用一棵两年的君子兰，换了辆苏联产的伏尔加轿车，六十年代产的，三成新。车是鞍山花贩子开来的，他把交换条件一摆，人家立马同意了。他以为占了便宜，结果明白人告诉他，这车已经到了报废年限。事已至此，只好认倒霉了，又花了一千多元对车进行了维修。为了冬天车子水箱不至于结冻，他紧挨花窖盖了个车库。一个月来，他沉湎于练车，盼望早一天学会，拉着杨素芳兜风。第一次见面至今，两人仅仅通了两次电话，还都是王福祥主动打的，通话时间也很短。他刚练到能够上路，便约出了杨素芳。为了这次约会，他特意让陈伟把车擦拭一新，车身闪亮得能照出人影儿。他还换了一身干净衣服，买了一顶新单帽。让他失望的是，杨素芳钻进车里，约莫开出两站地，只字没提车的事情，仿佛这车已经买回多年了。

王福祥忍不住问："这家伙咋样，比权利民那小茧蛹强吧？"

她有些反感，"要比跟好车比，跟他比有啥出息。"

王福祥尴尬得说不出话，摘下蓝布帽子，用帽里子擦了把汗。

她看不惯了，"你没手绢吗？"

"习惯了。"

"现在谁还戴帽子了，就你特殊。"

他脸色潮红，把帽子扔在后座，"往后不戴了。"

杨素芳望着窗外，心想，他并不适合自己，文化程度低，缺少基本素养。想着感到口渴了，说："我渴了，你呢？"

王福祥不渴，可还是顺着说："我也是。"他为了省钱，从没买过饮料。以往出外捡破烂也好，卖花也罢，随身携带个装凉开水的瓶子。眼下，车里就有这么个瓶子，却不好给人家喝。他打算出手奢侈些，说："前头有卖大碗茶的，那家伙才解渴呢。"

她盯着窗外闷声不响。

王福祥看出她不高兴了，改口："给你买长春饭店的冰棍儿吧，奶油的，好吃着呢！"

她还是没吭声。

王福祥说："那就买水果。"

她开口了，“你决定。”

长春市街道大多笔直，南北走向的称之为街，东西走向的叫作路。王福祥开着车，从自由大路拐到同志街，把车停在胡兰副食店门前。两人下了车，一前一后进了店里。柜台上，尽情展示着改革开放带来的繁荣，堆满了各式各样的水果，标价都不便宜。他心想，这么贵的东西两人吃白瞎了。西瓜是应季水果，最便宜，还抗吃、解渴。正打算买两块西瓜，杨素芳看见了熟人，朝一个梳短发的妇女走去。妇女拎着兜子，看见她笑吟吟地停下来。王福祥觉得这女人面熟，想了半天才想起来，她是当年在大庙里光着身子的女人，听说是陈东升老婆。这么多年了，她变化不大。

杨素芳回来了，王福祥问：“你认识她？”

“她是陈东升爱人，通过权利民认识的，一起吃过饭。”

王福祥思想走了神，心想这么多年过去，这两人怪长久的，还搞着破鞋呢。想着，看了正在买菜的赵淑珍一眼。

杨素芳指着水果床子，“这玩意儿，芒果，吃过没？”

他摇摇头。他刚才看过标价，在这些水果中它最贵，改革开放前压根儿没见过。但“芒果”这两个字，“文革”期间听广播说过。广播里说，毛主席把外国友人赠送的芒果，转送给首都工农兵毛泽东思想宣传队。宣传队的同志舍不得吃，装在玻璃罩子里。可想而知，这东西有多珍贵了。既然人家盯上了芒果，他只好说：“买一个尝尝。”

杨素芳说着“我来”，掏出小钱包。

王福祥摁住她手，说：“显不着你。”

他挑来拣去，选了一个小孩子拳头般大的，递给售货员称重。

杨素芳不满地问：“你不吃呀？”

王福祥说：“你吃吧，我不爱吃水果。”

这芒果的确买少了，也小了，总共三两。王福祥把钱递给售货员，人家找回一分硬币。他一手拿着芒果，一手把找回的钱往衣兜里塞。一不留意，硬币当一声掉到地上，转了半个圈。杨素芳用脚挡了一下，没挡住，滚进了柜台底下。他把芒果放在水果摊上，一条腿跪着，双手拄着地，脸几乎贴到了水泥地面，在柜台下搜寻。一个顾客好奇，也弯下腰来看。柜台下黑洞洞的，王福祥好半天才发现，硬币躲在角落里。他跪在地上伸手去够，无论如何也够不着。这时，身边的人越围越多，眼巴巴瞅着，以为柜台下是何等稀奇的物件。杨素芳对王福祥彻底失望了，扭头便走，招呼也没打。

有个老太太乐于助人，弯腰瞅了半天，明白了，递来个新买的苍蝇拍，“用这个够？”

有了苍蝇拍，王福祥得心应手了，很快把一分钱拨拉出来。他捏着钱，如释重负地站起来，把苍蝇拍还给了人家。围观的恍然大悟，失望地散了去。他把钱放进衣兜，四处一撒摸，不见了杨素芳。他抓起柜台上的芒果，来到门前，杨素芳已经无影无踪。他清楚，她是看不下眼，生气走了。他把芒果在衣服上蹭了蹭，连皮带果肉地咬下一大口，边嚼边沮丧地想，这孩子，不当家不知道柴米贵呀！

37

申桂莲家房门的合页多年没上油了，或开或关都要发出吱嘎一声钝响。一大早，陈伟遵照王福祥安排，搬了个小板凳坐在墙豁子旁，偷窥她院子里动静。只要听见吱嘎一声，便探出头去张望，看看她是否走了。大约七点半，申桂莲家的房门传来最后一响。终于，她上班去了。陈伟进了屋，等他出来时身后跟着王福祥，再后边是两个穿劳动布工作服的年轻人。年轻人是陈伟的朋友，来帮助干两样活，一是挨着房山墙盖个厕所，另一个是砌墙豁子。自从申桂莲堵住他和杨素芳后，两人一句话没说过，走个对面不是你躲我，就是我躲你，冤家对头一样。但是，他打算砌墙豁子，并非因为两人间的矛盾，而是从安全角度考虑的。即便如此，他依旧做贼般心虚，怕被她撞见，脸面上过不去。他也清楚，申桂莲肯定会误解，进一步恶化两人关系，但也只好由她去了。

王福祥不放心，“真走了？”

陈伟说："走了，我亲眼看见的。"

王福祥放心了，"砌吧。"

陈伟上街置办中午伙食，力气活由朋友干。两个年轻人干活是把好手，一个砌墙，一个搅拌沙子、水泥，有条不紊。临到中午，活干完了。王福祥进到新落成的厕所，痛痛快快撒了一泼长尿，算是开了张。厕所小，小得精致，水冲的，污水从埋设的管道流到院外公厕。以前，上厕所是遭罪的活儿。公厕建在胡同口，破破烂烂，成年到辈散发着臭气。夏天，地上和墙上爬得到处是白胖白胖的大蛆。到了冬天，冷风嗖嗖，上一趟厕所冻得屁股生疼。有了这个厕所，生活质量无疑将得以提升。

从厕所出来，王福祥想起鱼虫子家的厕所，"我看，楼房里的厕所跟这个比好不了多少。"

年轻人随声附和："就咱这厕所，不比大宾馆差。"

陈伟回来了，拎着一堆熟食，"叔，我把晚上的也带出来了。"

王福祥说："广财这小兔崽子，不知道犯了啥邪，一大早来电话说晚上回来吃，还把他姐拉上了。"

"想你呗。"

王福祥"哼"了一声，"我可承受不起。"他打开塑料袋闻了闻，"这是啥，咋还坏了？"

"熏兔子。"陈伟凑上来闻了闻，果然有淡淡的臭味。他知道王福祥节俭，怕他心疼钱，十分过意不去，"都怪我，我找他退去。"

王福祥心痛了，脸上的皱纹聚集起来，但还是息事宁人地说："算了，这是吃的东西，拎回来了人家不会认账，你去是找打架呢。人不能吃就喂狗，不能光让它看家，也得给点好吃的。"

下午，王福祥一个人在外屋给孩子置办饭菜，装熏兔的塑料袋就摆在菜板子边上。他干活的时候，不时地瞅一眼，寻思花这么多钱，喂狗可惜了，还是吃了吧。想着，放下手里的活，伸手去解塑料袋。看着那袋子，他忽悠一下想起，这是鱼虫子店里的熏兔子。既然是他的，更应该吃了。鱼虫子曾用这个狗屁兔子骗过自己，今天又上了他当。吃了兔子没问题算他捡着，如果把自己吃拉稀了，就去告他，正好出出这口恶气。想着，一块块撕下熏兔肉塞进嘴。吃了一多半，实在吃不下去了，这才住了口，系上了塑料袋。

王福祥他爹活着的时候，一家人就用微微发暗、疙疙瘩瘩的粗瓷二大碗吃饭。到了他跟孩子这茬人，仍然沿用粗瓷二大碗。王小娟曾打算买几个细瓷、漆着花的小碗，刚张口便让王福祥呵斥住了。晚上，王小娟和王广财回来后，一家人外加陈伟，吃饭用的就是粗瓷二大碗。饭后，王小娟收拾利索碗筷，坐在炕沿上，长辫子搭在胸前，给远在日本的张毅群织一件黑色的毛衣。

王小娟朝窗外看了一眼，问："我婶咋没来？"

王福祥说："我咋知道，人家也没告诉咱。"

她问："爹，你们闹矛盾了？"

王福祥知道，孩子站在申桂莲一边，回避，"这么大岁数了，有啥矛盾闹的。"

她问："那我婶为啥没来？我都说我今天回来了！"

王福祥说："夜班呗。"

王广财阴阳怪气地插嘴，"姐，咱婶是不能来了，你没看墙豁子都堵上了嘛。再来的就不是婶了。"

王福祥没听出他话里有话，"这么多花，不堵墙那是招贼呢。"

王小娟说："爹，你可得对我婶好呀，人家亲娘似的待我们，你都看见了。"她停顿一下，"爹，你俩结婚得了。"

王福祥不耐烦了，"你这孩子净胡说。回去吧，晚了你婆婆该惦记了。再说，忙一天我也累了。广财，你也走吧。"

王广财没动地方。王小娟怕婆婆惦记，收拾起毛线先走了，陈伟跟出去开院门。

王广财坐起来，不紧不慢地点燃香烟，吸了一口，摊了牌，"爹，你跟我婶闹僵了我知道为什么，叫我姐来本想把话当面说开，没说是给你留面子。"

"小兔崽子，反天了！"

"听说，你要给我们找个小娘？"

王福祥猝不及防，愣了一下，"放屁，是小陈说的？"

"他没说，也压根儿不知道。你没听人说嘛，好事不出门，坏事传千里，差不多全市都知道了。”

“这咋是坏事，不就是找个对象嘛，又没抱谁家孩子跳井。”

“你要找就好好找，找个年龄相仿的。你以为人家看上你人了？人家是看上你钱了。这样吧，既然你跟申婶到不了一起，我给你在报上登个征婚广告，保证应征的推不开搡不开的，你准得挑花眼。”

“放屁！”

王广财从上衣兜掏出一张纸，展开。这是他听说爹跟杨素芳处对象后，给爹写的征婚广告。他自认是诗人，诗人写的征婚广告，自然不能像其他广告一样枯燥无味，否则就坏了自己名声。一旦以后出了名，人家说起自己写过那么糟糕的东西，脸没地方放。他打算把广告写得与众不同，写出文采来，让众多征婚者搅乱爹的心，晃花爹的眼，进而不屑与杨素芳来往。广告写好后修改了多遍，直到自己满意。他觉得这作品不仅仅是广告，也是诗。从诗的角度讲，给诗歌注入了活力；从广告角度讲，可以说开此文体之先河，使其由枯燥而为耐读的自由体诗。

王福祥望着他手上的纸，问：“啥东西？”

“给你写的征婚广告，叫《觅知音》。”王广财清了清嗓子，念：“春风化雨润万物，老树枯枝发新芽。男子五十八，家中专养花。身材属中等，品貌均佳……”

王福祥打断他的话，骂：“小兔崽子，你吃饱了撑的吧，要念上外边念去！”

王广财不念了，站起来，防备他动武，朝门槛迈出一步，说：“我是为你好，已经寄出去了。咱把丑话说到前头，你要是等不及了，娶了人家，可别说我不养你老。”

王福祥大怒，骂着“小兔崽子，反天了”，探出身去够炕上的笤帚疙瘩。

王广财好汉不吃眼前亏，把征婚广告扔在炕沿上，说了句“你自己看吧”，哧溜一下跑了。

王福祥把笤帚疙瘩抓到手，又放下了，一把抓起征婚广告，瞅也不瞅撕了个粉碎，团成一团扔在地上。这时，吃臭兔子的后果出来了，肚子咕咕噜噜一阵响，肠子直往下坠，拉稀迫在眉睫。

38

吃臭兔子吃出痢疾的第二天，王福祥到防疫站把鱼虫子告了。接待他的同志说，告“十里香”的不只他一个，但他告得最有价值。别人拿来的物证，最直接的是塑料袋，只有他拿来了兔子肉。那同志信誓旦旦地说，不论这家店后台多硬，不管涉及到什么人，都要一查到底，从严处理。冲人家的态度，他知道鱼虫子要倒大霉了，暗自窃喜。他体质好得出奇，从防疫站回来的第二天，便好人一个了。

吃过早饭，他给杨素芳去了电话，有意迎合年轻人的喜好，约她下午在公园见面。上次，杨素芳在副食店不辞而别后，两人只通过一次电话。这次王福祥约她，都赶上敬祖宗了，好话说了一百遍，她才心不甘情不愿地答应了。答应可是答应，临放下电话前又说，如果她没到就是有事，不用等了。王福祥怕她记不住，一连说了三遍在南湖公园游泳区见面。每次说过了，她都哑巴似的不回应。为了这次约会，王福祥特意换上女儿给他做的灰涤卡制服。鉴于杨素芳对帽子的批评，没戴帽子。自家伏尔加轿车又坏了，让陈伟送去修理了，他坐公交车赴约会，在公园游泳区门前下了车。他有生以来第一次，花一角钱买票进了南湖公园。他拎着布兜子，里面装着一棵君子兰苗，那是第一次见面时，自己主动要给她的。天空阴着脸，他沿着湖边来到游泳区，在松树林前的草地上坐下，拎兜放在身边。他身后是稀稀拉拉的松林，面前是湖水，松林和湖水之间是开阔地，他看得见从开阔地走过的每一个人。

他怀着激动的心情，瞅着游泳的人们，等着杨素芳到来。思想也架着兴奋的翅膀飞翔，盘算她来后，两人如何活动。人家小小年纪能看上自己，正像王广财说的，是看上钱了。可上一次，自己偏偏狠不下心来砸钱。等一会儿她来，必须舍得花钱，先请她划船，再买两根冰棍，不买五分的，一定要买一角的。想到这里，手背落上了水滴，朝天上望去，淅淅沥沥下起了小雨。他起身挑拣了一棵树冠茂密的树，站到下边躲雨，继续谋划着。既然下了雨，船不能划了，她来了后得赶紧出去，找地方避雨。来的时候他注意到，门口有家饭店，请她下馆子，来一盘溜肥肠，那东西最香，一人一碗大米饭，再买二两散装白酒，边喝边谈。

时间一分一秒过去，他估摸早已过了约会时间，兴奋逐渐变成了焦虑。雨大了，乌云压得更低，眼前像拦起一层灰色的纱布。开阔地上，雨水溅起一片白花花的水花。避雨的松树也成了一把破伞，外面下多大树底下多大。游泳的人们爬上岸，转眼跑个精光，整个游泳区除了他再也找不到第二个人了。片刻，他被浇得水淋淋的，好像刚从湖里爬上来。即便如此他也不想走，很怕人家来了扑空。他又淋了十多分钟雨，意识到她不可能来了，再等也是徒劳。想起她在电话里说的话，觉得她当时就留了一手，并没答应一定来，自己不过是自作多情罢了。他心如刀绞，凉飕飕的雨水，落在他湿透的衣服上，也渗进他心里，把杨素芳在他心中的影像一层层冲刷掉。他抹了把脸上的雨水，绝望地从兜子里掏出小花盆，啪一声摔在地上。花盆碎了，花苗躺在泥水中，裸露着乳白色的根须。他抬脚想碾碎那花，当作杨素芳来碾，可这一脚终究没踩下去。他收回脚，弯腰捡起花，塞进拎兜，叹息一声，顶着雨，拖着沉重的双腿往公园大门走去。

39

从公园回来，雨停了，天色暗下来，王福祥的心情却不见好转。他换了身衣服，钻进花窖，拉了下门边的灯绳，两个二十瓦的日光灯，照得满窖雪亮，满眼是君子兰泛着的绿油油的光。一口半人高的水缸摆在门边，平日他依照张毅群留下的配方，不断往里放马蹄片、鱼鳞和豆饼等，发酵后用来浇花。缸用塑料布封着，浇花时一打开满窖恶臭。他带上门，掀开缸上的塑料布，用水舀子舀出肥料，兑上清水，逐棵给花施肥。正忙着，狼狗没命地叫起来。他知道来人了，眯缝着眼睛朝花窖外望。外边一片漆黑，花窖玻璃成了一堵看不透的墙。

门开了，陈伟探进头来，“工商局的陈科长来了。”

王福祥说：“快让他进来。”

话音刚落，陈东升进了来，身后跟着个穿制服，四十多岁的男人，拎着个编织袋。陈伟侧身让过客人，带上门出去了。

陈东升走下水泥台阶，说：“好嘛，你这花肥比我家的还臭。”

王福祥笑着，“劲头贼大。”

陈东升四处撒摸着，“看家护院的有了，花窖也盖起来啦，士别三日，当刮目相看！这窖子有二十平方米吧？”

王福祥得意地说：“没量过，估计有了。”

陈东升扯住身边那人胳膊，“给你们介绍介绍，这位是王福祥，这位是吉林市红旗造纸厂三产办的张抗战，张经理，来买花的。”

张抗战放下编织袋，热情地和王福祥握了手，递上一张名片。

陈东升说：“外面车里还有他两位同志，怕你不方便没进来。现在提倡发展第三产业，他们厂也搞了，花窖都盖了，准备投资买君子兰。张经理让我找靠得住，花也好的卖主。他一说，我立马想到了你。”

张抗战说：“打算白天来，陈科长怕外人看见，给你招惹是非。”

陈东升说：“我给你俩搭上了桥，价格你俩商量，谁都别不好意思，亲兄弟明算账。”

王福祥喜不自禁，把名片塞进上衣兜，说：“没说的。”

张抗战问：“这些花都卖？”

前年和大前年种的没剩几棵，王福祥打算自己养着。他用手画了个弧形，“去年和当年的都卖，你要多少？”

张抗战想了想，“去年的要三十棵，再买二十棵当年的。”

王福祥大喜过望。刚刚改革开放，个人家没有多少钱，以往买花都是一棵两棵买，还从没有人如此财大气粗，一下子买这么多。他有些信不实，“得几十万呢。”

张抗战说：“只要花好，钱不是问题。”

王福祥强压住喜悦，“你挑吧，有老陈在价钱好说。”

张抗战虽说是花坛新秀，那些小花却像他养的，瞄一眼好坏就看出八九不离十。他手指凌空飞点，点中的王福祥便搬到地上。王福祥暗自佩服人家的眼光，并提醒自己，防备他使奸耍滑。

挑够了数，张抗战说："老王，开个价吧。"

王福祥说："都不是外人，看着给吧。"

张抗战说："你是卖主，我咋好喧宾夺主。"

王福祥想，反正他花的是公家钱，不挣白不挣，把牙一咬，"看在陈科长面子上，去年的合你一棵五千，当年的你给两千五吧。"他静等还价，并做好了降价准备。去年的花以四千为底线，当年的两千，再少就不能卖了。他的心咚咚地擂鼓，不敢正眼瞅人家。

出乎意料，张抗战笑了，拍了拍王福祥肩膀，"够交情！你跟权利民就是不一样，老权眼睛光盯着钱，看不见友情。他说他的花多么好，实际就是短叶和尚，去年的花要咱五千一棵，有点黑了。"

王福祥傻了眼，自己的花跟权利民的比，明眼人一搭眼就看得出差距。他两年的如果能卖五千，自己的就能卖六千。而自己却只要了五千，损失太大。肯定是行市看涨了，这几天由于没去市场，还蒙在鼓里呢。他额头的汗出来了，顺着脸颊往下滚。他想反悔，碍着陈科长以及人家对自己人品的称道，又说不出口。

陈东升以为，他是看在自己面子上，故意把花价压下来的，于心不忍，"张经理，老王够意思，咱也不能让他吃亏，你给个公平价，回去能交上差就行了。"

张抗战说："我带的钱虽然是厂里的，但厂里信得过我，咱不能丧良心。这样吧，去年的每棵给你五千五，当年的按你说的两千五。虽然少了，但批量大，不能跟单棵卖相提并论。"

王福祥松了口气，"都是朋友，多少我都认账。"

张抗战蹲下，把编织袋的拉锁唰一声拉开，里面塞满了一捆捆的十元大票。王福祥目前的存款已经十分丰厚，本不该过于动心。但那些存款都是一棵棵花卖出来的，冷丁这么一大堆钱放在眼前，他都不敢相信是真的了。他想，即使当废纸卖，这些钱也顶一麻袋纸沉呢。

张抗战起身，"如果一张张数，得数后半夜去，你家有秤没？"

王福祥以为他说笑话，笑着，"最赶劲是弄个地秤来。"

陈东升解释："张经理说的是真话，不是闲闹。"

张抗战说："我也是在养花大户家学的，一称一个准儿。"

王福祥十分惊异，"这可是新鲜事。不怕你们笑话，过去我只用秤称过破烂，别说称钱，连听都没听说过。”

陈东升说：“改革开放了，要学的东西多着呢，快找秤去。”

王福祥上了台阶，拉开花窖门，喊：“小陈，把咱家的秤拎来，在锅台边上呢。”

家里的秤虽然破旧，却相当准确。那是他捡破烂时置办的，怕废品收购站的秤有误差，把自己的血汗差进去，每次卖破烂前，都要用它先称一遍。捡破烂的生涯终结后，相关物件都卖了，只留下了这杆秤。每次买回菜来，都要用它称称是否足斤足两。陈伟来了，一手拎秤，一手拎秤砣。

张抗战接过秤，说：“小伙子，你叫门外车里的人来搬花。”

张抗战拎着秤校了准后，把十元一张的大票，一捆捆码在秤盘里，一秤秤地称。称过了便像倒破烂一样，哗啦一下倒在地上。王福祥看得眼睛都直了，心里风起云涌。

称完钱，张抗战把秤放在地上，“一共二十一万五，你信不过就数数，少了算我的，多了是你的。有陈科长在，跑不了我。”

陈东升说：“他这一手我见过，准得很，我用人格担保。”

大半辈子了，王福祥有信不过人的时候，却从没怀疑过这杆秤的准确性。现在，他开始置疑了，不相信它称钱也分毫不差。他怕钱不够数，为以后索要留了一手，含糊其辞，“没事。”

进来几个人，在张抗战指挥下，蚂蚁搬家似的往外搬花。

陈东升对王福祥说：“你写个收条，他回去也好有个交代。”

王福祥说：“你替我写吧，我摁手印。”

陈东升一拍脑门儿，“看看，我忘记你不识字了。”他从兜里摸出个小本子，撕下一页，用小本子垫着，边叨咕边写，“收据，兹收到张抗战买花款二十一万五千元整。收款人王福祥。括号，陈东升代笔，括号完。”

张抗战从上衣兜掏出印泥盒，掀开盖，“摁个手印吧。”

王福祥大拇指在印泥盒里一摁，不知哪来的那么大劲，竟把上面的纱布捅破了。正不好意思，张抗战盖上印泥盒，塞回衣兜。在陈东升指点下，王福祥朝收条摁下去，手法极轻，很怕把纸也弄破了。收回手指看看，手印有些模糊。张抗战没管这些，叠起纸来塞进衣兜。王福祥心想，以后像这样进钱的时候多了，连自己名字都不会写可不行，丢人现眼啊！他横下心要学会写自己名字和常用字。

花搬走后，陈东升跟着张抗战往门口走去。刚要上花窖台阶，被王福祥叫住了。

王福祥说："老陈，咱俩是耗子吃猫哑——感情处到了，拿棵花吧。"

陈东升说："那多不好意思。"

王福祥说："咱俩客气啥，你帮了大忙，我不能小气了。"

陈东升挑拣出一盆当年的小苗子，"这棵可以吧？"

王福祥说："没啥不可以的。"

张抗战说："我正犯愁咋答兑陈科长呢，给他一棵花吧，不行，这都是公家的，不给他又显得咱不够意思。你帮我解决了大难题。"

王福祥说："没说的。"

客人走了，王福祥惦记那一堆钱，把人家送到花窖门前便回了来。他站在钱堆旁思绪万千，想起捡破烂的年月，曾为一分钱跟废品收购站的同志扯起了脖领子，打到了人家领导那里；为了每天能省一分钱，自己等到副食店下班前才去买些处理菜；为了每天能多挣一分钱，自己死冷寒天守在垃圾箱前，冻得脚肿得跟馒头似的。如今，自己真正成有钱人了！他心里甜哪，甜得好像用蜂蜜泡着。他一屁股坐在潮湿的土地上，眼里冒火似的盯着那一堆钱，神色凝重地盘起腿来。他把钱一沓沓整齐地码在一起，码成个小山。然后，张开双臂抱住。猛然，他使劲把钱捧起来，往上扔去，喊了一声："我这一辈子呀！"

成捆的钱到了半空，便坠落下来，砸在他头上、身上，也铺了一地。他长出口气，站起来，低着头，不轻不重地用脚踢着钱，东一脚，西一脚，踢皮球一般。他要的就是这种感觉，而确实他也从中得到了，油然而生了"钱算啥东西"的满足。狂热一过，他平静了，在小板凳上坐下，找来一只碗盛上水，抓起一捆钱拽开纸条，手指在水碗里沾湿，笨拙地捻着钱数起来。每数完一捆，便在土地上画一条道道。他机械重复着这一动作，没有一丝困意，忘记了时间。

天亮了，灰白色的曙光照射进来。钱也数完了，结果正如张抗战所言，一张不多一张不少，佩服得他直劲地咂舌。他站起来，跷起脚，高举双臂，美美地伸了个懒腰，自言自语：“让你杨素芳肠子都悔青了！”

40

王广财公司房子是租的，坐落在建设街，门对着有轨电车道，空中两根黑色的电缆，以及道路两侧水泥杆上的一条条电线，把整条街罩在天罗地网之中。加之，有轨电车驶过时咔啦咔啦的响声，汽车喇叭嘀嘀嘀的鸣叫，自行车叮叮叮的铃声，烘托出了一派热闹繁忙景象。公司门边挂个白牌子，二十四英寸电视屏幕那么大，写着“吉林环球经贸总公司”九个黑字。他租这房子主要不是办公司，而是自己住。公司只有一室，带个小厅。小厅堆放杂物，有上下水和煤气。里屋摆着一张床，一个办公桌，一个双人沙发，面料是革的。墙上挂着别人送来庆贺公司开业的镜子和风景画。近来，王广财公司的买卖上了道，君子兰市场不去了，天天拎着人造革兜子，骑着摩托，东跑西颠地做“对缝”买卖，投机倒把。不论计划内供应的物资，还是计划外的物质，只要挣钱啥都倒腾。糖在市面上紧俏了就倒腾糖，麻袋有钱可挣就倒腾麻袋，小打小闹。紧俏货拿不到的时候，大路货也卖。好在刚刚改革开放，那些国营、集体企业对计划外商品的销售方式不清楚，只要你认识人，或者稍有些信誉，就敢往外赊货。王广财讲信誉，货卖完后货款按时返还。而且，为了下次赊货方便，他给个人的回扣一分不少，这使他的生意实现了良性循环。他钱是挣了一些，可成天跟朋友下馆子，请完这顿请那顿，胡花乱造的没剩多少。

他上午出去谈生意，吃过午饭回来睡了一觉，刚起来在椅子上坐下，响起了敲门声。他以为是丁美丽。给了她哥哥五百元后，两人建立起了联系。她第一次来，是还五百元钱的，王广财死活没收。再后来，丁美丽隔三岔五就来坐坐。

王广财懒洋洋地说：“这咋还文明了，不用敲，进来吧。”

门开了，宋小英进了来，“大白天的，没出去做买卖?”

自从他搬来后，宋小英来过一次，感受到了他步入新生活的喜悦。他站起来，一脸惊喜，“没想到是你，贵客来了。”

她递过去一封信，“在门口碰上邮递员了，你的。”

他接过信，见是《君子兰周报》寄来的，一阵紧张，“我写的诗，也是我爹的征婚广告，寄给报社了，这是回信。”

宋小英知道他在写诗，在沙发上坐下，“发表了？”

“也许吧。”

《君子兰周报》创刊不久，每期都有武侠小说连载，他冲着那些小说，成为了忠实读者，期期必买。因此，他把征婚广告寄给了这家报纸。他神情紧张地撕开信封，抽出一张写着钢笔字的纸。这是他不曾料到的，以前写的那些诗，退稿信均为铅印，内容千篇一律。这次简直是铁树开花，枯枝发芽了，是手写的。他刚看到“经研究，认为此广告很有特点，拟采用”，宋小英就好奇地问上了。

“我看看，信里写什么？”

王广财激动过了头，没往下看，把信递过去，并不看重似的说：“这报社真是的，发表我一首小诗还得写几个字来，比我诗的字还多。”

她接过信，钦佩地说：“别的班出了个诗人，咱班不照人家差，也出了个大诗人。”

“你是说祖国庆？上次到你家，听你母亲说，他常去你家。”

“去过两次，我没理他，他人品不怎么样。”

他轻蔑地说：“他的诗我看过，一般。”

“你这诗能得多少稿费？”

“不知道。不过，听说诗歌稿费比其他的多 。”

她捧着信看了一遍，递回来，疑惑地问：“只听说写文章给稿费的，这怎么还管你要钱？”

王广财一怔，接过信一行行看下去，只见最后一行写着：“……我社决定，象征性收取你两元钱。”他不相信自己眼睛了，又把信从头到尾看了一遍，透心凉。这么长时间自己写了许多诗歌，报纸、杂志、电台乱邮一通，朝思暮想能发表，结果一篇也没给用。终于有一篇要发表了，哪怕不给稿费也认了，却还要管自己要钱，不由他不发蒙。特别是当着宋小英的面，他觉得这人丢大了。他红着脸把信团成一团，扔在地上，暗暗发誓以后再不写诗了。他轰轰烈烈的写诗生涯，就因为一个征婚广告，在这样一个阳光明媚的日子里落下了帷幕。至于他爹和杨素芳，他打算另想办法拆散。

他换了个话题，“你有事?”

“不好意思说。”

“尽管说，你的事就是我的事。”

“我想办轻音乐团，给各单位的舞会伴奏，加上演出，挺受欢迎。”

“不上班了?”

“我们书记说，轻音乐团算团里的，挣的钱交团里一些，我们的工资照开不误。还说，我筹办的由我当团长。现在差的是开办费，得自己解决，个人谁能有那么多钱，想求你帮个忙。”

“我有三千，都给你，不用还，过几天还能回来一千，也给你。”

“谢谢了，用不着。听说你爸他们公司，只要产品冠君子兰这几个字就给赞助。我们商量了，轻音乐团准备叫君子兰轻音乐团，你跟你爸说说，给我们赞助一些行吗?”

“别看我爹当理事，他不好使，我给你找个说话管用的。再说，想找我爹也难，他这几天忙着呢，买了辆破轿车，有空就嗖嗖地到处乱跑。光跑也没啥，关键是车总坏，还要经常蹲修车铺子。”

“他们能给多少?”

“听说，一般的几千块，弄好了给个万八的也说不定。你先写个申请，让单位开个介绍信，盖上公章给我。”

“太好了，我明天把材料送来。”

他真诚地说：“你对我那么好，我一直没忘。”

“你一说我反而不好意思了，千万别放在心上。”

“不能不放在心上。现在好了，我除了有钱，什么都没有。”

“有一得必有一失。”

他不以为然地笑了，燃着一支烟，夹在手上吸着。手指上那枚硕大的金戒指，在她眼前晃来晃去。

她友善地提醒：“戴这戒指像暴发户。”

他把戒指撸下来扔进抽屉，“戴着玩儿的，以后不戴了。”

宋小英起身，“我回去了。”

王广财把她送到门口，犹犹豫豫地想说什么，又把话咽了下去。

宋小英看出他有话说，“你有事?”

他把心一横，避开她的目光，脸憋得通红，“现在你有空没?”

她脸也红了，料到了他要说什么，“干啥?”

“工人文化宫演《叶塞尼亚》，循环场，我想请你去看。”他见人家没吭声，泄了气，“没空就算了。”

她说：“都说这片子好，我也正想看呢。”

这场电影奠定了两人的感情基础。当主题曲第二遍响起，王广财如同快要淹死的人抓住个救生圈，抓住她的手就不撒开了，一直握到电影散场。

41

孙老板自称广东人，在香港做生意。他五十多岁，尖嘴猴腮，身材瘦小。每当与人第一次见面介绍自己，都要自噱：鄙人姓孙，孙子的孙。为了不使其意与爷孙的孙混淆，还要补充，“写《孙子兵法》的孙子。”他来长春市十分张扬，衣兜经常揣着假金项链，冒充真的送给陪伴他的小姐。杨素芳第一次跟他见面，是朋友请孙老板吃饭让她作陪。饭后，众人去舞厅跳舞，她陪孙老板跳了两曲。孙老板塞给她一条假项链，谎称足金，她犹豫一下收了。孙老板不失时机地约她今天共进晚餐，看在项链的分儿上她答应了。

重庆路是这座城市最繁华的街路，两侧布满了商业门市，基本是日伪时期盖的二层或三层楼，房屋固然破旧，却传播出无尽的沧桑感。长春饭店就坐落在这条街上。正值饭口，饭店二楼大厅闹哄哄的，有一半桌子坐了人。两人靠窗坐下，点了锅包肉、松鼠鱼，还有一个拼盘，外加两杯冰水。

吃着喝着，孙老板不经意似的问：“杨小姐，看上彩电了吗?”

她喝了口冰水，靠在椅背上，把长发撩到身后，“买彩电要票，咱不认识人，弄不到票。”

孙老板故作惊讶，“杨小姐这么漂亮，连个小小电视机票也搞不到?”

“漂亮和彩电票没有必然联系吧?”

“不瞒杨小姐说，本人是做彩电生意的，愿为你效劳的啦。”

“听说，有人从香港往回倒腾彩电，发大财了。”

“我可以帮你。你找个接货的，我从别人订的货中挤出二十台给你，十四英寸的彩电，九百一台，一手钱一手货。”

“真有那么多?”

“毛毛雨啦。”

她脑筋飞快转了一圈，把身边的人排了一下队，觉得王广财既有钱，又有自己的公司，最适合做这笔生意。她坐不住了，起身说：“我去打个电话，联系要货的。”

王广财为使自己公司区别于皮包公司，装了一部电话。接通那天，他到处打电话，告诉人家自己有电话了，号码是多少多少。杨素芳间接听说了，把号码记在巴掌大的电话本上。她抓起饭店收银台的电话，按本上的号码给王广财打了过去。

王广财懒洋洋地“喂”了一声。

她兴高采烈地说：“广财，是我，杨素芳。”

鉴于她正跟爹搞对象，王广财态度冷淡，“嗯”了一声。

她以为人家没听出是谁，强调，“我是杨素芳，听不出来了?”

他仍然冷冰冰的，“我知道。”

杨素芳清楚，他态度马上会发生变化，“我正跟香港老板吃饭，他有一批彩电要卖。”

他果然有了兴趣，声音也大了，“有多少?”

“咱俩是老同学了，我第一个想到了你。二十台，十四英寸的，每台九百，从别人手里挤出来的。”

“太好了！我现在过去，我请你们。”

她会心地笑了，“你是请彩电还是请我?”

他有些尴尬，“看你说的，把我当成啥人了。”

她听到电话里还有人说话，问：“你有客人吧?”

“不是外人，宋小英。”

“方便吗？方便你就过来，我们在长春饭店呢。”

“方便，我马上过去。”

杨素芳回来后，两人边聊边等王广财。过了十多分钟，孙老板看了看手表，问：“杨小姐，你的客人怎么还没到?”

“坐火箭也没这么快呀。”

“这次来内地，顺路到深圳看了看，他们提出一个口号，叫时间就是金钱，效率就是生命。”

她听出，这是委婉的批评，打趣，“等的时间越长，金钱越多，不等还赚什么钱了。”

“杨小姐，今天这笔生意，是看你面子的啦。”

她用英语说：“谢谢”。

虽然她英语并不标准，而且仅仅是句谢谢，孙老板还是大惊小怪地吹捧，“哇，你英语好棒啊，典型的牛津口音啦。”

她有些不好意思，“前几天，跟出国回来的朋友学的。”

“杨小姐，我们香港公司正缺职员，你可以去屈就秘书的啦。”

她一喜，撩开眼前一绺头发，“真的?”

孙老板色迷迷地望着她，“真的啦。”

王广财风风火火走来，拎着人造革包，“让你们久等了。”

她说：“先坐下，我再给你们介绍。”

王广财坐下后，杨素芳把他俩相互作了介绍。王广财有备而来，麻利地掏出一张名片递给孙老板。

孙老板从怀里掏出一叠名片，四十多张，翻拣着，说：“都是这几天收的，跟我的名片混了。”他从中拣出一张递过去，“鄙人姓孙，孙子的孙，写《孙子兵法》的孙子啦。”

王广财接过来看了看，塞进怀里，说：“再加俩菜，这顿饭我请。”他招呼来服务员，又点了两个菜，一瓶葡萄酒。

孙老板吹捧：“没想到，王老板年轻有为的啦。”

“小打小闹，以后还得请孙老板多关照。”

“洒洒水啦。”

王广财切入了正题，问的是杨素芳，实际是给孙老板听的，“彩电是啥地方产的?”

孙老板说：“香港，牌子很响，卫星牌子的啦。”

王广财喝光杯里的酒，又倒了上，“没听说过呀。”

“主要销往欧洲，在香港小孩子都知道的啦。”

“听素芳说九百一台?”

“跳楼价啦，你拿到手，每台还有五六百元赚的了。”

“你是大老板，拔根汗毛比我腰粗，帮人帮到底，再便宜些吧。”

杨素芳帮衬，“孙老板，再降降价，他做小买卖的比不了你。”

孙老板似乎很为难，想了想，“八百五一台了，我没的赚了。”

王广财拍了板，“我要了，有多少?”

“内地买主多得很啦，只能挤二十台的啦。”

“好吧，多了不怕多，少了不嫌少。”他计算着，“一台八百五，二十台……”

孙老板张口就来，“一万七的啦。”

王广财倒腾这批彩电有两个渠道，一个是自己分文不掏，做对缝买卖，挣得少，他心有不甘；另一个是自己出钱买下彩电，再卖出去，挣得多，是最佳选择。可自己手头只有四千，卖了摩托车能再凑上七八千，另外的钱怎么办?当然不能管爹要了，他属铁公鸡的——一毛不拔。前几天有笔买卖，想管他借五千，结果一分没借来。他想到了宋小英那笔赞助费，他问过，那笔钱办下来大约六七千，刚好凑齐了进货钱。而赞助费呢，等彩电出了手再还她，两不耽误。他坚定地说：“搞定。素芳也别白帮忙，每台给你提五十。”

她说：“我不要。”

王广财端起酒杯，“就这么定了，为我们合作愉快，干杯。”

孙老板说：“我酒量不行的啦，只能喝冰水。”

王广财说：“冰水就冰水，只要感情有，喝啥都是酒。”他一口把杯里的酒喝光，“动筷，别光唠。”

王广财心情好，喝得也多。半个小时过去，一瓶红酒灌进肚，感觉有些眩晕。他贴近杨素芳耳边，低声问：“听说，你跟我爹处上了，我得管你叫小娘了吧?”

她不好意思了，“说什么呢?不可能，年龄差太大，想法也不一样。”

王广财放了心，“你年轻漂亮，不应该坑害自己，找个糟老头。”

“他总来电话，我怕说多了伤他，他毕竟是你父亲。”

“他再找你，折腾几次他就死心了！”

“前儿大他约我，我没去，不会再找我了。”

孙老板不满意两人耳鬓厮磨，打了个哈欠，说：“王先生，我这几天身体不适，想回去休息的啦。”

王广财说：“我送你。”

孙老板说：“有杨小姐送就可以的啦。”

她说：“我和王经理还有些事情，我俩先把你送回去。”说着，朝王广财使了个眼色。

王广财心领神会，“是呀，有些急事处理。”

孙老板不情愿地起了身，一脸沮丧。

42

但凡鲁马列在办公室，门必然开着。这是他一贯作风，当年在局劳资科当副科长时养成的习惯。劳资科的头头不好当，平时还好，遇到涨工资、职工调入调出，麻烦陡增，经常会有女同志找上门来。那些哭哭啼啼的还好办，怕的是个别为达到目的，什么都豁得出去的。这些人下手最狠，直往你怀里扑。经历过一次后他害怕了，门就开着了。有女同志来谈话，哪怕人家下意识关上门，他也要立马打开，并渐渐养成了习惯，门索性一年四季开着了。王广财来时门照样开着，他正伏在桌上看《红旗》杂志，手中的红笔在重点句子下划着道道。

王广财唤：“鲁叔。”

鲁马列抬头看了一眼，又低头去划道道，说：“你小子咋这么清闲?”

王广财在自家见过鲁马列，两人彼此印象深刻。前几天，为了宋小英那笔赞助款，王广财给他来了电话，鲁马列说，正需要大力宣传君子兰呢，一口应承下来。王广财说着“我一个个体户，总这么清闲”，在鲁马列对面坐下，问：“鲁叔，学习呢?”

鲁马列放下笔，“学习理论，生命不息，学习不止。”

“难怪人家管你叫鲁马列。”

“不值一提。”

“你理论水平这么高，你父亲他老人家也一定错不了。”

鲁马列摇摇头，“他是睁眼瞎。说起来挺有意思，有一次我回家探亲，喝了些酒，讲起哲学，提到了康德。我说：康德是德国人。他说，你小子净瞎白话，康德别说出国，连家门都没出过。我纳闷，问他咋知道。原来，附近村子有个叫康德的，是瘫子，炕上拉炕上尿的。”

鲁马列笑了，王广财也跟着笑起来。

鲁马列说：“你没事儿不来，这次是为了赞助款吧？”

“来问问办下来没，我同学着急。”

“第二天我就端会上去了，考虑乐团的特殊性，对君子兰业发展的作用，决定破格赞助七千元。这可是最高的了。”

自己刚卖了摩托车，基本凑够了一万元，加上这七千，正好够进彩电的。王广财喜形于色，“太好了，太谢谢你了。”

“臭小子，学会客气了。虽然同意给钱，程序不能走样，这是原则问题。申请书和介绍信带来没？”

王广财递上申请和介绍信，鲁马列看了看，用钢笔水瓶压在桌上。

王广财撒谎：“鲁叔，我同学出差了，她让我把钱取回去。”

既然是王广财帮助申请的，手续又全，钱由他拿走，鲁马列并不觉得有什么不妥，“行，我领你到财务取钱。告诉你同学，乐团成立后，得按合同演六场，宣传君子兰。当年毛主席说过，宣传要注意策略，要与党的政策保持一致。以演出的形式宣传就是一种策略。”

王广财掏出五百元钱，“这是点小意思。”

鲁马列仿佛被烫到了，腾一下跳起来，脸色变了，说：“你干啥，搞这庸俗的事情，打算让我犯错误吗？快拿走！”

王广财吓了一跳，赶紧把钱塞回拎兜，“不给了，你也别害怕了。”

鲁马列坐下，说：“这就对了。”

王广财不忍心让鲁马列白帮忙，“鲁叔，我进了一批彩电，你要不，要的话我按进价卖你一台。”

“好啊，有个老同志以为我有多大能耐，托我给要电视机票，我正犯愁呢，你有就卖我一台。”

“后天我给你搬来。”

43

爱上一个人难，忘掉爱过的人更难。否则，梁山伯和祝英台也不会在死后，变成两只大蝴蝶，忽搭忽搭成双成对飞了。王福祥从公园回来，暗暗发誓，对杨素芳不再抱幻想，哪怕她主动找来也不原谅。除非她承认对不起自己，发誓痛改前非，重新做人。然而，她泥牛入海一般，再没了半点音讯。人家没动静，他反而坐不住了，心想，你杨素芳不主动，那我就主动出击。同时，把两人和好的条件大幅降低，她无须说什么，只要流露出一丝歉意就足够了。当然，事情不能这么平静结束，悲壮的过程必不可少。他打算，不管身边是否有人，都要豁出自己这张老脸，掉几滴眼泪，让她真切感到，她把自己伤得有多深，进而心生自责。下午，他换上灰涤卡制服，决定去公司找杨素芳。走到院门前又犹豫了，折返回来。如此这般，出来进去三趟。

陈伟目睹了他的闹心，问："叔，你咋啦?"

王福祥被问住了，想起自己立的誓，说："陈伟呀，我想学写自己名字，不会写让人笑话。你帮我写出来，我照猫画虎练。"

"能行吗，我的字跟狗爬似的?"

"咱又不当书法家，管它好赖，写对了就行。"

陈伟在桌前坐稳，操起笔，在一张商店记账单后边，工工整整写下王福祥三个字。

王福祥看了看，改了主意，"没有毛主席就没有我王福祥，我先练自个名字就是忘本，你给我写毛主席万岁，我先练这几个字。"

"王叔，毛主席去世了，不能再说万岁了。"

"那就写毛主席思想万岁。"

陈伟写完后让开座，王福祥坐上去，在记账单背面一笔一画练起来。他先把"毛主席思想万岁"练了几遍，这才练写自己姓名。他眼睛盯在纸上，心却飞到了公司。练了半天字，以为都会了，心想默写，握着笔发了半天愣，一个字也没写出来。看看座钟，三点多了，再不走公司就下班了。他想着丑媳妇早晚要见公婆，扔下笔出了门。

公司办公室在二楼，门朝楼梯口敞开着。杨素芳的办公桌对着门，王福祥爬到一二楼之间的缓台上，看到她桌前没人，心凉半截。他不死心，上了楼，趴在门框上探进头去。苏董事长正跟办公室主任——一个人高马大的中年妇女闲扯。

苏董事长说："我那孩子可能花钱了，一天一元都不够。"

女主任说："你说的咋那么对呢，我孩子也是。我老婆婆贼刁，总惯着孩子，你捅孩子一手指头，赶上捅她心了，嘴像机关枪似的，嗒嗒嗒地没完没了。"

苏董事长看见了王福祥，招了招手，"别光伸脑袋，进来吧。"

王福祥进了屋，"忙着呢？"

苏董事长说："你来得正好，正想通知你呢。下周五上午八点，公司开理事会。"

王福祥坐下，纯属随便说说，并非真心埋怨，"又要开会。"

女主任说："你这话说的，好像咱公司开多少会了。"

苏董事长抬起脚，掸了掸黑布鞋上的灰尘，"老王，这个会对你来说是大好事。全国花卉大赛准备在广州举办，咱们市要选拔一棵花参赛，我个人看非你莫属。"

女主任有些伤感，"这年头，劳模、先进分子大会少了，乱七八糟的评选多了。"

苏董事长对评论时政心存忌讳，没接她话，"老王，只要你的花有了名次，电视、报纸上肯定有影。"

女主任问："老王，你家电视是彩色儿的吧？"

王福祥说："还彩色儿呢，连个黑白的也没有。"

女主任说："挣那么多钱留着下不了崽，该享受得享受。"

王福祥说："看电视耽误事，有啥好看的。"

女主任笑了，"你太逗了，怕花钱吧？"

王福祥的心事被说中，有些挂不住脸，"这话说的。"

女主任一指墙角的大纸箱，"这电视是苏董事长的，你搬去吧，电视票都省了。"

苏董事长解释："我亲戚想买电视，让我帮忙要电视票。今天，人家给我搬来台彩电，一问我亲戚，已经买了，不要了。你要就搬去，十四英寸的，才八百五，便宜。"

王福祥盯着纸箱子，上面印着英文。瞧这洋字码彩电错不了，价格又便宜，动了心，"是够便宜了。"

苏董事长说："搬去吧，精神生活不可或缺。也就是你，放在别人我还舍不得给呢。"

"行啊，我搬回去。"王福祥说着，瞅了瞅杨素芳桌子，上面空荡荡，蒙着薄薄一层灰，看来她有日子没上班了，"得找个人帮我搬呀。"

杨素芳是公司仅有的几个年轻人之一，女主任看出，他想让杨素芳帮忙，说："你别指望小杨了，她请了长期病假。她以为别人不知道，其实都知道她上香港了。"

苏董事长制止："关系到同志的名誉，可不能听风就是雨。"

杨素芳如果还在这个城市，王福祥的痛苦会继续，偏偏她去了境外，在他感觉中，就像去了天堂一样遥远。他在短暂的失落之后，接踵而来的是解脱般的轻松，仿佛两人的恋爱是上辈子的事情，早已画上了句号。

苏董事长问："老王，听说你跟小杨处上了，她走你不知道?"

王福祥摇着头，"年龄差得太大，不行。"

苏董事长又问："你开车来没?"

"车刚修好又坏了，坐公交车来的。"

"让我司机帮你把电视送回去吧。"

"好啊，到家让他把钱给你捎来。"

陈伟孝心重，上班后每个月开的钱原封不动交家，平时需要钱，再管家里要。他从不轻易花钱，身上通常只有一两元。到王福祥家以后，这一优良传统被继承下来。又到了工厂发工钱的日子，王福祥走后，他打电话叫来个朋友在门口看着，自己到厂里取出钱送回家，顺路溜到丁美丽家。他兴高采烈去的，垂头丧气回来的。回来后，打发走朋友，蹲在院子里发呆，把她刚才的言行举止，一遍遍在脑海里过着。他去过几次丁美丽家，尽管她态度冷淡，该去还是去。这次去，她家新买了台十二英寸的黑白电视，她盯着电视，飞快地织着毛衣。陈伟说话时，她看在他为了自家纠纷，抛洒过热血的分上，勉强回答了几声。说是回答，实际多一个字都没有，“嗯”“啊”应着。

陈伟掏出一套崭新的锁和钥匙，脸憋得通红，鼓起勇气递上去，“丁美丽，你能不能打开这把锁?”

丁美丽知道他在试探自己，打开锁就等于同意和他处对象了。因此没接，装糊涂，“你真笨，连锁都打不开。实在打不开，就拿修锁摊去开，人家有万能钥匙。”

陈伟不甘心，手依然伸着，“你开一下试试呗。”

她烦躁地扔下手中的半截毛衣，起身关上电视机，下了逐客令，“你找别人试吧，我有事，得走了。”

陈伟沮丧地收回手，起身，问：“上哪?”

“朋友家。”

“哪个朋友?”

她往外走去，反问：“你是警察呀，咋管那么多呢?”

陈伟正痛苦回忆着，院门被咚咚擂响了。陈伟无精打采地打开门，一眼看见了地上的电视箱子。

王福祥兴冲冲地说：“这下有事干了，大彩电，帮我抬进去。”

陈伟把电视抬进屋，放在地中央，“叔，今天咋舍得出血了?”

王福祥从柜子里翻出钱，喜滋滋地说：“便宜。前几天，有人要用彩电换我一棵花，一算账，让他占便宜了，我没干。”

“这彩电多少钱?”

王福祥数出钱，把多余的放回去，“八百五，十四个大的。这家伙贼好，印的都是洋字码，不要票，从个人手里买的。”他锁上柜子，给苏董事长司机送钱去了。

陈伟打开纸箱，把电视搬到桌上。刚把天线安上，王福祥回了来。

“打开看看。”王福祥说。

陈伟把插头插进插座，刚要开电视，被王福祥喝住了。

王福祥凑上去，脸贴近屏幕，用食指轻轻抹去上边的一个小黑点。然后，坐到炕沿上，郑重地说：“打开吧。”

陈伟摁了一下开关，电视发出哗哗的响声，屏幕一片雪花点。他以为是天线问题，把天线转来转去地调整方向。忽然，唰一下子，电视机连仅存的哗哗声和小白点也消失了，断了电一般。

王福祥慌了，“咋啦，快看看？”

陈伟摆弄着电视上的钮，还不时地动弹动弹天线。

王福祥怕他把电视鼓捣坏了，担心地问：“你懂？”

“我家有台九英寸黑白的，修过两次。大概保险断了，打开盖看看。”陈伟接过王福祥递来的螺丝刀，把电视转了个方向，拧掉螺丝，打开后盖，用手电筒在里面照了照，说：“保险丝没断。”又瞅了半天，直起身，手在电视机壳子上啪一拍。

王福祥心痛了，“轻点。”

“叔，上当了！旧机芯。”陈伟指着机芯，“这地方，还有这地方。”

王福祥弯腰看过去，傻了，“可不咋的，这不是骗人嘛！能修不？”

“在商店买的保修，这个没人给保。听说，专门有人把香港的旧电视，运到内地卖，没准让咱碰上了。叔，在谁那买的找谁去。”

王福祥没吭声。他为难了，钱已经给了苏董事长的司机，搬来之前没好意思试，拿到家坏了没办法解释。人家要说，是自己搬走后弄坏的，那就说不清了。而且，还会影响两人的关系，传出去别人也得笑话。他意识到，这是一盘死棋，打掉的牙只好往肚子里咽了。

44

早晨，陈伟上街买来豆浆和油条。王福祥吃过后把碗一推，凑到电视机前，摁了一下开关，低头看着屏幕。自从买来这东西那天起，它便成了摆设。对于它的沉寂，他不死心，总盼着它像病入膏肓的病人，来一把回光返照。因此，有时间就鼓捣鼓捣。这一次他又失望了，电视机仍然黑着脸，闭着口。他关上电视，打算到公司去开会。刚到院子里，院门被敲响了，狼狗跟着吠起来。陈伟趴在门上，透过小孔朝外窥视。

门外有人喊："老王在家吗?"

陈伟问："你是谁?"

"我是居民委的老姜!"

"是姜大妈呀，你再来先打个电话，跟东家约个时间，省得白跑。"

"你这话说的，以为谁都是你们家呢? 组里哪有电话，打个公用电话得跑一站地。"

"你等等，我给你通报一声。"

姜大妈重重地"哼"了一声，说："还摆谱呢。"

陈伟回头征求他的意见，王福祥故意大声咳嗽一下，示意开门。门开了，姜大妈和一个老太太进了来。

王福祥迎上去，"哎呀，稀客呀。"

姜大妈嚷："咋的，当上万元户，连老邻居都不见了?"

王福祥笑着，"冤枉死我了，我不是那种人。我这一天天的忙啊，这不，正要到公司开会呢。政府看得起咱，给了个官当。这官当得闹心，三天两头开会。没听人家说嘛，共产党的会多，国民党的税多。"

"你当了官更好办了，觉悟高了。市政府有文件，以后卖君子兰，卖一棵上一棵税。市场上卖的在市场交，在家卖的税务局上门收。今天先查花的数量，以后少一棵收一棵税。"

"花死了咋办，送人了又咋办?"

跟来的老太太说："你问市里去，公社让我们查，我们只管查。"

姜大妈说："你问的这些我也回答不了。小轿车你都买得起，也不差给国家交这点税了。"

王福祥说："陈伟，你领她们数，我到公司开会，去晚了不好，好像咱装蒜似的。"

公司会议室坐满了常务理事。正前方摆了两张桌子，桌子后边坐着苏董事长、鲁马列和陈东升。苏董事长正用单面剃须刀片，小心翼翼划开一封信的封口。理事们歪歪扭扭坐着，高谈阔论。

苏董事长放下刀片，说："人都齐了，开会! 今天有两个议题，一个是君子兰牌产品申请赞助的事，另一个是选举参加全国花卉大赛的君子兰。下面，请鲁经理把具体情况跟同志们讲讲。"

鲁马列咳嗽一声，“按照上次会议决定，长春君子兰轻音乐团申请的七千元已经支付了，基于它的特殊性，赞助也最高。这是大家伙讨论通过的，不多说了。今天要讨论的，是区卫生器材厂生产的君子兰牌小便器，申请赞助三千元。”

一根刺问：“是不是茅楼里的小便池？”

鲁马列说：“不是，是医院病人用的。”他随手往东墙前的陈列架一指，“同志们可以看看，第二个格里就是。”

人们的目光齐刷刷扫过去。东墙挂着一些镜框，夹着以君子兰命名的报刊，有《君子兰周报》《君子兰画报》。镜框下的架子上，摆着以君子兰为商标的各类商品，例如去污粉、订书器等等，像个小百货店。有几处空着的地方原本摆着物件，不知什么时候一眼没照顾到，被理事们顺手牵羊偷了去。大件物品则以彩色照片代替，放在镀铬的铁丝架子上。其中，有君子兰牌缝鞋机、爆米花机等等，争奇斗艳。申请赞助的小便器实物摆在架子的第二排，搪瓷的，如同一个硕大、带嘴的搪瓷缸子，白花花的格外抢眼。

鲁马列继续说：“根据君开发三号文件精神，为提高君子兰知名度，建设四个现代化，两年内以君子兰为商标的产品，只要生产企业申请，均给予赞助。这个小便器给多少，请各位理事研究决定。”

如今的周秃子，不同于公司成立之初，他有钱了，一身黑西服，黑衬衣，戴黑框水晶大墨镜。最近几次开会，人们发现他总领个年轻人来，那人和他打扮一样。周秃子进来开会，那人在门外守着。周秃子要抽烟，那人给点火。王福祥不知根底，一直以为他在摆谱。陈东升是看过港台录像带的，说这是境外黑社会的做派。

周秃子吐出一个烟圈，说：“鲁头，你直说咋整吧。”

鲁马列说：“充分发扬民主，听听同志们意见。”

权利民说：“我谈谈想法。赞助费是咱们掏腰包，必须看准对象，不能随便起个君子兰牌子就给赞助。刚才说的这东西，听上去挺好听，叫什么器，其实就是便盆。”

周秃子脱了鞋，套着白尼龙袜子的右脚踩在凳子上，帮衬：“说白了是尿罐子。”

众人哄一声笑了。

权利民没笑，“给这个东西赞助，我觉得不妥。这回给医院的便盆赞助了，明天又生产出个工厂用的马桶，咱们都赞助起来，岂不沦为粪便盆子赞助公司了嘛。”

众人再一次笑了，周秃子甚至吹出了尖厉的口哨。

王福祥有意唱反调，“咱公司文件都说了，该给人家。”

权利民反驳：“你没文化懂个啥，如果啥都赞助，卖给菜社的大粪也标上君子兰牌怎么办，给还是不给？”

苏董事长调和：“老权说得有道理，这说明赞助条款有漏洞，得进一步完善。老王说得也对，咱公司文件既然规定了，人家又提出了申请，不给不对。我看，这次先给他们一千，意思意思，过后重新修改赞助条款。以后影响公司声誉的产品，就不应该再给赞助了。同志们看可行不可行？”

理事们或站起来伸胳膊撂腿，或歪歪倒倒，吵嚷着议论起来，自由市场一般。

苏董事长意识到，对这些全市第一批万元户，决不能要求过高。他讨好地笑着，喊：“静静，都坐下，开会嘛就得有开会样。”

鲁马列说：“第一个议题到这了，下面进行第二项。公司接到个通知，请咱们下个月去广州参加全国花卉大奖赛，重要意义我就不说了。虽然时间来得及，可也得早做准备，选出一棵最好的花参赛。我看，咱们采取无记名投票选。”

苏董事长积极响应，“好啊，充分发扬民主。”

鲁马列说：“在座的各位对全市的花了如指掌，每人根据掌握的情况提名一棵，最终票多的去参赛。”

有人拿来一叠便笺，每人一张发下去。人人心里都有个小九九，指望自己的花能去参赛。这君子兰一旦拔了头筹可不得了，不但身价倍增，老子英雄儿好汉，就连它儿子、孙子也都跟着沾光。在座的各位深谙此理。五分钟过后，只有五六个人交了选票，其余人咬着笔杆，皱着眉头，每写一个字都要想半天，仿佛在决定由谁上绞刑架。

王福祥刚会写自己名字，花的名字不会写，等到身边的人交上选票，他请人家代笔，说：“帮我填上‘破烂王’。”

选举进行到十分钟时，鲁马列收齐了选票，员工搬来一块小黑板，立在椅子上。鲁马列念票，以获得“正”字多少论胜负。虽然是无记名投票，但这些人的笔体他都熟，知道谁写的。念了几张，发现个共同点，即一半人选了自己的花。结果，除了花叶窄、叶色深、耷拉着长长叶子的大胜利品种以外，其他像“杨和尚”“张厨子”等等，凡稍有名气的君子兰一应俱全。其中，“破烂王”得票最多，权利民的花排在第二名。

权利民明知自己的花不如“破烂王”，但见落了后，还是不痛快。他说:“我说两句，刚才评比是小范围的，不能代表广大市民的心声。”

王福祥插嘴：“都是大家伙儿选的。”

苏董事长说：“老权，你谈谈具体想法。”

权利民说：“我看应该走群众路线，把咱们市能拿得出手的花都搬出来，不论在座的也好，民间的也罢，统统公开展览，让群众选拔。俗话说得好，人外有人，天外有天。别小看了民间，没准还真就藏龙卧虎。公开选拔后，以得票多少确定谁去参加大赛。”

周秃子跟着起哄：“我举双手、双脚同意，刚才是小场子评的，拿出去搭个大场子才够劲。”

有人喊：“拿出去评!”

苏董事长和稀泥，“我看可以，谁的花都可以展示。但刚才投票结果应该算数，等到拿出去的评议结果出来，两个综合起来看。”他问王福祥，“老王，你是大户，这一轮投票又排在第一，你有啥意见?”

王福祥赌气说：“我不同意有啥用，还不是等于驴放屁。”

苏董事长说：“那就这么定了。陈科长，你还有要说的吗?”

一直没发言的陈东升合上笔记本，说：“没了。”

苏董事长说：“散会。”

陈东升对王福祥说：“老王，我搭你车回家。”

45

王福祥开着车，想着会上权利民的行径，暗自生气。他如果不插一杠子，自己的花就注定去参赛了，不用脱裤子放屁——费二遍事了。

身边的陈东升说："老王，我请客，上重庆路烧卖铺吃烧卖去。"

"今天不行，晚上祖书记领沿海城市的一个书记来，人家点名参观我的花，改天吧。"他问："今天咋没看见鱼虫子？"

"他出事了，兔子坏了还卖，吃坏不少人，让人家告了，把他罚惨了。店开不下去，关了。"

告状起了作用，王福祥自然高兴了，"活该，鱼虫子跟权利民一样，心眼子不好。"

"咋的，生老权气了？"

"他不是人！"

"算了，退一步海阔天空。说心里话，老权这人不错。"

王福祥听不进去了。在他眼里，陈东升就像被权利民左一下右一下扇着耳光，陈东升不但不生气，反而还笑着说，打得好！他觉得陈东升够可怜的，权利民够坏的。陈东升一旦知道了真相，必然会觉醒，不会再受奸夫淫妇的气了。这么一想，他便把多年憋在心里的话说了出来，"你跟我一样，心眼儿太实，都傻透腔了。我不是扯老婆舌的人，可咱是朋友，今天话赶话赶上了，都跟你说了吧。那是'文革'就有的事了，我还从没跟别人讲过呢。"他把恨当作导火索，将权利民和赵淑珍的私情引爆了。

听他说完，陈东升半信半疑，扶了扶眼镜，"不能吧？"

"就你实，你呀，人家把你卖了还帮着数钱呢。"

这事对陈东升来说太残酷，不愿承认，"你咋知道那女人是老赵？"

"当时不知道，后来知道的。"

"那么多年了你也能记住？"

"别看我没文化，记人不含糊。"王福祥火上浇油，"我听说，他俩一直没断，大家伙都知道，就瞒着你呢。"

陈东升希望这不是真的，"是没断，老同志了，两家关系特别好。"

王福祥一副恨铁不成钢的样子，"你就傻吧，啥时候人家跟潘金莲似的给你下毒，把你毒成个武大郎，你才能醒过腔来。"

陈东升脑海里乱成一团，下意识摘下眼镜，又戴了上。

王福祥说完走了，解了气，陈东升却陷入了不能自拔的痛苦之中。多年来，虽说跟赵淑珍吵吵闹闹，甚至分居了，但他觉得过日子哪有舌头不碰牙的，慢慢会好，一直没太往心里去。他做梦也想不到赵淑珍会出轨，而且一直瞒着自己。他一再跟自己说那不是真的，并为了证明，还找出王福祥说话的漏洞。例如，当时屋里没点灯，伸手不见五指，凭他手电光一闪，就能记住赵淑珍模样？他丢了魂似的做好饭菜，正收拾厨房，上小学的儿子回来了。陈东升迎上去，帮他解下沉重的书包，拎着随他进了卧室，把书包放在桌上。他在床上坐下，凄然地望着儿子。他固然在想象中推翻了王福祥的话，但那仅仅是自我安慰的一种方式，压根儿没有任何证据证明他们没有私情。反而，以往种种迹象表明，他们很可能存在不正当关系。因此，他心中的痛苦非但没减轻，反而加重了，一座大山般压在身上。

儿子看出他的异常，从书包往外掏着书，问："爸，你咋了？"

陈东升意识到失态了，努力控制着情绪，"没啥，写你的作业吧。"

赵淑珍回来后，一家三口围在一起吃饭。她吃着饭，问了儿子的学习情况。尽管儿子在全班排名中上等，她仍然不满足，教育儿子，"这成绩哪行，你不小了，得对自己有个高标准、严要求。前几天，我路过花市，看见个要饭的，年龄和你差不多，捧着本语文书在路灯下学习，蚊子在他脸上叮都忘了打。你得跟人家学学。"她又语重心长地说："孩子，要好好学习呀，学好数理化，走遍天下都不怕。"

她跟儿子说话的时候，陈东升在一旁闷头吃饭。说是吃饭，实际是放几个饭粒在嘴里，反复嚼，咽下去，再放进几粒，循环往复。他心里有事堵着，堵到嗓子眼儿，饭难以下咽。儿子先吃完，去写没完没了的作业。赵淑珍也吃完了，看出陈东升反常却不问，起身收拾碗筷。

陈东升推开碗，"淑珍，咱俩唠唠。"

她把碗摞在一起，"有啥好唠的。"

"你说，咱俩走到今天责任在谁？"

"你说在谁？"

"我看主要是我的责任。"

"既然你是主要责任，我也有责任了？"

"一个巴掌拍不响，你总不能一点责任没有吧？比如，受一些外部因素影响。”

她心惊了，把手里的碗啪一声放在茶几上，“你把话说清了，别藏一半露一半。”

他犹豫一下，说了：“听说，你跟权利民在大庙那年就好上了？”

她心惊肉跳，表面装作平静，“你不也一直跟他好吗？”

他谨慎地说：“我说的是男女那种。”

赵淑珍如同受到了莫大污辱，“陈东升，你把话说明白了，让我死可以，这个黑锅我不能背。”

他习惯性地软下来，“我听人家说的。人家说，在大庙把你和权利民堵屋里了，你俩赤身裸体的。”

她摆出被激怒的样子，“血口喷人！大庙里人来人往，不要说我不能那么做，真想那么干，也不会在那里呀。”

他觉得有道理，眼帘垂下来。

赵淑珍一把扯住他衣服，“不行，你起来，现在就去找说这话的人，让他认认是不是我。”

陈东升任她扯着，坐在椅子上不动。心想，她既然敢去找王福祥，说明心里没鬼。从而，进一步对王福祥的话产生了怀疑。他说：“都是破烂王说的，又不是我编的，你发那么大火干啥。他说他的呗，我也没往心里去呀，只不过随便问问。”

赵淑珍见他软了，更加不依不饶，扯着他衣服，“走，找他去。我告诉你，我根本不认识你说的这人。”

陈东升抓住椅子，努力不让她拉起来，“没有就没有呗，何必没完没了。他当时也说拿不准，我呢也没相信。”

赵淑珍见好就收，松开手，把压力劈头盖脸推给他，“咱们离婚吧，好合好散。”

他慌了，“发那么大火干啥，就当破烂王放个屁好了。你咋总往离婚上想，你要离我也不能离，咋说还得看孩子面呢。”

她装出气鼓鼓的样子掩藏起心慌，借机下台阶，“这事没完，你不能痛快痛快嘴就没事了。”她回了卧室，把门砰一声摔上。

陈东升苦笑了笑，心想，这就叫打不着狐狸反惹一身骚！他的心略微放宽了，从赵淑珍的言谈举止看，自己一定是多心了。

46

吃过晚饭，王福祥伏在桌上练字，等着祖副书记。几天来，他把那十个字烂熟于心。不足之处是写得不好看，歪歪扭扭，大小不一。祖副书记来了，他和客人走在前边，后边跟着两人的秘书。自从君子兰开发公司开业那天，祖副书记请王福祥吃了一顿饭，一年后又请他吃了一顿。两次都在长春宾馆，祖副书记付了钱，宾馆暗地打了折。那两次，他俩都喝多了，是搂脖子抱腰出来的。王福祥看见人家进了院门，放下笔迎到院子里。走近了发现，祖副书记的眼睛红肿，正打算问问，祖副书记把他介绍给沿海书记。

沿海书记握住了王福祥手，南腔北调地说："同志，打扰了。"

王福祥说："不打扰，欢迎，欢迎。"

祖副书记说："老王，你名扬全国了，客人点名看你的花。"

王福祥说："还不是党的政策好嘛，托毛主席的福啊！"

沿海书记操着不够纯正的普通话，"我补充一句，没有邓小平同志就没有改革开放。"

王福祥说："那是，没改革开放，你们这样的贵客我请都请不来。"

祖副书记怕王福祥说出不在行的，岔开话，问沿海书记，"你今天都看到了，对长春的印象咋样？"

沿海书记说："来之前，听人讲过长春城市特点，叫宽马路、四行树、圆广场、小别墅。今天一见，所言不虚。"

祖副书记点点头，"你这个总结，确实抓住了我们城市特征。"

沿海书记说："再一个特点，君子兰全国闻名。说到花，人家又告诉我，有个叫王福祥的，他的'破烂王'是花魁。"

王福祥不谦虚了，"别说在咱国家，拿到世界上也数一数二。"

沿海书记说："长春市君子兰发展深入到千家万户，不容易呀，有你这个老同志的功劳。你带头致富，为'四化'做出了贡献。"

王福祥会心地笑了，"你们这些大官来，我也害怕，怕露富。"

沿海书记说："小平同志提出，改革开放让一部分人先富起来，最终走共同富裕之路。你不要怕露富，要有先富起来的荣耀感。"

王福祥说："我是怕世道变了。"

祖副书记提醒："你是想说政策变了吧?"

王福祥更正："是呀，怕政策变了。说不定哪天一变，首先收拾我们这号人，就像当年斗地主分田地似的。"

祖副书记说："这想法不对……"

王福祥毫不客气地打断他的话，"不斗我们也得变着法收拾我们。你没见从古至今都是咋闹腾起来的嘛，喊的都是把地呀、钱呀平均分了，大伙就跟风了。"

沿海书记说："你这老同志的顾虑具有典型性，我们虽然改革开放步伐迈得较大，但也有相当一部分人，存在怕露富的心理。要不得啊!"

祖副书记拍了王福祥肩头一下，"看看花吧，边看边唠。"

众人进了花窖，面对郁郁葱葱的君子兰，王福祥说得最多的是那棵大花，客人在这花前停留的时间也最长。当他说，这花能卖到五六十万时，沿海书记震惊了。

"我听说过，一直不信。"沿海书记说："这哪是花，简直是个中小型企业，是绿色金条呀!"

祖副书记说："市里专门下发过文件，号召每家都养几棵君子兰，走共同富裕之路。"

沿海书记表示认同，"十一届三中全会提出了改革开放的大政方针，怎么搞，没有成型经验，咱们是摸着石头过河。"

"我们内地观念落后，你还得多提宝贵意见。"

"哪里，你们是不识庐山真面目，只缘身在此山中。别看我们处在改革开放前沿，实际你们的经商意识比我们强，人人上阵，家家经商，我们还得向你们学习呀!"

"过奖了。"

"来之前我看了材料，全国省会城市，你们人均消费水平最高。当时我不理解，今天才知道，根源在君子兰，在民众的共同致富。"

说起来不怪王福祥，要怪就怪沿海书记那一口不伦不类的普通话，王福祥把“消费”听成了“小费”。刚才，人家说话一直插不上嘴，这一来有了机会。自己既然是全市最有钱的，在小费问题上就不能再保持沉默了。于是，把别人说的拿出来卖弄，“嗯哪，咱这刚兴听歌，那些小姑娘在饭馆子唱个歌，最低也得给五元，有的还给十块呢。你瞅瞅，这小费多高!”他问沿海书记，“你们那块有这地方没?”

沿海书记并不做纠正，“听说有。”

祖副书记说：“老王，你这话回答得驴唇不对马嘴。”

王福祥坚持说：“咱没吃过肥猪肉，还没见过肥猪走咋的，错不了。”

沿海书记替他解围，“问题出在我的口音上。”

王福祥拿钱为重，近于吝啬，但对祖副书记和他的客人，却舍得出来。他端起两盆君子兰苗，先递给沿海书记一盆，“拿回去做个纪念，就当是祖书记给的。”

沿海书记推托，“这不好。”

王福祥把花硬塞给他，说着大话，“没见我这一大片嘛，在别人是个宝，在我这是根草，拿回去替我们宣传宣传就啥都有了。”

祖副书记也说：“拿着吧，这是老王的一片心意。”

沿海书记捧着花盆，“那我恭敬不如从命了。”

王福祥把另一盆花塞给祖副书记，“让你来拿就是不来，这回赶上了，拿一盆吧。”

祖副书记碍着客人拿了，自己不拿人家不好办，接了过来，“这花值多少钱?”

如今，小苗子一棵能卖四千。王福祥怕说贵了人家不收，“不值钱，顶多十元。”他岔开话，“屋里坐吧，第一次来，不差这一时半刻。”

祖副书记与沿海书记交换了一下眼色，说：“好吧。”

两位书记把花交给各自的秘书，秘书端着花先回车上了。王福祥在前引路，边走边跟沿海书记唠着。祖副书记最后走的，掏出二十元钱，偷偷夹在大花的叶子中间。

沿海书记在王福祥家炕沿上坐下，四处看着，说：“没想到，你是万元户了还这么简朴。”

祖副书记说：“老王啊，这就对了，有多少钱也不能丢掉我们党艰苦奋斗的优良传统。”

王福祥说：“不丢，丢了就得多掏腰包。咱穷惯了，没那臭毛病。”

沿海书记说：“还是老同志觉悟高！”他指着墙上的毛主席像，“很多年了吧？”

王福祥说：“‘文革’那会儿的。”

沿海书记说：“跟他老人家干了一辈子革命，看见他老人家画像，觉得特别亲切。”

祖副书记目光移到墙上的镜框，里面夹着六张黑白照片。他先是直着身子看，接着又紧贴桌沿，前倾着身子凑近了瞅。王福祥见他对照片感兴趣，站到他身边。

祖副书记指着王广财、王小娟和申桂莲的合影，“这都是谁？”

王福祥手指在上面点着，“这是我儿子，这是我闺女。”

祖副书记指着申桂莲，“这是你爱人？”

王福祥说：“我光棍一条，她是东院的，申桂莲，一个人过呢，一直对咱孩子挺好。”

沿海书记看见了电视，“老同志，这是你家唯一值钱的吧？”

不提则已，一提勾起了王福祥的火，“别提了，让人骗了，花了一千大多。”他故意把价格往高说，“找明白人一看，壳子新，零件是旧的。光是旧的咱也认了，它连个人影和声音都没有，扔货一个。”

沿海书记关切地问：“买的时候没挑挑？”

王福祥夸大其词，“人家说从香港进的，个保个。上当的不只我一个，听说坑老鼻子人了。”

沿海书记愤怒了，“改革开放的同时，带进来一些资产阶级糟粕。有些人经不住诱惑，为了几个臭钱，良心都不要了。我想，走有中国特色社会主义道路，精神文明建设不但不能削弱，反而必须加强。”

祖副书记问：“电视在哪买的？”

王福祥说：“君子兰公司苏董事长卖我的，他也是买别人的。”

祖副书记说：“回去后我让人查查。”

沿海书记说：“一查到底，让这些奸商无处藏身！”

祖副书记说：“老王，你忙吧，我们走了。”

出来的时候，祖副书记落在了后边。王福祥凑上去，闲闹，“老祖，眼睛咋红了，闹眼睛了？”

祖副书记叹口气，低声说：“老伴去世了。”

王福祥瞪大了眼睛，“这么大的事咋不言语一声？”

祖副书记说：“你一天天为生计奔波，怕麻烦你。”

到了门前，两位书记跟王福祥握过手，分别钻进两辆黑色轿车，一溜烟开走了。

陈伟急匆匆追出来，拿着两张钱，“叔，他们给你留下二十元钱，放花上了。”

王福祥接过钱，“准是老祖干的，老干部了，你不要他钱，他也不能要咱花。”

47

吃过午饭，王福祥戴着耳塞躺在炕上，耳塞另一头插在肥皂盒大小的木盒子上。算上这东西，他家一共有两样简便实用的电器，一个是矿石收音机，另一个是正听着的电视机声音接收机。他买了旧电视后，心疼不已。陈伟看在眼里，可怜在心上，把自己组装的电视声音接收机给了他。接收机手掌般大，与电视同步接收电视声音。此时，接收机正在播放电视连续剧《加里森敢死队》的配音，手榴弹、机关枪丁当乱响。苏董事长在激烈的声响中进来了。

王福祥没听见动静，看到了人，坐起来，“哎呀，你咋来了？”

苏董事长逗趣，“偷听敌台呢？”

王福祥摘下耳塞，“瞎听呗。”

苏董事长说：“我早想来看看，抽不出空，今天好不容易有时间了。”

王福祥不相信他这番鬼话，没事他才不会来呢。他把苏董事长让到椅子上，倒了一杯白开水。

苏董事长接过杯子，“别忙了，能跟你唠唠体己话就行了。”

“从公司来？”

“我到君子兰展厅去了。今天是开展第三天，截至今天上午，你的花得票第一多。”

王福祥并不感到意外，“是吗？我还一次没去看呢。”

“你是心里有底，权利民没底，总去，他的花第二。”

“当初就不该展览，脱裤子放屁——费二遍事。”

“都跟着瞎起哄，咱公司不好管，人不多，事不少。今天来，就是有件闹心事。你儿子的同学，歌舞团的宋小英成立乐团，公司给她赞助费的事你知道吧？”

“听说了。”

“宋小英前天到公司领赞助来了，鲁马列告诉我，钱让你儿子支走了，挪作他用。”

“他是帮同学忙，过后就给她了。”

“你不知道？你儿子用赞助费买了一批二手电视，当新电视卖，不知道谁捅到市委祖书记那去了，领导把占局长叫去，鼻子不是鼻子脸不是脸地好一顿训。局长坐不住凳子了，回来让人查，一查是你儿子进的，把电视都没收了，钱都赔进去了。”

王福祥傻眼了，没成想自己告的状，遭殃的竟是王广财。他想起一件事，问：“你卖我的电视是他的吧？”

“不用说了，我想起来了，电视是鲁经理搬来的，他给别人买的，联系不上那人，卖给了我。准是你儿子的了！”

王福祥心烦意乱，骂：“小兔崽子，看我不打断他腿！”

“我跟鲁经理说说，把电视退给他。”

王福祥愁眉苦脸，“不用了，退到最后还不是退我家来了。”

“那好吧。这次来是同志们怕钱要不回来，鼓动我来要的。瞧瞧，得罪人的事情都让我干了。”

“他一天到晚游魂似的，让我上哪找？”

苏董事长神秘兮兮的，“咱不是外人，跟你直说吧，冒领、挪用赞助费违法，可别让人家抓住咱把柄。”

王福祥的心提了起来，“真那么邪乎？”

“我不会让你上窟窿桥的。”

王福祥害怕了，“我还是帮他还吧。还可是还，咱有言在先，你别告诉他，他把钱还了你，你再给我。”

苏董事长松了口气，“放心，那话只能从你嘴出，我不说。”他又真真假假地说：“你如果拿不出，差多少我替你凑凑。”

“心意我领了，不用你。”王福祥接着问：“钱给小宋还是给公司？”

“刚才我怕你有压力，没说。局里明令停止一切赞助，这钱收回来也不发放了，交公司吧。”

王福祥起身，“我拿钱去，你捎回去吧，省得我跑道了。”

送走苏董事长，王福祥越想越生气，坐不住了，转到院子里，对陈伟说：“你看家，我去找那小兔崽子。”

“咋发这么大火？”

王福祥正想骂王广财几句，狼狗跳起来汪汪叫，朝门前扑去。

门外，一个男人喊：“我们是税务局的，来收卖花的税。”

另一个男人说：“他肯定在家，门前轿车是他的。”

敲门声和狗叫混杂在一起。

好半天，敲门声停了，门外的人又喊：“开门，躲是躲不过的。”

另一个喊：“税网恢恢，疏而不漏。”

税务局的又敲了半天门，便没了声响。狗不叫了，警觉地站在门边。

王福祥低声问陈伟，“走没？”

“在门外蹲着呢。”

“以后税务来了别开门，看他还有啥招。”

陈伟点了点头。

“我从邻院出去，不找到那小兔崽子，睡觉都不安生。”

王福祥来到东墙前，踩着砖头爬上去。从申桂莲家东墙跳出去有条小胡同，他打算从那里溜走。跟杨素芳分手后，他想找申桂莲解释，重归于好，可一直没机会。他骑在墙上，正打算翻进去，看见她家院门关上了。在门欲关未关的当口，瞧见一个男人的背影，还算高大，但看跟谁比，跟老蒋比矮了一些。申桂莲一向寡居，老蒋死后，除了王福祥再没大男人在她家进出过。这男人准是她新处的对象！眼看野男人要在自己眼皮子底下下手，他沉不住气了，忘记了两人间的隔阂，只想进去探听究竟。

王福祥大着胆子进了屋，申桂莲正盘腿坐在炕上，两人的目光绞到了一起。他友好地笑笑，申桂莲没理他，又低下了头。他注意到，申桂莲脸上挂着泪水，一喜。对象如果处得好好的，她不会哭。如此看来，不是她不理那男人了，就是那男人不理她了。

他踏实多了，问："咋啦？"

她冷冷地答："没咋。"

他坐到炕沿上，拿明白当糊涂，把一直没机会解释的话说了出来，"他婶，是不是因为我堵墙豁子你难受？别介，你总不在家，不堵墙怕来坏人，从你这边溜过去，把花连锅端了。"

她阴沉着脸，"堵不堵跟我有啥关系。"

他摆出不解的样子，想让她说出杨素芳来，"是不是有别的误会？"

她沉默良久，说："我以前的男人来了，要复婚。"

他想起刚才看到的背影，心里酸溜溜的，"他不是在吉林市当官吗？"

"那是猴年马月的事了，他五十年代随省委搬长春来了。"

他试探着，"这些天一想起你，我心跟猫抓似的。"

申桂莲瞥了他一眼，"你找了个小狐狸精，还想我干啥？"

王福祥顺势说："他婶呀，她不光是狐狸精，还是小妖精呢，我哪能跟她呢，心里只装着你一个。上次你碰上了，是我给她松子吃，她不要，正推搡着你进来了。"

"谁信呀。"

"我知道，我咋说你都不会信。我俩是公司鲁马列瞎配的对，我打心眼儿里不同意。你碰上那天，她到我家送文件，我俩就——"他本想说"就接上了头"，可觉得不够高雅，脑海随即闪现出另一个词，"就发生了关系。"

申桂莲误以为，他承认跟杨素芳发生了性关系，脸蓦然沉下来，"那你还来干啥，快走吧，别耽误你正事。"

他不知道问题出在哪儿，"又咋啦？"

她烦躁地摆摆手，"走吧，走吧！"

他不情愿地站起来，心想留得青山在，不怕没柴烧，"那我走了，我还有事呢。"

王福祥一出屋，申桂莲眼泪噼里啪啦掉下来，为了以前男人的出现，也为了王福祥对不起自己。

48

昨天，王福祥不顾老胳膊老腿的拖累，从申桂莲家墙上翻出去，找到王广财公司，结果鬼影子没见一个，白白在门前等了半个多小时。回来后，电话打了无数遍，直到今天也无人接听。他憋着一肚子气钻进花窖，端着喷壶往花叶上洒水，以保持叶片的湿润。他把花当孩子养，甚至比对孩子还精心。他可以吃不好、睡不踏实，花却万万不能遭受半点委屈。说到养花，精心莳弄几棵那是闲情逸致，面对一大窖子花则是体力活儿了，其劳动强度不比捡破烂小，需要顾及的事情也琐碎得多。例如，浇水、施肥、换盆，根据温度表、湿度表进行必要的调控等等。就这么说吧，只要你有足够的时间和精力，一天天蹲在花窖里也不会无事可做。

花窖门开了，王广财进了来。他这几天火上大了，彩电让工商局连锅端了。他在局里上下打点想要回来，人家说这事局里定不了，是市领导亲自抓的，并说了事情的来龙去脉。他这才知道是爹下的绊子，回家来兴师问罪。他阴沉着脸，把手里的《通俗日语教程》摔在花架子上。自从他发誓不再写诗，总好像缺少点什么，心里空荡荡的。直到看见个同龄人，在公交车上看日语教材，便认为这很时髦，是往脸上贴金的事，也买来一本日语教程看。心想，到了学熟练那天，没准能到日本转一圈，买回几件人人眼热，风靡一时的家用电器。几个月过去，他仅达到了不标准地念出字母的程度，背诵绝对不可能。

王福祥手上的活儿没停，瞥了他一眼，“死哪去了？到你公司去了找不到人，打电话没人接！”

王广财燃上烟吸着，话里带刺，“你咋关心我了？”

“听说你丢人现眼了？”

王广财倒打一耙，“还是你风格高，把自己家人往火坑里推。”

王福祥知道他指的是什么，“你不说我正想说呢，我问你，屋里那电视是你干的好事吧？”

王广财刚才在屋里，看见了桌上的电视，以为爹在商店买的，“你买电视跟我有一毛钱关系咋的？”

“一毛钱？小兔崽子，跟你有一千元关系呢。”

王广财略显紧张，“你买谁的？”

“你倒腾的破烂货卖给了鲁马列，鲁马列卖给了苏董事长，苏董事长卖给我了，到家才发现，没声又没影，扔货一个。”

“该你倒霉，别看那些电视旧，个个能看，就你这台特殊。”

“小兔崽子，你脑后生了反骨，骗人骗到家来了！”

王广财把半截烟扔在地上，用脚碾灭，“受骗上当你愿意，你有钱。你要不跟祖书记告状，我也不会损失这些钱。”

“我咋知道是你的货，你啥时候跟我说了？”

“那也不能乱告啊，狗抓耗子——多管闲事。”

“你小子越活越坏了，拿旧的骗人，也不怕死了下地狱？”

“我也让人家骗了，赔了一万七，一万六彩电钱，一千中介费。除了你这台，其他的都被没收了。我还纳闷呢，这台咋没被收去。”

王福祥听说赔大了，蔫了，“谁卖的找谁，不能便宜了他们。”

“一个港商卖的，你让我上哪找，偷越边境呀?”

“你惹的祸自己搪着，跟我说不上。还有件事问你，宋小英的赞助费你拿了吧?”

王广财一愣，“你咋知道?”

“她到公司取钱，苏董事长吃不住劲儿，上门管我要钱。”

“我那是替她领的。”

“别骗人了，人家知道你用那钱进了电视，赶紧把钱给公司送去。告诉你，别想让我给你擦屁股，我一分钱都不给你!”

王广财没成想，宋小英会找公司去，一肚子火冲王福祥发泄，“钱压电视上了，电视被没收了，要钱没有，要命一条。”

王福祥火了，朝旁边的扫地笤帚奔去。王广财一看大势不好，转身就跑。跑之前他犹豫一下，想拿走日语教程，却终于没拿。那书在花架上尘封数星期后，被王福祥塞进了屋里的柜子，再没人动过。

王福祥操起笤帚掷过去，骂：“兔崽子，打死你省得出去骗人了!”

王广财闪出花窖，笤帚砸在门边墙上，弹回来掉在地上。王福祥想起王广财损失那么多钱，心里不舒服，想给祖副书记去个电话，把没收的电视要回来。走到花窖门前站住了，心想，状是自己告的，返过头又去找人家，挂不住脸。再从人家来说，那是金口玉牙说啥是啥的人，让人家把说出的话收回去，就相当于把拉出的屎缩回去，明摆着给人家出难题呢。这么想着，捡起笤帚回了来。

49

这些日子，王广财刻意不在公司不是躲他爹，而是躲宋小英。开始，他虽然正常接宋小英电话，说的却都是假话。今天说赞助快给了，明天又说苏董事长出差了。他这么说的时候，宋小英都要强调，自己不成熟，钱没到手就买了服装和四十九键的电子琴，还到外地签了合同等等，里外花了八千多。每次她说过，王广财脑门都要冒一层汗。后来，他干脆托人给她捎话，说自己出远门了，过几天回来，躲了。现在，她知道钱让自己取走了，真正的麻烦来了。早知今日，不如当初告诉她实情了。可到了这一步，只好硬着头皮拖下去了。跟她见面万万不能，见也白见，给不了她钱，等筹些钱再见最为稳妥。既然躲就不能回来太早，他天天跟朋友在饭店喝大酒，把自己泡在酒精里，喝得烂醉，天黑了才回来。

晚上，他又醉了，打出租车回了公司。下车后，并不急于进屋，站在路旁看热闹。路中间停着辆有轨电车，车顶一只大铁须子掉了，一个背着钱兜子的售票员，正拽着一根连着铁须子的绳子，将铁须子往电缆上搭。王广财看着她搭上了，回身朝公司走去。天气闷热，路灯被一团团小蠓虫包围着。他深一脚浅一脚走着，以为地上有坑，弯腰看平整如常。他直起腰，身子晃了两晃。站稳后，猛然看见公司门前的台阶上坐着个人，以为是宋小英，吓了一跳。细看，丁美丽正望着他，嗑着瓜子，身边放着个塑料袋。

他放了心，上了台阶，掏出钥匙，“这么晚了你咋在这?”

她站起来，“我哥出差回来，给你拎来十多个螃蟹，怕明天坏了，一直等你。你刚才瞅啥呢?”

“瞎瞅。”他把钥匙往锁孔里插，半天没插进去。他看看钥匙孔，骂：“妈的，锁眼儿让谁堵死了?”

她看了看，“这不是好好的嘛。”她抢过钥匙，只一下便打开了门。回过身，看见王广财低着头，哇哇吐起来，如同喷泉。

丁美丽把他扶进屋，安顿在床上，脱下他沾上呕吐物的外衣拎出去，顺便把螃蟹放在凉水里。回来时，从脸盆架上拽下毛巾，坐在他身边，擦着他嘴边的呕吐物。她问：“咋喝成这样?”

他摆了下手，“我现在是叫天天不应，叫地地不灵。”

“广财，你有难事就说出来吧，会好受一些。”

他坐起来要说，又倒下了，摆着手，“不说了，不说了。”

“跟谁吵架了?”

他挥舞着胳膊，“我跳进黄河也洗不清了。别提她，一提犯堵。”

丁美丽意识到，他和宋小英产生了矛盾，暗自高兴，“好，咱永远不提她了。”她用手梳理着他凌乱的头发，柔声说：“广财，你说句真心话，你对我就没有一点感情？”

“以前没有。”

“现在呢？”

王广财看了她一眼，醉眼蒙眬中她是那么妩媚。于是，鬼使神差地伸手搂住她。她顺势拉了一下床头的灯绳。黑暗中，丁美丽把毛巾被展开，盖在两人身上，幸福地偎在他怀里。然而，王广财却松开双臂，发出均匀的呼吸声。他睡着了，睡得跟死猪一般。这时，传来咚咚咚的砸门声。

丁美丽推了几下才把他弄醒，说：“你去看看，有人敲门。”

王广财开灯下了地，晃晃荡荡去开门。打开门，陈伟站在门前，笑眯眯地瞅着他。

王广财一说话满嘴酒气，“你擂鼓呢？”

“你爹给我开了工资，刚送家去，顺道来看看。睡啦？”

王广财打着晃往屋里走，“刚躺下。”

陈伟跟着他进了屋，见床上躺着个人，头捂在被子里，便笑眯眯地说：“你这有情况，我不坐了，反正也没什么事。”

王广财脚跟发飘，晃了两晃，“没外人，丁美丽。”

陈伟脑袋嗡一声，追问：“谁？”

丁美丽见藏不住了，心想让他看见死了心也好，掀开毛巾被，露出脸来，瞅着陈伟不好意思地笑了笑。

见到自己暗恋的人躺在朋友床上，陈伟心如刀绞，呆呆地瞅了她好一阵子，木讷地转过身，绝望地问：“广财，你不是跟宋小英好吗？”

王广财喝多了，没听清他说什么。

陈伟眼里冒火，指着丁美丽，吼：“没想到谁有钱你跟谁上床。”他啪啪两声，打了自己两个耳光，咬牙切齿地说：“我瞎了眼啦！”转身就走。

丁美丽对陈伟发怒不理解，“啥人呢，有病咋的！”

王广财一头扎在床上，沮丧地说：“你呀，把我俩的关系毁了。”

这一夜，两人什么都没干，衣服也没脱。丁美丽睡得极不舒服，断断续续地没睡几个小时。为什么呢？首先，她不习惯穿衣服睡。其次，平生第一次身边躺了个男人，这本来够刺激的，何况他还睡姿不好，伸胳膊撂腿。有两次，王广财手搭在她身上，她以为人家来抱，热血沸腾。结果，严酷的现实使她很快意识到，那只是人家睡梦中的下意识动作。早晨，阳光从窗户照射进来，她打着哈欠爬起来，简单收拾一下自己，上街买回油条和豆浆后，把昨晚带来的螃蟹放在蒸锅蒸熟。接着，又把他换下来的脏衣服洗了，搭在屋里的铁丝上。

她坐到王广财身边，手埋进他头发，“小懒虫，该起床了。”

王广财睁了一下眼睛，又合上了，拨开她的手。

丁美丽贴近他耳边，“广财，从昨天起，我一生一世都是你的人了。”

他听见了，没睁眼，也没回应。

她又说：“我把早点买回来了，螃蟹也蒸好了。我上班不赶趟了，不吃了，走了。”

他在鼻子里“嗯”了一声。

与丁美丽的喜悦相反，王广财很烦。这一宿，他虽然没脱衣服，睡得仍然踏实，甚至都没醒过，心烦是早上醒来后的事情。丁美丽买早点回来时他醒了，偎在毛巾被里想心事。自己跟宋小英还好着呢，凭空又跟丁美丽躺了一宿，这是他清醒时打死也做不出来的。再从陈伟来说，这事情对他是个伤害，两人的朋友关系将不得不中止。必须跟丁美丽说清楚，自己和她不会有任何结果。可这话现在不能说，总不能和人家睡了一宿，一睁眼就说我不喜欢你吧，把自己搞得跟流氓似的。他打算，下次见面再细致地做她思想工作。

50

陈东升提到了她和权利民的关系，无异于迎头扔下一颗炸弹，炸得赵淑珍失魂落魄，心情一直不好。本想第二天把情况告诉权利民，可计划没有变化快，一上班被领导拉上，到外地抓典型去了，昨晚才回来。今天，进了办公室坐立不安，估计权利民老婆上班了，往他家去了电话。听说有重要事情，大白天约他在“老地方”面谈，权利民感到有大事发生了。以往，即使两人彼此想得要吐血了，她也从没在上班时间约过他。两人顶着烈日，在“老地方”，也就是地质宫广场前的灌木丛里会合了。灌木丛异常茂密，几步开外看不见人。每当夏季，搞对象的遍地，相互只闻其声，不见其人。这次见面与此前不同，以往都在晚上，唯独这次在光天化日之下。因此，都稍觉不适，坐在一人多高的灌木丛中，肩并肩，不时担心地瞄一眼四周。

赵淑珍一坐下就进入了正题，“咱俩的事陈东升知道了。”

权利民一愣，为了稳定情绪，掏出烟燃上，问：“谁告诉他的？”

“有个叫破烂王的你认识吧？”

“认识，他是大养花户。你还记得在大庙那年，捡破烂那人吧？”

“记得。”

“就是他。现在，他也在开发公司当理事。”

“那就对了，我还以为陈东升诈我呢，说咱在大庙就在一起了。”

他扔掉烟头，用脚碾灭，“这破烂王，没有会不着的亲家，走着瞧！”

“算了，心里有数就得了。”

他揪了半截接骨草，放在嘴里咬着，咬掉一截吐出来，再咬一截，又吐出来，“他只要没把咱堵床上，到啥时候也不能承认。一旦你承认了，还不得闹离婚呀。”

“我即使跟他说了实话，他也不会离，他脑子里根本没有离婚这个词。”她苦笑了笑，“他这一生挺惨的，娶了我，我对不起他！有时候我恨不得马上跟他离，不想让他再受骗了。”

“他光听辘轳把响，不知道井在哪儿，你可别啥都说。”

她透过灌木丛，远远望着地质宫琉璃瓦的屋顶。瓦是绿色的，在斜照的阳光中闪着光亮。那是伪满时期日本鬼子给溥仪盖的伪皇宫旧址，刚砌上地基就光复了。解放后，在地基上盖起了这幢大楼。

权利民侧过头，搂住她腰，问：“想啥呢？”

“老权，我想离婚。”

“你得慎重些。”

她反感地问：“怎么慎重？”

“听说，有一方不同意都离不了。”

“现在跟以前不一样了，有一方提出，法院认定感情不和就可以。”

有个男人从面前穿过，灌木刮在衣服上哗啦哗啦响。权利民松开搂着她腰的手，把头低下，以免让熟人认出。

那人过去后，她问：“我离了，你能不能离？”

权利民被问住了。

她并没穷追猛打，叹息一声，转移开话题，“破烂王跟你有仇？”

“没仇，无非是彼此看不上。”

“要想人不知，除非己莫为。这么多年相安无事，到底还是把这层窗户纸捅破了。”

两人又唠了一会儿，该说的都说了，她惦记单位，怕领导找她，说：“回去吧。”

权利民说着“一会儿我去花市”，抱住她吻着。

赵淑珍“哼”了一声，与权利民抱在了一起，唇来舌往。同时，手也不闲着，决无一丝跑偏。开始还好，两人都心软得跟棉花似的，手也拿捏得住轻重。渐渐地激情涌动，便把握不住分寸了。如果，非得论出谁下手最狠，那自然是权利民了。至于狠到什么程度，就这么说吧，使赵淑珍想起小时候淘气，被母亲掐大腿里子的情景。就在她忍无可忍，打算批评他时，权利民的手拿开了，转移到她皮带扣上，试图解开。她挡开他的手，自己熟练地解了开来。准备时间虽然较长，由于天热，加之紧张，实质过程却很短暂。多说也就是放两个屁的工夫，就风平浪静了。

权利民用手绢擦着汗，体贴地问：“飞起来了吗？”

赵淑珍系着皮带，笑着说：“飞了半圈，已经降落了。”

许多年以后，当一个生产模型飞机的企业，请他从隐身的高度写产品广告脚本时，他想起这段对话，稍加改动用上了——

白大褂男死盯雷达屏幕，白大褂女微笑走近。

白大褂男微微侧头，问：“飞起来了吗？”

白大褂女得意地说：“已经降落了。”

几个员工听说后，冒着给老板留下不好印象的风险，劝老板放弃。老板这人任性，手下人越反对的，他就越坚持，一意孤行。结果，广告播出后一炮打响，好评如潮，一举打开了产品销路。

51

长春君子兰市场名扬全国，凡外地人到长春，即使不去伪满皇宫和“八大部”，以及长春电影制片厂游览观光，也必然要来这里参观选购。否则，就不能算来过长春。因此，市场里每天都涌动着滚滚人流。君子兰市场的繁荣，也招来了一些小偷。其中，有个长得瘦小、叫王带弟的少年，看上去十三四岁，实际十六七了，穿一身又脏又破的灰布衣服。他独往独来，干上这行没谁教，纯粹是生活所迫自悟的。花市给他提供了饭碗，每当没饭吃的时候就来转一圈，偷些小花，或捡些别人扔的残缺不全的花。今天，他早饭和午饭都没吃，饿着肚子混迹在人群里，寻找目标。眼下，他被一堆人吸引，料定这里蕴藏契机。人群中，一个中年人蹲在地上，面前摊开一大张白纸，纸上写着年月，纸的左侧压着两个鸟笼子，里面分别跳跃着一只黄雀。

中年人说：“黄雀算命，一算一个准，不跑空。”

有人问：“咋算？”

“你不用说啥时候生的，黄雀就能给你叼出来。它给你叼出来的，等于老天给你安排好的，命里注定。”

一个胖大的妇女说：“我算，你给我叼一个。”

中年人纠正：“不是我叼，是黄雀叼。”

权利民跟赵淑珍分手后，直奔市场来了，也在看热闹，把刚买的一盆小花放在脚边。他听得有趣，嘿嘿地笑出了声。王带弟注意到了他的花，花不错，叶子有半支烟宽，脉纹清晰可见。王带弟溜到他身后，偷偷把花端了过去。

权利民发觉脚边的异动，一低头看见了王带弟，回身掐住了他脖子，说：“你小子偷我的花，岂有此理！”

“我没偷，看看。”

“抓住你了还不承认，走，上公安局去。”

王带弟一屁股坐在地上，哀求，“大叔，我再也不敢了。”

“小小年纪不学好，你是谁家的?”

身边的人越围越多。王带弟以前被抓，每次都仗着年龄小，使出装可怜的手段，赢得了观众的同情，你一言我一语，使得抓他的人反而像犯了错误似的，不得不放他。此时，他故伎重演，可怜巴巴地一个劲儿求饶。

故技奏效了，有人替王带弟求请，“让他走吧，还是个孩子。”

权利民想了想，说：“看在这些同志的分上饶了你，你偷花有功，我领你吃饭去。”

有人说：“这孩子遇到好人了。”

王带弟不相信他的话，扬着头，狐疑地望着他。

权利民拍了一下他脑袋，说：“起来吧。”

权利民请小偷吃饭，纯粹别有用心。他恨王福祥揭了自己老底，正在气头上，整治的办法自己找上了门。他打算跟这小子谈谈，鼓动他把王福祥的花偷走。至于偷走后是卖还是扔他不管，反正他不要，能使王福祥蒙受损失就达到目的了。再说了，自己的花不但在公司得了第二名，在展厅也处于第二位，形势明显不可逆转。如果，王福祥的花丢了，第一就非自己的花莫属了。退一步想，这小子不去偷，半路跑了也无所谓。而自己不在这小子身边盯着，他真的可能不去偷。之所以还要这么做，只是走过场，泄怨气。他把王带弟领进一家小饭馆，给他要了一碗大米饭，一盘熘肉段，为自己要了一瓶啤酒。王带弟瞪大眼睛盯着菜，不时地咽一下口水。

权利民把饭菜往他面前推了推，“吃吧，都是你的，我请客。”

王带弟拿起筷子，瞅了权利民一眼，狼吞虎咽吃起来。

权利民启开酒，自斟一杯，问：“你家在城里?”

王带弟摇摇头。

“农村?”

王带弟埋头吃着，没听见一般。

“你哑巴了?”

王带弟撩了一下眼皮，“我没家。”

“你爸妈呢？”

“死了。”

“你干这行多长时间了？”

王带弟嘴里含着饭，头也不抬，“我不是干这个的。”

“你不用不承认，我咋没把别人抓住呢？”

王带弟不解释，只顾闷头吃饭。

这在权利民看来是默认了。他喝了口酒，“咱们也算朋友了，请你帮个忙。汽车城百货大楼你知道吧？”

王带弟点了点头，“去过，正展览花呢。”

“你帮我偷一棵花。”

王带弟埋下头，嚼着饭，“我不敢。”

“我给你钱，告诉你咋办，保证不会出事。你不去，可就真出事了。”

“抓住咋整？”

“听我的就抓不住。你把花偷出来，我给你二百。”权利民掏出五张十元钱递过去，“先给你五十，其他的过后给。”

王带弟抓起钱塞进兜里。

“每盆花都有编号，你把27号偷来，别的花别动。市场东边入口有个果皮箱，明早七点我在那等你。”他掏出五角纸币，“道远，坐公交车去吧。”

权利民用了十多分钟，告诉他怎么躲藏，又如何逃跑等等。他讲得轻松随意，并没觉得是做坏事，感觉只是编故事而已。交代完，权利民给他买了两个包子，打发他走了。估计他走远了，权利民结了账正想离开，饭店里屋门开了，鱼虫子和饭店老板一前一后出了来。

老板说：“鱼虫子，客人反映，你的酒喝了头痛？”

鱼虫子说：“那是喝多了，喝多了也吐，骑摩托也上树。”

“说是说，闹是闹，要是酒还这样，影响我生意，我可不能再要了。”

“放心吧，这是纯正的高粱烧。”他看见了权利民，走过来。

权利民问：“你咋来了？”

“兔子店不开了，开了个酒厂，天天给饭店送酒。这酒是纯正的高粱烧，你来二两尝尝，记我账上。这啤酒跟马尿似的，有啥喝的。”

“不用了，我正要走呢。”权利民站起来，跟着他往饭店外走去，“你这酒是假的吧，人家咋说上头呢?”

“上头就对了，要是上屁股那是痔疮药了。”

52

汽车城百货大楼一共三层。从商店多年来的经济效益看，营业额稳中有升，看不出有什么问题。单独拿出各楼层来对比，问题就出来了。布匹柜台所在的第三层顾客稀少，卖钱额拖了全店后腿。因此，君子兰开发公司和商店一拍即合。公司租下三楼的一半，在全市征集优秀君子兰公开展览，让群众评选参加全国大赛的花。为了区分两个不同区域，在卖布和花展中间的过道，用绳子做了分界。天色暗下来，商店里的灯亮了，王带弟斜挎着书包，顺着楼梯上了三楼。到了楼梯口，回头看一眼，又趴在楼梯扶手上往下望，不见有人跟来。但他坚信，有只眼睛在暗中盯着呢。这也是他没敢逃跑的原因。卖布一侧冷冷清清，展览花的区域人们络绎不绝。他按照权利民的安排，首先来到展区入口，想先看看27号花的位置。正要往里进，被坐在桌子后的小伙子喊住了。

“唉，你!”

王带弟站住了。

“瞅啥，说你呢，你不能进，看你这身打扮就没个好人样。”

王带弟退回来，按权利民设计的第二步，往卖布匹一侧走去。布匹柜台前有一大片空场，中间立着一人多高的木架子。以木架顶端为中心，向四周扯开了五颜六色的布。他趁没人注意，扒开布钻进去。他坐在地上，环抱双膝，心通通直跳，大气不敢喘，竖起耳朵听着脚步声来来去去。下班铃声响了，过了好长时间，灯熄了，眼前一片黑暗。他放心地躺下，选了个舒服的姿势，合上眼睛睡着了。睡梦中，他被说话声惊醒，手电筒的光亮在遮掩他的布上闪过。他把布扒开一道缝，看见两个打更的在楼梯口的铁栅栏外站了一下，下楼去了。王带弟从布上抽回手，掏出书包里的两个包子，大口大口地吃完，用袖子抹了一把嘴，钻出布帘。

营业厅黑洞洞的，死一般寂静。他站在黑暗中适应了一下环境，跨过当护栏用的麻绳，来到君子兰展区。掏出火柴哧啦一声擦着，一棵花一棵花地找着。在第六根火柴燃尽的当口，看见一盆花的小白牌上写着27，便连根拔起，塞进了书包。刚要走，越想越觉得拔下的不是27。又擦着一根火柴，凑近花盆看。果然错了，小白牌上写的是21，隔着的那盆才是27。他又拔出27，抖落土后也塞进了书包。一切都那么顺利，跟权利民想到的别无二样。他摸到布匹柜台，拣深颜色的布夹起半捆，来到窗前，把布的一端系在窗台下的暖气管子上。系好后怕不结实，扯了扯。他把半捆布放在窗台上，打开窗子。里面那扇无声无息开了，外边那扇发出吱嘎一声锐响，吓了他一跳。他把脑袋伸出窗外，朝楼下瞅去。小路上路灯昏黄，两个刚好经过的巡夜警察，被窗户发出的响声惊动了，指着这扇窗户说着什么。随后，一个人拐过大楼，想必奔商店大门去了，片刻就会叫上商店值班人员来查看。另一人躲到墙角后面，探头张望。王带弟缩回头，吓傻了。权利民把主要环节都替他想到了，唯独没告诉他，一旦窗下有人怎么办。他绝望了，蜷缩在窗根下。以前，他从没想过父母，不管日子过得多艰难。此时想起来了，无助的眼泪一串串滚落下来。哭着哭着，他看到了身边的布，豁然开朗，不哭了，抹去眼泪。

他摸到布匹柜台前，又抱回一捆布，爬上窗台，踮起脚，把布的一端系到窗户上方的暖气管子上。他坐到窗台上，双腿耷拉在窗外，把两捆布搭在脚面上。头顶那捆布把他挡在里面，窗台下那捆被他攥成绳子抱在怀里。这时，身后传来了说话声，楼梯口的铁栅栏外有手电光晃动。他双脚往回一缩，两捆布铺展下去。与此同时，他屁股往前一蹭，抱着怀里那捆布滑下去。两捆布几乎同时落地，他紧跟着落在地上，屁股蹾了一下，痛得直咧嘴。外面那捆布帷幕般把他挡在墙根下，他看不见外边，外边也看不见他。他摸了摸屁股，没伤着，探出头去。警察从墙角伸出头往楼上张望，正等着贼从布上滑下来呢。王带弟从布后钻出来，贴着墙根爬出五六米，转过墙角不见了。

53

王福祥早上起来，喝了两碗陈伟做的小米粥，打开电视声音接收机听着。电话响了，他抓起来，问：“谁呀？”

“我是公司的老苏，老王，等一会儿我说完，你可别上火呀。”

王福祥一时没明白过来，“上火？”

“出事了，公安局来电话，你家和杨立新公司的花让人偷了。”

王福祥眼前一黑，好悬没栽倒。放下电话，他瘫坐到椅子上，脑海一片空白。稍镇静些后，颤抖着抓起电话，连拨五次才拨对了号码。“喂”了几声后，见里面没反应，这才发觉话筒拿反了。他掉过话筒，绝望中掺杂进了哭腔，喊：“完啦，完啦，出大事啦！”

王广财说：“你轻点喊不行嘛，耳朵都震聋了。”

“咱家拿去评比的大花丢了，让人偷了！昨晚丢了两棵花，有咱家一棵，你可得想想办法呀！”

“报案没？”

“人家公安局给公司去的电话，你赶快去找找。”

王广财说话像打机关枪，“我又不是神仙，让我咋找。有公安找呢，真要找不到就让他们赔。急也没用，找我更没用。”他趁火打劫，“你以为我一天天没事干呀，我欠你们公司七千元，成天求爷爷告奶奶地借钱呢。”

“小祖宗，跟你实说吧，我上辈子欠你的，那钱早替你还了。”

“还了？太好了，我无债一身轻。”

“快去找吧，放这些没用的屁干啥！”

“不放屁了，这就走。”

王广财并不对找回花抱希望，他在君子兰市场转了小半天，又跟熟人钻进饭店，胡吃海喝一顿。看看快到下班时间了，出了饭店，开着自家的车直奔宋小英单位。自从她送来单位介绍信后，两人一直没见面。既然爹把赞助款还上了，也就具备了跟她见面的先决条件。她可以从公司要回赞助款，自己再把事情经过解释清楚，疙瘩自然解开了。为了让她注意到自己的富有，以及那七千元多么微不足道，他故意把车停在歌舞团门前，坐在车里等着。五点刚过，宋小英走出大楼，沿着台阶下来。他下了车，回手关上车门，喊了她一声。

宋小英停住脚步，冷冷的问："你来干什么？"

"我上午才出门回来，怕你着急，赶紧来了。"

她没吭声，望着远处。

他笑着，"这一路我想起咱上小学时候，你当文艺委员，教我们唱的第一首歌，我记得是《少先队员扫墓歌》。"

她冷着脸，"我出来吃饭，一会儿还得排练呢。你有事？"

"上车吧，一起去吃口饭。"

"没时间，在这说吧。"

"你生气了？我解释完你就明白了，我用赞助……"

宋小英打断他的话，"找不着你，我去了公司，都听说了。"

"现在好了，不用担心了，我爹把赞助的钱还公司了。明天，你再去公司要回来。"

"你不知道？公司说了，赞助费收回去后不给我了。"

他慌了，额头的汗出了来，"不能吧？"

"人家说得明明白白，局里研究定的。"

他打肿脸充胖子，"没事，我帮你解决。"

"不用了，乐团我不办了，签的合同人家没追违约金。"

"欠的钱总得还吧？"

欠款她一分没还，可还是说："已经还了。"

他意识到真正的危机来了，"拿啥还的？"

"有我家的，也有借的。你正好来了，不来我也打算找你把话说开。咱们在一起不适合，别再找我了。"说完，转身走了。

他急了，追上去，"等等，我有话说。"

她转过身来。

"你净说气话，你们排练什么时候完？"

“后半夜。”

“我等你，送你回家。”

“我今天不回去了。”

“那好，我直说吧，我想和你结婚。”

她坚定地说：“不可能，咱们不合适。”

他掏出烟，燃着，吸了一口，违心地检讨：“我用赞助费不对，让你受委屈了。可我出发点是好的，倒腾电视是为了咱以后生活得更好。”

“说什么都没意义了。”

他垂死挣扎，“钱不应该成为障碍，我爹的钱都是咱的。”

“钱买不来爱情。”

他也生气了，故意反驳，“那不一定。”

“你瞧，这就是不适合。”

他狠狠吸了一口烟，“没商量余地了？”

她摇摇头，不容置疑，“没了，分手吧。”

他破罐子破摔，冷哼一声，“你是拿赞助费当借口，想甩我。”

“我没有。”

“你就是这个意思。”他激动了，夹着烟的手指点着宋小英，“你心真狠！”

“难道明知走不到一起，还说着虚情假意的话好吗？”

他火了，“随你便，我成全你！”

他抬起左手，猛地把燃着的烟在右手背上碾灭。宋小英正要制止，他已经把烟蒂掷在地上，手背留下了一个黑色的烫痕。他扔下宋小英，钻进车里，砰一声关上门，猛一踩油门，车子冲了出去。

倘若低三下四恳求能够奏效，王广财也许会软磨硬泡。但他认为，事情发展到这一步，两人的关系彻底完蛋了。他回到公司，进了屋，正打算回手关上门，门外闪进一个人。

“不准动！”那人断喝。

他听出是丁美丽，侧头看了一眼。

她问：“想什么呢，我在门边站着你都没看见。”

他无精打采，“没想什么。”

她娇嗔地说：“你想了，我要听。”说着，抓住他的手。

他手上的烫伤被碰到了，痛得“哎呀”一声。

她吓了一跳，松开手，“手怎么了?”

“烫的。”

丁美丽托起他手看，心疼地皱了下眉头，放下手转身就走，说：“我马上回来。”

王广财不知道她去干什么，也没心情问。进了里屋，他打开电灯，满腹心事地在沙发上坐下，目光呆滞，想着跟宋小英分手的前前后后。他感到宋小英不可理喻，为了这么一点儿钱跟自己分了手，而这钱还是自己为她争取来的。他叹息一声，心想，这一切就让它过去吧，权当是一场戏，戏演完了，大幕已然落下。

丁美丽回了来，凑到他身边，说：“买了几个创可贴。”她撕开一张，抓起他手，“疼吗?”

“不疼。”

她轻轻往烫伤上吹了两口气，小心翼翼贴上创可贴。王广财从小到大，除了他娘从没被人如此体贴过，心里一动。

她估计出了烫伤的成因，却不说破，“你呀看上去是大人，其实并没长大，还是个小孩儿呢。”

王广财被感动了，在他心灵那块爱情田地上，丁美丽填补了宋小英的空白。他冷静地说：“咱俩结婚吧。”

她由于激动脸涨得通红，“太突然了，我想先跟我妈说。”

“你的意见呢?”

“从那天晚上开始，我已经是你的人了。”

他翻遍衣兜，只掏出四百多元。他把零钱留下，四百元放在桌上，“美丽，既然咱俩定下了，我得表示表示，这钱给你娘买东西吧，多少是我一点儿意思。”

“别给她了，咱们结婚还得用呢。”

“拿去吧，你也早点回去，我心里乱，想一个人静静。”

她揣起钱，“听你的。”

54

八点多，王广财洗漱完毕，在桌前坐下，燃着一支烟，深深吸了一口，吐出来。他打算这么坐下去，吸一支烟不够，大概要吸两支，静下心，把准备一会儿做的那笔“对缝”买卖，以及自己和丁美丽的事情想想。至于丢的那棵花，既然公安在找他也不急了。再说了，自己去找也没用，怎么找？人家脸上又没有记号！第二支烟快吸完时，电话铃响了。他抓起话筒，“喂”了一声。

电话里传来杨素芳的声音，“广财吗?”

当王广财从货场提走彩电，杨素芳已经拿着回扣，离开了这个城市。因此，王广财对她怀恨在心，脸色变了，没吭声。

“我在深圳呢，在电信局排了一个小时队，刚排上。”

他恨恨地说：“你可把我坑苦了，跟那王八蛋合伙骗我。”

她满怀愧疚，“你听我说，你的事情我都知道了，我也没想到会这样，要知道他是骗子，也不会把他介绍给你了。”

“说什么都晚了，没有你我落不到这地步。”

“我也让他骗了。”

“你活该!”

她并不生气，解释：“姓孙的是骗子，我跟他先到了广州，当天晚上，他在一家小旅馆登的记，说店里满员，只有一间标间了，整个广州恨不得连厕所都住满了。我信以为真，跟他住在了一起，一人一张床。半夜，他往我床上爬，让我推下去了。第二天，等我醒来他溜了，把我的钱也偷了去。我打算把他给我的项链卖了，结果是假的。前一阶段我一直没钱，不好意思给你去电话。今天想跟你说，我有了一份工作，你那一千元回扣，昨天给你汇了过去。”

没承想，杨素芳竟是这样一个好人。他被感动了，“别说了，有你这句话就够了，钱我不要，没听说嘛，瘦死的骆驼比马大。”

“把回扣还你，我会好受一些，以后我有钱还会给你补偿。不多说了，后边排队的催了，有空我再给你去电话。”

挂断电话，他在烟缸里摁灭烟头，起身走了，回味着杨素芳那份真情，心里暖暖的。

王广财经营的项目五花八门，只要有钱赚什么都倒腾。用他的话说，除了军火和人口不倒，其他的来者不拒。他“对缝”的物资都是别人批来转了好几手的，没大钱可挣。昨天，一个朋友说他的一位朋友，手头有二十吨刚批来的平价石蜡急于出手。石蜡是做蜡烛的原料，时下电力供应紧张，拉闸限电是家常便饭，使得蜡烛得以畅销，做蜡烛的原料也水涨船高，成了抢手货。昨天，他到一个做蜡烛的小厂问了，厂长同意接收。回头再问朋友，朋友说，已经跟有批件那人说好了，今天九点在友谊商场门前见面，一手钱一手批件。他把车停在商场门前，撒摸一圈，看见朋友正站在大楼墙角，跟一个拎面袋子的小男孩说话。朋友看见王广财，走过来。

王广财问：“你朋友呢?”

朋友愁眉苦脸，“坑人哪，一大早他堵我被窝子去了，说批件不是他的，是他朋友的朋友的。他朋友的朋友其实没有批件，瞎忽悠呢。”

王广财常被人家忽悠，对十次缝有八次跑空。所以，没太往心里去，“这人办事不准成，以后少搭理他。”

朋友说着“以后让他远点扇着”，回头张望。

王广财问：“看什么呢?”

“刚才那小男孩儿有棵君子兰，相当好，就是要价高，卖五百。你买了吧，我看值。”

远远望去，小男孩儿已经走出一百多米，在人群中时隐时现。那孩子没成年，而未成年人出来卖花，花的来路十有八九不明，也许跟自家花有关联。他说着“哪天我请你喝酒，我去看看”，快步朝小男孩儿撵去。

王广财如果摆出漫不经心的样子，赶上对方必定如同探囊取物。但他沉不住气，离得还远就喊上了：“卖花的，站住!”

小男孩儿是王带弟，听见喊声回头瞅，觉得蹊跷。别人买花，神态平静，甚至不屑一顾，偏偏这人从步伐到喊声都反常。他在跑与不跑之间略一权衡，撒腿就跑，钻进了一条小胡同。他一跑，王广财更觉得这小子没干好事了，甩开大步就追。追出两条街，才把王带弟追上。

王广财擦了一把汗，问：“小兔崽子，你跑啥?”

王带弟喘着粗气，反问：“你追我干啥?”

“你不跑我能追嘛。”

“你不追我能跑嘛。”

“听说你卖的花不错，我看看。”

“不卖了。”

王广财瞪起了眼睛，“我跑这么半天，累得半死，你说不卖就不卖了？不行，拿出来，不卖就是偷的!”

王带弟胆怯了，“那好吧，大哥，你买吧，不吃亏，花贼好。”

“少废话，看了再说。”

王带弟打开面口袋。王广财眼尖，一眼认出是自己家的花，一阵狂喜。他很怕看走了眼，又仔细看了看花叶，那黄色中掺杂着的淡绿，那凸起的构成一个个小方格的脉纹，都是自己从小就熟悉的。让他心痛的是，花断了几片叶子，但并不影响花形的美观。王广财想起展会上丢了两棵花，便稳定了一下激动情绪，问：“就这一棵?”

王带弟抹了把脸上的汗水，“本来两棵，丢了一棵。”

王广财伸手抓住面口袋，“我再看看。”

王带弟松开了手，“你出多少?”

王广财脸色变了，另一只手揪住他脖领子，“正没地方找你呢，你自己撞枪口上来了。在哪偷的?”

“我家养的。”

“放屁，明明是我家的，前天展览时丢的，一共两棵，咋成你的了?”

王带弟知道碰上了事主，泄了气，哀求，“哥，饶了我吧，是一个大人逼我干的。”

“放你娘的屁!”

“真的，他说昨天七点，在市场垃圾箱边上等我，我给他花，他给我二百元钱，可他没来。”

“你编吧，一会儿到了派出所揍你一顿，看你还编不编。”

王广财一手扯着他脖领子，一手拎着面口袋，朝派出所走去。路上，王广财打算换一只手拎面口袋，刚松开他脖领子，王带弟撒腿就跑，耗子一般在人群空隙中钻来钻去。王广财紧跟着追上去，追出二十多米，不见了他的影子。

55

春节过后，严冬依然没有退却的迹象，城市覆盖着薄薄一层白雪。君子兰市场虽然远不如天暖和的时候热闹，却也聚集了三三两两戴棉帽子，穿棉大衣，捂着棉手闷子的买花和卖花的人。花则罩在毯子里，或者捂在卖花人怀里。瘦小的王带弟，穿件后背裂开道口子，露出黑乎乎棉花的破棉袄，抿着怀，怀里捂着一盆君子兰苗。大冷的天没戴手套，也没戴棉帽子，冻得直淌清鼻涕，两手红肿，缩着脖子，在花市里瞎转。两个多月了，他一直没敢在花市露面。今天，估计风头过了，打算来施展些小伎俩，弄些钱，填他那无底洞似的肚皮。前天到现在，他只在饭店吃了顾客剩下的一个包子，还有些残汤剩菜，饿得快走不动道了。他边走眼睛边滴溜溜转，一旦看见外地人便凑上去，掀开棉衣，兜售怀里的君子兰苗。这小苗是人家扔的，他捡回来做了些手脚，打算连蒙带骗卖出去。本市的不好骗，基本都能看出好赖，也了解一些骗术。即使不明白的，拿回去明白了，难保以后不被撞上。而卖给外地人，就没这么多顾虑了。

他在市场的西侧入口，瞄上了一高一矮两个操天津口音，身穿深蓝色羽绒服的中年人，上前拉了拉高个的衣服，问："叔，买花不?"

矮个问："嘛花?"

王带弟掀起衣襟，露出花苗，"大胜利。"

高个看了一眼，叶片闪闪发亮，仿佛营养充沛，"多少钱?"

"十元。"

矮个问："我真心买，能便宜多少?"

王带弟说："这花在别人手，咋也得卖二十。"

矮个压着价，"最多给你五元，不卖我们走了。"

王带弟赶紧说："拿去吧。"

矮个掏出钱给了王带弟。

王带弟把花盆递过去，“快，捂大衣里，别冻坏了。”

矮个紧忙解开羽绒服扣子，把花捂在怀里。王带弟把钱往兜里一塞，转身就走。

高个望着他离去的背影，心存疑惑，说：“看看花，我觉着不对。”

矮个展开羽绒服，露出花苗，“咦，花叶起皮了？”

高个把叶子上翘起的一层皮轻轻一揭，揭了下来，拿到眼前一看，惊呼：“让他骗了，叶子上刷的是亮油，快追！”

王带弟溜出市场，正想松口气，两个中年人追上来。他想跑，晚了，高个掐住了他脖子。

矮个端着花盆跑来，骂：“小流氓，敢骗我们！你知不知道你爷爷在天津是干吗的？”

高个踢了王带弟一脚，“欠打！”

王带弟掏出五元钱，“叔，钱还你，饶了我吧。”

矮个抓过钱，一巴掌打在他脸上。

王带弟双手捂住头，“爹呀，妈呀”夸张地叫。这一叫，附近的人都围了上来。

赵淑珍中午回家吃饭，从市场西侧入口路过，看见了这一幕。起初她没打算管，王带弟杀猪似的喊声引起她的注意。瞧过去，认了出来。自己见过这孩子，当时他正捧着课本在路灯下看。记得，自己还跟儿子讲过他，让儿子学习他的好学上进。她走上前，眼见高个抡起巴掌，直奔王带弟的小脑瓜去了，她一抬手挡住了，说：“你们也不脸红，他还是个孩子，咋能这么打呢。”

高个说：“他是骗子！”

矮个端起手中的花盆给她看，花叶已经冻死，异常僵硬，“你看，他拿刷了亮油的花骗我们。”

她说：“那也不能打呀。”

高个问：“你们熟？”

她说：“不熟。”

高个说：“那你甭管了。”说完，拽着王带弟，“到派出所去。”

既然这孩子骗了人家，人家送他去派出所没错，给他个警示对他以后有好处。想着赵淑珍要走。

王带弟一把拉住她衣襟，可怜巴巴地说：“姨，救救我吧，别把我送派出所，我以后再不敢了。”

她心软了，恳求，“两位同志，把他交给我吧，我好好教育他。”

矮个说：“看你像蹲机关的，这面子给你了。”他把花盆啪一声摔在地上，在花上碾了一脚，“你小子别学骗人，骗人没好下场。”

两个中年人走后，围观的人散了。赵淑珍问：“打坏没？”

王带弟不以为然，“没有，我故意喊的，要不他们打得更狠。”

“你不知道骗人不对吗？”

“知道，可没钱我靠啥活呀？”

“你父母呢？”

“死了。”

“家里还有啥人？”

“我没家。”

赵淑珍摸摸他冻得通红的脸，心痛地问：“没戴帽子，你不冷？”

“惯了。”

赵淑珍帮他系着衣扣，一本数学课本掉了出来。她捡起书，抚去上面的雪沫子，问：“这是初一的，你看得懂？”

“嗯哪，我喜欢看。”

赵淑珍想起了自己和权利民的孩子，一生下来就没得到爹娘的关爱。他如果还在，该跟这孩子的年龄相仿。她的心颤抖了一下，同情地望着他，一个想法产生了，问：“你想有个地方住吗？”

他摇摇头，“我现在挺好，还有一帮哥们呢。”

赵淑珍把手搭在他肩上，“你叫啥？”

“王带弟。”

“带弟，跟阿姨走吧，到阿姨家去住。”

他摇了摇头。

“你住在阿姨家，阿姨供你上学，家里还有个小弟弟跟你玩儿。”

他心活了，把冻出来的鼻涕吸回去，“真能上学？”

她说：“当然了。”

他点了点头。

56

把王带弟领回家后，赵淑珍卸掉了自己房间壁橱上的门，挂了个布帘，把他安顿在里面。壁橱虽然不宽敞，睡个瘦小的王带弟却绰绰有余。她并不知道王带弟还偷窃，知道也不会往家领了。她把王带弟领回家的当天，使紧张的家庭关系雪上加霜。陈东升认为，她不该领回个野孩子。赵淑珍讲了他无家可归，又多么热爱学习。陈东升听不进去，跟她不温不火地拌了几次嘴，弱弱地表达了不满情绪。自从王带弟住进来，赵淑珍的心成天悬着，很怕他惹出麻烦，给陈东升一个赶他走的借口。因此，每天中午风雨不误地回家，下班早早就回了来。王带弟到这个家的第五天，她下班回来，一进屋闻到了香烟味，打着蜡的地板上散布着许多烟头和烟灰，王带弟见她进来，低下头，扫地速度加快了。

她问："你领人来了?"

王带弟扫着地，默认了。

"你们吸烟了?"

他头也不抬地说："不是我，他们吸的。我上街买菜碰上的，非要来，不让来就打我。"

赵淑珍接过他手上的笤帚，边扫地边说："以后别买菜了，尽量不要出屋，你上学的事我正联系呢。"

他眼里闪烁出喜悦，"姨，我真能上学?"

赵淑珍记得，这已经是他第六次问同样的话了，"为啥不能，别的孩子能你也能。"

"姨，我上学一定好好学习，以后上大学，挣大钱养活你和陈叔。"

"真是好孩子。只要你好好学习，姨就知足了。"

"刚才来的那几个大孩子，非要拿咱家花，我没让。"

她急了，"那是你叔的命根子，千万别动，再不能领他们来了。"

门开了，陈东升回了来。王带弟到这个家后，陈东升从没跟他说过话。两人只要见了面，陈东升就不拿好眼神看他。所以，王带弟最怕他，见他进了屋，老鼠见猫似的躲进了卧室。陈东升皱起眉头闻了闻，扫了一眼撮子里的烟头，没看清。他摘下眼镜，擦去上面的雾气，戴上又看了看。这次看清了，问："来客人了?"

赵淑珍没吭声。

他明白了，脸色阴沉下来，"这个家本来挺好，你偏领回这么个玩意儿。这下可好，咱家成大烟馆了。"

"你认为挺好，我不这么看。这个家不是家，是花窖!"

"养花是为了改善生活，你领回个野孩子不知为啥。"

"我的事不用你管，你养你的花，我收养我的孩子。"

他气哼哼地进了自己房间。

赵淑珍做好饭菜，跟王带弟交代几句，穿上衣服往外走去。一如既往，陈东升没问她去干什么。陈东升自从知道了赵淑珍和权利民的关系，多了一块心病，成天丢了魂似的，睁眼闭眼都是他俩在一起的身影。他知道，这事情或有或无，必须有一个结论了，否则自己永远得不到安宁。常言道：抓奸抓双，抓贼抓赃。没有真凭实据，决不能胡乱肯定。为此，他跟踪了赵淑珍两次，没有任何收获。今天她这么晚出去，十有八九不干好事。他穿上衣服跟了出去。

街上，车辆和行人稀少，路灯昏黄。陈东升踩着残雪，远远跟在她身后，躲躲闪闪地上了有轨电车。赵淑珍在前门上车，他是从后门上的。下班高峰刚过，车上人挤人，跟下到锅里的饺子有一比。电车破旧不堪，一路卡啦卡啦响，打摆子似的颤抖。它抖，陈东升的心比它抖得还厉害，以至于不得不时而咬一下嘴唇，以减轻绵绵不绝的心痛。朦胧的灯光中，她平静地望着窗外。在那平静下面，陈东升敏锐捕捉到了激动和企盼，那是他们结婚前他经常看到的。许多年过去，他再也没从她脸上看到过这种神情。于是，心里酸痛。车开出几站地，在西安大路停下，陈东升跟着她下了车。

漫天皆白，城市裹在雪里，白得耀眼。陈东升尾随她步入一条支路，又从支路钻进小胡同，赵淑珍消失在墙角后面。他小跑着赶上去，闪过墙角吓了一跳。她正蹲在十米远的地方，系棉皮鞋上的鞋带。他赶紧退回来，藏在墙角。片刻，探出头，见她继续走了起来，便贴着墙根跟上去。当她拐过一个丁字路口，陈东升紧张了。他的猜疑被证实，赵淑珍去的正是权利民家方向。他自我安慰，这时候去他家，也许不会有别的，因为权利民老婆在家。他自嘲地笑了笑，脚步懒散下来。猛然，他想起上个星期，下班路上碰到了权利民老婆。她说几天后要出差，而今天正是“几天后”。他再也轻松不起来了，强打精神，跟着她来到权利民家门前，躲在墙角，看见她进院之前理了理短发。赵淑珍进去后，他紧跟着来到紧闭的院门前，趴在门缝上窥视。里面的平房共四扇窗子，他从左数起，数到第三扇停住了，这是权利民夫妇的卧室。他的心提到了嗓子眼儿，眼睛一眨不眨地盯着。屋里灯光黯淡，挂着霜花的玻璃上，映出电视机忽明忽暗的光亮。不一会儿，窗上出现了权利民的身影，伸手拉上了窗帘。接着，他最不愿看到的事情发生了，屋里的灯光骤然熄灭。他的心跟着沉下来，望着黑洞洞的窗户，伤心地呜呜哭了，泪如泉涌。他转过身，无奈地哭着走了。

陈东升神情恍惚地回到家，两个孩子已经睡了。他记起自己还没吃饭，盛了碗冷饭，坐到桌子前，握着筷子，两眼直勾勾盯着饭碗，一遍遍想着那间熄了灯的房间，以及房间里可能的淫乱。好半天，他喟然长叹，觉得这饭真的吃不下了，便倒回锅里，没脱衣服上床躺下，故意不关房间的门。他心里堵着一团乱麻，唉声叹气，翻过来掉过去。折腾到后半夜，赵淑珍回来了。尽管声音极小，他还是听到了，戴上眼镜迎出去。走廊的小灯泡亮着，他站在门前，哀哀地望着她，多年来第一次提出了疑问，“你咋这时候才回来？”

赵淑珍没想到他没睡，更没成想他会来质问，像被打了个耳光，脸唰的红了，低头换着拖鞋，说：“今天咋有闲心问了？”

“夫妻间问问不行吗？”说这话时，他心如刀绞。

她再没说一句话，穿着拖鞋溜进卧室，带上房门。陈东升望着紧闭的房门，心痛得想哭都哭不出来了。

57

学校仅有的一棵价格高、成色好的花，拿出去评比丢了。杨立新冷丁听说时，脑袋都要炸了。他信不实，把自行车骑得飞快，到展厅去验证。他在自己亲自搬来，而今已经空了的花盆前蹲下，足足发呆了十分钟。虽然，领导和同志们都没说是他的错误，他却把责任统统揽过来，如同罪人，说自己是经理，花在自己任内丢了，自己就要负责，并一再表态要把丢的花钱赚回来。也难怪，那花里有公款，有全校教职员工的血汗钱，有他们生活乃至致富的希望，花丢了就什么都没有了。这些天，杨立新一心挣钱，撒下人马走街串巷收购君子兰，准备拿到沈阳市卖，他本人则厚着脸皮四处借钱。一天半时间，他借了包括鱼虫子一千五百元在内的三千元，加上自家的一千，公司的一千多元，购进了三百多棵成色不等的君子兰苗。这些小苗子如果都出手，大约能挣三四千元。照这个进度，弥补丢花的损失就不再遥遥无期。

货有了着落，渠道却没有。总不能瞎猫碰死耗子乱撞吧，他盯上了君子兰开发公司，打算利用公司的销售渠道。公司业务部的主要工作，是把在本市收购的君子兰，运到其他城市卖，从中挣差价，收益比在本市倒腾多得多。公司给冠以君子兰商标产品的赞助费，基本出自于此。为此，他请出了苏董事长，选择了一家火锅店请客。他先到了，选了个角落坐下，要了个清水锅，添上了烧得红通通的炭，里面的水翻着花，锅边放着两碗佐料。

苏董事长来了，坐下后直往锅里瞅，说：“天冷，吃火锅对路。”

杨立新说：“我特意要的白水锅，白水涮羊肉最好，原汁原味。”

苏董事长说：“不在吃，目的是说说话。”

杨立新从上衣兜掏出两个纸包，展开，小的包着十粒红艳艳的枸杞，大的有四枚暗红色的大枣，一股脑倒进锅里，说：“这就有营养了。”

苏董事长附和，“这两样东西最好。”

服务员端来一盘羊肉、两瓶啤酒，说：“菜齐了。”

苏董事长听得直眉愣眼，心想，难道他们公司用一盘肉请客？

杨立新往锅里下了半盘肉，启开啤酒，把两人面前的玻璃杯斟满，说：“先吃两口菜，垫垫肚子再喝。”

苏董事长操起筷子，“再要一盘菜吧。”

杨立新从脚下拎起个塑料袋，晃了一下，又放下了，说：“自带的肉和菜。他这店里的东西贵，也不如咱带来的好。来之前，我在副食店买了一斤羊肉，还有各种菜，吃不完地吃。”

“饭店能让？”

“所以我选了个角落。再说了，咱毕竟买了他一盘肉，还有酒。”他话题一转，“苏董事长，我们打算到外地卖花，可又没去过，不熟。你们啥时候出去卖花？”

“按理说，业务部的同志这几天该走了，可节外生枝，部长他爱人去世了，脱不开身。既然你要去，正好领公司的人去吧。渠道公司的同志熟，你帮助把关。”

“好啊！”

苏董事长用筷子在锅里捞了捞，里面的肉吃没了，什么也没捞出来。他放下筷子，说：“咱们又不是外人，为这个你言语一声就可以了，何必请客呢。”

杨立新四处扫了一眼，拎起塑料袋，夹出几筷子羊肉片下到锅里，说：“这就是找个说话的地方。我看，咱两家亲兄弟明算账，路上费用各算各的账吧。”

“我赞成。”

“明天走行不？”

“行啊，吃完我回去安排。”

杨立新又一次拎起脚下的兜子，用筷子夹起青菜下到锅里。他做这些的时候，苏董事长做贼似的四处看，唯恐让服务员瞧见受斥责，那一来这张老脸算丢尽了。杨立新看在眼里，知道他顾及什么，示范给他看，大口大口吃着，不时说一句，“吃呀，煮时间长不好吃了。”每当他这么说，苏董事长就迎合着吃两口。吃过后又溜号了，仍然是做贼的样子。直到杨立新喊来服务员结账，他才松了口气。

服务员拿来账单，杨立新掏出钱，被苏董事长把手摁住了，“你跟我说实话，这顿饭是你请的吧？”

杨立新实话实说了，“饭咱吃了，酒咱喝了，咋能让公司花钱呢。”

“立新，你别硬撑着了，这次我请，我经济状况比你好。”

杨立新想到省下的钱还可以买几棵小花，妥协了，“本来已经不好意思了，再让你花钱，我无地自容。”

苏董事长松开他手，掏出钱，“就算你欠我一顿饭。”

杨立新说：“恭敬不如从命，等挣了钱，好好请你。”

苏董事长犹犹豫豫地说：“立新，我有个亲属，在货运公司开车，单位搞计件工资。你这趟出门，用谁的车都是用，要是价格、车况可以，用我亲属的吧。他是开大货车的，让他换一台面包车开。”

“好说。”

苏董事长严肃地补充，“用不用他你定，可别看我面子有啥不好意思的。”苏董事长递来一张名片，“这是他的联系电话。”

杨立新抱着多收一棵花多挣一份钱的想法，把钱都投到收购上，最后仅剩二十多元。俗话说：穷家富路。这点钱显然拮据，可自家的钱没了，单位开工资的日子还早，只得借了。出了饭店，他骑着老掉牙的自行车，跑了两个朋友的单位。不巧的是一个在企业当干部的，出远门倒腾君子兰去了；一个在政府工作的，深入到养兰企业、专业户家搞调研去了。他到了第三个借款对象家，也就是陈东升家楼下时，天黑了。他顺着黑洞洞的楼梯爬上二楼，在陈东升家包着铁皮的门前站下，摘掉毛线手套敲了敲门，没人应。他手上加了些劲，在门上砸了两下，门没锁，开了一道缝。

他拽开门，喊：“老陈。”见没人应，走进去。

狭小的走廊一片漆黑，他无端地心里发毛，摸索着打开门边的开关。灯光昏暗，音乐声从赵淑珍的房间传出。他走过去，咔嚓一声，踩上个什么。他担心把有用的东西踩坏，挪开脚一看，是一个花盆碴子。他直起腰，轻轻推开门，浓烈的血腥味扑鼻而来。落地收音机的指示灯亮着，传出电台播放的《牧羊曲》徐缓的歌声。借着走廊照射进来的微弱灯光，他模模糊糊看见地上躺着个人。打开门边的开关，屋里立时被日光灯照得雪亮，赫然映入眼帘的是陈东升的儿子。他趴在地上，胸脯下汪起一大滩血。杨立新的心一下提到了嗓子眼儿，深深吸了口气，蹲下来，手搭在孩子冰凉的手腕上按了按脉，又轻轻放下。这孩子死了！他站起来，怕破坏现场，转身往门外走去。

58

后半夜，杨立新才从公安分局回来。自然，借钱的事情落空了。早晨一睁眼，表针指向八点半，姜艳梅已经上班走了。他早饭没吃，草草洗漱完毕，急三火四下了楼。他先用家门前食杂店的公用电话，给苏董事长亲属去了电话，问清了运价。接着，又给几家运输公司去了电话。打听的结果，苏董事长的亲属报价，比别人每公里多出一分钱。因为没有盲目应承苏董事长的亲属，在运费上省下了钱，他如同打了场胜仗，满心喜悦，再次给那亲属去了电话。

杨立新得意地问："你觉得你报的价是高是低？"

"低，我大爷知道。"

杨立新明白，他指的是苏董事长，"对运价我调查研究了，市场价比你的低。"

亲属压根儿没意识到，只差了一分钱，"不可能，我报价是最低的。"

"再低些咋样？"

"这个你跟我大爷说去，我大爷是领导，人家水平比咱们高。"

挂断了电话，杨立新给苏董事长去了电话，把没用他亲属车的原因讲了。当苏董事长听说，只差在每公里一分钱时，半天没吭声。等他张口说话时，不像在演戏，感觉是发自内心的。

"差一厘也不行，"苏董事长说，"可不能用他的车，即使你要用，我也不同意。"接下来，苏董事长讲了些路上的注意事项。

杨立新耐心地听完。出了食杂店，他并不满足于每公里省下的一分钱，寻思再到租车市场转转，找一辆更为便宜的车。

杨立新朝租车市场赶去，眼瞅再往前，路过一条小胡同就是东广场的货车市场了，那里停着许多车，有公家的，也有个人的。他路过小胡同时，瞥见胡同口蹲着个塌鼻梁的小伙子，还有个眯眯眼的少年，身边停着一辆面包车。

眯眯眼叼着烟吸着，说：“咱要是能顺路捎个脚，挣点钱多好。”

塌鼻子说：“你小子太贪了。”

说者无意，听者有心。杨立新动了心，如果能搭顺路车，运费肯定比到市场租车便宜得多。他转身回了来，问塌鼻子，“你是司机?”

塌鼻子打量他一番，“咋的?”

“我有货拉，到沈阳，顺路不?”

“看你拉啥，我们的车是面包车。”

“最好了，我拉的是君子兰，你咋收费?”

“按市价的一半收。”

杨立新一喜，“我雇了，车呢?”

塌鼻子指着胡同里的白色面包车，“钱得先付。”

杨立新据理力争，“那不行，先付一半，到地方付另一半。”

塌鼻子想了想，“行啊，啥时候走?”

杨立新心急，“跟我装花去吧，装完就走。”

天渐渐黑了，雨也停了。这是今年的第一场春雨，国道的柏油路有些湿滑，加之车多，塌鼻子不敢快开，车慢得跟牛车似的。杨立新从颠簸的车里望出去，远处村庄的灯光镶嵌在夜幕中，一闪一闪地眨着眼睛。他望着那些闪烁的亮点，想起了往事——

杨立新家祖祖辈辈以种田为生，直到眼下，他的兄弟姐妹还都在农村务农。他是全公社仅有的一个大学生。十里八村的人，只要提起“杨家屯老杨家大小子”，没人不知道。杨家屯在全公社最穷，连一匹马也没有，被人形容为“老牛破车疙瘩套”。什么是疙瘩套呢？也就是说，牛车上的绳套是断了后没钱买新的，系了个疙瘩继续用的。一九五八年，正赶上“大跃进”，各家各户不生火，都到生产队食堂吃大锅饭，一天天半饥半饱，一个个黄皮拉瘦。杨立新接到东北师范大学政治系的录取通知书后，生产队长特意告诉大食堂，给他做了顿小灶。尽管物质匮乏，队长还是想出了办法，为他改善了伙食。当时，“除四害”运动正盛，把本不该纳入的麻雀，列入了“四害”范畴，全民动员打麻雀。队长把头一天社员们抓来的麻雀收上来，给他做了一碗高粱米豆饭，炒了一盘麻雀肉。他吃饭的时候，他爹骗他说刚吃过，饿着肚子在一旁坐着。窗户上趴着几个小孩子，馋嘴叭舌地瞅着，直劲儿咽口水。吃过饭，杨立新回家收拾行李，走到半路，想起草帽落在了食堂，二返脚回来取。刚要往屋里进又住了脚，只见爹正把他剩在碗里的高粱米粒，一个个捏起来往嘴里送。他鼻子一酸，草帽也不拿了，含着泪回了家。

离开杨家屯时，生产队长把队里唯一的一辆老牛车借给了他。他爹赶着破牛车，笑容满面地走过屯子中间。两侧土房墙上，写满了“人民公社万岁”“大跃进万岁”一类的标语，他们爷俩在老少爷们的簇拥下出了屯子。牛车晃晃荡荡上了路，碾轧着黄土路上两道深深的辙沟，往火车站赶去。他爹勒紧了裤带绳，亮开大嗓门儿，唱着二人转《大西厢》。歌声追赶着流云，追逐着微风，在青纱帐中，在葱郁的树林里翻飞舞动，一直伴随他走到今天。

从长春出来，杨立新多次跟塌鼻子说话，可人家不想说，嗯嗯啊啊地应付。快到一个镇子时，塌鼻子主动说话了，并且没有商量余地。

“安全第一，”塌鼻子说，“天黑了，路不好走，在前边镇里住一宿，明天一早上路。”

依着杨立新，今天走得晚就应该接着跑，一口气赶到才好。可人家提出了合理化意见，不能不采纳，便勉强同意了。面包车停在镇里国营旅店门前。他们租了两个房间，一间塌鼻子和眯眯眼住，另一间杨立新他们三人住。登记后，杨立新带着开发公司的两个人去卸花。本来，他也想带自己公司的一个人来，一算账，要多搭路费，就藏了个心眼儿，一个人来了。君子兰一层层码在大小不一的纸盒中，众人来回跑了五趟，搬光了花。杨立新怕有遗漏，把头伸进车里，逐个座椅下查看。忽然，他看见第一排的座椅下有个麻袋，袋口没扎，探出两片君子兰叶。他拽出麻袋，里面的君子兰足有二十来棵，其中一棵居然是“破烂王”。正打算细看，被人扯着胳膊拽开，吓了他一跳。

塌鼻子凶神恶煞地问：“干啥?”

杨立新指着麻袋，“花是你的?”

“咋的?”

“你这同志凶啥，我问问而已。”

塌鼻子扎上麻袋口，缓和了语气，“我们也不易，跟你们一样，倒腾花卖。”

杨立新由衷佩服，“你准是大倒花的，否则不会有‘破烂王’。”

塌鼻子没搭言，拎着麻袋走了。

杨立新醒来后，努力睁开沉甸甸的眼皮。天大亮，同来的两个人还在沉睡。他头昏昏沉沉，发现自己衣服没脱。想看看几点了，抬起手腕，表不见了。他硬挺着下了地，把屋里翻了个遍，也没找到手表。他有种不祥之感，赶紧去翻衣兜，钱和全国粮票也不翼而飞。再蹲下看桌子下的君子兰花，当时腿就软了，花盒子不见了！他坐在地上，暗暗给自己鼓劲，镇静，千万镇静，人家都看着你呢。他扶着墙站起来，在床上坐稳，深深吸了两口气，目光落在桌上，上面有几个空汽水瓶。他最后的记忆是，吃过晚饭回来，塌鼻子买来三瓶汽水，客客气气地请他们喝。喝过后，他脑袋发沉，说先躺躺，身子往床上一沾就什么都不记得了。想必中了计，喝了人家的“蒙汗药”。他站起来，推了半天才把同伴弄醒。那两人睡不醒似的，坐起来还直往床头上靠。

杨立新说：“花让人家偷了！”

那两人触了电一般，先后跳起来。

杨立新说：“看看你们的东西丢没。”

那两人把各自带的东西检查了一遍后，其中一个站立不稳，坐到床上，沮丧地说：“钱没了。”

另一个扶着床头，身子打着晃，说：“我钱和手表都不见了。”

杨立新起身冲出门去，在门前跟服务员撞到了一起。服务员身子一歪，扶了一下墙才没被撞倒。

杨立新顾不上客气，问：“跟我们一起来的那两人呢?”

“昨天前半夜走了，我查的房。走时候说，他们的房钱你们结。”

杨立新大喊：“我要报警！”

服务员吓了一跳，赶紧把他扶回房间，安顿在床上，给镇里派出所

打了电话。杨立新边等警察边闷头想心事。这段时间太倒霉，先丢了校办公司的花，这次又雪上加霜，把公司、自己家和借朋友的钱搭了进去。里里外外的债务，统统压在自己身上，那么多钱可怎么还哪！他浑身直冒冷汗，没注意警察什么时候进来的，直到一个警察冲他伸出手，这才醒过神。他打算跟对方握手，往起一站，心脏一阵闷痛，眼前一黑，扑通一声倒在地上。

59

暖融融的太阳从敞开的窗子照射进来。陈伟起来了，穿衣服的响动弄醒了王福祥。他盖着被，望着天棚，觉得自己过的简直就是神仙的日子。捡破烂那些年，早早就得起床给孩子做饭，还要分门别类地捆扎头一天捡来的破烂；吃饭也不安稳，生怕别人把值钱的破烂捡走，急急忙忙吃过后就得出门。今非昔比，自己愿意躺到什么时候都可以，无拘无束。并且，哪怕一年四季躺着，该挣的钱照挣不误。前不久，家里那台破彩电让陈伟拆了装、装了拆地修好了。所谓修好是相对的，时不时还会没声没影。每当这时，在机盖子上啪啪地拍拍，就又完好如初了。通常只需拍两下，严重时就非得不住手地拍了。他闲下来就打开电视看，似乎要把这几年没看电视的时间补回来。他下地打开电视，钻回被窝，趴在炕上，手垫在下巴上看电视。电视里，一个头上蒙着白手巾，身穿黑衣裤的汉子，被一群雪白的大绵羊簇拥着，站在沟壑纵横的黄土高原上，挥着赶羊的短鞭，身后是一轮冉冉升起的红日，正在唱《东方红》，“骑白马，挎洋枪，三哥哥吃了八路军的粮，有心回家看姑娘，呼儿嗨哟……”

王福祥不满地说：“现在这些人呀忘本了，不提毛主席了，《东方红》也没人唱了。电视里总算唱了几句，又把词改得像黄歌似的。”

陈伟用毛巾擦着脸，“陕北民歌就这样，这是最早的唱法。”

王福祥不赞同，“啥唱法也不能抹黑呀，还骑白马呢，没毛主席，连黑驴都骑不上。”

院子里的狗叫起来。陈伟说："有人来了，我去看看。"

王福祥起身下地，提上裤子。

陈东升进了来，眼睛红肿，问："刚起来?"

王福祥并不熟练地系上了皮带。没错，确实是皮带。当年系裤子用的绳子，在女儿给他买回这条皮带后扔了。他坐到炕沿上，说："没啥事，起来那么早干啥。我正想到你家看看呢，听说你家招祸了?"

"都怪我爱人，捡回个野种。那小杂种领了俩流氓来家，让人家盯上了，到我家偷花，赶上我儿子在家，起了杀心。那野种当天晚上还敢回来，让我两个耳光打跑了。"他眼圈更红了，"我儿子死得惨哪!"

王福祥安慰，"人死活不过来了，节哀顺变吧。"

陈东升叹息一声，"我哭得没眼泪了。"

王福祥同情地问："上万元没了吧?"

"花让人家连锅端了，最可惜的是你给的花了。"

"花不重要，一会儿再给你一棵。"

"过去，你给一棵我敢要，现在这么值钱，我承受不起。"

"快别说了，咱俩关系跟钱不沾边。"

"杀我儿子的凶手抓住了，在沈阳抓住的。他俩抢了我家花后，偷了辆面包车。也巧，杨立新和咱公司租了那车，打算到沈阳卖花，结果花都让人家顺走了。罪犯抓住了，花没了，钱追回来一部分，让我们三家分。一大早，公安分局来电话让我过去，单位的车没在家，想借你车用用。司机我找来了，在门外呢。"

"你来得正好，车刚修好，昨晚才开回来。"王福祥从抽屉里拿出车钥匙递给他，问："你儿子上午不是出殡吗，你不去了?"

"就因为怕不赶趟才借你车，办完事儿马上过去。"

"我也正想去呢。"

"九点在市医院太平间前边见，我还你车。"陈东升一脚门里一脚门外，说："花我过几天再来拿。"

中年丧子，老年丧妻，自古以来是人生最大不幸。几天来，儿子的音容笑貌一直在赵淑珍脑海里浮现，片刻不曾离去。今天，儿子即将火化，随着一缕哀哀的白烟，从这个世界消失，回到他来的那个世界。她早早就来了，为儿子送行。眼瞅表针指向九点，也是灵车来医院拉尸体的时间，亲朋好友都来了，陈东升却迟迟不露面。她眼睛红肿，头发凌乱，脸色憔悴，正焦躁不安地东张西望，王福祥来了。

“你是老陈家里的吧？我叫王福祥，老陈的朋友。”

赵淑珍跟他握了手，没认出来。她知道破烂王是对头，却没听说过王福祥。

他递上三百元钱，“别伤心了，伤心没用，还得想着自己身体呀。”

“谢谢。”她四处张望着，“老陈咋还没来，好像孩子不是他的。”

“他急着到分局去了，说直接来医院。”

她有些激动，好像王福祥就是陈东升，喊：“不管有天大的事也该来了，有啥比这更重要？”

王福祥看见陈东升急匆匆走来，说：“来了，这不是来了嘛！”

火化后，赵淑珍把儿子的骨灰寄存在殡仪馆。单位的车要送她回去，她谢绝了，一个人抹着泪朝大门口走去。陈东升拎着革制的兜子跟上来，她只当没看见。出了殡仪馆大门，陈东升想拦一辆出租车回去，一扭头，见她并没有停下的意思，只好小跑着赶上去。她在前，陈东升在后，一路无语。走了近一个小时，赵淑珍在东大桥上停下。他也停住了，掏出手绢擦着汗，虽然意见大着呢，却不敢说什么，独自生闷气。

她扶着桥栏杆，望着河水，自言自语：“一切都过去了！”

孩子去世后，他没当面埋怨一句赵淑珍。他不是没话说，而是怕她借题发挥，那些要说的话都在他心里憋着呢。眼下，积怨喷涌而出，“要不是你把野孩子领回家，咱儿子不会死，花也丢不了。我跟你说多少次了，把那野孩子送走，你就是不听。”

她凝视着河水，淡淡地说：“咱们离婚吧？”

他话软了，“我也没说别的呀，你不能不提离婚吗？”

“咱俩不是一条道上的车。”

“可以进一步增进了解。”

“了解这么多年了，是你不了解我，还是我不了解你。孩子在我还有顾虑，不在顾虑也没了，离吧。”

“都是我的错，行不?”

他能原谅赵淑珍，赵淑珍容忍不了他。多年以来，在赵淑珍眼里，自己对陈东升一而再再而三的伤害，如同一柄锋利的双刃剑。每当那剑砍到陈东升后，也会弹回来，在自己身上割出一道伤口，这无疑是一种折磨。她知道，自己的生路在离婚。情急之下，她故意把让他恨自己的话说了出来，“你没错，是我的错。有一件事对不住你，早想跟你说，怕伤害你一直没说。现在说还会伤害你，又必须得说……”

陈东升打断她的话，“别说了，不就是你跟权利民的关系嘛，那都是别人说的，我也没说啥呀。”

“都是真的。”

“谁还没有犯错误的时候。”

“我想说的你不知道，咱们刚结婚，我就和权利民好了。”

他虽然已经知道，但话从她嘴里说出，心还是痛了一下，苦笑了笑，“往前看吧。”

她本不想深说，可不说他就不恨自己，婚也就离不了，她把心一横，“咱们在大庙造反的时候，我生了个孩子，权利民的孩子。”

这是陈东升做梦也不曾想到的，他盯着赵淑珍，心直翻个子，哭一般地笑着，“你真会说笑话，是激我离婚吧?”

“我是认真的，这一切都是真的。你还记得在大庙，我搞外调的几个月吧？就是那时候生的。后来，我把孩子送人了。你想想，哪有搞那么长时间外调的。”

他脸色苍白，从桥上跳下去的心都有。但他咬咬牙，又一次原谅了她，“淑珍，你不该说这些，你是在往我心上捅刀子呀!”

“老陈，所以咱们分手吧，家留给你，我一根针都不拿。”

他还是原谅了她，叹息一声，“事情过去这么多年了，人无完人。”

她急了，声音也大了，“咱们不能再过下去了，明天上午十点，区民政局门前见，把离婚手续办了！你不去我就直接到法院起诉。”说完，走了。

陈东升望着她的背影，脑海里乱成一团。他知道，婚姻已无法挽回，与其锣鼓喧天地分，不如悄无声息地离。想起和她曾经快乐的日子，想起她种种的好，眼泪滚落下来。

60

昨晚，陈东升为了照顾赵淑珍的感受住在了单位。赵淑珍尽管一个人在家，由于背负着太多感情债也没休息好，只睡了不到两个小时。一大早，她从家出来，到了楼门前，想起一直没顾得上看信报箱，要离开家了，再看最后一眼吧。信报箱挂在一进楼门的墙上，钥匙一直在她手里。她打开信报箱上的锁，里面有封信，信上写着赵淑珍收，寄信的地址是当年扔孩子的洮南郊区。很久没接到人家来信，她以为不会来了。然而，人家讲信用，信还是来了。她拿着信走出楼道，在门前撕开封口，抽出信。信上字不多，笔迹潦草，写着：“……你托我打听的事情有了消息，领养你说的那孩子的男人叫王连举，住在长春城西王家窝堡。”

她叠上信，心想自己这是什么命啊，一个孩子刚去世，另一个就有了音信。这俩孩子的命运又都这么悲惨，一个还小就离开了人世，另一个刚出生就扔在了农村。而他们的不幸，跟自己都有直接的关系。她恨自己，扶着墙呜呜呜地哭了。

赵淑珍刻意表现得急不可耐，在单位开了介绍信，提前二十分钟到了区民政局门前。陈东升晚了十多分钟才到，是故意的，寄希望于赵淑珍改变初衷。两人刚一照面，她不等陈东升到近前，便往楼里走去。离婚手续由她主办，陈东升在一旁瞅着。她先在各类文件上签了字，轮到陈东升签时，握着笔发起呆来。

她看了下手表，故作不耐烦地说：“快签吧，我还有事情。”

陈东升扭过头，郁郁地望着她，“你再好好想想？”

她冷冷地说：“我想好了。”

他哀求：“淑珍，我不在意你以前的事，咱俩重新开始吧。”

她不容置疑地催促：“我绝不走回头路，快办手续吧。”

他无奈地签了字，不情愿地把材料递进柜台。当工作人员把两个深蓝色小本分别交给两人时，她看也没看就塞进了衣兜。陈东升捧着小本面对她，眼泪流了下来。赵淑珍不敢正视他，转身就走。她必须得走，在她看来，陈东升的眼泪是无声控诉。他如果再说几句话，那自己将无地自容，连自残的心都得有了。

天阴着，如同铺展开的黑灰色绒毯。路边，树枝披上了雾一般的淡绿。从民政局出来，赵淑珍直接去了客运站。半个小时后，她走进了城西的王家窝堡，找到了王连举家。那家人三间砖瓦房，砖砌的院墙。推开院门，院子里的两个大花窖格外引人注目，每个都比权利民家的大两倍。透过罩着铁网的玻璃，满窖是密密麻麻的君子兰。两条拴在木桩上的笨狗，跳起来朝她狂吠。房门开了，走出个精瘦的男人。

“找谁?”男人迎上来问。

赵淑珍看他面熟，一时想不起是谁，“这是王连举家吗?”

“是啊。”男人认出了她，“你是陈科长家里的吧?”

“你是……”

“我去过你家，咱们见过面，他们都管我叫一根刺。”

她没成想碰上了熟人，“想起来了，就是叫不出名字。”

一根刺热情地说：“屋里坐吧。”

两人在炕沿上坐下，一个炕头，一个炕梢。

她搭讪，“你养了不少花呀。”

“嗯哪，钱没留下，挣的又都买了花，盖了花窖。”

“应该这样，滚雪球发展。你爱人呢?”

“下地去了，我俩有分工，家里她管，外头我管。”

“今天没上市场?”

“不卖花盆了，市场很少去，买花的都上家来。”

“你有几个孩子?”

“一个小子，学习不好，没大出息，比不了你们城里的孩子。”

“上高中了?”

“才上小学。”

她的心收紧了，“就一个？”

“一个，宝贝疙瘩似的。”

她忍不住问：“你领养过一个男孩子吧？”

一根刺感到，这是她来的目的，“是领养过一个。从洮南搬过来后，我那口子又生了一个，我常不在家，她对孩子不好，跟他说了身世，那孩子跑了。前几天有人看见他，在光复路市场卖羊肉串。”

“见面能认出来吗？”

“年头多了，小孩子长得又快，不一定认得出。”

“他身上有没有明显标记？”

一根刺想了半天，“额头有个疤。”

特征对上了，她问：“他叫啥？”

“王带弟，我起的。”

她吃了一惊，“叫啥？”

“王带弟，咋的，你认识？”

她镇定下来，摇摇头，“不认识，我们同志捡到个孩子，问他不说叫啥。有人说你领养一个，我来问问。”

“他捡的孩子多大？”

她红着脸说谎，“十来岁。”

一根刺半信半疑地望着她。

61

赵淑珍没想到这么巧，王带弟竟是自己的孩子，这使她想起来就激动不已。寻找王带弟是个需要耐心的过程，一个多月来，只要有空儿她就坐着公交车满城跑，市场、长途汽车站、火车站分别去过五六趟。星期天，她第五次去了光复路市场，想起，既然王带弟是烤羊肉串的，他的同行总该认识吧。她在一个烤羊肉串的炉子前停下，炉子里的炭冒着青烟。烤羊肉串的小伙子戴顶新疆小帽头，目光懒散地瞅着行人。看见赵淑珍，以为来了主顾，眼睛一亮。

她说："劳驾，打听个人。"

小伙子的眼睛黯淡下来。

"这市场是不是有个烤羊肉串的小男孩，年纪在十六七岁，姓王，叫王带弟？"

小伙子操着本地口音，"有这个人，叫啥不知道，有日子没来了。"

她掩饰不住喜悦，"他在啥地方？"

"不知道。"

"他住哪儿？"

"没准，火车站、客运站都住。"

她还想再详细问问，小伙子不理她了，舌头硬得跟铁条子似的，装出新疆人说汉话的口音喊起来，"羊肉串啦，新疆羊肉串啦！"

从市场出来，她坐公共汽车去了火车站候车室。宽敞的大厅里人来人往，一排排的座椅上或躺或坐挤满了人。她寻找着，在靠窗一排的座椅上，看见躺着一个小男孩儿，脸冲椅背，身体轮廓像王带弟。她走过去轻轻推了推，小男孩儿扑棱一下坐起来，睁着惺忪的眼睛，茫然地望着她。

她赶紧说："对不起，认错人了。"

小男孩儿先是闭上了眼，接着躺了下去。

找遍所有椅子，也没看见王带弟。她朝门口走去，心想再到客运站找找。到了候车室门口，无意间看见一个男孩子蜷缩在墙角，头上蒙着报纸，脑袋下枕着鼓鼓的脏书包，几根烤羊肉串用的铁钎子的尖头钻出来。书包虽然脏，但还能辨认出是蓝色的，上面印着卡通人物，那是她给王带弟买的。她一喜，走过去蹲下，掀开他脸上的报纸，果然是王带弟！睡梦中，王带弟脸色暗红，喘着粗气。她如释重负，轻轻撩起他油腻、沾满灰尘的头发，额头上出现了一块疤。疤不明显，以前她不记得曾见过。她仔细瞧，发现他的脸形很像权利民，其他地方像自己，这是以前不曾意识到的。王带弟醒了，看见她有些惊恐，慢慢坐起来。

她轻唤："孩子！"

王带弟望着她，说："姨，你儿子出事跟我无关，我都跟警察说了。那两个坏人去你家的时候我没在家，买作业本去了。”

她说：“我知道，都知道了。”她摸了一下他的脸，“你脸咋这么热，病了？”

他无力地点点头。

她双手捧住他的脸，泪水涌了出来，心痛地说：“瘦了，孩子，你让我找得好苦啊！”

“姨，我对不起你家。”

“快别说了，跟我回家，咱们再也不分开了。”

王带弟摇了摇头。

“为啥？”

“我刚才说，你家出的事跟我无关不对，我要是不领坏人来，他们就不知道你家养花，你儿子也不会死。”

“都过去了，别再说了，跟我回去吧。”

“不敢，我怕陈叔叔。”

“我们离婚了，咱俩一起生活。你就把我当亲妈吧，我拿你当亲儿子一样待。”

王带弟点了点头。

协议离婚后，单位从六十年代初盖的家属宿舍里，给赵淑珍调串出一套房子，一室半，她家在二楼。她把房子粉刷一新，找木材公司的领导批了木材，雇人打了一个衣柜，一个简易三人沙发，一张单人木板床，还有个碗橱，买了锅碗瓢盆。她领王带弟先到儿童医院打了吊瓶，当时烧就退了。回家后，她把王带弟安置在一室里，床给了他。另外半室自己住，睡在沙发上。她烧了水，让王带弟在洗衣盆里洗了澡，又把他换下的衣服泡在盆里，放进洗衣粉，轻轻搅动几下，水便如泥汤一般混浊。王带弟穿着权利民的衬衣出现在门口，衬衣肥大。

赵淑珍望着他笑了，这是儿子去世后她第一次笑，“看看，我们的带弟一收拾精神了，成大小伙子了。”

他不好意思地脸红了。

“这衣服大了，你先穿着，明天我领你买几件新的。”

“姨……”

赵淑珍打断他的话，目光充满了爱意，“孩子，你要是愿意，就叫我妈吧。”

他没吭声。

赵淑珍不想为难他，“算了，随你，怎么叫都可以。”

他解释，“我不是不想叫，是不习惯。”

“不管叫啥你都是我儿子，你刚才想说啥？”

“我那些铁钎子不该扔，以后也许能用上。”

“不会了，永远用不上它了。”

他没想通，又不敢多说，闷头回了房间。赵淑珍找来洗衣板，洗干净他的衣服，刚搭在窗外铁丝上，权利民来了，拎着一个编织袋。房子刚分到手权利民来过，帮她收拾过房间。

权利民问：“下午我来你没在，干啥去了？”

“过一会儿跟你说。”她把权利民领进自己房间，问：“拿的啥？”

他在沙发上坐下，编织袋放在地上，“朋友送的西瓜，拿来两个。”

赵淑珍在他身边坐下，觉得更爱他了。离婚后，他就是自己的终身依靠了，并且两人爱情的结晶就在身边，这简直就是一个完整的家了。她眼里含笑，“我一会儿做红烧肉，一起吃吧。”

“我吃过了。”

“你没觉得这屋里缺啥？”

“缺啥？”

赵淑珍含情脉脉望着他，笑着，“缺你。”

“那我就常来。”

她收敛起笑容，有些不高兴，“你可别把这当成旅店。我问你，你能离婚吗？”

他并不明确回答，反问：“为啥不能呢？”

她刨根问底，“啥时候？”

他知道不能离，打马虎眼，“总得有个过程。”

“多长时间？”

他心烦了，“说快也快……”

赵淑珍打断他的话，“你想说，说慢也慢吧？”

“我没那么说。离婚又不是小孩儿过家家，说离就离。”

她叹息一声，“不提了，在这事情上你有你的想法，而你的想法对你来说永远是对的，自己看着办吧。你来的正好，你猜我把谁领来了?”

“谁?”

“以前我收养的那个孩子。”她起身往外走，“我领他来。”

权利民知道她收养过一个野孩子，也知道那小子引来了坏人，才使她儿子死于非命，却没见过面。听她说又领了回来，心生反感，想拦住她，她已经走了。转眼，赵淑珍牵着王带弟的手进了来。王带弟看见权利民愣了，眼里闪射出恐惧，下意识把半个身子闪在她身后。

权利民认出他来，吓了一跳。王带弟偷花后，权利民并没如约前往，至于他把花留下了还是卖了不知道。后来听说，王福祥的花找回来了，没抓住这小子，以为事情就此结了。眼下，赵淑珍居然把他领回了家，在自己眼皮底下安了颗定时炸弹。如果，赵淑珍知道了那些事情，自己挺没面子；外人知道问题更严重，进监狱也不是不可能的。他脸色难看，不冷静了，问：“你咋又把这小花子领来了?”

赵淑珍脸也阴了，“别一口一个小花子地叫好不好?”

王带弟瞪了他一眼跑出去，把房门咣当一声关上。

他痛心地说：“你还敢把他往家领?没他你儿子……”

赵淑珍打断他的话，“有些事情你不知道，知道了也不会这态度了。”

他赌气站起来，“我跟买花的约好了，我回去了。”

赵淑珍想把王带弟的身世告诉他，“我还有话说。”

他没心情听，“老赵，听我的，赶紧让他走。”

她眼泪流了下来。权利民强压住火，掏出手绢要给她擦眼泪，被她挡开了。

权利民耐着性子说：“又耍小性子了，我说的都是好话。”

她用手抹去眼泪，闷声不响。

“刚才，我态度不够冷静。不过，我是为你好，是为咱俩着想。你刚才说有话要说，说吧。”

“不想说了。”

“听我的，赶紧让他走。”

她摇着头，“不可能!”

他不想在这事情上妥协，边往外走边说：“你好好想想吧。”

赵淑珍赌气没去送他，拎着笤帚扫起地来。想着权利民说的那些话，正生气呢，身后的房门响了，王带弟溜了进来。

赵淑珍问："你啥时候出去的？"

王带弟没回答，换着拖鞋，说："姨，姓权的又回来了。"

"小孩子要有礼貌，不能这么称呼大人。"

"我烦他！"

"可他是姨的同志呀。"

"他找你没安好心。"

门开了，权利民回了来，王带弟溜回自己房间。赵淑珍没理权利民，继续扫着地。

权利民估计，王带弟不会到公安局揭发自己，可保不准不跟赵淑珍说。所以，一进屋先看她脸色。见她不像知道的样子，放了心，"淑珍，我汽车的轮胎扎啦，停楼下了，你照看照看，明天我找人来修。"

她料到是王带弟干的，但没说，低头扫着地。

权利民说："我走了，他穿的是我的衬衣，他穿了我就不要了。"

权利民走后，她放下笤帚进了王带弟房间，王带弟正伏在桌上看书。赵淑珍在他身边坐下，盯着他。王带弟心虚，用余光瞟了她一眼。

"孩子，你刚才下楼干啥去了？"

他没吭声。

"你权叔的车是不是你扎的？要敢于承认错误。"

他好一会儿才说："是我。我恨他！姨，以后别让他上你家来了。"

她严肃地说："首先我得说，这也是你家，咱俩的家。其次，我理解你，但不能不让他来，有些事情你不清楚，清楚就不会这么说了。"

他嘟囔："清楚也这么说。"

她急了，"你这孩子，咋不听话呢？"

"姨，你不知道他有多坏，前年展览花，他逼着我去偷花。"他把经过一五一十讲出来。

听完，她蔫了，说了句"做孽呀"，眼泪情不自禁地涌出来。好半天，她抹去眼泪，叮嘱，"孩子呀，刚才说的让它烂肚子里吧，对谁都别说，对你权叔也别提。"

王带弟点点头，“我记住了。”

62

全国花卉大赛的日期一拖再拖，最后决定三月末召开。公司接到通知后，召开了班子会，指定鲁马列带领王福祥赴广州参赛，两人的旅差费由公司支付。鲁马列买了飞机票，沐浴着和煦的春风，来到王福祥家门前。他在王广财手里买的彩电，苏董事长要了去。出事后，本以为苏董事长会退货，可最终没退，也没告诉他，彩电是留下了还是卖了。鲁马列一直以为，那台是好的。王福祥站在院门前的水泥斜坡上，怀着激动的心情，接过鲁马列递来的飞机票。鲁马列站在坡下，自行车靠在身上，仰脸望着他。

王福祥捧着机票，谦虚地讨教，“上飞机得小心啥?”

鲁马列没坐过飞机，他把别人说的复述了一遍。接着，递给他一张公司的介绍信，叮嘱：“拿介绍信到粮店，用你家粮食定量换全国粮票，到广州咱省的粮票不管用。”

“知道，你都说两遍了。用不用带吃的、喝的?”

“不用，飞机上多得是，随便。这还不算，人家还发纪念品呢。记住，粮票和钱一定放好，别让小偷偷了。明天你在家等着，局里的车先接你，后接我。”

王福祥目送鲁马列走远，想着自己即将到南方去，格外高兴。他这一辈子除了郊区，再没去过其他地方。不要说飞机，就拿火车来说也只坐过一次，一站地，到远郊一个镇子，参加一个被赶下乡的老同行葬礼。在此大喜日子，他想到了申桂莲，萌发了想当面显摆显摆的冲动。前年，姜大妈到上海考察街道“五讲四美三热爱”活动，回来时肩扛手拎，买回三大旅行袋东西，路过个门就嚷，唯恐别人不知道。

“老孟嫂子，你要的尼龙袜子买来啦，我刚从上海回来。嗯哪，不好买，南京路我跑个遍，就是南京路上好八连的南京路。”

她还到申桂莲家去了，进院就喊：“大妹子，你托我买的增白皂买回来啦。累死我了，腿都跑断了……”

姜大妈是坐火车去的，自己却要坐飞机出门，绝对是她无法比拟的。他下了台阶，打算去敲申桂莲家院门，走出几步又站住了，怎么想都觉得不好意思。

陈伟穿着一身工作服出了来，“王叔，跟你商量件事。”

王福祥心情好，脸上每一道皱纹都得到了充分舒展，“说吧。”

“我们厂来找了，说厂里不吃大锅饭了，实行计件工资，干多少活拿多少钱，让我回去上班，不上就除名。”

“除就除吧，那个破单位一个月才开几个钱儿。”

厂里找是陈伟的借口。自从他看见王广财和丁美丽在一起，心里便有了隔阂，不想在他家干了。他说：“叔，我那是铁饭碗，不能丢。”

“你实在要走就等我回来，家里没人不行。”他想起一件事，“忘跟你说了，昨天我碰上了工商局占局长，他司机要当干部，问我手头有没有人品好的司机，给他介绍一个。我想起你会开车，把你说了。他二话没说答应了，还说你老王说的话，跟祖书记说的一样。”

陈伟大喜，“真的？”

“不知道这是不是好事？”

陈伟异常激动，“好事呀，是好事！”

陈伟高兴，王福祥也跟着高兴，“他让你马上过去，我说先等等，家没人不行。我走后你再练练车，找人弄个车票，我回来你再过去。”

自从轿车买到家，有机会陈伟就上去摆弄几下，练手艺。甚至，车坏了的时候，他还充当过修理工。他问：“叔，我过去后档案拿不？”

“这个我不懂，反正是长期的，工钱在工商开。”

“叔，我是不是给占局长送点礼？”

“不用你管，我说给他一棵花，他说啥也不要。你别光顾高兴了，到你申婶家去一趟，告诉她我要去广州，坐飞机去，问她捎不捎啥？”

“她走了。前天，广财回来给她买了挺多东西，要送她，她没让。”

“啥时候回来？”

“不回来了，听说跟她以前的男人和好了，搬过去住了。”

王福祥愣了片刻，问：“在啥地方？”

陈伟摇摇头，“不知道。广财说，她家的钥匙在咱家抽屉里呢。对了，申婶还给你留了一件毛衣，让我放柜子里了。”

63

长春机场坐落在近郊，候机楼只有两层，比普通住宅稍高。停车场仅有一个篮球场大，停放着两台小轿车，周边零星生长着几棵大树。与其说这是个飞机场，还不如说更像生意萧条的长途客运站，候机楼里的人稀稀拉拉。进了候机楼，鲁马列怕王福祥没文化，接受新事物慢，弄出让人耻笑的事情，三番五次叮嘱他跟自己学，自己干什么他跟着就可以了。王福祥表现出少有的听话，一只手拎花，另一只手拎旅行袋，形影不离地跟着他。花装在胶合板盒子里，盒子是陈伟求人量身定做的，上面拴根绳，以便拎来拎去。他拎的帆布旅行袋是陈伟借的，黄颜色，上面用硬邦邦的白漆印着工农兵形象，还有一行小字，“军民团结如一人”。鲁马列也拎个帆布旅行袋，蓝颜色的。两人临上楼安检时，苏董事长拉着王福祥的手半天不撒开，说天热了就少穿，冷了多穿；吃饭不要浪费，以准时、吃饱为准。并说，所谓的饱是八分饱一类的话。直到鲁马列催了，苏董事长才依依不舍地撒开手。

等待安检时，鲁马列弹了弹装花的盒子，“托运吧，拎着怪累的。”

这么贵重的东西托运王福祥不放心，“不累。”

鲁马列一针见血，“怕丢了吧？人家这是飞机，想丢都难。”

王福祥相信了，“托吧。”

鲁马列首先通过安检，从传送带上拎起旅行袋。王福祥通过安检后跟鲁马列学，拎起旅行袋，正打算去拎花，被鲁马列拽住了。

鲁马列轻声传授：“不用拎，机场会帮你托运过去。”

鲁马列的身份告诉王福祥，听他的没错，他就像群雁中的头雁，大海上巨轮的掌舵人。于是，拎着旅行袋，跟他往候机厅走去。回头瞅，花盒子还在安检处放着。

两人在北京机场转机。下了飞机，鲁马列在前，王福祥在后，赶到了同机人前边往外走。这时，鲁马列的担心应验了。王福祥说了句“快走”，扯了他一下，连跑带颠朝前奔去。鲁马列稍微加快了脚步，迷惑不解地望着他。前边是通往出口的大厅，大厅右侧是开阔的过道，左侧是货物传送带。传送带刚启动，上边还没有旅客托运的行李。

王福祥冲到传送带前，一屁股坐上去，随手把旅行袋放在身边，朝鲁马列招了招手，喊：“快上来，没人!”

鲁马列身后，两个干部模样的女同志，咯咯笑起来。鲁马列隐约意识到，传送带不是坐人的，知道他闹出了笑话，快步走过去，想把他拽下来。王福祥见同机的旅客或一直朝前走，或站在传送带前，谁也不往上坐，心知不妙，想下来。传送带刚好转到转角，衣服被夹住了。鲁马列到了近前，扯住他往下拽。

王福祥嚷：“别拽别拽，夹住了。”

转过拐角，衣角挣脱了束缚，王福祥赶紧拎着旅行袋跳下来。

鲁马列笑着，“大家都看你了。”

王福祥不好意思了，“丢人了，我看到处是电梯，以为这也是。”

有行李从传送带上传送过来，鲁马列说：“这其实是运送行李的，在这等吧。”

传送带上的行李纷纷被旅客取走，两人边等边说着话。

王福祥说：“陈东升跟他老婆打八刀了。”

“听说了，离就离吧，马克思说过，如果感情确实消失，那就会使离婚无论对于双方或社会都成为幸事。”

王福祥本想说不该离、一日夫妻百日恩之类的，但人家一下子把马克思搬出来，封了他口，没办法再说了。鲁马列想起他刚才闹出的笑话，笑出声来。

王福祥问：“笑啥?”

鲁马列说：“笑你呢。”

传送带上最后一件行李被取走了，花仍然没露面。鲁马列料到出问题了，再也笑不出来，自言自语，“咱的花呢，咋回事?”

王福祥说：“也许飞机上行李多，没卸下来。”

鲁马列越想越觉得不对头，“老王，你等着，我去问问。”

鲁马列去了二十多分钟回了来，用手绢擦着额头的汗，连声说：“都怨我，都怨我，没调查研究就乱发言，今天走不成了。”

“到广州的票不是买了吗?”

“不是票的事，在咱家机场托运的花搞错了。刚才，人家给咱家那边挂了电话，花还在安检处放着，以为没人要呢。人家说今天没飞机，明天还是这飞机把花捎过来。咱不该把花扔在安检处，托运得办托运手续。”

王福祥不好埋怨他，不住嘴地念叨：“这咋整，丢了咋整?”

鲁马列的汗消了，“在附近找个旅馆住一宿吧，放心，花丢不了，人家这是飞机，不是火车。”

王福祥不赞同，“在咱家机场，要不是你这么说，花也不能扔那。”

从候机楼出来，鲁马列一脸沮丧。王福祥虽然也相信花丢不了，但毕竟没拿到手，心里不踏实。这种不踏实，随着他们在机场附近找一家旅店住下而淡漠。鼓荡在王福祥胸中的，是踏上首都地界而萌生的激动。在他心目中，说到北京没别的，只有天安门。而且，天安门绝不是一个古迹的概念，是政治概念，紧紧和共产党联在一起，跟毛主席联在一起。既然不走了，也就有时间去看看了。在他一再要求下，鲁马列跟着他坐机场大巴进了市内。到天安门广场时，天还大亮着。正是下班时间，骑自行车的男男女女潮水般涌过。以前，王福祥经常在捡来的报刊上看到天安门，今天身临其境，觉得如梦如幻，不可思议。他扔下鲁马列，往天安门城楼奔去。

他在金水桥上站下，抚摸着栏杆，望着城楼上的毛主席像，激动地小声说：“毛主席呀，我王福祥看你老人家来啦!”

鲁马列跟过来，“念叨啥呢?”

王福祥指着天安门，“我瞅这地方，就像毛主席还站在上边一样。”

鲁马列说：“咱们给毛主席鞠个躬吧。”

王福祥站直了，对着城楼上的毛主席像，恭恭敬敬鞠了三个躬，眼泪不由自主滚落下来。

鲁马列鞠完躬，一抬头看见了，说：“老王啊，我现在才明白，你为啥往这跑了，你对主席是真感情啊!”

王福祥抹去眼泪，“咱从解放前过来的，没他老人家我骨头早烂没了。说到对毛主席这份情义，人家祖书记也深着呢，他要来就好了。”

“你不知道？祖书记离休后没几天，得了脑溢血，瘫床上了。”

王福祥心里悲凉起来，人真的就这么不抗折腾，上次到家来还好好的。他在位时没去过他家，现在离休了，又身患重病，回去后得抽空去看看。这段时间不见，还真挺想的。他扯住鲁马列衣襟，说：“走，到毛主席纪念堂去。”

鲁马列说：“我也一直想去看看，可人家关门了。”

王福祥边走边说：“在外边转转也算来过了。”

64

第二天中午，民航把花托运来了。花没到之前，两人不敢签转机票，到了后去签票，当天的航班没票了，签了下一天的，在北京又住了一宿。当两人风尘仆仆到了广州，走进大赛组委会所在的宾馆签到处时，工作人员已经下班，只有个看屋的老汉在。老汉说，报到今天结束了，让他俩先住下，一切事情等明天上班再说。两人住的是标准间，一进屋王福祥打开君子兰的包装，搬出花，浇了水。而后，站在地中间，四处撒摸起来。这房间算不上好，只能说比前两天住的旅店强。但在他眼里，却是从未见过的豪华。他把屋里每一个开关，每一个有门的地方都摆弄个遍。然后，脱掉外衣，亮出里面的毛衣，用手抻了抻。毛衣是申桂莲留下的，黑色，圆领，采用平针织的。

鲁马列坐在窗前的椅子上，说：“不怪老话讲，人靠衣裳马靠鞍，你穿上显得年轻了。小杨织的？”

“她能织毛衣，毛衣织她吧。”

“这地方天热，不能再穿了。”

“不穿了。”王福祥脱下毛衣，躺在床上，身子上下晃动了几下。

“干啥呢？”

“这炕太暄乎了。”

“还以为是你家火炕呢，这叫席梦思床，这房间一宿一百多呢。”

“贵了，这就是公司花钱，要让我花，打死也不住。”

电话铃响了。王福祥抓起电话，王广财的电话被接转过来。王广财打电话纯属闲的，说跟朋友喝酒刚回来，电话号是鲁马列刚才告诉苏董事长，苏董事长告诉他的。还说，为了君子兰，陈东升儿子被杀了，让他爹小心。他拿着电话就不撒手了，平时不跟他爹说的也说上了，“你看人家西方，讲的是民主，咱国家不够民主……”

王福祥听不入耳了，想驳斥几句，却不知道如何驳，骂：“小兔崽子，你胡咧咧啥，还想反天呀！毛主席都说了。”

“毛主席，毛主席咋说的？”

王福祥不会说了，“你说咋说的？”

“不是我说的，是你说的，我问你，你咋还问我呢。”

“小兔崽子，没有毛主席、共产党你现在还能喝酒，喝尿都赶不上热乎的。灌点猫尿就不知道东南西北了，说话跟喊反动口号似的。”

王广财烦了，说着“你不懂，我跟你唠不到一块去”，挂了电话。

鲁马列说：“走，吃饭去，我请客。”

王福祥说：“有我呢，显不着你。”

街灯亮了。两人吃完饭走在大街上，东张西望观赏夜景。忽然，王福祥看见，脚前边有个红艳艳的布包，便弯下腰去捡。一个瘦小伙从他身后蹿出，伸手一捞，把红布包抓在手，并当面打开，扯出一条黄澄澄的项链。

王福祥不满地说：“你都赶上抢了。”

瘦小伙神秘地说：“谁捡是谁的。”

一对青年男女吃着冰棍，从王福祥身后闪出。女青年对瘦小伙说：“你别走。”

瘦小伙恳求，“别嚷，别嚷。”

女青年说：“既然看见了，大家都有份。”

瘦小伙无奈，“好吧。这地方人多，咱们找个地方谈。”

鲁马列不想占便宜，拉着王福祥要走。

女青年说：“别走，跟他分去，这项链咱们都有份。”

王福祥受不住诱惑跟了去，鲁马列只好也跟上来。

瘦小伙在胡同里站住，“这样吧，给你们每人二百，项链归我。”

女青年抓过项链，“我看看。”她在手心掂了掂，“24K金的，足有二十多克。”

王福祥接过项链掂了掂，不知道多重，却硬充行家，“可不咋的。”

女青年对瘦小伙说：“二百不行，每人三百，项链你拿走。”

瘦小伙说：“说话算话。”

女青年说：“算话。”

瘦小伙摸了一遍衣兜，惋惜地说：“我把钱夹忘家了。”

女青年说：“你没钱我们有。”

瘦小伙说：“那你们可占大便宜了。”

男青年说：“谁让你没钱了。”

女青年扯了王福祥衣襟一下，低声说：“合算，这项链值两千多呢，不能便宜他了。”

鲁马列说：“这么做不对，应该物归原主。”

瘦小伙说：“你太土了，改革开放这么多年，该换换观念了。”

男青年说：“给你们每人三百，我俩要项链。”他在衣兜里摸了摸，遗憾地对女青年说：“我只带了一百多。”

瘦小伙说：“看你们穷酸样也拿不出钱，没钱别想占便宜。”

女青年瞪了瘦小伙一眼，“你埋汰谁呀，谁的钱都比你多。”

瘦小伙撇了下嘴，“有钱你们掏呀，掏不出来。”

王福祥听不下去了，“实说吧，我家钱能把你埋起来，项链我要了!”

女青年说：“对，埋死他，看他还猖狂不猖狂了。”

王福祥掏出九百元钱，给了每人三百，人家拿着钱四散而去。

王福祥拿着项链，边走边兴致勃勃地摆弄着，说：“一会儿回去，也给你三百。”

鲁马列打心里往外不满意王福祥的做法，说：“你自己留着吧。”

一个白胡子老人凑上来，跟王福祥并肩走了几步，说：“那三个人经常在这骗外地人，项链是假的，不信你刮刮。”

王福祥迟疑一下，接过鲁马列递来的小刀，轻轻一刮傻了眼，项链露出了白色。

鲁马列委婉地批评："天上掉不下来馅饼。"

65

这一宿，王福祥翻来覆去，满脑袋都是被骗的情景，愁眉苦脸，直到后半夜才入睡。他虽然睡得晚，却没影响早起。洗漱后，两人看了一会儿香港电视台播出的节目，出来找地方吃饭。宾馆坐落在商业街上，卖早点的店铺一家挨一家，两人选了家干净的店进了去。出师不利，误机及受骗上当，直接影响了食欲，每人只吃了一碗皮蛋粥、一份煎蛋。王福祥付了账后，两人无精打采来到街上，彼此无话。

忽然，鲁马列停下来，指着路边的饭店，"快看！"

饭店门敞开着，里面摆着十多张桌，靠里面的桌旁坐着三个人，正说着话。王福祥一眼认了出来，"是昨晚那三个狗男女！"

鲁马列二话没说，三步并作两步冲进去，一把扯住瘦小伙，"你们这些骗子，还钱！"

瘦小伙站起来，"你认错人了。"

王福祥跟过来，指着瘦小伙，"扒了皮我认识你骨头。"

女青年嚷："你是谁呀，咋说话呢？"

鲁马列死死揪住瘦小伙，"老王，你抓住那两个，送派出所去。"

王福祥一边奔过去，一边不满地说："我一个人咋能逮俩呢。"

女青年和男青年起身就跑，王福祥绕过桌子追上去。鲁马列分神王福祥这边，瘦小伙趁机挣脱开，从王福祥身边跑过。王福祥没抓住前边那俩，回手来扯瘦小伙。瘦小伙闪开了，却被凳子绊了一下，一头撞在墙角上，躺倒在地双眼紧闭，头上血流如注。

饭店老板报了警。警察来了后，瘦小伙仍然昏迷不醒。救护车拉着瘦小伙去了医院，王福祥和鲁马列被带到了派出所。坐定后，一个满脸横肉的警察，对他俩进行了询问，取了笔录。

完事后，鲁马列问："我们可以走吗？"

横肉合上本子，“不可以!”

鲁马列急了，“同志，我们是外地来参加花展的，名还没报呢。今天是预赛，再去晚了参赛就泡汤了。我们先到会场，完了再回来。”

横肉坚持说：“那小子虽然没大问题，可笔录还没取呢，这之前你们不能走。”

鲁马列说：“我留下，让老王同志走。”

横肉说：“你们哪怕参加联合国大会我也不管，谁也不能走!”

鲁马列哀求：“打个电话可以吧?”

横肉说：“不行，谁知道你是不是串供。”

尽管王福祥和鲁马列急得火上房，好话说了无数，横肉就是不放人。后来，横肉走了，把他俩软禁在屋里。

下班前，横肉出现了，满嘴酒气，说：“你俩可以走了。”

鲁马列问：“事情搞清了?”

“没搞清能让你走嘛。”横肉打开拎包，掏出一张纸，还有一叠钱，放在桌上，“这是你们被骗的钱，写个收据，拿回去吧。”

王福祥数了一遍钱，一分不少。他揣起钱时，鲁马列已经写好了收条。两人你一声我一声，连说几句“谢谢”，急急忙忙赶回宾馆。

他俩从客房捧出花，连跑带颠进了大会办公室，还好，人家没下班。鲁马列跟一个中年男子交涉，王福祥插不上嘴，从盒子里搬出花，放在了人家办公桌上，以便让人家看见他的花有多么好。

中年人正看着鲁马列递来的介绍信，抬头看见了花，脸色沉下来，“这不是你家，搬下去，搬下去!”

王福祥赶紧把花盆搬到地上。

中年人把介绍信还给鲁马列，说：“晚了，预赛都结束了，晚上是专家评审，你们下届再来吧。”

鲁马列作为领队，对王福祥没能参赛负有责任，急得汗都出来了。他掏出手绢擦着汗，低三下四地恳求，讲述着来晚的原因。

中年人看也不看他，“不论怎么晚的，毕竟晚了，明年来吧。”

鲁马列说：“麻烦你通融通融。”

中年人不高兴了，“我再说一遍，已经晚了，一会儿就决赛了。”

鲁马列生气了，“你们领导在不在？找你们领导去！”

中年人收拾着材料，“我就是分管这项工作的。”

鲁马列绝望了，气哼哼地对王福祥说：“官僚主义，以后八抬大轿抬也不来了。”

王福祥也憋着一肚子火，手忙脚乱把花往盒子里装。装好后往起一拎，盒子的底板掉了，花盆滑落下来。亏得他用脚挡了一下，否则花盆非摔碎不可。他懊丧地说：“倒血霉了！”

鲁马列接过盒子，“你捧花，咱们走。”

两人垂头丧气地来到宾馆大厅，一个拄拐杖、戴近视镜的瘦老头迎面走来。鲁马列魂不守舍，把老头撞了个趔趄。

“对不起。”鲁马列一脸歉疚。

老人没把被撞放在心上，望着王福祥怀里的花，操着京腔，“你们是来参赛的？”

鲁马列怨气十足，“来参赛的，来晚了。会务的同志一点儿灵活性都不讲，听不进去我们解释，连名都没报上。”

老人掏出老花镜戴上，仔细看着花，连声说：“好！好！”

王福祥说：“能不好嘛，世界也找不出第二棵了。”

老人赞同地点点头，“你们是长春的吧？”

王福祥问：“你咋知道？”

老人说：“除了长春，别的地方没有这么好的君子兰。听说，你们长春有个叫破烂王的，他的花也叫破烂王。”

鲁马列拍了一下王福祥肩头，“他就是破烂王，这是他的花。”

老人握住王福祥的手，“久仰了。”

鲁马列看出老人有来头，掏出介绍信递上去，“我是带队的。”

老人接过介绍信看了一眼，还给他，“你们这么回去太可惜了。”

鲁马列说：“对这次活动市里很重视，在全市范围评选，新闻单位又播又报，忙了好几个月。这可好，连评都不让评，回去没法跟全市人民交代。”

老人说：“你们等等，我去说说看。”

老人走后，王福祥赌气说：“走吧，再等又有啥用。”

鲁马列劝：“再等等，听他的意思有活口。”

身边的人越围越多，七嘴八舌，对王福祥的花赞不绝口。

有个干部模样的问：“咱们商量商量，这花能不能卖我？”

王福祥一惊，这么多年还没听说谁买得起，想买的都是企业。这位口气如此之大，莫不是海外资本家？他问：“你是干啥的？”

干部说：“我喜欢花。”

王福祥说：“这花不卖，要卖别看长春花价不如前一阵子高了，也值六十多万。”

干部不高兴了，“你这个同志，不卖就算了，为什么要戏人！”

鲁马列解围，“他说的是实话，这花确实能卖到六十多万。”

身边响起一片唏嘘声。

老人回来了，说：“我和组委会讲了，你把花搬去吧。这花今晚可以直接进入决赛，预赛不必补了。”

喜从天降，鲁马列点头哈腰，说：“多谢了，多谢你老啦。”

王福祥也激动地说：“你真是活菩萨呀！”

两人把花搬回大赛办公室，工作人员给登了记，并在花叶挂上了编号。办完手续一出门，就被两个消息灵通的记者堵住了。

男记者递上名片，问王福祥：“听郭老说，花是你的？”

王福祥这才知道，刚才那老人姓郭。他把记者的名片给了鲁马列，说：“我像侍候孩子，从小把它拉扯大的。”

女记者说：“请你谈谈君子兰的价值。”

鲁马列正在看名片，怕王福祥不懂，解释：“就是有啥用。”

王福祥对这个问题极为熟悉，熟悉到已经形成了套话。他说：“君子兰的叶子挺拔、舒展，排列整齐，花型美观，色泽艳丽。”

男记者问：“除了观赏价值，是否还有其他价值？”

王福祥心想，这花再没别的用了，害处倒还有一些，那就是白天吸二氧化碳，晚上吐二氧化碳。但这话不能说，说了就是把君子兰往火坑里推。他一时语塞，“别的嘛——”他求助地瞟了一眼鲁马列。

鲁马列接过话茬，“我来回答。”他滔滔不绝地讲起来，都是道听途说，“君子兰首先具有极高的观赏价值，正像王理事所说。此外，这花的特点，一是吸附性远超一般的花，在房间里摆上大花，灰尘会明显减少。过后你再看，叶片上厚厚一层灰。正因为这样，我们养君子兰，都放在窖里养。一些小户没有花窖，就每天擦一次花叶，保持它呼吸顺畅。”

王福祥听过这个说法，并深信不疑。他随帮唱影，“最好用貂皮擦，人参、貂皮、鹿茸角是东北三宝。”

鲁马列接着说：“二是，这花对人体有好处。二十平方米的屋子，摆上两盆大君子兰，同时两个人吸烟，很难看出烟雾缭绕。”

女记者困惑了，“为什么？”

鲁马列也是听说的，从没细想过为什么，凭想象回答，“因为君子兰具有较强的吸附性，把烟雾吸进去了。”

王福祥帮腔，“吸进去还得吐，就吐到土里了。”

鲁马列并不赞同王福祥的说法，可又不能当众反驳，说：“王理事说得很直白，植物的确需要呼吸，连我们东北盛产的苞米粒子也如此。可见运动是绝对的，静止是相对的。”

男记者表示赞同，“没错。”

鲁马列又说：“三是，国外正在研究君子兰的药用价值。据说，叶片可以提炼出防癌药物，就像牛痘对天花的作用一样。”

男记者刨根问底，“哪个国家在研究？”

鲁马列先是从熏兔子店的小黑板上看到的，后来市面上又开始疯传，至于能否提炼出防癌药物，他并不知道。因此，不想不负责任地深说，“到这儿吧，以后有机会再谈，我们还有事情。”

两人扔下记者，扬长而去。

王福祥一觉醒来，已是第二天上午八点多。鲁马列穿好衣服，正躺在床上看报纸。

王福祥穿上衣服下了地，问：“醒了？”

“早醒了，看你睡得挺香，没叫你。”

王福祥边往卫生间走边问：“你昨天跟记者说，君子兰又能治癌，又能吸烟雾，是真是假？”

“咋能假呢，都这么说。”

王福祥在卫生间门前回过头来，“说可是说，谁都没见过。我寻思了一晚上，这八成是胡咧咧的。”说完，进了卫生间。

电话铃响了，鲁马列抓起来“喂”了一声。

对方问：“你是长春来的鲁经理吗？”

“是我，哪位？”

“我是大赛组委会的工作人员，告诉你们一个好消息，王福祥同志的君子兰，昨天晚上被评为全国第一名，十点钟召开颁奖大会。”他逗趣，“这次可别再晚了。”

鲁马列扔下电话，冲到卫生间门前，擂着门，喊：“老王，你第一，第一名！”

王福祥从卫生间冲出来，提着裤子。

66

杨立新住院的消息，王福祥是听来买花的说的。他到医院看望杨立新回来，正看电视呢，院门被敲响了，敲门声又被狗叫淹没。从广州载誉归来后，占局长等不及了，来了两次电话催陈伟上班。陈伟走了，狼狗留了下来。王福祥担心花的安危，这些天跟狼狗在家撑着，很少出门。他走出去，打开门上的瞭望孔，看见个秃头老和尚，以为化缘的，打开了门。

老和尚站在门前，问：“王施主，还认识我吗？”

王福祥觉得像智真，却不敢肯定，摇了摇头。

老和尚感慨万千，“光阴似箭，咱们都老了。”

“你是——”

“我是大庙里的智真，‘文革’咱们有过一面之交。”

王福祥心里咯噔一下，表面却装出老友重逢般热情，“哎呀，是你呀，一晃十多年，你不说还真就认不出来了。快，屋里坐。”

王福祥领着智真往屋里走去。他料到，智真来者不善，十有八九是奔君子兰来的，脑子里乱成了一团。

智真在椅子上坐下，王福祥想用印花玻璃杯给他倒水，却稀里糊涂地拿出个二大碗。要倒水时才发现拿错了，换了玻璃杯，倒上水放在他身边，自己在炕沿上坐下。

智真喝了口水，“我看花窖里养了不少君子兰。”

“大家伙都养，凑热闹。”王福祥强作欢颜，“你这几年干啥呢?”

“在大庙分手后，回乡下老家了。队里看我成天摆弄花，觉得我比别人有文化。正赶上赤脚医生培训，让我参加了县里的培训班，毕业后发了这个证。”智真掏出个塑料皮小红本，递给他。

王福祥随手翻了翻，还给他，吹捧，“你这人肯钻，看病水平不照科班出身的差。”

智真摆摆手，“略知皮毛，打打针、针灸可以，农民有大病还得往县卫生院送。”智真揣起小红本，“农村包产到户后，我这赤脚医生闲起来了，一直在家种田。前些年，政府把我们招回来，重续大庙香火。不好意思，还记得我当年砍倒那人吗?”

王福祥没成想他敢提这茬，装糊涂，“砍倒?”

“就是我扛走那个?”

王福祥再不好说不记得了，“啊，想起来了。”

“当时我劲儿大了，他死了。回大庙后，我主动向政府坦白了，政府给了我重新做人的机会，在监狱待了几年，前几天刚出来。”

“政府该找我，也没人找啊。”

“我怕给你添麻烦，没提你。”智真切入了正题，“以前，和尚是苦修行，现在不一样了，有了电视。前几天，我在电视上看到你得了奖。”

“我没看见，听人家说了。”

“那花我这么多年也忘不了，有时候做梦都能梦见，一眼就认出来了。”智真望着桌上的奖杯，那是王福祥从广州捧回来的，金色，形状为花的变形，上面刻着涂成了红色的小字。他问：“这是得的奖吧?”

王福祥“嗯哪”一声，苦笑了笑，“这棵活下来不易，让我姑娘拿邻居家养，谁都没注意。”

智真不信，却不追究，“这趟来，我想把花搬回去养两年。”

王福祥没吭声。他近乎绝望了，真切感到，在君子兰上筑起的荣誉、金钱的大厦摇摇欲坠。

智真看出他不情愿，“我知道，这花值几十万元，你舍不得也是人之常情。你为花付出了不少心血，大花还归你，我替你养两年。这期间，有比赛你就搬去。每年我把花苗留两三棵，剩下的都归你。”

结果比王福祥预料的好得多，他心里敞亮了。不过，智真如果把大花搬走，这两年虽然还有那些儿子、孙子、重孙子辈的花撑门面，但必将如同一台戏少了主角，剩下一些次要角色，无论演得多卖力，也难以挑起大梁。但花确实是人家的，即使以后不还回来，也不能不让人家搬。他悻悻地说：“要是当年我知道花还在，早给你了。搬吧，本来就是你的。”

智真没想到，这么容易就要回了花，动情地说：“谢谢你了，我不会忘记你大恩大德，天天求菩萨保佑你们全家。”

王福祥心里不是滋味，“不用。”他站起来，“花在窖里放着，我给你搬去。”

王福祥没想到智真会哭。他捧着花回来，一进门，智真眼睛忽的亮了，慢慢从椅子上站起，呆呆地瞅着花，眼泪噼里啪啦往下掉。王福祥被震撼了，敬畏之心油然而生，心想这花就应该是他的。

67

下班后，姜艳梅进了家门第一件事，是给杨立新做饭。这么做主要为了省钱。家里经济出现了危机，她必须精打细算，一分钱掰成两半花，省下在医院订餐的钱。她做好饭菜后，用饭盒装上，放进兜子里，拎到门前，正打算换鞋出门，房门被啪啪啪拍响了。打开门，面前站着两个穿蓝布衣服的盲人，一个戴墨镜，一个没戴，每人都拎着根探路的木棍。戴墨镜的在门开启的刹那，麻利地伸进棍子，别住了门。没戴墨镜的汗溻湿了衣领边缘，两腋分别有一块白色汗渍，伸出一只手拉开门，另一只手扯住同伴衣襟。两人也不说话，挟带着浓烈的汗酸味，一前一后往里闯，姜艳梅赶紧闪身才没被撞上。

姜艳梅跟着进了屋，问：“找谁?”

没戴墨镜的说：“欠债还钱，找杨经理要钱。”

她不信杨立新会欠残疾人钱，“他欠你们钱?”

墨镜说：“欠我们东家的，我们东家的大号你不知道，外号叫鱼虫子。杨经理借我们东家一千五百元，到现在不还，东家急用钱。”

她强压住火，“我们和老于是老熟人了，他没必要雇盲人来。”

墨镜说：“说这些没用，拿人钱财，替人消灾，给钱就走，不给钱我们就住这儿了。”

没戴墨镜的说：“坐下等吧，站着累死白死。”

两人在床上坐下，如同到了家东倒西歪。没戴墨镜的从拎兜里掏出两个面包，自己一个，递给墨镜一个，大口吃起来。姜艳梅觉得他俩不易，倒了两杯水递上去。两人也不客气，端着玻璃杯连喝带吃。没戴墨镜的吃完，把杯子递给墨镜。墨镜拿着两个杯子朝桌子走去，在桌子前一松手，两个杯子掉在地上，啪啪两声碎了。

没戴墨镜的问：“咋啦?”

墨镜说：“没放好，掉地上了。”

没戴墨镜的说：“不要紧，碎碎（岁岁）平安。”

姜艳梅没吭声，蹲下来收拾杯子碴。

“找张纸擦擦手。”墨镜说着，双手在桌子上一划拉，摸到一本养殖君子兰的书，翻开来，唰一声撕下两页。

姜艳梅跳起来，质问：“好好的书咋给撕了?”

墨镜递给同伴一页，说：“我们是瞎子，瞎子咋知道这是书?”

没戴墨镜的用书页擦着嘴，帮腔，“瞎子看世界漆黑一片，看人也都是黑的。”

姜艳梅强压住火，“家里真没钱了，你们跟老于说一声，有了钱保证先还他。”

墨镜说：“他能等也不让我们来了。”

姜艳梅无奈了，“这样吧，你们看屋里啥值钱拿啥吧。”

墨镜脸冲着桌上的电视机，问：“有电视没?”

姜艳梅犹豫一下，“在桌上呢，搬去吧，值一千四五呢。”

墨镜脑袋扭向墙，“还差点钱，你们有文化，家里有字画吧?”

姜艳梅说："墙上有一幅，是个书法家朋友写的，人去世了。"

没戴墨镜的说："死人留下的才值钱。"

姜艳梅说："看好就拿去，电视和字抵一千五可以吗？"

墨镜说："凑合吧，我去拿。"他往前挪着，棍子在半空中挥动。

姜艳梅一闪，棍子擦着她脸颊滑过。她说："别抡了，你看不见，我拿给你。"

姜艳梅摘下字画，卷起来递给墨镜。

墨镜接过去，说："还有电视呢。"

姜艳梅拔掉电视插头，把电视搬给墨镜，"接好。"

墨镜扔掉棍子，掏出欠条放在桌上，接过电视，说："走吧。"

没戴墨镜的伸出棍子，让墨镜用腋窝夹住，朝门外走去。姜艳梅跟到门前，看着他们走下楼梯。到了两层楼之间的缓台，墨镜居然松开了夹着的棍子，走得稳稳当当，跟正常人无异。她恍然大悟，原来墨镜并不瞎。她觉得自己被戏弄了，气得眼泪涌了出来，回身咣当一声关上了房门。

病房里摆着十来张床，每个上边都有病人，或躺着哼哼呀呀，或跟护理的亲朋好友闲唠。床与床之间留出狭小的过道，各色人等来来往往。正值春暖花开，仍然有些凉意，窗户关着，病房里消毒水味道掩盖了污浊的空气，使人感到憋闷。杨立新的床靠墙，他躺在床上，面对墙壁发呆。他这样躺了一下午，心焦，脑子里转来转去全是如何多挣钱。可是，这道题太难了，也似乎无解，答案千奇百怪，却没有一个使他能真正看到希望。姜艳梅拎着保温饭盒来了，把当天的报纸放在他枕边。听见动静，杨立新转身坐起，接过饭盒。杨立新的邻床姓宋，是宋小英父亲，从报纸放在枕边那一刻起，他眼睛就盯在了上面。杨立新注意到了，抓起报纸，放在他身边。

"你先看吧。"杨立新说。

宋小英父亲说了声"谢谢"。

杨立新发觉姜艳梅脸色不好，问："怎么了？"

姜艳梅在床上坐下，说："心口堵得慌。"接着，她把刚才发生的事情说了。

杨立新吃着饭，默默听完，说：“不怪老于，是咱做得不好。”

“听说，给你们下药的那俩坏家伙，被公安抓住了，钱追回来一些，你们去取没？”

“去了，一半让陈东升拿走了，我们和开发公司各拿回不到一千。”他问：“咱家还有多少钱？”

“没了。”

他黯然神伤。

姜艳梅从衣兜里掏出一个存折递过去，“刚才，上我妈家了，借了一千元，给你还债的，拿去吧。”

他接过存折，兴奋地说：“艳梅，谢谢你。”

“谢啥，咱们是一条线上的蚂蚱。”

他吃着饭，乐滋滋地说：“这一千还欠款杯水车薪，最好做买卖。”

姜艳梅以为听错了，“你还要做买卖，是不是觉得赔得不够？”

“再干就不一样了，有经验了。”

“在别人不一样，在你都一样，你不是那块料。”

“不干点啥，靠咱俩工资，还上欠款没时候。”

她思想没通，但见他相当执著，便顺了他，“你看着办吧。”她叹息一声，“你这个经理当的，家里不但没借上光，反而把家底都搭进去了，还欠了一屁股债。”

他认真地说：“艳梅，以后一定让你过上好日子。”

68

宋小英属于没打着大雁，反而让雁叼了眼的，欠了一身债。当初，她跟同志借钱，说好三个月还。可一晃半年多，不包括自家的，还有五千多元没还上。欠款如山，压得她喘不上气来。借她钱的六位同志，除了一位男同志没好意思张口，另外五位女同志等不及了，开始催她还钱。被逼无奈，从大上个星期起，她到一家歌舞餐厅当了歌手，每天晚七点开唱，唱到十点，只盼早一天还上欠款。下班后，她从单位出来，踏上了车水马龙的街路，快步朝公交车站走去，打算先去看住院的父亲。走出不远，碰上了祖国庆。祖国庆推着自行车，站在自行车道上，一身藏蓝色西装，没扎领带，推着凤凰牌自行车，黑色，全链盒。这车子最为时尚，但并不是什么人都能拥有的。拥有这车子的人，不但要有一定社会地位，而且要相对有钱。有了社会地位才能要到车票，有钱才能买得起车子。因此，一般来说这个牌子的自行车，是较好家庭背景的象征。

祖国庆笑着，“我等半天了。”

自从跳贴面舞之后，宋小英始终觉得他思想意识不好。她冷冷地问：“有事?”

“我和一些写诗的朋友成立了诗社，经常在一起活动。这个星期五的六点半，诗社有聚会，在我家，想请你参加。”

她听说过这类活动，参加的大多是有理想、抱负的年轻人。换了别人她会去，但有祖国庆参加，她觉得不靠谱，“我有事情，去不了。”

“我那些朋友都是正经人，爱好诗歌的文学青年。其中，有社会上志同道合的朋友，有大学同学，还有报社的同志。忘告诉你了，我毕业了，分到了省报。”

“我真的没时间。”

他有些尴尬，“你还记恨那次舞会吧?”

她嗤之以鼻，“舞会？早忘了。”

“你不会把我想得太坏吧？那时候年轻，对什么都好奇。其实，我对待生活的态度挺严肃，只跳过两次那种舞，以后没组织过，也没参加过。说句心里话，从第一次见到你，你就像一粒种子，埋在了我心灵的土壤中，发芽，成长壮大。”

她想着医院里的父亲，说：“我有急事，得走了。”

“我专程来请你，真心实意邀请你参加。”

宋小英想尽快摆脱他，“有时间一定去。”

“好吧，一言为定，星期五晚上六点半。”

她正要走，祖国庆掏出一张纸递过去，“这是我去年为你写的诗，当时觉得时机不成熟，没给你。”

她眉毛挑了一下。

他注意到了她微小的变化，“这几年，我心里只有你，没处过对象。前些天，我把这首诗修改了一下，打算周五聚会时朗诵。”

宋小英怕他纠缠，不情愿地接过纸，说：“我必须走了。”

祖国庆说着“再见”，伸出手，打算握手告别。她没看见一般，急匆匆朝摩电车站走去。

姜艳梅刚走，宋小英来了，跟杨立新打了招呼，在父亲床上坐下，把路上买的水果放在床头柜上，问：“爸，今天好些没？”

父亲说：“比昨天好多了。你再来别买水果了，我不爱吃。”

她知道，父亲是怕她花钱，眼圈红了，“爸，让你和妈操心了。”

“人这一生都是沟沟坎坎过来的。”

一辆送饭的车哗哗啦啦响着推到门前，病房躁动起来，宋小英翻出父亲的饭盒和饭票去打饭。

宋小英父亲把看完的报纸递给杨立新，说：“我看完了。”

杨立新躺着接过报纸，放在身旁。

宋小英父亲说：“老杨，这些天你和你爱人说的我都听见了，你是个好人，假如都像你，共产主义早实现了。”

“我没你说得那么好，没脸面对学校同志呀！”

“学校的损失责任不在你，你钻牛角尖了。现在，企业亏个几十万、上百万的多了，没听说让哪个领导赔的。”

“话是这么说，我不能那么做。”

“老杨啊，我不想劝你，劝你也不会听。我听你跟你爱人说，打算干点生意上的事，不知道有啥打算？”

“一直在想，没想好呢。”

“我也许能帮上你。”

杨立新有了兴趣，坐起来，“怎么好麻烦你。”

宋小英打饭回来，把饭盒放在床头柜上。

父亲说：“小英，柜子里有个档案袋，你拿出来。”

宋小英蹲下，从床头柜里翻出档案袋。

父亲接过档案袋递给杨立新，“你看看这个，我琢磨出来的外语学习机图纸，你要就给你，用它办个厂子，也许能给你带来转机。”

“办实业当然好了。”

“如果，这是工作时间的产物，我也不能给你，这是我利用业余时间画的。想自己生产，政策又不允许。”

杨立新抽出档案袋里的材料看了看，说:“我对这个一窍不通。”

“图纸是我受孩子学外语的启发，录放机原理。你可以买现成的零件组装，技术含量不高。想干的话，我在技术上帮你。”

“需要多少钱?”

“一千足够了，见效也快。”

“刚好我有一千，不知道市场前景怎么样?”

“这是学生用的，里面录有外语教程，学生发音也可以录下来，放出来自己对照，市场潜力很大。场地你先不用租，工人也先别雇，我帮你做几台样机，以销定产。退一百步讲，赔钱了也就是几台样机，几百元钱，风险几乎不存在。”

杨立新振奋了，“转让费多少?”

“无偿给你，条件只有一个，就是你得尽力。”

杨立新说：“好吧，我试试。”

宋小英因为还要去歌舞餐厅，借口单位加班，走了。父亲和杨立新的交谈继续着，热火朝天。

69

祖国庆说的诗社，是一群爱好诗歌的青年人自发组织的，定期活动，取名先锋诗社。意思是诗也好，这些人的思想也罢，都是走在时代前列的先锋。甚至诗社还有自己的油印刊物，叫《先锋》，把朗诵会上的诗印在上面，免费不定期散发。诗会安排在祖国庆家，他家院子左边有个葡萄架，虽说不大，却足以荫蔽这八位男女青年了。凉爽的晚风中，在家吃过饭后赶来的文学青年，坐在葡萄架下，屁股底下是高高低低的凳子和砖头，每人手里或身边都有一瓶祖国庆提供的汽水。由于这些人居住条件差，此类活动通常安排在祖国庆家。

有位男青年看了一眼手表，说："祖记者，快七点了，你说的客人怎么还不到?"

这半小时，祖国庆心里火烧火燎，目光不时地扫向院门。他邀请宋小英参加朗诵会的想法由来已久，只要她来了，看见这些具有远大抱负的青年，聆听自己写给她的诗，准能对自己另眼相看。此时，他彻底失望了，沮丧地说："不等了，开始吧。"

祖国庆是东道主，不好先朗诵。他一如既往地谦让几句后，一位戴眼镜的大学生，朗诵了一篇歌颂君子兰的散文诗。他把君子兰比作谦谦君子，刚直不阿，由此联想到屈原、文天祥等等。其中，使用了"鲜血""生命""民主"一类的狠词，相当时髦，博得了好评。

祖国庆第二个上场，说："我诗歌的题目是'思念'。"他喝了口汽水，找了找感觉，高声朗诵起来。

布满沧桑划痕的心灵，乌云那晦暗的双眸，
偶尔飘落些许如泪的细雨，在我心窝汪起一泓苦涩和忧郁。
于是，你悄无声息地来了，仿如一叶轻盈的扁舟，
沿着我蜿蜒如丝的思绪荡来，泊在我心灵的涟漪中轻摇，

沉静端详我厚重情结的积聚，而且注定了恒久不会离去。

朗诵过后，是提意见阶段。文学青年们形成了习惯，当别人朗诵结束时，都要沉默片刻。即便有几个张口就来的，也要深沉且谦虚地拖一拖。因为，他们之中流传着一句名言，并暗自照此去做。大意是，成熟的谷穗总是低垂着，只有谷草轻飘飘的头颅才会高昂。沉默过后，相互张三说吧、李四说吧地谦让一回。最终，站出个年龄较大，被称为老大哥的文学青年。老大哥是长春拖拉机厂翻砂工，与其工种极不协调的是他戴了副近视镜。

老大哥说："我抛砖引玉。听得出，国庆的诗充满了激情，是生活的真实感受，这也是诗歌中最可贵的。但是，我觉得也有不足之处。我们常讲诗言志，这就涉及到立意不高的问题。我认为，思念的对象应该是党或者祖国，这样改一下诗就立起来了。我说完了。"

一位文学女青年接着发言，"我提点不成熟的意见，我觉得，这首诗主要的问题在于不够朦胧，不够朦胧也必然导致缺少韵味。当今的新诗趋向朦胧，朦胧也是当今诗歌表现形式的主流。"

祖国庆准备辩解几句，一位女青年碰了碰他，朝院门指了指。他以为宋小英来了，回头去看，心凉半截，一个六十左右的男人进了院子。他起身迎上去。

来人是王福祥。他问："你是祖副书记儿子吧？"

"是呀，你找谁？"

王福祥竭力把他和大庙前那孩子比较，却无论如何看不出有什么共同之处。他说："我找老祖。我是养花的，人家都叫我破烂王。"

王福祥是时代造就的名人，也是全市首富，这样的人即使出入省委一把手家，也不会使人觉得难以理喻。因此，祖国庆对他的到来并不感到惊讶。不清楚的是父亲不但退下来，而且还瘫在家里，以前常来的都不来了，门庭冷落车马稀，他一个全市著名的万元户，还来凑什么热闹？祖国庆说："在呢，跟我来吧。"他在前边领路，问："你认识我父亲？"

"不光认识，还是老朋友呢。"

"我家那棵'破烂王'是你给的？"

"说不上给，他付钱了。"

“我说嘛，我父亲廉洁一辈子了，咋会要人家贵重物品。”

“你爹是好人哪！”王福祥四处瞅着，“这么多年，你家门前没变，一找就找到了。”

“你来过？”

“‘文革’前，我常在这一片。”他想说在门前捡破烂时，曾挨过他一弹弓子，还想说在大庙门前见过他，话到嘴边又咽回去一半，“你小时候咱们见过。”

祖国庆扭头看了他一眼，没印象了。

祖副书记的卧室墙壁洁白，窗明几净，陈设简单。屋中间的天棚上，悬挂着二十瓦的日光灯，靠窗摆着两个灰布面单人沙发，旧的，沙发中间是个椭圆形茶几。门边立着衣架，上面挂着几件衣裳。靠东墙，摆了张双人硬板床，床边有把椅子。祖副书记正躺在床上，背靠床头，膝盖上放着文件，右手拿着红蓝铅笔，笨拙地在文件上划道道。看见王福祥他扔下笔，脸上现出惊讶和激动，挣扎着要起来。王福祥快步上前，摁住了他。

祖副书记含混不清地说：“没想到你能来。”

王福祥在床边的椅子上坐下，怜悯地望着他，“听说你病了，来看看，来晚了呀。”

“不晚，工作时有些人总来，现在都不来了。”

王福祥伤感地想，“文革”被批斗时，他就应该意识到世态炎凉。这么想着，感叹：“这一个个就像老话说的，狗眼看人低呀。”

祖副书记反驳：“不对，不对！”

王福祥想起，这类话题对他身体有害无益，岔开话，“你病成了这样咋还写字？”

“办公厅拿来的文件，学习。”

“到底是老干部，觉悟高，不上班了也不闲着。”王福祥看见窗台摆着一盆君子兰，认出是自己给他的，两侧已经长出十四片叶子，问：“花还养着呢？”

“国庆想卖，我没让动。革命一辈子了，不能因为几个臭钱，葬送我一生清白。这花他们说值好几万，真的？”

“我给你时就能卖好几千，现在最少也值四万。”

祖副书记急了，“你当初不是说十元吗？”

“那是怕你不拿，你不拿客人咋拿。你现在有病，卖了吧。”

祖副书记直晃脑袋，“要不得，要不得呀！”

王福祥担心他激动，顺着他，“也对，养着玩儿吧，落个好心情。”

祖副书记欠了欠身，“老王，扶我到沙发上去。”

王福祥小心翼翼扶他下了床，趔趔歪歪朝沙发走去。一个妇女进了屋，疾步奔来，从他手中接过祖副书记。王福祥松开手，扫了她一眼，妇女也在看他，这一看两人都愣了。

王福祥万万没想到，会撞上申桂莲，万分诧异，“你咋在这？”

她把祖副书记扶到沙发上坐下，笑了笑，不知如何回答。

祖副书记问：“你不知道？”

王福祥想起来了，“她说找以前的男人去了，难道——”

她理了一下额头花白的头发，“老祖就是我先前的男人。”

王福祥在沙发上坐下，望着祖副书记，“啥，就是你？你嘴真严！”

祖副书记咧着嘴无声地笑着，口水顺着嘴角流下来。

王福祥感到浑身不自在，问申桂莲：“你不上班了？”

她抓起茶几上的毛巾，擦去祖副书记嘴角的口水，说：“不去了，他身边不能没人。”

王福祥忽悠一下想起来，“老祖，怪不得你上我家，指着照片问这问那，你那天才知道我们住邻居？”

祖副书记笑着点点头。

王福祥极不自然地说：“他婶，这事闹的，你咋不言语一声，我跟老祖是老朋友了。”

她找了个蹩脚的借口，“当时走得急，没来得及告诉你。一直想回去看看，老祖这病又脱不开身。”

王福祥说：“你那屋子，小娟子一回来就去打扫。”

祖副书记激动了，说话也快了，因此更加含混不清，“我一生没辜负党对我的培养，对党的事业忠心耿耿，唯一对不起的是桂莲呀，我欠她太多了，这辈子都还不清。”

王福祥想替她鸣不平，批评祖副书记几句，想起人家身体状况，话没说出口。

申桂莲用毛巾擦去祖副书记嘴边的口水，“老祖，少说几句吧，医生说你不能激动，过去的事情还提它干啥。”

祖副书记不说了。片刻，又忍不住说：“没有桂莲我早见马克思、毛主席去了。”

“公家没给你派个人来?”

祖副书记得意地说：“她来之后，把护理辞了，给国家省了不少钱。咱不能干别的了，能给国家减轻负担也好。”

她给王福祥倒了杯茶水，王福祥双手接过来放在茶几上，心里不好受，恨自己昏了头，让这么好的女人从身边溜了。祖副书记说对不起她，自己也应该这么说。想着，他有些打蔫。

申桂莲坐到床上，说：“喝茶。”

王福祥端起茶杯，咕咚一声喝了一大口。

祖副书记喋喋不休，“在位时，有人提议建立交桥，当时我没同意。退下来，走了几趟那条街，发现城市发展太快了，确实该建。唉，在位时犯官僚主义了!”

王福祥说：“人都退了想那么多干啥。”

祖副书记摇摇头，“想忘掉也难。”

又唠了一阵，由于申桂莲在，王福祥尴尬得坐不住了，站起来，“时候不早了，我回去了。”他掏出一千元钱放在茶几上，“来时没买啥，这钱是小意思。往后，有啥为难着灾的吱一声，别跟公家说了，省得看他们小脸子。我别的没有，就是不缺钱。”

祖副书记抓起钱，急得脸都红了，说了好几句。

王福祥没听清他说什么，却感觉到他在说不要这钱。王福祥摁住他拿钱的手，“你要让我把钱拿回来，那你就把当年我送你的馒头还我，一个不能少，要一模一样的。”

祖副书记眼睛湿润了。

申桂莲插言：“老祖，别人的咱不收，老王是老朋友了，收下吧。”

王福祥边往外走边说：“我回走了，有空再来看你们。”

王福祥怕申桂莲出来送，把两人推向更为尴尬的境地，急三火四出了屋。到了院门前回头看，她没跟来。葡萄架下，朗诵活动还在继续，一个女青年的声音慷慨激昂，听上去像吵架。

70

宋小英带回了《思念》那首诗，出于好奇看了。这一看，被祖国庆火热的情感，以及展露的才华所打动。此后两个来月，她又看了十几遍，达到了背诵的程度。祖国庆约她参加诗会后，又来过多次电话。每次她虽然极少说话，却给足了他面子，听他滔滔不绝地说下去。不知不觉，她对祖国庆的印象阳光起来。临下班前，她钻进单位的资料室。以前，她经常来看杂志，欠了钱以后再没来过。既有忙于挣钱还债的因素，又有怕碰上债主的顾虑。她从书架上拿了几本国家级的文学期刊，坐在椅子上翻，只看目录不看内容，查找祖国庆的诗歌。接着，又在省内的文学期刊上查找。正翻着，有位女同志站在了身边。女同志是她的债主之一，团里的行政人员，没管她借钱之前，两人平均两三天长谈一次，仿佛有说不完的话。自从借了钱，到约定还钱的时间还不上后，宋小英有意躲着她，即使偶然相遇，说话也少了，并且极不自然。此时，宋小英以为她要提还钱的事，心揪了起来。

女同志说："小英，支部书记让你去一趟。"

宋小英松了一口气，起身把杂志放回书架。

女同志低声说："你得有个准备，书记知道你在外边唱歌了。"

宋小英早有准备，清楚迟早会有这一天，"谢谢你了。"

女同志犹犹豫豫地说："还有件事，不好意思张口。那钱……"

终于还是提到了钱，宋小英脸红心跳，"放心，过几天一定还你。"

女同志听她多次说过这话，已经不再相信。她为难地说："小英，咱俩这么好，我不好意思张口。"她掉下两颗泪，"我爱人总和我吵。昨天，他看好一棵君子兰，要买，管我要钱，我没有，又跟我吵了一场。我不会惯他，能过就过，不能过就离。"

宋小英掏出手绢，轻轻擦拭着她脸上的泪水，觉得自己不但有罪，而且罪孽深重，害了自己，也害了别人。

这是个酷热的夏天，在烈日的暴晒下树叶蔫了，绿得发涩，微微打着卷。宋小英背着兜子，闷头走下台阶，心事重重。她真正的危机来了！刚才，书记非常严厉地批评了她，说同志反映她在歌厅唱歌，影响很坏，明令禁止她再去歌厅，并要求她写一份书面检查。她最多再唱两天就不能唱了，也就是说，再也无从挣钱还欠款了。而事实上，不仅几位女债主直接讨债了，就连那位从没提过让她还钱的男同志，也拐弯抹角张了口，再不还说不过去了。那种日子她闭上眼睛就能触摸到，心随之打冷战般抽搐。她一筹莫展，有种被逼上绝路的感觉。这时，她看见祖国庆迎面走来，没骑自行车。

祖国庆微笑着，“我来过两次，没碰上你。功夫不负有心人，总算碰上了。”

她遭遇了挫折，心软软的，加之对他已有些许好感，说起话来和风细雨，“有事吗?”

“有些话电话上不好说，想当面谈谈。”

她实话实说：“我真的有事，现在已经晚了。”

他直来直去，“你是去歌舞餐厅吧?”

宋小英没想到他也知道，脸唰一下红了。

“业余时间唱歌没什么不好，我想知道，你有啥难处?”

“没有，出于喜好。”

“我想，如果你有为难处，咱们可以商量着解决。”

“谢谢你，我真得走了。”

“咱们顺路，我送送你。”

她知道这是借口，并不坚定地回绝，“不用吧。”

他顾及她的感受，“送你到歌厅门前，我不进去。”

她默许了，朝前走去。

祖国庆心领神会跟上来，跟她并肩走着，试探，“第一次上你家回来，我给你写过情书，没敢给你，撕了。”

她脸更红了，也很感动，扫了他一眼，“是吗?”

“真的。”他说着，凝视着她，“前几天那首诗看了吧?”

她略一犹豫，“嗯”了一声。

“一家杂志要发表，等刊登出来，我送你一本。”他停顿一下，“小英，你能不能给我个机会，一个让你了解我的机会?”

她想起欠的那些钱，以及眼前的困境，有些看不起自己，“我值得你这样吗?”

他表情严肃，点点头，“值，值得我为你做一切，甚至献出生命!”

她被感动了，眼泪好悬没流出来，“我相信。”

“你同意了?”

她不好意思地垂下眼帘，“就算吧。”

他大喜，挥舞一下手臂，说出了诗一样的话，“我是粒远古的莲子，等待着在你送来的一汪水中复活。”

宋小英钦佩地瞥了他一眼。

他看见了，不好意思地说：“让你见笑了，我有些得意忘形了。”

宋小英笑了，“我没觉得有什么不好。”

远处，摩电车卡啦卡啦响着驶来。祖国庆说了句“车来了”，一把抓住她手，朝车站跑去。开始，宋小英有些不自然，被他牵着跑，扭扭捏捏的。跑出几步顺过了架，自然了，跟他并肩跑在一起。

改革开放催生了许许多多新事物，歌舞餐厅便是其中之一。之所以称为歌舞餐厅，是因为它是歌厅、舞厅和餐厅的混合体。这里，是那些腰包首先鼓起来的人和权势者的天下，他们优越感十足地边吃喝边点歌，兴致所至还要下场跳上几曲，疯狂挥洒着金钱。宋小英今天来，心情又与每天不同，恨不得顾客都点自己的歌，多挣一些钱。她尽量不去想，唱不了歌以后如何还欠款。然而，老天仿佛跟她作对，点她歌的人很少。台上，一个男歌手卖力地唱着《擦皮鞋》，歌声和伴奏以压倒一切的气势回响。她正发呆，服务员递给她一张点歌单，是客人点她的两首独唱，另外还有个她和其他歌手的大联唱。她眼前一亮，精神抖擞地上了台。五颜六色的光柱在弥漫的烟雾中，如同醉酒后四处乱窜的精灵，晃得人们眼花缭乱。

她在麦克风前展开点歌单，“下面我代表一号台的钱先生，把一首《酒醉的探戈》，献给吉林红旗造纸厂的张抗战部长，希望能够喜欢。同时，祝张部长万事如意，年年有今夜，岁岁有今朝!”

一号餐桌正中，坐着一个穿西装的男子，面前放着一叠钱，双手举过头顶，啪啪啪地鼓掌。他身边那些男女马屁拍得山响，纷纷做出激动状，用扎啤杯子在桌上蹾着，弄出咣当咣当的响声。宋小英料到，西装男一定是张抗战。她唱第二首歌的时候，西装男打发服务员送来一百元钱，每首歌五十。这么长时间，给自己捧场的不少，但给这么多钱的不多。她唱着歌，觉得张抗战这名字耳熟，一时想不起在什么地方听说过了。当大联唱开始，另外四个歌手跟她站成一排，轮流高歌时，张抗战离开座位走来。他被酒精浸润透了的脸红通通的，笑容在酒精里绽放，手里捏着一沓十元一张的钱。服务员跟着他，捧着五束花。花是张抗战买来送给歌手的，歌手再拿花跟歌厅兑换钱。到了台前，张抗战接过花束，一一献给五位歌手。每献上一束，都要把钱塞过去两张，并同歌手热烈握手。男歌手他一只手握，时间短暂；女歌手他用双手，半天还依依不舍。轮到宋小英时，他塞过去四张钱，手握得尤其长久。这时，宋小英忽悠一下想起，张抗战这名字听王广财说过，他家最大一笔君子兰买卖就是和这个人做的。当她下了场，去卫生间回来，发现张抗战那张桌空了，桌面杯盘狼藉。

服务员来了，说：“英姐，三十号台有位先生请你过去。”

她朝三十号台看了一眼。那台在角落里，光线暗淡，模模糊糊看见一个人影。音乐震耳欲聋，人们或畅快地吃喝，或为了让对方听清，极具穿透力地喊着交流。如果说这餐厅还有相对清静的地方，那就是这角落了，起码在身边说话还听得见。她来到角落，居然看见了张抗战，一个人坐着。

宋小英问：“你找我？”

张抗战笑容可掬地指了指身边的椅子，“请坐。”

她坐下来，问：“你们不是走了吗？”

“他们走了，我又回来了。”

她好奇地问：“张部长，你在造纸厂哪个部？”

“以前在三产公司，现在是销售部经理，没别的能耐，批平价纸找我。”他耐心解释，“纸张分平价和议价，平价是计划内价格，议价是市场价格。拿到平价纸就等于拿到钱了，可以按议价卖，挣中间差价。”

她并没往心里去，“到时候一定找你。”

见她对平价纸不感兴趣，张抗战又换了个角度，“实际上，挣钱的方式很多，你不一定这么辛苦。比如，养君子兰。”

同志给了宋小英一棵君子兰，品种固然不好，总归是养了，随了全市汹涌澎湃的养兰大潮。但她没说，表情也是不感兴趣的样子。

张抗战屡试不成改了道，眼光忧郁地说：“不提这些了，说正经的，看到你，想起了我爱人，你们长得太像了。”

“你爱人怎么了?”

“去世了，车撞的。”他不忍心再说下去，因为爱人还活着，他穿的这套西装就是爱人熨的，“我爱人歌唱得好，有一年我发高烧，她坐在我身边，一边流泪，一边唱《路边的野花不要采》。”

她觉得不可思议，“你生病她唱这个?”

他情知说走了嘴，但既然错了，索性将错就错，“她只会唱这个。”他把自己说感动了，眼里泛上了泪花。

那泪花宋小英捕捉到了，有了同是天涯沦落人的感觉。

张抗战凝视着她，“咱们可以交个朋友吗?”

“已经是朋友了。”

“朋友有远近，更近一步的。”

宋小英从他的眼神里，隐隐约约感到了不安分，说：“既然你拿我当朋友，你就是我大哥哥了，我去给你献支歌。”

“等等，我有话说。”他在两个裤子兜，分别掏出一沓美金，又在上衣里里外外的兜中，分别掏出三沓人民币，掐在手里一大把，递过去，“一共一万多元，够你挣十年八年的。”

张抗战这种人她虽然没见太多，两三个却有，从没放在心上，过去就过去了。她没接钱，问：“为什么给我钱?”

“你到这地方唱歌，无非是想挣钱。有了这些钱，你用不着来这，就能过上安稳的日子。”

“你不是想做慈善吧?”

“怎么说呢?”他犹豫一下，“没别的，只求你跟我去宾馆，哪怕一个小时也好。”说完，把手里的钱往她怀里塞。

她急需钱，有了这些钱，从此高枕无忧，用不着再躲着债主走了；父母的钱也能够还上了，那都是父母从牙缝里省下的，家里已经好久没买肉了。但是，她不能接，接了就把自己摆在妓女的位置上了，接了就背离了自己做人的宗旨，接了自己一辈子会内疚。她把钱推开，鄙夷地说：“你把我当啥人了？我可以缺钱，但不可以缺人格！”说完，起身走了。

宋小英回到后台正喝着水，服务员递来一张叠着的纸。

“一位先生留给你的。”服务员说。

宋小英以为是张抗战送来的，没接，“你说我不在，还他。”

“他和一帮人在这吃饭，走一个多小时了，我忘给你了。”

显然，这纸条与张抗战无关。她接过来展开，上面有两行钢笔字，“小英：你下班后到厂里来一趟，有急事。厂里加班，得忙到后半夜。我等你。”落款是杨立新。她紧张了，知道他曾来过，看见了自己，怕自己难堪才没打招呼。这么晚了，他急迫地让自己过去，一定是想劝自己别来唱歌了，并会痛心疾首地说些大道理。那些大道理她都懂，用不着任何人说教。因此，她不想去。可不去吧又怕他见不着自己，回头跟父母说，让父母瞎操心。于是，决定去一趟，叮嘱他替自己保密。即便他觉得责任重大，如鲠在喉，不吐不快，也要等过几天自己不唱了再说。可惜的是唱歌的日子不多了，这一走耽误了挣钱。

71

杨立新工厂刚起步时，他家就是车间，也没雇工人，小打小闹绰绰有余。一个月后，生产步入了正轨，产品供不应求，小池塘难容大鱼，他租了一处生产场地。那里，以前是一所中学的校办工厂，小院子，四间房，生产豆腐。豆腐厂干大了，另选了一处更利于施展的地方。据说，市里因为豆腐供大于求而取消了豆腐票，与这个厂大批量生产有直接关系。他进驻后，四间房一间做仓库、一间做车间、一间做办公室兼食堂，另外一间做职工宿舍。刚搬来时，宋小英跟父亲来过。工厂离歌舞餐厅一站多地，她走着来了。进了工厂，车间灯火通明，工人们正在加班，她在东间找到了杨立新。车间角落放着个纸箱子，杨立新跟两个知识分子模样的人围着箱子坐着，箱子上摆着一个大账本。看见宋小英，杨立新迎出来，把她让进办公室。办公室狭小而简陋，灶台占了三分之一，满屋子饭菜的味道。靠着灶台，有一张旧两屉桌，两把椅子，其中一把自用，另一把摆在办公桌前。

她在办公桌前坐下，抓起一沓稿纸扫了一眼，见上面写着“思想汇报”，惊讶地问：“杨叔，你还不是党员？”

“一直在争取，这是今年的思想汇报。”他进入了正题，“小英，找你来有件急事。”

宋小英放下“思想汇报”，等着他给自己上课。出乎意料，他说出的却是另外的事情。

“我跟学校正式谈了，把这厂子交给学校。车间那两人是学校派来的接收大员，加班把账拢一拢。”

“校办企业免税，个体、私营都往学校挂靠，你也挂靠？”

“我净身出厂，把工厂交给学校三产公司。学校开始不同意，以为我一时头脑发热。后来见我态度坚决，这才同意。从明天起，这厂跟我没关系了，我想把遗留问题处理利索，不留遗憾。”

“赔钱了？”

他笑了，“你和我们学校领导想的一样。实际不但没赔，还挣了不少，订单多得干不过来。我当时开这个厂是逼上梁山，只想把工厂办好，还上学校、老师们的钱，现在愿望实现了。”

“那应该继续干呀。”

“办工厂与我的信仰格格不入。况且，我也不喜欢搞经营，更喜欢教书育人。学校研究了，我回去后任政治教研组组长。”

“杨叔，你是我见到的真正好人，真正的共产党员！”

“可别这么说，我不是党员，离党的要求差得还远。”

“你属于思想上入了党的，在我眼里你比党员还党员。现在这些人眼里只有钱，而你呢自己的钱都不想要。”

“让你一说，我都不好意思了。受党教育一辈子，想改都改不了。明天移交工厂，别的事情都处理好了，唯独你家这事还悬着。碰巧看见你了。”他伏身打开桌子的柜门，拿出一个鼓鼓的布拎兜递给她，“这个你拿去。”

她接过来看了一眼，里面装着十捆十元一张的钱，“这是干啥?”

“你父亲的专利钱，一万元。”

她把拎兜放在桌上，“你为什么不自己送?”

“前天你父亲来了，让他拿着就是不拿，说拿了就等于明里拿着国家的钱，暗地干私活，搞第二职业，违反组织原则。其实，这点钱算不得啥，没他我也办不了这个厂。”

“那我更不能收了。”

“这次不一样，以前这个厂是我的，当初你们为了帮我。我没经你们同意，把工厂交学校了，就不能不考虑你们利益了。你不收我也送不回去，账都封了，只好用你的名字存上，给你们留着了。”

“这么做不好。”

他搬出了激将法，“你嫌少吧?”

“杨叔，可别这么想。”

“那你就拿去，我这还有一帮人，得忙到后半夜去。”

“好吧，听你的。”她松了口气，明天由钱产生的一切烦恼都会烟消云散，日子又要恢复正常了，想一想身子都轻飘飘的。这一放松，她忍不住问：“你在歌厅看见我了?”

杨立新装糊涂，“看见啥了，你有事情瞒着我?”

她摇了摇头，“没有。”

他起身说：“天晚了，你带这么多钱不方便，学校的车在这呢，我让他把你送家去。”

她喊：“杨叔。”

他刚走出一步，又站住了。

她感激地说：“谢谢你了!”

他转身往门外走去，说：“这孩子，我以为有啥事呢。”

72

君子兰开发公司召开理事扩大会，把理事和不是理事，但小有名气的养兰专业户统统找了来。如今理事们与公司成立之初不可同日而语，都成了万元户，腰包鼓了，精神足了。当年都是骑自行车、走路、乘公共汽车来开会，而今大多数开着小车来了，最不济也骑了辆摩托车。那些并非理事的养花户，虽然没有小汽车和摩托车，甚至看上去和普通老百姓一样，却给人一种深藏不露的神秘感。权利民把小茧蛹似的轿车，停在公司门前，从车里下了来。刚站稳，看见陈东升走过来。权利民一直躲着他，现在没地方躲了，便装作什么事情都没发生，微笑着等他走近。

陈东升打心里往外恨权利民，讥讽，“老权，你这么有钱该换辆车了，买个进口车才符合你身份。”

放在以前，这是再平常不过的玩笑话，此时权利民听起来却十分刺耳。他不自然地笑着，“我不算啥，咱公司有钱的多了。”

一根刺来了，骑着自行车改装的燃油助力车，突突突响着，车屁股喷着浓烈的黑烟，停在他们身边。

权利民有意转移目标，“一根刺，你也太抠了，挣那么多钱咋连摩托都舍不得买?”

一根刺熄了火，用铁链锁着车子，“这挺好，骑起来省劲。”

陈东升借机溜了，朝楼里走去。

王福祥进来时，看见会议室门外站着“黑西服”，就知道周秃子已经到了。由于天热，“黑西服”穿着黑衬衣。如今，跟着周秃子的“黑西服”，已经从一个发展为两个，昭示着他在金钱上的丰收和黑道上的成功。王福祥撒摸一圈，全坐满了，只有周秃子身边椅子空着。周秃子正捧着一本英文教材看，嘴里叼着过滤嘴烟。要不是他把脚放在这把椅子上，早坐上人了。见王福祥过来，周秃子把脚拿下去。

王福祥坐下后，扭头去看他手中的书，只见满纸洋文，以为他从此要走阳光大道了，夸赞，“看上洋字码了，好，年轻人有出息!”

周秃子合上书，用手指夹下唇上的烟，说：“总在一个地方混眼界放不开，我想学好英语，跟西方黑手党接轨。”

王福祥听得目瞪口呆，接不上话茬了。

鲁马列说：“人来齐了，开会吧。”

苏董事长说："今天召集同志们来，主要讨论市里建立交桥，号召捐款的事宜。同志们都知道，咱市的财政不宽裕，是个吃饭财政。啥叫吃饭财政呢，就像各家各户过日子，钱只够吃饭的，想干别的没钱。从这一点说，咱们应该体谅市里的难处，为家乡建设添砖加瓦。"

一根刺并不知道今天开的是捐款会，否则就不来了。他一直视捐款为猛虎，简直跟要他命一样。他打断了鲁马列的话，"又要捐款，我又不是摇钱树。"

苏董事长没回应他，接着说："这次捐款，市领导非常重视，开会地点定在市委会议室，市委书记到场讲话。凡是捐款一千元以上的，在立交桥的石碑刻上捐款人名字。这也是宣传咱们，宣传君子兰的好机会。下面，同志们都发表发表意见。"见没人吭声，点名，"老王，你是大户中的代表，你谈谈。"

王福祥会前就知道要为建桥捐款，本想找个借口不来了，可想起祖副书记的一番话，又改变了主意。老祖脑瓜子别在裤腰带上干了一辈子革命，临回了家，只留下没同意建立交桥这一桩憾事。他在位自己也不管了，他退了自己就不能不替他捧场，也不枉两人相识一场。他拉开架势不但要捐，而且还不能比别人少。他说："市里建立交桥是为咱草民着想，自古以来修桥铺路是积阴德，在座的谁都不差那几个钱，在哪都省了。"他想进一步鼓动，问："君开发说没？"

鲁马列不解地望着他，"啥意思？"

王福祥说："君开发要提到那就铁定了。"

鲁马列恍然大悟，"咱公司的文件没提，这是自愿的。"

苏董事长说："一根刺你说说。"

一根刺愁眉苦脸，"我真受不了啦，村里架个桥、修个路让我捐，在这儿又让我捐，啥时候是个头呀！"

有人说："现在摊派太多，省里有个干部出书，硬让我掏了一千。"

苏董事长纠正，"同志们，听我解释，捐款和摊派不是一个概念。摊派是你拿钱得拿，不拿也得拿。捐款是自愿的，周瑜打黄盖——一个愿打一个愿挨。"

权利民打算帮衬鲁马列，但他深知，对眼前这些人讲大道理，无异于对牛弹琴。他采取了迂回战术，"我认为这款该捐。咱们一向被人家看作二流子，瞧不起。那些人一面瞧不起咱们，一面又觉得手痒痒，削尖脑袋想挣钱。咱们就是要让他们看看，别拿豆包不当干粮。”

王福祥从未如此思考过，听他这么一分析，不禁有些激动，与权利民第一次站到了一个战壕，“我那花籽，一粒就够上班的挣一年了。”

有人喊：“有句话叫苞米面肚子，的确良裤子，那帮家伙看上去穿得溜光水滑，岂不知回家净啃咸菜。”

苏董事长及时打断他的话，“咱们都是君子兰界的代表，说话要注意啦。管人家干啥，说自己的。”

周秃子起哄地喊了一句：“OK。”

鲁马列说：“同志们，谁捐多少报个数，到那天按报的数捐。”

众人报了数，大多只想拿一两千，权利民捐了个吉利数，六千元。

轮到王福祥，他清了清嗓子，“多了我拿不出，捐一万吧。”

鲁马列激动地站起来，说：“我建议，大家为老王鼓鼓掌。”说着，带头鼓起掌来，掌声响成了一片。

掌声停了，一根刺不好继续唱反调，一脸苦大仇深的样子，“我多了没有，拿二百吧，我也不想在石碑上留名，死了两腿一蹬，两眼一闭，留不留没用。”

苏董事长说：“你这个一根刺呀，这点钱咋拿得出手。古人说：人过留名，雁过留声，有条件你为啥不留？再加点儿。”

鲁马列也说：“一根刺，你不大不小也是名人了，可别给大伙儿脸上抹黑呀，给你记上五百了。”

一根刺紧锁眉头，默认了，嘟嘟囔囔说着什么。

王福祥发现周秃子紧张起来，紧盯着窗外，便问：“瞅啥呢？”

周秃子说：“来了几个公安，抓我的。”

王福祥顺着他目光望出去，门前几个警察从车上下来，进了楼。周秃子腾的跳起来，几步蹿到窗台前，抓住窗框子上了窗台，从敞开的窗户跳了出去。

苏董事长问：“小周怎么了，咋跟小孩子似的跳窗户？”

王福祥替周秃子掩盖，“他有急事。”

鲁马列说：“再急也不能跳窗户呀，这是把公司当他家了。”

两个警察出现在门口，往屋里张望。苏董事长迎了出去。片刻，回到门前，朝鱼虫子招招手。鱼虫子拉开架势不想捐款，一直躲在角落里没报钱数。听见招呼心中一喜，以为躲过捐款了，赶紧溜出去。鲁马列觉得事发蹊跷，也跟了出去。不一会儿，苏董事长和鲁马列回了来，脸色都不好看。

苏董事长坐下来，说：“鱼虫子卖假酒喝瞎了人，让公安抓去了。”

鲁马列说：“第一次开这么窝心的会，从窗户跑一个，警察抓走一个。算了，不说了，今天到这儿吧。”

73

八点半刚过，王福祥把车停在市委门前，拎着装满钱的编织袋钻出车，低头瞄了眼身上的灰涤卡裤子，拽了拽已经发黄，下摆散落在裤子外边的白色长袖衬衫。他本可以用王广财公司的支票，把捐款转到政府指定账号。但为了显摆，直接把钱拎了来。他径直往院子里走去，刚走几步，被把门的武警拦住了，让他到收发室开个入门证。王福祥沿着院墙往左走出几步，钻进一个小门。屋里或蹲或坐着几个农民模样的人，登记的窗口前，一位干部正在填入门证。

王福祥凑上前，手从窗口伸进去，说：“人家让开个进门的东西。”

一位胖妇女递出个小本，上边拴着一支圆珠笔芯。如今，王福祥已经会写自己名字，但还是被这个小本难住了。本子上有许多格，明摆着不仅仅是签个名就能了结的。即使只签名，他也不知道该往哪签。他本来挺得意，这时汗水唰地涌出来。他捏着小本寻思，今天这脸算是丢尽了。身边的干部刚填好入门证，低头往黑拎包里塞圆珠笔。

王福祥把小本本递上去，“师傅，我不认字，你帮我填上。”

中年男人扫了他一眼，接过圆珠笔芯，“你叫啥？”

“王福祥。”

干部抬起头，惊喜地盯着他，“你就是养‘破烂王’的王福祥？”

王福祥从没怀疑过自己的名气不够大，对这种事情也习以为常了，回应，“是我。”

干部脸上挂上了微笑，“你的大名如雷贯耳呀！”

王福祥终于找回了自信，淡淡地说：“没啥大不了的。”

中年男人边写边问：“你找谁？”

王福祥自豪地说：“不找谁，政府找我开会。”

写完后，干部把本本替他递进窗口。胖妇女在上面盖了章，撕下半张递给干部。

干部把那半张纸又递给了王福祥，问：“老王同志，我家有棵君子兰，啥都挺好的，就是开花夹箭，该咋办呢？”

“好办，你给它浇啤酒，浇一阵子箭准蹿上来。”

干部饶有兴趣地说：“好家伙，花也喝啤酒！”

“花的酒量大，一次得给它喝一瓶，跟浇水一样，三天浇一次。”

干部取到了真经，说了感谢话，又握了他的手，心满意足地走了。王福祥正要走，听见身边有个熟悉的声音，侧头一看是周秃子。这小子浑身上下焕然一新，一边倒的头发涂着发蜡，鼻梁上卡着水晶墨镜，黑衬衣、黑裤子。

周秃子没看见王福祥，冲着窗口生硬地说：“我是来开会的。”

胖妇女递出个小本本，“填上。”

“是政府请我来的。”

“那也得填。”

周秃子脸色变了，推开小本子，“我还从来没填过这破玩意儿呢，这会我不开了。”

王福祥拉住他，抓过小本本放在他面前，劝着：“小周，这是何苦呢，让填就填吧，我都填了。”

周秃子瞪了胖妇女一眼，不情愿地写起来，边写边说：“爷们，今天是看你面子，要不是你，我抬腿就走。社会我混这么多年啦，白道黑道咱都练过，啥时受过这个气。”

王福祥安抚地拍了拍他后背，替他把填好的小本本递进窗口。

市委办公楼是伪满时期日本人盖的二层楼，楼外立面抹着“疤瘌灰”。楼旁的停车场，齐刷刷停了一排小车，他认得出，基本都是公司理事的。他把车停在那一排车旁，拎着兜子下了车。周秃子也从一辆桑塔纳轿车里下来，朝他走过来。

王福祥说：“行啊，鸟枪换炮了。”

周秃子说：“从一个倒腾钢材的手里买的。”

“多少钱?”

周秃子没直说，“开始，他说我出的钱少，不想卖，我去了两次就把他摆平了。”

两人肩并肩，说着话往楼里走，王福祥边走边四处撒摸。

周秃子问：“找啥呢?”

王福祥应付：“没啥。”

王福祥寻找的是一个垃圾箱。他清楚记得，“文革”前的一个阴雨天，他推着车子走到市委门前，站在树下躲雨，看见楼门旁摆着个绿色的木制垃圾箱，堆得上了尖，都是纸张一类的破烂。楼里出来进去那些穿中山装和制服的人，连看都不看那些宝贝一眼。他当时想，自己能进去多好，那肯定是这行当中最走运的，保证不少挣。如今，垃圾箱不见了，原位栽种了灌木。楼门前的台阶旁，几个机关的司机或蹲或坐，瞅着停车场里的车，说着闲话。

一个骂：“妈的，这不是资产阶级向无产阶级示威嘛!”

另一个骂：“都不是好东西，一群赖子。这年头，不三不四挣大钱。”

周秃子本来已经过去了，听见了咽不下这口气，回转身去。

王福祥怕他惹是生非，赶紧拉着他往前走，“算啦，算啦。”

周秃子瞪着眼，“胆肥呀?他再敢说一句，不出两天我就卸他一条腿。他一条腿值不了多少钱，顶多两千。”

王福祥胆怯地四处看了看，“别瞎说。”

周秃子无所顾忌，“我这人不信邪，从小就霸道。六岁时，三九天，我娘给我生了个弟弟，我怕他抢了我以后的好处，把房门大敞四开。我娘骂，小王八蛋，你干啥，找死呀?我说，冻死他!”说完，他嘿嘿笑了。

王福祥应付：“是够霸道的。”

王福祥走进市委大楼，尽管有一兜子钱撑腰，走得还是稍显紧张。周秃子则大步向前，目中无人。在楼里，他们跟几个理事不期而遇。几个人如同在自由市场里一般大声说笑，引得干部纷纷出来观瞧。干部们响应市委号召，家里或多或少养着君子兰，并想以此提高生活质量。那些养“破烂王”的，满走廊搜寻王福祥身影；养“权部长”的，瞪大了眼睛寻找权利民，刮起了一股地地道道的寻根热。

市委二楼会议室里，捐款进行得相当顺利。为了表示重视，市委书记亲临讲话，讲了市里大力发展君子兰的决心，以及一些具体政策。最令人振奋的是，书记提出要把君子兰作为产业抓。接着，进入了正题，说市里拟建的立交桥如何重要，财政又如何吃紧。最终，给君子兰大户戴了几顶“高帽”后，捐款便在摄像机默默环视下、照相机频频闪光中开始了。前后用了十多分钟，十多张支票和一堆现金就摆到了桌上，总共二十多万。

由于王福祥捐款数目巨大，位居捐款人之首，电视台记者把镜头对准他，专门进行了采访，说：“王福祥同志，你作为首先富起来的个体户代表，请你谈谈捐款的感想。”

王福祥脑海里一片空白，干嘎巴嘴说不出话来。

记者有意使他放松，“你捐了多少?”

他稍觉自如了，“一万。”

“目前，万元户是一个致富的目标，你一次就捐出个万元户，可见你有很强的社会责任感。”

他完全放松了，“钱不是大风刮来的，干别的我心痛，给市里建桥不心痛。”

“为啥捐这么多?”

“没有毛主席、共产党就没有我今天。还有邓小平，没有邓小平他老人家，就没有改革开放，我想捐也捐不出来。”他感到说得不够圆满，补充，“那只有捐血了，可我的血不纯，当年打过鸡血。鸡血在我身上不犯向，没准再打给别人就犯向了。”

记者引导，“你认为捐款建桥的意义在哪?”

“意义嘛，”他想了想，“钱这玩意儿生带不来，死带不去，有了钱就得做好事。修桥铺路是积阴德，天大的好事，能使死了的先人早托生，活着的子孙也跟着升官发财。别看人活着不管不顾的，其实阴间有双眼睛盯着你呢。”

“这是迷信。”

“不管咋说，人做每件事，阎王都拿小本给你记着呢，跑不了你。”

记者笑了，“你说得挺吓人的。”

当天晚饭后，王福祥和大郭坐在炕沿上看电视。大郭是谁？他是陈伟介绍来接替自己的。这小子大块头，小时候上过几天业余体校摔跤队，来之前属于待业青年，跟几个曾经同在摔跤队待过的，整天守着沙坑切磋技艺，练出了一身还算可以的本事。他跟陈伟一样尽职尽责，除了晚上看电视，从不在屋里偎着。这时，电视屏幕上出现了跳霹雳舞的画面。

王福祥问：“耍啥狗坨子呢？”

“跳霹雳舞呢，外国传来的。”

王福祥用牙签剔着牙，“换台。”

大郭下了地，走过去，不情愿地转动电视上的旋钮，换了频道。这一换，王福祥的身影赫然出现在屏幕上。大郭兴奋地喊：“快看，你出来啦！”

王福祥眼睛都直了，果然是自己捐款的画面。日常生活中，他的身材并不伟岸，出现在电视上却那么高大。记者提问后，他的回答被掐头去尾，变得异常简短。

他说：“没有邓小平，就没有改革开放，我想捐也捐不出来。干别的我心痛，给市里建桥不心痛。”说完，他的身影消失了。

王福祥跳下地，转着圈儿走，不满地嚷：“我说的比这多，咋就剩了一句。再说了，这记者准是地富反坏右，要不咋把我提的毛主席给勾了，我明明提到了。”

大郭说：“王叔，快看，祖书记去世了。”

电视画面是一张老祖中年时穿中山装的照片，播音员正在播老祖去世的消息。他愣了，断断续续听播音员说了几句。不是播音员断的，是他思路断的，一句是“因病去世”，另一句是“骨灰安放在朝阳沟革命烈士公墓”。直到画面换了天气预报，他才回过神儿来。想起自己去看他时他说的那些话，眼圈红了。

74

祖副书记脑溢血复发，住进了医院，抢救过来后只清醒了几分钟。此后，直到去世再没睁开过眼睛。那次苏醒，他把孩子们叫到床边，言语基本清晰，“你们一辈子都要听党的话，跟党走。”接着，目光落在申桂莲脸上，嘴唇抖动着，好半天没说出话来。申桂莲以为，他还要说“我对不起你”一类的。

然而，他说的是，“存折上的六千元，替我交党费吧。”

出殡时，阴云密布，一场大雨下得满世界水洗一般。打从太平间拉出他的遗体到火化，儿女们哭得昏天黑地，申桂莲一滴泪没流，神情恍惚，沉浸在幸福得让她战栗的日子。她想起，她和老祖的婚礼，两人当着乡亲们拜天地，心里甜得跟灌了蜜似的。她想起，老祖跟八路军走的前一天，她守着油灯，一直等到二半夜他才回来。那一晚，两人紧紧抱在一起，直到天亮。她也想起了老祖有病后，两人度过的短暂幸福的时光。她不恨他，仿佛这几十年两人原本就生活在一起，恩恩爱爱。那些美好的往事，她想了一遍又一遍，置身其中。别人跟她说话，总得说上几句，才能把她拉回到现实。

送走老祖回来，她望着空荡荡的床，那些美好的回忆，像块玻璃砸在石头上，哗啦一声粉碎。她扑到床上号啕大哭，谁劝也劝不住，脑海里都是她经历过的苦难。她想起，老祖参军后，自己家里家外忙碌，天天盼着他回来。她想起，千里迢迢赶到吉林市，老祖见到了，但已经是别人的男人。她想起，跟老蒋刚领结婚证，他却成了植物人，自己一把屎一把尿侍候了他十几年。她想起，老祖风光的时候，自己一天福没跟他享过，临到他瘫床上了，老天才让两人破镜重圆。她怎么也想不通，为什么自己是这样一种命。她想着、哭着，眼泪干了，嗓子哑了。孩子们一再劝说也劝不住，默默陪着她掉泪。

早晨，麻雀在院子里的葡萄架上和房檐上，叽叽喳喳吵着，把一宿没睡的申桂莲，从朦胧中唤醒。她起身洗了脸，刷了牙，用手理了理头发，来到院子里，操起笤帚，把每个角落都扫到了，细致得连个小石子、小纸屑也没留下。扫过院子，她来到葡萄架下，坐在椅子上，眯缝着哭得红肿的眼睛，望着架子上一串串紫色的葡萄，心想，它们都熟了！十天前，她最后一次和老祖坐在这里的情景，历历在目。

那天，阳光灿烂，刮着微风。两人相对坐在椅子上，头顶的葡萄架，挂满了淡紫色的葡萄，绿油油的葡萄叶子，沙沙啦啦吟唱着。

老祖望着葡萄，伤感地说："桂莲，我活不到葡萄熟了。"

申桂莲欠起身，用毛巾擦去他流出的口水，"别瞎说了。"

往日，老祖谈到的都是他活着的战友，而在战场上牺牲的战友，名字大多数已经忘记。那天，他居然把忘记的都想了起来，说出一大串牺牲了的战友姓名，甚至逐个讲出了是在哪场战役牺牲的，怎么牺牲的。申桂莲默默听着，有了一种不祥之感。说过了，老祖兴致未尽，唱起了《八路军军歌》。这是申桂莲第一次听他唱歌，歌声含糊不清，却透发出无比的坚定……

申桂莲想了又想，在葡萄架下坐了半个小时，这才起身回了屋，在这个家做了最后一顿饭。吃过后，孩子们分头去料理父亲后事。她给窗台上的"破烂王"浇了水，操起从老家带来，用了几十年的桃木梳子，蘸着水梳理齐整了头发，在纸上写了些字留给孩子，拎上装着自己衣服的包袱出了门。

王福祥以为，院子里的杏树不会生儿育女了，今年却开了花、结了果。他站在杏树下仰着头，瞅着那些挂满枝头已然红晕的杏，正陶醉着，听见敲门声，狼狗叫着扑上去。大郭没在，回家送工钱去了。他喝住狗，打开门上的瞭望孔张望。他眼前陡然一亮，并伴有梦幻般的感觉，申桂莲出现在门前。他意识到，她回来跟老祖去世有关。他手忙脚乱打开门，堵在门前傻笑，莫名其妙地问："吃了？"问完才想起刚刚十点多，有些不好意思。

她应着，"吃了。"

"老祖的事我听电视里说了，你该告诉我一声啊。"

她应付了句"忙忘了"，岔开话，刚买菜回来似的，"我家钥匙呢？”

他接过申桂莲的包袱，说：“快屋来，我给你找。”

申桂莲在椅子上坐下，四处望着。

王福祥给她倒了杯水，放在桌上，说：“这屋跟你走时一样。”

“多了一台电视，奖杯我走时也没有。”

他在炕沿上坐下，“电视是旧的，广财那小兔崽子使的坏……”

“我听小娟子说了，她上我那去过。”

“她没跟我说。”

“我不让她说。”

他试探着，“他婶，回来取东西？”

“不走了。”

“他孩子给你气受了？”

“我自己要走的，孩子说要养我老。”

他喜不自禁，“要回来早说一声啊，也好给房子刷刷浆。”

“我反正没事，慢慢收拾吧。”她问：“还一个人过呢？”

“不想找了，不托底，一个个都盯着我的钱，跟红眼狼似的。”

“好人还是多。”

“出去这些日子，跟老祖扯证了？”

“本想等他病好点，能下地走动去办手续，没能等到这天。”

两人都沉默了。

他先开了口，“他婶，我以前做的那些事，肠子都悔青了。不过，别看我跟那小妖精接过头，可从没出过格。”

“不对吧，你以前说，你俩发生了关系。”

“关系是发生了，可连碰都没碰过一手指头。公司里的人瞎起哄，说让我俩处处。”

她释怀了，“那不叫发生关系，发生关系是指那种事。”

他并不知道，因为自己用错了一个词，引起了人家误解。他瞅着申桂莲，有些难以启齿，犹豫了一下，说：“他婶，咱都这么大岁数了，我也不藏着掖着了。我说句不中听的，你别往心里去，不喜欢就当驴放屁。你这趟回来，把咱俩的事情定下来行不？”

她平静地说："都土埋半截的人了，还有啥不行的。"

王福祥咧着大嘴，傻傻地笑了。

75

王福祥得了大奖至今，已经一年多了。由于收税降下来的君子兰价格，在他回来后迅速攀升。加之，市里发了红头文件，要把君子兰当作产业抓，使得君子兰雄风大振，更加稳固了王福祥在花坛上的霸主地位。因此，少不了有一些个人和企业，请他亲临指导。他的话在别人看来十分重要，是一句顶一万句那种。他讲的时候，人家用钢笔在小本上记。下午，他被企业请去，在花窖里指指点点，唾沫星子乱飞地讲了半天，出来后被拉进饭店，天擦黑才回了家。进屋第一眼，看见桌上多了一台彩电，大郭正拿着布擦屏幕。

王福祥想起女儿说过，张毅群这几天要从日本回来了，便问："是小娟子搬来的？"

大郭直起腰，"广财拉来的，说他姐夫带回来的。"

伴随院门被咚咚咚敲响，以及狼狗的狂吠，传来了喊声："王福祥同志在吗？"

大郭说："他们来了。"

"谁来了？"

"你不是说有大干部来吗？"

王福祥想了起来，"让你找广财，找没？"

"刚才他来家送电视，我告诉他晚上来大干部，还是报社的，让他回来张罗张罗。"

"他有文化，还会写诗，跟人家报社的头头能说一块去。"

"他说，晚上要拉他姐夫四处走走，回不来了。"

"这小兔崽子，我算指不上他了。你快去，把他们请进来。"

大郭让进院子三个人。走在前面的是祖国庆，身后跟着两个六十来岁的干部。王福祥不紧不慢地迎上去。

祖国庆打招呼，“王叔。”

王福祥问：“你咋来了？”

“陪领导调研。我给你介绍介绍，这位是林副省长，这位是省报吴副总编，这位呢是大名鼎鼎的王福祥。”

君子兰开发公司通知王福祥时，只说省报领导来，没说还有一位副省长。如今他名扬天下，省内外来参观的大官见多了，突然来了一位省官，他既不惊喜，也不紧张。他说：“欢迎领导。”

林副省长主动伸出手跟他握了握，说：“你好啊老同志，在一个城市住着，早该来看看了，你是全市君子兰的领头羊啊。”

王福祥已经学会了谦虚，“也就是一般的羊。”

吴副总编也和王福祥握了手，“林副省长百忙中抽出时间搞调研，我们是陪林副省长来的。”

王福祥并不清楚什么叫“调研”，但知道大体是问一问，看一看的意思，便说：“欢迎，我不像别人，掖着藏着的。花都在窖里，随便看，想听啥我说，君子兰的事都在我心里装着呢。”

祖国庆提醒：“王叔，先请二位领导看看花吧。”

两个二十瓦的日光灯，把花窖照得雪亮。客人刚从暗处进来，稍有不适，眯缝着眼睛环视着。

吴副总编最先适应了环境，开门见山，“听说你的花得了全国大奖，哪棵？”

如果解释大花让智真搬去了，那得从“文革”说起，人家不可能有耐心听。张毅群第一年种的那棵君子兰，已经开花结果，成为了他这一窖花中的最年长者。固然，它与母本有较大差距，但这两位领导肉眼凡胎，绝对看不出来。他指着那花，“这棵。”

林副省长凑近了瞅，“这花值多少钱？”

王福祥自豪地说：“咋的也值六七十万。”

林副省长直起腰，“听说花籽也很值钱？”

王福祥说：“还行，一粒能卖两三千。”

林副省长沉思着说：“你这棵大花，顶一个小型企业一年利润了。”

吴副总编问："花价这么高有人买吗?"

王福祥说："刚改革开放，个人能有几个钱，买的都是公家。"

林副省长眉毛挑了一下，"单位买这个干啥?"

王福祥解释，"现在不是时兴第三产业嘛，企业的三产买花养着，打一茬花籽连本带利就回来了，比开工厂合算，还省心。"

林副省长问："买花企业多吗?"

王福祥说："十个三产公司九个半养花，要是公家不买，我的花冲现在这价，想卖出去那是鸡屁股拴线——扯蛋（淡）呢。"

林副省长说："君子兰价格奇高，我看是不法商贩哄抬的，这是在挖社会主义墙脚，败坏社会风气啊!"

王福祥吓了一跳，觉得人家指的是自己，赶紧解释，"说到底，还是公家单位给抬起来的。"

林副省长说："这几年刑事案件急剧增多，听公安厅汇报，大多都跟君子兰有关，甚至恶性凶杀案也出了几起，不容忽视啊。"

王福祥为君子兰辩解："那也不能怕噎着不吃饭。"

林副省长说："吃饭也要吃计划经济指导下的市场经济饭。"

王福祥怕人家冲花价发难，说："花价不能管，一管就死了。"

林副省长并不跟他争论，岔开话，"老王同志的意思说清了，这花现在是公款支撑着，这样下去怎么得了!"

没人接话。王福祥想接，又不知道如何接。

林副省长看了看表，"我还有个会，再见了老王同志，谢谢你了。"

王福祥看在祖副书记面子上，一心想给祖国庆脸上贴金，盯上了面前的花苗。那都是智真说话算话，大花籽粒长成苗子后送回来的，一共一百三四十棵。他拎起两盆小花苗，"领导们都是小祖领来的，别白来，一人一棵，留个念想。"

林副省长拒绝了，"这么贵我们不能收，收了是要犯错误的。"

王福祥故伎重演，"这花在外边是钱，在我这就是根草。"

林副省长不赞同，"怎么是草呢，明明是钱嘛。老同志，你的好意我们领了，花不能收。"他对吴副总编说："老吴，你们谈，我先走了。"

王福祥送走林副省长回了屋，只有祖国庆一个人坐在炕沿上。

王福祥问："你们头头呢？"

"上厕所了。王叔，你给我父亲那棵花，我父亲在时不让卖，前几天让我卖了三万。"

"卖便宜了。你爹革命一辈子，思想放不开，我那么让他卖他都不卖，到底还是让你卖了。"

"不卖就体现不出价值。再说，我结婚需要钱。"

"对象是干啥的？"

"同学，在歌舞团工作。"

"你申姨住邻院，总听她叨咕你们几个孩子，过去看看不？"

"走时去看看，她说腌了几样咸菜，让我来取。"

吴副总编进来，望着柜子上的电视，说："到底是万元户，好家伙，两台电视！"

王福祥说："一台是原先的，另一台是我姑爷才从日本带来的。"

吴副总编在椅子上坐下。大郭在每人身边摆上个杯子，端着热水瓶逐个倒上水后，躲了出去。

吴副总编喝了口水，"改革开放是让一部分人先富起来，最终走共同富裕之路。你这老同志属于先富起来的，起了带头作用。"

王福祥吹捧，"到底是文化单位的领导，说得多好，我就佩服你们这样的。不瞒你说，我儿子就是写字的，诗写得老好了。"

祖国庆有了兴致，"他叫什么名？"

"大号你不一定知道，他写诗有代号。"

"那是笔名。"

"叫啥来着？"王福祥想了一下，记起王广财说过变脸的意思，"我记得叫变脸。"

祖国庆没听说过，没吭声。

吴副总编把杯子放在炕沿上，"老王同志，今天耽误你些时间，咱们好好聊聊君子兰。"

王福祥思索着，"说啥呢？"

吴副总编掏出笔记本和笔，"畅所欲言，想到哪说到哪。我听说这花欧洲最多？"

王福祥说："咱没去过，说不清。听人讲，君子兰在那是长在地里的草，一片片的。我琢磨，那地方的农民肯定要倒霉，这家伙挺老粗的，锄草的时候铲起来多累呀。”

吴副总编在小本上记了记，抬起头，“大花真的值六七十万？”

“就这么说吧，七十万我也不能卖，卖了我就两手攥空拳了。”

“你如何看待目前君子兰的价格？”

“当然好了，要是跟大白菜卖一样价，君子兰也成不了气候了。说到底，还是党的政策好。没有改革开放，这花就没个值钱，不值钱我也到不了现在。”

“我不明白，花价是咋起来的？”

“你问对人了。说实话，牛皮不是吹的，没我这花价起不来。刚开始，一个日本鬼子专家看上了我的花，出大价钱买，我没卖。这事情紧跟着传开了，报纸上又登了，花价一下子就蹿起来了。”

“这个听说过。”

“后来跟风的多了，市里为咱平头百姓着想，号令家家养君子兰。这一说可不得了，跟当年打鸡血似的，呼啦一下子都开始养了，把花价又往起拉了一把。这是第二下。第三下是工厂、学校开始成立公司，搞三产。”他想起，吴副总编家也该有君子兰，问：“你家也养了？”

“我爱人养了几棵。”

“我刚才说到哪了？”

“发展三产业。”

“国家发展三产，这些人也不知道能干啥，可着一棵树吊死人，疯了似的买花养。以前，咱家的君子兰没人买得起，有价无市。三产公司一掺和进来，钱大气粗，出手也大，就又往起抬了一下花价。这三下子出手，花价就成眼下这样了。”

吴副总编停下笔，抬起头，“养君子兰之前，你是哪单位的？”

“没单位，不怕你笑话，我以前捡破烂，我爹也是捡破烂的。我爹捡了一辈子破烂，我捡了半辈子，还不如一棵花值钱，邪门！”

吴副总编边记边说：“好，讲得好，继续说！”

祖国庆虽然不吭声，笔却没闲着，沙沙记着。王福祥见这么有文化的官都夸自己了，尾巴翘天上去了，大讲特讲起来。

76

陈东升眼里的长春市，每一条街道，每一片楼房，都能勾起无尽的忧伤。在这里，他儿子惨遭毒手，老婆离他而去，眼瞅到手的万元户也泡汤了。他觉得自己活得相当失败，大半辈子过去，到头来竟一无所有。为了不触景生情，使自己深陷痛苦回忆的泥淖不能自拔，他决定远走高飞。新兴的深圳经济特区正面向全国招收干部，他主动寄去简历。今天早上，接到了人家回信，同意接收他。下午一上班，他找占局长谈，说自己要调走。任他好话说了无数，占局长横拦着竖挡着就是不放，仿佛少了他工商局就得关门。他清楚，人家并非看自己眼眶子发青，的确是从工作角度考虑的。不放他也要走，深圳那边说了，他可以不拿档案，人先过去再由他们调档。回到办公室，他归拢着办公桌上的东西。心想，这一走也许就不回来了，一会儿该到王福祥家看看，顺便把他答应给自己的君子兰取回来。

局秘书科的老大姐来了，手里掐着小本，说："陈科长，市里建立交桥，已经动工了，号召干部捐款，你捐多少？"

"副科长都捐多少？"

"有二十元的，也有五十的。"

陈东升翻遍衣兜，只掏出四张五角纸币。他把钱扬了一下，"就带这两元，明天我多拿来点，上班再交。"

老大姐想起一件事，"红旗造纸厂的张抗战你记得吧？"

"记得，还是你爱人介绍我俩认识的。"

"告诉你吧，他出事了，投机倒把，倒卖平价纸，被定性为官倒，让人家给撸了，判了刑。上一次他来，我看他兜里揣的都是钱，劝过他，他拿我的话当耳旁风了。"

"可惜这个人了，他如果不管销售，到不了这一步。"

"权力呀是一把杀人不见血的刀！"

这是极平常的一天。只因王福祥得到一个消息，又变得极不寻常。他接待了一位买花的人后，正打算躺炕上休息，陈东升来了。

王福祥问：“啥风把你吹来了?”

陈东升在椅子上坐下，“我调到深圳工作了。”

“好啊，人挪活，树挪死。你找时间，我好好请你吃顿饭。”

“不用了，走之前事多。今天来道个别，顺便要棵花。”

“拿吧，早说给你了，你就是不来拿。”他又问：“干得好好的，跑那么远干啥?”

陈东升忧郁地说：“这地方没啥让我惦记的了。”

“老陈哪，我知道你是让那俩狗男女整惨了，乱了心性。你家老赵都赶上母狗了，到处跑臊。我早跟你说了，他俩有一腿，你就是不信。在大庙我就看姓权的不是好东西，你记得吧，说好给我补助，后来又不给了。直到现在，想起来气就不打一处来。”

“不对吧，我听杨立新说，他给你钱了。”

“是给了，十一块钱，没给足，还是老杨给的，跟他不沾边。”

“不对，立新跟我说，那十一元里有他四元，有姓权的七元。我虽然恨姓权的，可也不能给人家瞎编排，一码是一码。我们那时钱确实花冒了，没钱。姓权的就这点钱，都给了你。”

“我想起来了，当时，老杨是说有权利民七元。我还以为，他是替权利民说好话呢。”王福祥追悔莫及，啪一拍大腿，“都怨我，这些年错怪他了，让他背了黑锅。看来，他还是个好人。”

“你说话有问题，他可不是啥好人。好人要跟他似的，这社会就没好了，乱套了。”

“不管咋说，我误会了人家。”

院子里的狗叫起来。王福祥抻脖子往外瞅。

大郭站在窗前，“王叔，工商局有个姓占的来了，开不开门?”

王福祥立马反应过来，“是占局长，快让他进来。”

陈东升感到意外，“他咋来了?”

“我也纳闷，他很少来，准保有啥事。”

“你别说我在这。”

王福祥往外走去，说：“他真要进来我可拦不住。”

夏季，天黑得晚，斜阳依旧灼人。王福祥在院子里和占局长相遇了。尽管陈东升有交代，他也不好不谦让一下，“屋里坐吧。”

占局长掏出手绢，擦了一把额头的汗，“在这吧，说两句就走。”

王福祥搬来两个小板凳，递给占局长一个，自己留一个，坐在杏树下，问：“小陈没送你来？”

占局长在板凳上坐下，“他调到秘书科了，管车，当干部了。”

王福祥欣慰地嘿嘿笑了，“这小兔崽子，还当上官了！他这是狗尿苔不济长金銮殿上了，没你他整不上。”

“还是人家干得好。”占局长严肃起来，“我来是有件急事，林副省长前几天从你家回去后，跟省一把手汇报了，领导专门开了常委会。会上说，花卖出了天价，不正常，卖花的是疯子，买花的是傻子，好一番感慨。”

王福祥笑了，“不怪人家能当领导，这话说得有水平。”

“你不用笑，等我说完你该哭了。光这么说也没啥，关键是人家听你说，国营企业拿国家的钱买花，气得直拍桌子。他让省报写了几篇评论，祖书记儿子写的，明天第一篇见报，小样拿给我看，我带来了，挑主要的念给你听。”他从上衣兜掏出一张纸，戴上老花镜念起来，“……我们采访了以君子兰名品‘破烂王’，一举夺得全国花卉大奖赛一等奖的王福祥同志，他对当前君子兰价格与价值脱节，以及国营、集体企业受利益驱使，盲目疯狂购买君子兰感到担心。显而易见，君子兰已经从观赏价值中走了出去，越走越远。它以满身铜臭，侵蚀着我们企业和同志们的健康肌体。”他抬起头，摘下了老花镜。

王福祥听出问题严重了，“这可咋办？”

“抓紧把花卖掉，晚了就一文不值了。”

王福祥心存侥幸，“不能吧？这些年，听见风声花价就往下走，过几天又上去了，不伤筋不动骨的。”

“你不懂政治，报纸上的社论那是党的声音。以前，你啥时候见到省报社论评论过花？这一评论，人们按宣传定势考虑，都得跟乌龟似的缩回头去。依我看，君子兰的好日子到头了。”

如果，花真的一蹶不振，对王福祥的影响也不大。他挣的钱够多了，今后即使一分不挣，光吃利息也够过几辈子了。只不过君子兰完了，他也没营生可干了。这么想着，有些后悔，“都怪我这张臭嘴！”

“不完全怨你。这个结果无非是早几天、晚几天，那些事情你不说领导也知道。这就像炸药包放那了，边上放着火柴，一直等着点火，又没人点，你点了。你不点不要紧，还有别人点。”

王福祥脸色开朗了，“你这么说我就敞亮了。”

占局长叠上小样，塞进衣兜，起身，说：“我回去了，这事你知道就行了，明天报纸出来前，千万别跟外人讲，免得人家说咱泄密。”

王福祥起身送他，“把心放肚子里吧，话到我这就到头了。”

王福祥出屋后，陈东升怕占局长看见，坐到了炕头，身子贴在墙上。窗子敞开着，外面的谈话，他一句不落地听见了。既然君子兰要不值钱了，王福祥准备给他的君子兰也不打算往深圳带了，赶紧出手是当务之急。卖给谁呢？不论卖谁自己都像骗子。自己这一生呀，骨子里跟老黄牛似的，吃的是草，挤出的是奶，心善得如同传说中的东郭先生。买主最好是权利民，让他稀里糊涂地损失一笔钱，自己即使被说成骗子也值，良心也不会受到谴责。眼见占局长走了，他下了地，操起桌上的电话，拨了号。

回铃响了两声，电话里传来权利民沙哑的声音，“你好。”

陈东升问：“上火了咋的，咋这声调呢？”

权利民没想到他会来电话，吃惊不小，明显有些讨好的意思，柔声细语，“刚吃过。听说你工作调动了，正想给你打电话呢。”

“我说的就与调动有关，我有棵君子兰，马上要走了，不打算带了，一时又找不到有钱的买家。”

“啥品种？”

“‘破烂王’，一年的花，拿到市场卖，两万不成问题。卖你当然不能这价了，你看着给，别让我亏了就行。”

“那好，看看吧。”

“明天一早上班你来，我在局里等你。”

王福祥进了来，看见陈东升放下了电话，问：“给谁打呢？”

“一个朋友。”

王福祥打算告诉他花要降价的消息，想起占局长的告诫，又忍住了，往外走去，说：“走，跟我拿花去。”

送走陈东升，王福祥给王广财去了电话。放下电话来到院子里，说：“小郭，刚才我们说的话你都听见了？”

大郭正牵着狼狗转着圈散步，停下来，“王叔，你放心，我嘴严，保证不跟别人说。”

“是不能说，我连老陈都没告诉。我想说的不是这个，我琢磨咱得抓紧卖花，等明天报纸一出来，想卖也卖不动了。沈阳的行情一直跟着长春走，我给广财去了电话，他一会儿过来。你俩开咱家的车，拉上花到沈阳去卖。”

大郭担心，“咱家那车跑长途，还不得扔半路呀。”

“那就租个车去。”他想了想，“花价要是没掉下来，咱手里没花，眼巴巴看人家倒腾，肠子都得悔青了。留十棵吧，花价起来咱还有本钱，起不来就当养着玩儿了。”

“好吧，我去租车。”

“不差这一时半会，吃完了再走。上午，买花籽的送些鲍鱼来，我给你们做红烧鱼。”

王福祥去了外屋，转眼回了来，拎着个塑料袋，抱怨：“吃不成了，这也不是鱼呀，送咱一兜子蛤蜊。”

大郭抻脖子一看，笑了，“这就叫鲍鱼，好东西，比鱼贵多了。”

王福祥坚持自己的说法，“蛤蜊没法吃，你俩路上找地方吃吧。”

77

陈东升是在“加强纪律性，革命无不胜”的教诲中成长起来的，养成了较强的时间观念。早上，他照例提前到了办公室，把花放在脚边，打开窗户坐下，展开从收发室拿来的省报，在第一版二条的位置，果然看到了评论君子兰的文章。而且，明确标示是评论之一，想必还会有之二、之三等等。他一字不落地看完，清楚君子兰的黄金时代真的将不复存在，必定会有千家万户把血汗钱赔进去。门被当当敲响了，他把报纸塞进抽屉，说：“请进。”

权利民进了来，拎着蓝布兜子，说：“早饭没吃就来了。”

陈东升坐着没动，“坐吧。”

权利民在他对面坐下，掏出烟燃着，搭讪：“啥时候走？”

“下星期。”他端起花放在桌上，“你看看花。”

权利民把布兜子放在脚旁，摆弄着花叶，“哪来的？”

“王福祥手里买的，你说，两万块钱值不？”

“值。”

“你给一万行吧？”

权利民吐出一口烟，毫不犹豫，“可以。”

陈东升进一步解释，“要不是要走了急等用钱，我就不卖了。”

权利民说：“那你就别卖了，我给你一万。”

陈东升没参透他话里的意思，“那不行，无功不受禄。”

权利民在烟缸里掐灭烟头，拎起布兜子放在桌上，从里面掏出钱，一捆捆码在他面前，“这是一万，你点点。”

陈东升说着“不用数了”，拉开抽屉把钱划拉进去，推上抽屉，问：“这几天看见赵淑珍没？”

权利民没想到他问这事，极为尴尬，“没看见，很长时间没见她了。”

陈东升进一步挤兑，“她和我离婚是想跟你结婚，你能吗？”

权利民下意识地掏出烟盒，抽出一支烟，“这不可能，你也知道，我有多大胆敢跟我老婆离呀。”

陈东升苦笑一下，摘下眼镜擦着，“我真够惨了，你俩在一起二十多年，别人都知道，就瞒着我一个人。听说，你俩还生个孩子？”

权利民的脸一阵红一阵白，慌乱中拿反了烟，把没有过滤嘴的一头叼在嘴上，燃着打火机去点。

陈东升故意提醒，“拿反了。”

权利民一生气把烟掐断，扔在烟灰缸里，“不抽了。”

陈东升挥了一下眼镜，“都过去了，像一片云、一阵风。”

权利民听得出，他在刺激自己，不想再坐下去，站起来，把花放进装钱的布袋子，掏出一张报纸，展开到第二版，摁在桌上，“我欠你的太多，这钱能补偿的话，我也心安了。”说完，拎着兜子走了。

陈东升目送他出了屋，抓起他留下的报纸。首先映入眼帘的，正是评论君子兰的那篇文章。他心里咯噔一下，心想，权利民已经知道花要掉价，也知道自己想把他算计进来，他是在告诉自己，他不是傻子，不是不明不白掉进来的，而是故意往陷阱里跳的。他愣怔半天，有种吃了蟑螂般的恶心，找了个塑料袋，把抽屉里的钱一股脑扔进去，追出去，想把钱还他。跨出门槛后他站住了，略一迟疑，改变了主意，大步流星朝秘书科走去。他脑海中浮现出，楼门边贴出一张大红纸，上面写着为建立交桥捐款的人和金额，在自己名下，将赫然出现一万元的字样。到那时，目前的被动局面必将逆转。等消息传到权利民耳朵里时，自己已经远在深圳了。

78

全国君子兰价格以长春为风向标，跟在长春屁股后涨跌。省报评论发表那天早上，沈阳的花民并不知情，价格依旧。等到长春君子兰降价消息传过来，大多数人半信半疑时，王广财低价把花全部出了手。就此，一出百年不遇的大戏落幕了。多年以后，当“计划经济指导下的市场经济”一词，被“市场经济”取而代之，人们时常惋惜地提起，那其实是全民经商的大好时机。政府和民间也曾多次摇旗呐喊，决心重振君子兰昔日雄风，均未奏效。君子兰作为普通的观赏花，静观云卷云舒，始终不温不火、不声不响地在市场经济中踱着方步。

君子兰不值钱了，家里也没几棵了，安全不再是问题，王福祥辞退了大郭。中午，父子俩请大郭吃了离别饭。饭桌上，王福祥说陈伟他爹病重住了院，让王广财去看看。王广财和陈伟亲如手足的感情，似乎不复存在了，过后见过的那一面，彼此说客气话时都觉得很假。可想想前些年吃住在人家，他爹对自己好着呢，探视是绝对必要的。从饭店出来，王广财打出租车去了省肿瘤医院。

路过君子兰市场，王广财临时起意下了车。路边站着几个人，正在看墙上的布告，他凑上去。布告上印着法院对罪犯的判决，罗列着罪犯的罪行，排在前边的两个死刑犯，名字上打着×。第二个×的居然是周秃子，白纸黑字写着他犯了三四项罪。他和周秃子是上小学时认识的，以后见面只是打打招呼而已。因此，也没太往心里去。他朝市场里走去，路两侧的杨树枯黄的叶子，在秋风中一片片飘飘悠悠落下。君子兰市场转向经营，正在打造服装市场，已经摆上了七八十个铁制的摊床，十几个工人正往上刷油漆。这些摊床有一个是他的，已经交了定金，他将从此走向一个也许辉煌的明天。他围着摊床转了一圈，思量着每个上面挂多少服装。直到胸有成竹了，这才往市场另一出口走去。那里聚着一些人，一个个愁眉苦脸，无精打采，都是贼心不死，幻想君子兰东山再起的花市残余，稀稀拉拉地聚作几堆，顽强地做着最后的挣扎。每当有人走过，他们便凑上去兜售君子兰，那语气听起来就没有信心。当初，能卖一万多元的花，要价几十元，有真心想买的还能更便宜。

王广财看见一根刺蹲在墙根下，低着头，面前手推车上堆满了君子兰，郁郁葱葱。一根刺给他当过师傅，王广财心存感激。他走过去，逗趣，“师傅，做梦娶媳妇呢？”

一根刺眼睛直勾勾地盯着他那些花，一动不动。

王广财又问：“挣大钱了吧，咋不搭理人了？”

一根刺瞅过来，说：“诗人，诗人来了。”

王广财赶紧说：“师傅，可别这么讲，我早不写诗了，这一天天太忙，脑袋里装的都是怎么赚钱，没时间写。”

一根刺埋下头，自顾自地叨咕着。

王广财发觉不对头，“你咋的啦？”

一个卖花的小伙子认识王广财，凑上来，“他得精神病了。他最倒霉，花价掉下来之前，把挣的钱都投进去，盖了两个大花窖，买了一大批君子兰。花价一掉，除了两窖子花，啥钱都没了，成了穷光蛋。因为这个疯了，每天第一个来，最后一个走，雷打不动。一天天蹲在这，不吃不喝，也不跟人说话。白瞎这个人了。”

王广财心里难受，说：“市场我不常来，麻烦你多照看照看他。”

小伙子说：“咱都是干这个的，他人缘好，大伙儿都关照他。”

陈伟父亲平凡得不能再平凡了，而且是人人称道的老实人。他父亲在厂里做清扫工，成天挥舞着硕大的竹笤帚，哗啦哗啦扫厂区院子。这平凡的工作，让他父亲做出了不平凡的业绩，多年来一直是市劳动模范，家里挂满了大大小小的奖状。王广财到来时，陈伟父亲厂里的老领导、老同志都在，挤了满满一病房。他父亲躺在床上，瘦得皮包骨，脱了相，鼻子里插着氧气管，身上盖着毛巾被。陈伟看见他迎上来，全然不像有隔阂的样子。

王广财递给他一千元钱，问：“大爷好些没？”

陈伟接过钱眼泪啪嗒啪嗒往下掉，小声说：“癌症晚期，不行了。”

王广财想起他父亲对自己的好，难受得在他胳膊上拍了拍，哽咽着埋怨：“你咋不早跟我说一声？”

陈伟抹了一把泪，“我不想让你跟着难受。”

“好好的咋得了这病？”

“他跟老工友合伙，用退休金买了君子兰，都赔了进去，着急上火。”

床上，陈伟父亲拉住厂党委书记的手，有气无力地说：“书记，你们不告诉我我也知道，我的病治不好了。”

书记说：“多心了，你的病不要紧。”

“我心里一直装着件事，不跟组织交代死了也不安心。”

“老陈，有什么话说出来，组织上帮你，我们大家帮你。”

“我对不起厂里呀！”

同志们面面相觑，屏声静气，想听听这个年年先进的老同志，能做出什么出格的事情，使他临终前念念不忘。

父亲有气无力地说：“孩子还小那些年，我经常把厂里的汽水往家带，给孩子喝，我有愧呀……”父亲一口口倒着气，说不出话来。

所谓的汽水是厂里自制的，用类似氧气瓶的钢瓶装着，当作防暑降温的劳保用品，供工人们随便喝。那汽水虽然不能跟瓶装汽水相提并论，但类似瓶装的味道，微甜，略感刹口，喝下去有想打嗝的感觉。在工人们眼里那就是水，每天钢瓶里都有大量剩余，谁要往家带，没人说行或不行，只会被嘲讽为小气。偏偏他父亲认真，怕人说闲话，上班时别人喝他不喝，装一些在瓶子里，带回家给孩子喝。每当看到孩子们一窝家雀似的，叽叽喳喳争汽水喝时，他就会产生强烈的幸福感和成就感，愈加热爱自己的工作，一天的疲劳也烟消云散了。他往家带汽水的事情后勤工人都知道，谁也没放在心上，也没人说闲话。可是，他父亲却一直耿耿于怀。

书记眼泪流了下来，紧紧握住他手，哽咽着，“快别说了，别说了，说得我心跟刀绞似的。千不该万不该，归根结底不是拿汽水给孩子喝，而是你不该买君子兰！”

王广财眼泪也涌了出来。他记得，自己也曾喝过那汽水，至今还能想起那沁人心脾的香甜。有人碰了碰他胳膊，一个小花手绢递上来，扭头看，是杨素芳。王广财没接手绢，用手背擦去泪水，问：“什么时候回来的？”

“半个月了，这几天一直照顾陈伟他父亲。”

对王广财来说这是个好消息，既然她在照顾陈伟父亲，说明他俩的关系很近。他俩近了，陈伟也必然会看淡自己和丁美丽的关系。他问：“你俩什么时候好的，也不告诉我一声？”

她避而不谈，“我想去看你，可医院离不开人。你出来一下。”

王广财跟着她来到走廊，问：“还回南边吗？”

“不了，我在那边跑销售，辞职了。”她从拎兜里掏出一个存折，递过去，“给你的。”

“啥意思？”

“说好的，那批电视是我介绍的，你赔了与我有关。本想多给你一些，实在拿不出了，这三千元是我打工挣的。”

王广财把她手推回去，“我不能要，你用钱的地方还多着呢。”

两人正推来搡去，陈伟出了来，插嘴：“素芳，广财是看你困难，不忍心要，你就听广财的吧。”

王广财说：“就是。”

她说：“你们都这么说，那我就收下了。”

王广财问：“君子兰开发公司黄了，你工作咋办？”

她说：“陈伟帮我调到了工商管理所，还没报到呢。”

陈伟果然看淡了丁美丽，“你和丁美丽啥时候结婚？”

王广财说：“快了，没最后定。”

杨素芳从拎兜里掏出一张折叠着的报纸，说：“你看看，祖国庆又发表了一首诗，这是他给我的。”

王广财接过来展开，在副刊看到了祖国庆写的题为《泛舟》的诗。

轻轻御下背负已久的重载，在甜蜜浸泡凝固的时间。
留下的是过去，已然沉睡于岸边如茵的青草。
带走的是未来，等待着岁月的重涂轻描。
伴随船桨咿呀祈祷，思绪的翅膀竟舞动得如此娇娆。
清爽湿润的风奏响心灵的金石，沉醉了远岸墨绿而柔韧的枝条。
湖面斑驳的碎银点燃双眸，晚霞吟唱出红色的歌谣。
品味着听得到心跳的恬静，血液因此潮生青春的鼓噪。
感受这令人悄然溶化的温馨，面前因此铺展开花团锦簇的大道。
注定终身与你厮守，随波逐流到天荒地老。

杨素芳怜悯地望着他，“你知道他写给谁的？”

王广财合上报纸，还给她，淡淡地说：“听说他和宋小英好了？”

杨素芳说：“就是给她写的，他们下个月结婚。”

王广财大大方方地说：“你替我捎句话，祝福他们。”

忽然，病房里传出哭声，陈伟立马明白了，脸色惨白。

病房门开了，有人站在门前，说："陈伟，快来，你父亲过世了！"

79

君子兰一蹶不振，君子兰开发公司的正式员工被重新分配工作，鲁马列调回了局里。公司领导层只留下苏董事长，领着几个临时工，负责处理遗留问题。他完全可以不管别的，等待公司的事处理完之后，回家安度晚年。可他偏偏不习惯占着茅坑不拉屎，总想找些事情做，最后尽绵薄之力。于是，他想到了和君子兰有着千丝万缕联系的张毅群，请他来做报告，讲他在日本做学问的经历。既然君子兰鲫鱼睡觉——放扁了，无药可救，公司也散了架子，按理说王福祥不会去。但女婿做报告，他就不能不捧场了。王福祥正打算去参加报告会，恰好王广财回家取车，撞到了枪口上，不情愿地开车送他来了。

王广财边开车边抱怨，"我跟人家约好了，送你这一趟可好，我准得去晚。服装市场快开业了，我这几天忙得厉害。"

王福祥讥讽，"有几个钱不够你嘚瑟的，卖服装干啥，我看你卖火箭得了。"

"管管你自己吧，申婶一心对你，可别再拖了，赶紧结婚吧。"

"小兔崽子，没用的屁别放！"

"跟你实说吧，我是替自己着急。丁美丽昨天上医院检查了，有你孙子了，也可能是孙女。"

王福祥脸拉长了，骂："小兔崽子，还没结婚呢，就把人家搞大肚子了，让我这张老脸往哪搁！"

"所以，我着急结婚，可又不能结到你前边去，你办完我再办。"

王福祥赌气没吭声。不过，现实问题却不能不考虑，真到了丁美丽挺着个大肚子，里里外外转来转去，还不得让邻居说闲话呀。他心想，一会儿回去就跟申桂莲谈，赶紧把两人的婚事办了，也好让王广财尽早结婚。

车停在君子兰开发公司门前，王广财说："我姐夫来了。"

"哪呢?"

"看见那吉普车没，他的专车。"

"这些干部一茬不如一茬，屁大个官还霸上专车了。"

"你懂啥，人家那是工作需要。"

王福祥推开车门下了车，"你不用接我，开完会让你姐夫送，他用的是公家汽油。"

"你让我接我也得有空呀。"

王福祥刚想骂他，王广财一踩油门，把车开跑了。

深秋，天冷下来。街上骑自行车的人们，潮水般涌动。行人衣着臃肿，袖手缩脖，步履匆匆。王广财把车开上一条支路，拐了两个弯，被四挂马车堵住了，车上码着冬储大白菜。车老板拄着鞭子，面红耳赤地跟一个环卫工人争辩，环卫工人拎着笤帚挡在车前，四周围着十几个看热闹的。他下车凑上去，听了片刻明白了，平时马车不允许进城，只有卖冬储菜的季节才破例，但要求马必须戴粪兜。这四挂大车置政府规定于不顾，把柏油大街当成了农村土道，没给马戴粪兜。马毕竟是马，没有卫生意识，走一路拉撒一路，严重影响了城市环境卫生，被环卫工人截住了，要罚款，车老板死活不交。看这架势，一时半会儿结束不了，路也不会通。

王广财回到车上，打算调头走回头路。踩了几下油门，车打不着火，坏了。他憋着一肚子气下了车，说了句"啥破车呀"，砰一声关上了车门，扔下车沿着步行道往前走。走出半站地，一粒石子啪嗒一声砸在他脚前弹开。望过去，补课回来的王带弟斜背书包，手握弹弓，站在马路牙子上。他身边站着个同龄的男孩，也背着书包。两人不安地瞅着王广财，等着他的反应。王广财料定，石子是从王带弟手里的弹弓射来的，停下来，瞪起了眼睛。王带弟身边的男孩以为射中了他，惹了祸，拔腿就跑。

王带弟没跑，解释，"我不是故意的，打鸟弹回来了。"

石子没打中自己，王广财本该走了。这时，他眼前一亮，认出了王带弟。偷花那案子一直没结，已是陈年旧案，抓到他也该结了。王广财不动声色地走过去。

王带弟说："我不是故意的。"

王广财到了近前，猛然扯住他书包带，问："你知道我是谁？"

王带弟摇摇头，"不认识。"

王广财怕他跑，采用了缓兵之计，"你跟我走，啥事也没有，到前边派出所问你几句话。"

仅仅为了那粒没打中他的小石子，王带弟不会跑。可是，前些年的经历，使他养成了对"派出所"三个字的恐惧，忘了王广财正抓着书包带，抬腿就跑。书包带如同绳索勒住了他，挣了两下没挣开。

王广财得意地说："上次让你溜了，算你捡着。这回老老实实跟我走，否则别说我揍你。"

王带弟看了他一眼，认了出来，心全凉了，身子瑟瑟抖着。

80

王广财把王带弟扭送到派出所，所里都知道当年偷花那起案子，转手把王带弟押到了公安分局。当年，展览的两棵花丢失后，公安们听说偷花的是个孩子，都不敢相信。涉案金额一百来万，无疑是大案要案，公安们费时费力抓捕，始终没抓到。现在，事主把他送上门来，公安们欢欣鼓舞，跟中了头彩似的，立马审讯了王带弟。审讯室里，王带弟背冲门蜷缩在椅子上，惶恐不安地望着面前坐着的两个公安。

公安问："你叫啥？"

"王带弟。"

"年龄？"

"十八。"

"家庭住址？"

王带弟把头垂下去，问别的都可以回答，唯独这个不能说。长这么大总算有了家，他不想失去，更不想给赵淑珍添乱。任凭人家换着角度问了十多遍，他一言不发。

公安一脸怒气，“你小子死猪不怕开水烫，既然你不说，那好吧，你说说，当年受谁唆使偷花的?”

王带弟恨权利民，很想供出来，但又不能说。赵淑珍告诫过他，对任何人都不能再提了，他怕供出权利民惹赵淑珍伤心。他想，要蹲监狱自己蹲好了，便扬起头，“没人唆使，我一个人去的。”

“你把偷花过程说说，咋进的展厅，咋偷的，又咋跑的?”

王带弟扬起头，“说就说。”

王带弟的讲述，听得公安面面相觑。

公安不相信，“作案时你还小，这都是你想出来的?”

“嗯哪。”

公安继续审着，差不多认定他单独行窃了，想结束审讯。可言多语失，王带弟无意中说了一句话，使案情变得复杂了。

王带弟被问烦了，梗着脖子，“别问了，冲我一个人来吧。”

公安心想，“冲我一个人来”的意思，说明并非他一个人做案，很可能是一个团伙，至少身后还有人。于是，又变换着角度继续审。流浪生活练就了王带弟的韧性，他顽固不化，你问你的，我宁死不答，眼珠滴溜溜乱转。天黑了，屋里光线暗淡，审讯仍然没有丝毫进展。

自从王带弟走进赵淑珍的生活，她每天更忙了。毫不掺假地说，她越忙越累越高兴，总觉得欠孩子的太多，想方设法要补偿。在王带弟上学这件事上，她就没少费心思。原先联系的中学，离家两站地。当她了解到还有一所中学，比现在上的学校稍近，也更好，硬是不怕麻烦，托人给王带弟换了学校。今天是星期日，她把昨天买的一捆毛线套在椅子背上，顺出线头，站在一旁缠着线团，打算给王带弟织毛衣。听见门铃响，她放下线团走过去打开门。

王带弟的同学站在门前，说：“阿姨，王带弟出事儿了，他拿弹弓子打鸟，人家把他送前边路口的派出所去了。”

她清楚，在人们保护人类朋友的意识如此淡薄，抓住那些鸟，首先想到的是红烧还是烧烤，抑或油炸的现阶段，仅仅因为打鸟，是不会把他往派出所送的。她问：“打着人了?”

“好像是。”

“谢谢你，我这就过去。”

赵淑珍顺藤摸瓜，从派出所找到分局。一路上，她自我安慰，石子只要不打在眼睛上，问题不大。不清楚的是，这芝麻大点的事儿，为啥要往分局送？她一遍遍自我安慰，这一定是个误会。在分局的接待室，审讯王带弟的公安跟她握过手后，在她对面坐下。

公安问：“你是王带弟啥人？”

“他母亲。听他同学说，他用弹弓子打鸟，可能打着人了。”

“不是这回事。我问你，你儿子干过啥违法的事情？”

她立刻想到了王带弟曾偷过花，但不相信，偷一棵小花会违法，摇了摇头。

“他有啥反常，或者半宿半夜不回家，你当家长的不知道？”

她掏出工作证，隔着桌子递过去，“我工作忙，有时照顾不到。”

公安接过来看了看，见是蹲机关的干部，觉得可以信赖，把工作证还了回去，语气和眼神柔和了，“你是孩子的母亲，你要帮我们做做他的思想工作呀。”

“应该，这是我的责任。”

“据我们掌握，去年，你孩子在君子兰展会上偷了两棵花，拿到市场卖被事主抓住了，又让他跑了。今天碰巧，让人家事主抓住了。”

她瞪大眼睛，心跳加快了。

“刚才问他，他啥都承认，就是不说家庭住址，不交代受谁唆使的。你来了，家庭住址知道了，你关键是协助我们问问，他受谁唆使。希望你认清问题的严重性。据我们分析，当时他还小，未成年，偷窃过程不可能考虑那么严密，很可能他身后有个犯罪团伙。”

这孩子恨权利民，可到关键时刻却不供出来，这使她感动。她想了想，犹犹豫豫开了口，“的确听他说过偷花，没想到会达到犯罪程度。同志，我想问问，涉案金额多少？”

“按当时的价格，一百来万。”

她吓了一跳，张着嘴好半天才说：“不会吧。”

“不是不会，事实如此。”

她心乱如麻，“我一直以为，他偷的是不值钱的小花。”

“你既然知道他偷过花，也知道谁唆使的了？”

她很痛苦，必须在孩子和权利民之间做出抉择。而在他们之间，只能实事求是地供出权利民，别无他路。交代出权利民，王带弟当时尚未成年，况且花价也有了天壤之别，再找人疏通疏通，也许不会承担刑事责任。但权利民面临的必定是蹲监狱了。她神色黯然地说：“孩子和我说过，确实有人唆使，我知道那人名字。”

公安静静等着，半天没见她说话，追问：“是谁？”

她艰难地从嗓子眼里挤出三个字：“权利民。”

81

公司会议室正中，用四个办公桌拼成长条会议桌。张毅群坐在中间位置，面前摆着一摞稿纸，左边坐着苏董事长，右边椅子空着。与出国前相比，他没多大变化，要说有变化，只是人字呢老式军装变成了西装和领带，显得比走之前老成，也精神了。他本不想做什么报告，可是架不住苏董事长多次热情如火的邀请，勉勉强强同意了。

王福祥进来时，苏董事长看见了，招呼：“这来，坐你姑爷边上。”

王福祥当然不能坐过去了，张毅群来了，已经给自己脸上贴金了，再坐过去，必定会让人觉得自己过于嘚瑟了。他摆着手回绝了苏董事长，坐到了张毅群对面。权利民脚跟脚进了来，本打算坐到张毅群对面，发现王福祥在那坐着，便挨着苏董事长坐下。张毅群是请来的客人，公司的职工本应给人家倒上杯水，或者敬上支烟一类的。可来的这几个人，都是眼里没活的主儿，谁都没想起来。多亏权利民了，他起身端起桌上的暖瓶，给张毅群倒了一杯水，放在他面前。

王福祥看在眼里，心中涌起一丝暖意。

张毅群看了看表。苏董事长看在眼里，也看了看自己的表，已经到了开会时间。他抬头望着零零星星的几个人，急得老脸通红。他下意识地抓过面前的水杯，掀开盖，明知里面没水，还是看了一眼。他没料到，公司那几十个理事会不给他面子。事前，他怕人家不来，逐个通知到了，并且反复叮嘱。那些人把胸脯子拍得啪啪响，都说你一百个放心，说来就一定来。结果，算上自己和王福祥、权利民也才来了八个。最要命的是报社和电视台的记者，开始答应来，早上来了电话，像商量好了似的，异口同声说领导不让来了。原因是如果发了新闻稿，有跟省、市委唱对台戏之嫌。尽管苏董事长一再解释，报告会只讲张毅群如何不为高官厚禄所动，怀着一颗赤子之心，毅然放弃优越生活，回到了祖国怀抱，人家仍不为之所动。

王福祥看见苏董事长端杯子，以为他想喝水。放在往常，他不会也想不起来给别人倒水。今天，张毅群给他增了光，高兴，捧起面前的暖水瓶，转到了桌子另一边，给苏董事长倒了杯水。

苏董事长心里有事，没理会他，抹去额头的汗水，起身说："这些人哪，都这时候了咋还没来？我去看看。"

鉴于权利民给张毅群倒了水，加之因多年来对他的误解而生的歉意，王福祥有了跟他修好的想法，也给他倒了一杯。权利民看见他把自己杯子拿走了，没想到会是倒水。等杯子送回来，这才回过神，赶紧双手接过来，礼貌地点了下头。点头是权利民走的过场，就如同你摔倒了，陌生人扶你起来，你要说句谢谢话一样。然而，对于王福祥来说，意义就大大不同了。这轻轻的一点，点得他心里呼啦一热，多年的仇啊、怨啊都赶跑了。

王福祥索性在他身边坐下，动情地说："老权哪，前一阵子听陈东升说才知道，你给我的钱是你和老杨掏的腰包。"

权利民早把那件事忘脑后去了，没想起来，一脸茫然。

王福祥提示，"你忘了，当年我从大庙走的时候，你自己掏腰包给我的补助？"

权利民想起来了，不知道他为什么要翻出陈年旧事。

"这么多年，我一直误会了你，在心里怪你来着，对不住你呀！"

多年来，两人之间隔着的并非深沟大壑，仅仅是一条窄窄的沟渠。王福祥一抬腿迈过来了，权利民即使钢心铁肠也不能不被溶化了。他说："可别这么说，我也有做得不对的地方。"

"不怨你，是我不好。你当初给我钱，咋当面不跟我说清呢？"

"不好意思。"

“灯不拨不亮，话不说不明，说开就好了。我没文化，你有大学问，别跟我一般见识。以前，我有说得不对的，就当驴放屁。”

权利民被他的真诚感动，想起自己指使王带弟偷他花，过意不去，“老哥，快别说了，这些年我要是有对不住你的，也请你原谅。”

苏董事长进了来，身后跟着四个人，都是公司看收发室、扫地的。他说：“都来了，人到齐了。”

王福祥叨咕：“整这几个人来干啥?”

权利民低声说：“还能干啥，凑数。”

苏董事长坐到椅子上，问张毅群：“是不是开始?”

张毅群四处扫了一眼，心凉半截。倘若早知道只有这十二个人，他不会来，但既然来了，只好讲下去了。他打起精神，说：“好吧。”

苏董事长说：“现在开会。大家还不认识张处长吧？张处长作为专家，刚从日本回来。过去排斥知识分子，管他们叫臭老九，如今改革开放，成了建设四个现代化的栋梁。他回来后，赶上提拔文凭高的年轻干部，破格当了领导，充分体现了我们国家尊重知识，尊重人才。张处长百忙之中抽出时间来做报告，大家都要珍惜这次机会，认真听，详细记录。下面，请张处长做报告。”

张毅群打起精神，说：“我同君子兰价格的高起高走，有着紧密的内在联系。正因如此，我在国外多做了些思考。可以说，我市的君子兰现象百年不遇，它是特定的历史环境中的必然产物。我们这些人是幸运的，幸运在我们是亲历者，大多数还是受益者，其幸运程度不亚于天上掉下来个大馅饼，正好砸在我们头上。”

苏董事长奉承地强笑着，带头鼓掌。他鼓别人跟着鼓，由于人少，而且力度不够，掌声稀稀拉拉，毫无生气。接下来，张毅群讲了自己如何在日本研究花花草草，特别在君子兰上下了不少功夫。王福祥面带微笑听着，目光一直盯在他身上，越看越觉得看不够。其他人没有王福祥的心情，越听越萎靡不振。甚至有那么几个，当着大家的面闭眼打盹。当张毅群讲到，终于培育出一棵名贵花卉时，苏董事长再次带头鼓掌，并有意鼓得很响，以此提醒那些真睡和假睡的人。这时，会议室走进两个警察。掌声停下来，一个个盯着警察瞅。

警察来到张毅群身边，问：“你是领导吧?”

张毅群指了指苏董事长。

警察说："我们是分局的，来请权利民同志核实一件事情。"

权利民站起来，"找我？"

警察问："你是权利民？"

"是我。"

"请跟我们到分局去一趟。"

"什么事情？"

"到地方你就知道了。"

王福祥关切地问："老权，没事吧？"

"我能有啥事儿，没事。我刚才还寻思呢，会后请你吃饭，看来不行了，过几天我请你。"

警察领着权利民出去后，苏董事长的脸色阴沉下来，显得有些萎靡不振，好半天没说话，等说话时心都寒了，"咱公司不开会正好，一开准出事。唉，局里早上跟我谈了，后天我这心也操到头了，该回家抱孙子去了。"他停顿一下，说："张处长，你接着讲。"

张毅群本来就是强打精神讲的，这一来情绪跌到了谷底，说着"我这也讲完了"，顺手翻过去十多页稿纸没讲，留下结尾的一页，念起了最后一段话，"总之……"

82

公安分局审讯室里，一百度大灯泡子高悬，亮如白昼。权利民面对公安人员坐着，把近年所做的事情，挨个儿在脑海里排了队，确定没做过违法的事情，心安定下来，神态自若。

公安问："你知道为啥找你？"

权利民说："不知道。"

"你做过违法的事情吗？"

"那都是'文革'的事了，当时有特殊的历史原因。那时，我年轻，以为只有那样做才是革命的……"

公安打断他的话，“说这几年的。”

权利民想起胁迫过王带弟，有些慌乱，却故作镇定，“开玩笑吧。”

“去年，君子兰展览时丢了两棵。说具体点，其中有一棵是‘破烂王’，你知道吧？”

权利民汗出来了，“听说过。”

“你受党教育多年，了解党的政策。我党历来的政策是坦白从宽，抗拒从严！”

这事情只有王带弟知道，他不相信守着赵淑珍，王带弟会供出自己，抵赖：“坦白也好，从宽也罢，跟我有啥关系？乱讲可要负责任！”

公安啪一拍桌子，“你别狗戴帽子——装人了。”

权利民板起脸，“你这同志咋骂人呢？”

公安平静一下心态，“我给你提个醒，你充当的是教唆犯角色。还用我再往下说吗？我说了你可没有坦白的机会了！”

权利民擦着汗，声调低了，“开玩笑，我从没教唆过谁。”说着，情不自禁地掏出烟。

公安制止：“屋内禁止吸烟。”

权利民想转移视线，“又没挂标识，为啥不能吸？”

公安识破了他的花招，“你不要转移视线，交代你的问题。”

权利民把烟塞回去，“我已经说过了，不想再重复了。”

两个公安说了些话，一个起身出去，回来时把王带弟领了来。

公安问权利民：“你认识他吗？”

权利民望着王带弟，微微一愣，眼里流露出沮丧，以为他把当年的事情都说了。他暗暗给自己鼓劲，这小子即使说了，自己也不能承认，决不能说！

王带弟并不知道赵淑珍讲出了真相，更不知道她也来了。看见权利民他感到意外，马上意识到是让自己指认的。为了赵淑珍，他决心承担一切，不等人家问，否认：“我不认识他。”

权利民以为他没认出自己，心里一块石头落了地，装糊涂，“他是谁？我根本不认识他。”

公安对王带弟说：“你再仔细认认。”

王带弟并不看权利民，“咋瞅也不认识，要处理就处理我吧。”

公安问权利民："你就忍心这孩子为你毁了一生？"

权利民一脸不高兴，"你这个同志咋说话呢，怎么是我毁了他一生，我跟他又有啥关系，说话可要负责任。"

公安不急不躁，"既然都说不认识，你们再看一个人。"

公安再次出去，把赵淑珍领进来。她一直在隔壁候着，两屋之间的墙是灰条子钉的，审讯中的对话听得一清二楚。听王带弟说不认识权利民，知道他为什么这样说，十分感动。听权利民说不认识王带弟，心想这不是把孩子往火坑里推嘛，急得直搓手。进来后，她本想数落权利民几句，又忍住了。

公安问权利民："认识她吗？"

权利民对她的出现并不惊异，王带弟在她自然会来。权利民点点头，特别强调两人的关系，"老同志了。"

公安说："我们出去，你们先谈。等我们回来，希望你有个好态度。"

公安出去了，赵淑珍拉过王带弟，"你为啥不跟叔叔说实话？"

权利民这才清楚，刚才，王带弟并非没认出自己，而是由于某种原因没说实话。看来，赵淑珍知道了真相。但权利民不明白，她为什么怂恿小花子揭发自己，难道她连两人多年的感情也不顾了？他极为不满地质问："老赵，你为啥鼓动他胡说？"

赵淑珍没理他，凝视着王带弟，鼓励，"你实话实说吧。"

王带弟喃喃地说："我怕你伤心。"

她抚摸着王带弟的头，"你真的认准了，是他？"说这话的时候，她还抱着最后一丝希望，希望孩子认错人了。

王带弟点点头，肯定地说："就是他！"

权利民说："什么就是我，你这不是陷害人嘛。"

王带弟说："我没撒谎，就是你！"

权利民腾一下跳起来，"你这个小要饭的，血口喷人。"

她斥责："权利民，你干啥？"

权利民气愤地说："岂有此理，满口胡言！"

她冷冷地说："他偷花的事情犯事了，他被事主认了出来。你承认了他的罪就小一些，否则你清楚等待他的是啥。"

权利民说："我承认，凭啥？我根本不认识这小子，他刚才也是这么说的，公安已经取了笔录，他想反悔作伪证都难了。”

她意识到了问题的严重性，急了，“权利民，我跟你实说吧，他是你亲生儿子呀！”

权利民脑袋嗡一声，看看她，不像说谎，又把目光转向王带弟，愣眉愣眼瞅着，脑海里混沌一片。

赵淑珍说：“他就是我‘文革’时生的！你记得吧，他来家那天我说过，要跟你讲件事，一直没说。我就是想告诉你，他是你的孩子。他为了你想一个人扛着，啥也没说，是我刚才对公安同志说的。”

权利民机械地叨咕：“这不可能，不可能。”

她说：“你不说实话就是把孩子往火坑里推，他还小，还有很长的路要走啊！”

王带弟听说，面前这两位竟然是自己的亲生父母，无异于晴天霹雳，看看这个，瞧瞧那个，不知如何是好。

权利民整个人蔫下来，面对自己的孩子，面对这个自己愧对于他的孩子，即便自己当年没逼他偷花，只要对这孩子有利，他也会承担罪责。更何况，的确是自己办的蠢事。他看了一眼王带弟，眼神柔柔的，疲倦地问赵淑珍：“这是真的？”

她字字铿锵有力，“是真的，都是真的！”

屋里静悄悄的，死一般静。权利民脸色苍白。他忘记了公安的警告，手颤抖着抽出一支烟，好半天才燃着，狠狠吸了一口，说：“把他们叫来吧，我都承认。”

83

丁美丽身孕不等人。听完张毅群的报告回来，王福祥跟申桂莲摊牌了。他不好意思把再婚称为结婚，而叫“搬一块堆住”。

王福祥这样问：“这两天咱们搬一块堆住吧？”

申桂莲说：“行啊，选个双日子，吉利。到了那天，自家人聚聚，吃顿饭得了。”

“再不找也得把姜大妈找来，咋说她也是地方官，做个证人，要不人家还以为咱搞破鞋呢。”

“搬一块堆住”的日子定在了一个星期后的今天。夕阳西下，天边尽染红霞。王福祥家粉刷一新，炕上的角落里摆着一垛新被褥，窗帘也换成了红金丝绒的。宝贝似的矿石收音机，被申桂莲家的晶体管收音机取代，摆在了电视机旁。一直在使用的大灯泡子，也被从花窖卸下来的日光灯所取代。依着丁美丽的意思，要撤下墙上的毛主席像，换上大红喜字。王福祥死活不让动，将红喜字贴在了毛主席像下边。毛主席像两侧，挂着申桂莲的六个奖状，每侧三个。这些奖状毕竟是历史，她不想挂。王福祥不同意，在他看来那是荣耀，是一段辉煌，多少钱也买不来。家具还用旧的，唯独添置了碗橱，放在了外屋。院子里杏树上的杏已经成熟，金黄金黄的，王福祥摘来一小盆让客人品尝。他只通知了三个外人，鲁马列和姜大妈来了，另外一个是杨立新，没来。众人正吃杏呢，杨立新来了电话。

“老王，我过不去了。”杨立新兴奋地嚷：“下午，我被学校吸收为中共预备党员了。下班后党小组活动，这是我第一次参加组织活动，不好请假，你得谅解我。”

王福祥打心眼里为他高兴，“恭喜恭喜！”

“同喜同喜，礼金明天我送过去。”

“咱们亲兄弟似的，用不着扯这个。”

王福祥放下电话便张罗着开了饭。除了王小娟和丁美丽在外屋忙，其他人围着地中间的圆桌子，一个萝卜一个坑地坐下，有说有笑。为了这顿喜宴，张毅群买回一大堆海鲜，王广财拎来两瓶茅台酒。

王福祥穿一身丁美丽买的西装，深蓝色的，里面是白衬衣，没打领带。他围着桌子转了半圈，看着上面的菜，喜滋滋地说：“这么多好吃的，吃不了啊，浪费了。”

鲁马列说：“老王啊，勤俭持家固然重要，但今天你跟老申结婚，苦尽甘来，也该享受享受了。”

申桂莲穿的小翻领制服也是丁美丽买的，深蓝色。她摸着领口，说：“一个再婚还叫啥结婚。”

姜大妈头发花白，说：“十婚也是结婚，总不能叫别的吧。”

张毅群启开茅台酒，给每人倒了一盅。在鲁马列的提议下，众人端起盅，敬了王福祥和申桂莲一盅，说了“百年好合”“白头到老”等等吉利话，气氛热烈，喜气洋洋。

王福祥接受了一圈祝福后，说：“看着这酒，我想起了鱼虫子。”

鲁马列说：“听人说，鱼虫子和权利民关一起了。”

王福祥说：“我前天去看他们了，他俩在一个屋。我给他俩拿了些好吃的，鱼虫子没咋样，老权看见我就哭了，整得我怪难受的。”

鲁马列问：“你知道老权为啥被抓吗？”

王福祥说：“听说，他鼓动一个小孩子偷花，没多问。”

鲁马列没了下文。

姜大妈及时制止，“喜日子别提不吉利的事儿。”她岔开话，“桂莲腾出了房子，正好留给广财当新房。”

王广财穿一身西装，白衬衣，扎着领带。他松了松领带结，撇了一下嘴，“这地方倒找钱都不住。”

王福祥没理他，说：“其实，今天也是毅群的好日子。他当处长这才几天呀，又要裤衩子改背心——升了。”

鲁马列吃着菜，“他赶上突击提拔高学历年轻干部了。”

张毅群说：“刚考核过，破格让我任城建局副局长。”

王福祥说：“这家伙，当官也跟买大白菜似的。”

姜大妈问：“老王呀，你钱挣得够多了，几辈子花不了，能不能在居民委办个企业？”

王福祥赶紧摆手，“不行，隔行如隔山。往后我啥也不干了，在家守着他婶过安稳日子。”

姜大妈说：“你在家守着桂莲谁也管不着，你不干借委里点钱，委里干。委里那些孩子没工作，瞅着揪心。”

王福祥想起，当年安排王广财工作时自己的心情，拿自心比人心，认定这是一件积德的大好事。他在盅里倒上酒，说：“你们开工厂我支持，借多少，说个数？”

姜大妈犹豫一下，“七八千，办个生产大头针、曲别针的厂。”

“也别七八千了，我给你一万，赔了算我的，不用还；挣了是你们的，本钱给我就行了。”

姜大妈高兴了，端起酒盅，“冲你这话，酒我喝了。”说完，一饮而尽。她放下盅，把纸包着的一个圆筒递过来，“没啥拿得出手的，送你们一块被面，缎子的，前几年到上海考察买的，一直没舍得用。”

王福祥接过来，说：“咱啥都不缺，不用拿啥。”

姜大妈起身，找了个借口，“我家还有事，先回去了。”

鲁马列也借机起身，“我家来了客人，等着我呢，我也该回去了。”

王福祥站起来，“我就不送了，小娟子，看狗去。”

姜大妈在门前转过身来，强调，“咱说定了，后天我来取钱。”

王福祥说：“随你便。”

鲁马列有了醉意，人到门前了，忽然从狗产生了联想，话里有话地说：“宁要能挣钱的狼，也不要不能挣钱的狗。”

王小娟跟上去，问：“鲁叔，啥意思？”

鲁马列笑了笑，走了。

王福祥刚坐下，身边响起清脆的嘀嘀声。这声音陌生，他把头转来转去寻找，问：“啥动静？”

“我的。”王广财从腰上摘下个小黑盒子，上面有条黄链子，另一头拴在皮带上。他在盒上摁一下，嘀嘀声停了，一条手指宽的屏幕亮了。

王福祥前几天见人拿过，知道这东西叫BB机，新事物，价格贵得惊人。放在往常，必定骂他个狗血喷头，今天却不想过多干预，浮皮潦草地说：“败家玩意儿！”

王广财从上衣兜摸出BB机的密码本，翻开看了看，说：“爹，是陈伟来的信息，他出差在外地呢，祝你和申婶新婚快乐，白头偕老。”

张毅群张罗，“都过来，借他的吉言，咱们共同敬二老一杯。”

在外屋忙着的丁美丽来了，刚送客人回来的王小娟也上了桌，一家人端起杯，共同喝了一盅。

王福祥望着身边一张张笑脸，幸福无比。从这时候开始，他的话更多了，说的都是肺腑之言，“他婶，这些年多亏你帮我拉扯这俩孩子了，我都不知道咋感谢才好了。”

王小娟插言：“爹，你以前对我婶不好，以后可得将功补过呀。”

申桂莲说：“你爹一直对我挺好。”

王福祥把盅里的酒一口喝光，“他婶，孩子没瞎说，我真的对不住你！有件事埋在心里几十年了，没跟你讲。再不讲，我总跟有鬼似的。”他把老蒋在大庙被抓的经过说了出来。

申桂莲听完，平淡地说：“过去了，别再提了。”

院门新装了门铃，铃挂在外屋，叮咚叮咚响了。

王福祥起身，“来人了，我去看看。”

夜空，点缀着黄颜色的星星，尽管散乱，且雾蒙蒙的，王福祥却看出了有序和耀眼。屋门两侧各挂一个红灯笼，把院子染成一片淡红。当他打开院门时，淡淡的红色便被他带了出去，染在了门前，也染在了门前的智真身上。智真一袭灰色旧袈裟，肩挎灰色布兜子，光头，脸庞比上次胖了。

大喜日子和尚登门，注定了吉祥。王福祥高兴地说：“哎呀，贵客呀!”

智真问：“家来客人了?”

王福祥怕给人家添负担，没说实情，“都是自家人，进来坐吧。”

智真说：“改日吧，庙里还有一堆活呢。我把大花和留下的小花给你送回来了。”

王福祥这才看见，智真脚边摆着三盆花，一盆大花，两盆小花。按约定，大花还没到回归的日子，小花是智真该留下的。王福祥不解地看着他，想不通这是为什么。

智真看出了他的迷惑，解释，“如今，庙里跟‘文革’前不同了。以前，一天也不见几个香客，现在香火鼎盛。人手不够，让我做了佛事。开始，没感到怎样，渐渐入了迷，真正信了佛，不再养花了。”

王福祥点点头，“得舍出一头，舍不出孩子套不住狼。”

“所以，我把君子兰都还你，潜心修行。”

王福祥感到遗憾，倘若早几个月就好了，现在拿回来，等于拿回来一堆草。因此，并不放在心上，“你一刹心，半生心血就白搭了。”

智真大彻大悟般平静，“信佛后再回头看，花草是业障，身外之物。”

王福祥很惊诧，“这佛也太厉害了，你这么一个拿命去爱花的，也给拉过去了!”

“佛法无边。有时间再唠，我该回去了。庙里打算修缮，正化缘呢，一个星期进二十来万善款，人手不够。”

王福祥吃了一惊，“多少?”

“十九万元。”

王福祥有些嫉妒，“好家伙，收那么多！市里建立交桥，政府找我们这些有钱人去，吃奶的劲儿都使上了，也才凑了二十多万。你们可好，屁大工夫就整了这么多!”

智真用平淡掩饰得意，“托菩萨的福。”

智真道了别，走了。王福祥看着智真消失在胡同口，心满意足地拍了拍肚子。凉爽的风拂过他被幸福烤红的双颊，也送来了隐隐约约的佛乐。那佛乐空灵而安详，从对面人家的后窗飘来。他凝神细听，有生以来第一次对与佛有关的声音如此动心……